U0119224

俠客行
金庸

前頁圖片 任頤「玉壺買春」。

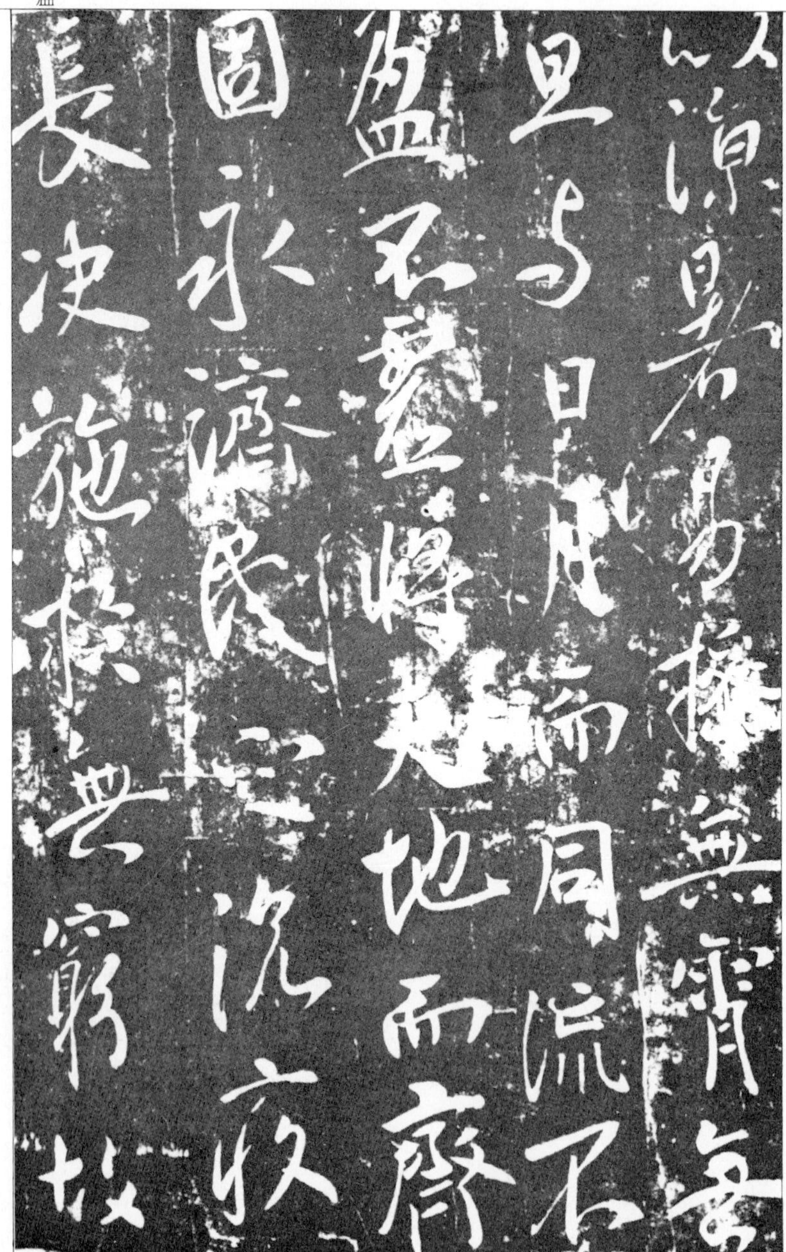

唐太宗書「溫泉銘」。

褚遂良書「大唐三藏聖敎序」，「聖敎序」係唐太宗爲讚譽玄奘大師所作，「聖敎」指佛敎。碑在大雁塔內。

大唐三藏聖教
太宗文皇帝製
蓋聞二儀有象
覆載以含生四

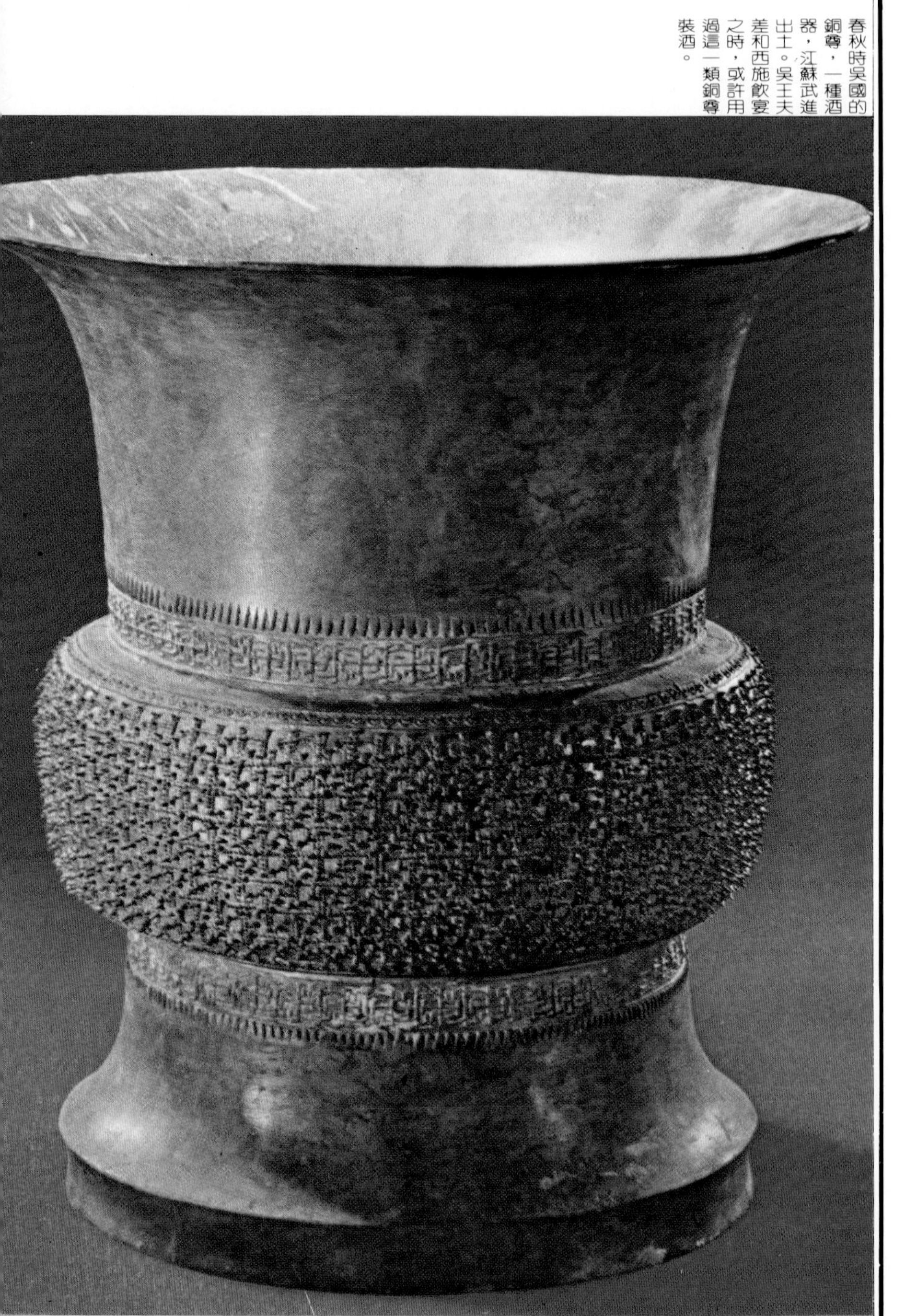

春秋時吳國的銅尊，一種酒器，江蘇武進出土。吳王夫差和西施飲宴之時，或許用過這一類銅尊裝酒。

楚國的金幣——文種和范蠡本來都在楚國做官，可能使用過這一類金幣。

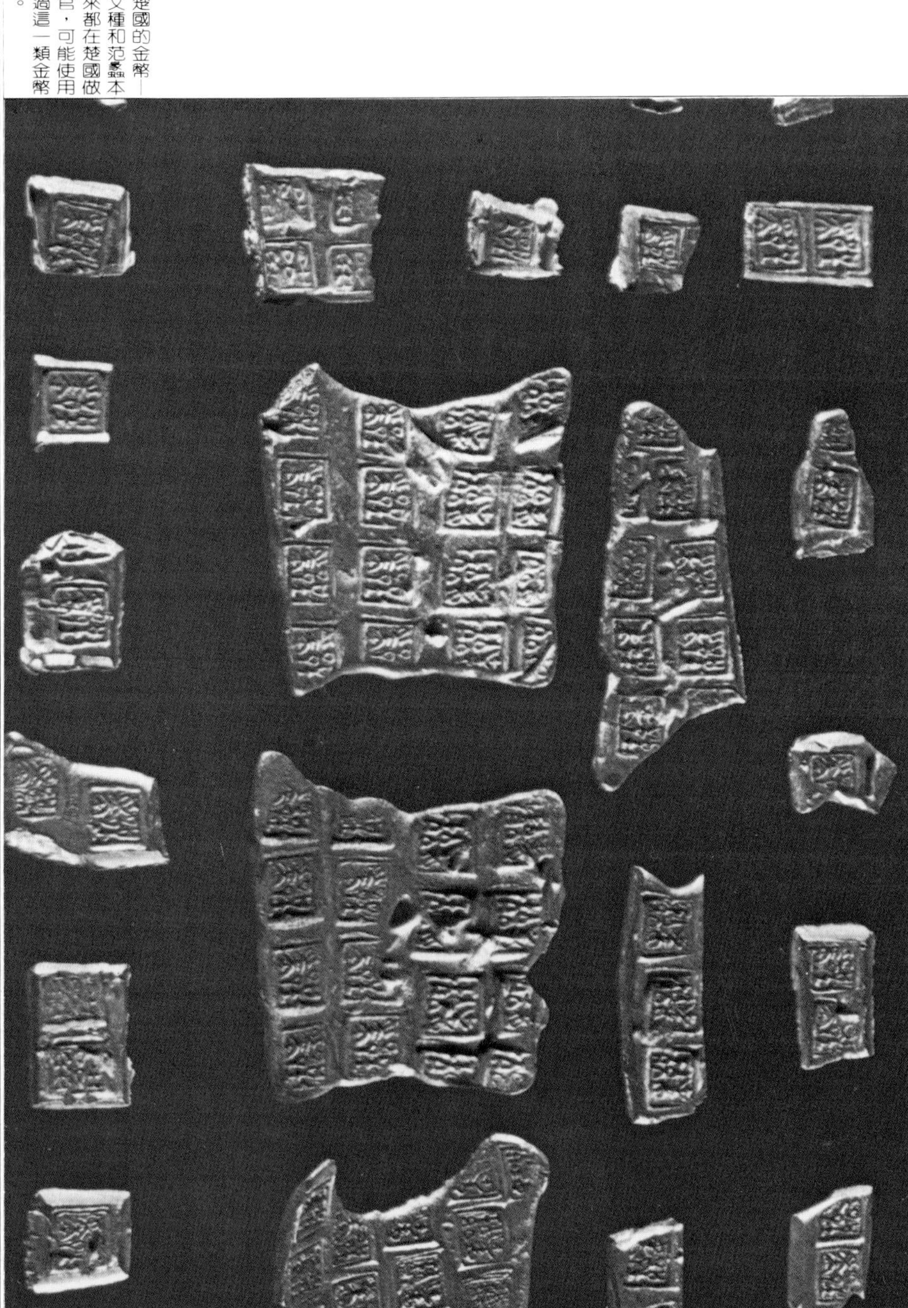

李世民自署
唐太宗爲秦王時，提兵攻王世充，少林寺僧有武藝者助戰有功，李世民致書少林寺住持示謝。

干將、莫邪鑄劍之劍池飛瀑　在浙江莫干山，莫干山即因干將、莫邪而得名。干將、莫邪是夫妻，鑄劍名手，曾爲吳王闔閭鑄劍。

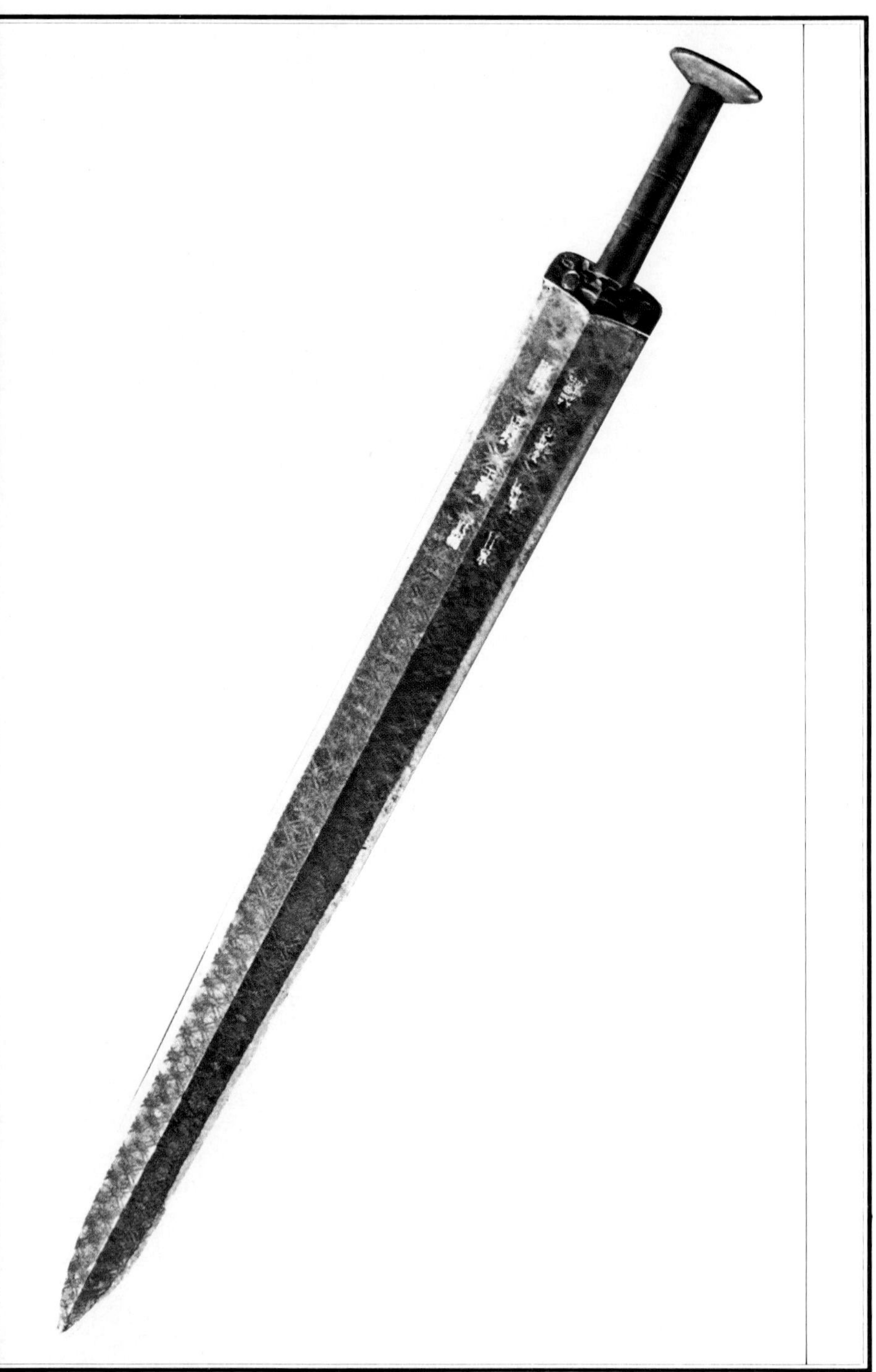

近年在湖北省楚墓出土。

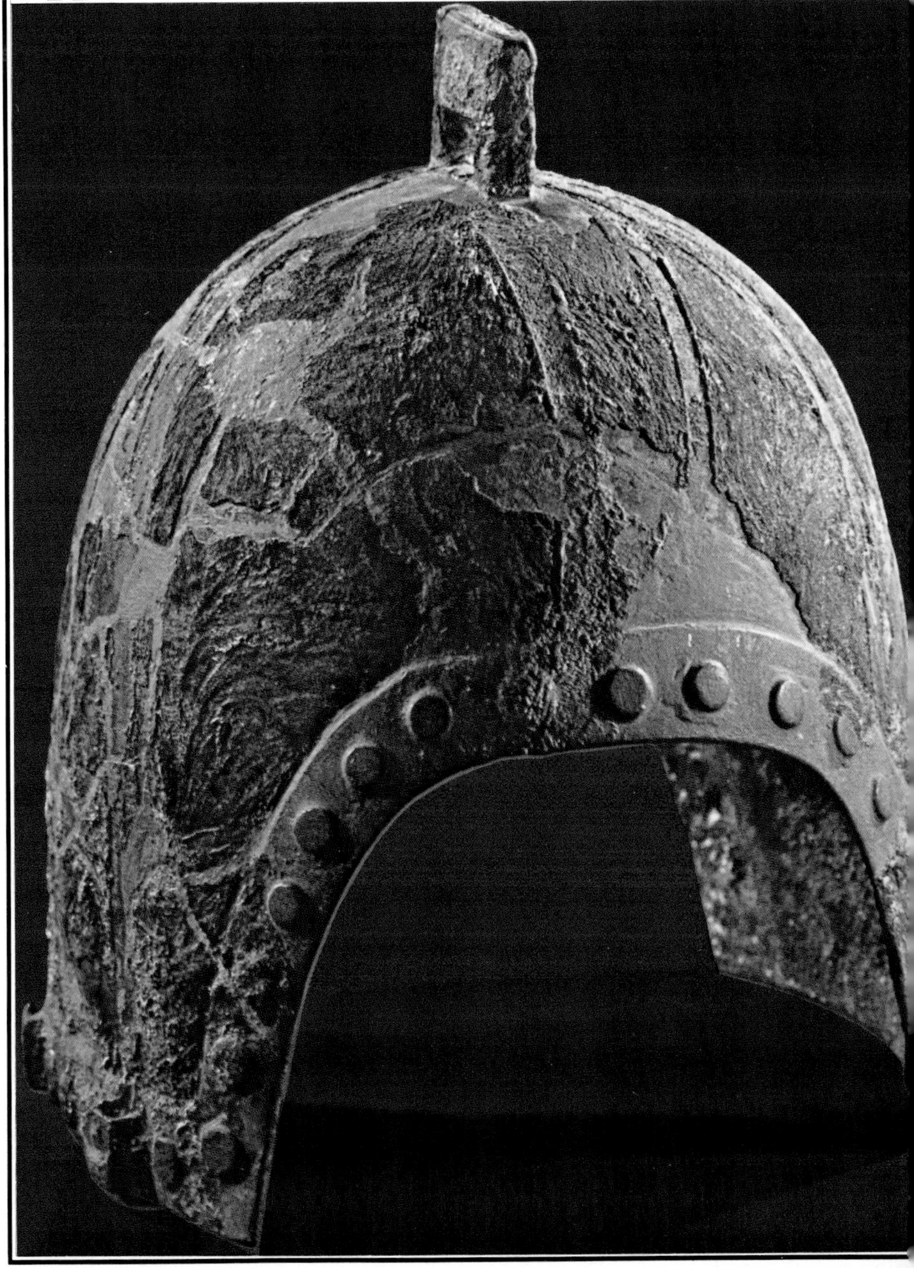

春秋時武士的銅盔。遼寧出土，當是燕國武士所用。

春秋時吳國武士所用的戈，裝在柄上，是一種長形武器。

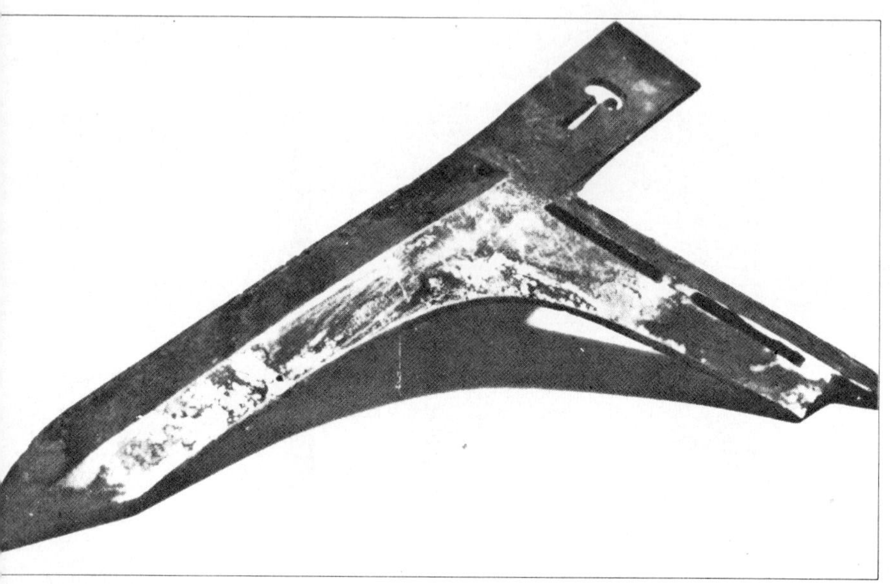

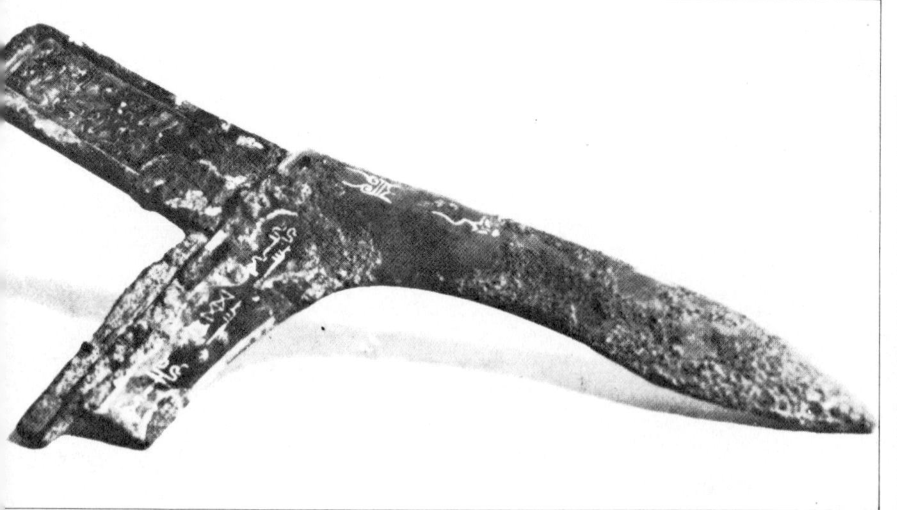

清吳大澂氏所藏戰國及上時有天然花紋之吳越名劍及吳氏自註之拓影。
古魚腸鐱
夢溪筆談魚腸即今蟠鋼劍也，又謂之松紋，是劍身長尺有五寸，并莖及鐔通長二尺，与鎮圭尺合，其古之魚腸劍與。愙齋寶藏

右圖　魚腸劍圖　吳王闔閭（夫差的父親）爲公子時，用伍子胥的計策，利用刺客專諸，以魚腸劍刺死堂弟王僚，奪得王位。

左圖　越王與夷劍，與夷是勾踐的兒子。

上圖／銅鏡，東漢時所鑄。左為吳王夫差坐於帷中，上為伍子胥自刎時怒髮冲冠之狀，下為越王勾踐持節，范蠡席地而坐。下圖／吳王夫差劍。

西安慈恩寺大雁塔——玄奘大師所建。

吳王夫差爲西施所建的館娃宮遺址，在蘇州靈岩。圖中房屋自然是後來所建。

任渭長繪「越大夫范蠡」。任熊，字渭長，浙江蕭山人，清末著名畫家，善畫人物，畫宗陳老蓮，所繪版畫甚有名。本圖及下圖「越女西施」均錄自「於越先賢傳」，刻工爲蔡照初，刀法精練圓熟，鐫刻極佳。本書所錄「三十三劍客圖」均爲任渭長繪，蔡照初刻，是中國版畫中難得的精品。

本書首頁圖的畫家任頤，是任渭長同族的姪兒。

越大夫范公蠡

任渭長繪「越女西施」。

俠客行

金庸著

金庸作品集㉗

俠客行㈡

Ode to the Gallantry, Vol. 2

作　者／金　庸

平裝版封面設計／霍榮齡　典藏版封面設計／霍榮齡

內頁插畫／王司馬　內頁圖片構成／霍榮齡・潘清芬・陳銘

發 行 人／王 榮 文

出版・發行／遠流出版事業股份有限公司

臺北市汀州路３段184號７樓之５

電話／2365-1212　傳眞／2365-7979

郵撥／0189456-1

印　刷／優文印刷有限公司

□ 1987年２月１日 初版一刷

□ 1998年２月16日 三版三刷

平裝版　每冊250元（本作品全二冊，共500元）

〔典藏版「金庸作品集」全套36冊，不分售〕

行政院新聞局局版臺業字第1295號

ISBN　957-32-2938-2（套：平裝）

ISBN　957-32-2940-4（第二冊：平裝）

Printed in Taiwan

YLib 遠流博識網

http://www.ylib.com.tw/jinyong　E-mail:ylib@yuanliou.ylib.com.tw

目錄

閔柔微微仰頭瞧着兒子，笑道：「昨日早晨在客店中不見了你，我急得甚麼似的。你爹爹說，到長樂幫來打聽打聽，定能得知你的訊息，果然是在這裏。」

十五 眞相

石破天和丁璫遠遠跟在關東羣豪之後，馳出十餘里，便見前面黑壓壓地好大一片松林。只聽得范一飛朗聲道：「是那一路好朋友相邀？關東萬馬莊、快刀門、青龍門、臥虎溝拜山來啦。」丁璫道：「咱們躲在草叢裏瞧瞧，且看是不是爺爺。」兩人縱身下馬，彎腰走近，伏在一塊大石之後。

范一飛等聽到馬蹄之聲，早知二人跟着來，也不過去招呼，只是凝目瞧着松林。四個掌門人站在前面，十餘名弟子隔着丈許，排成一列，站在四人之後。松林中靜悄悄地沒半點聲息。下弦月不甚明亮，映着滿野松林，照得人面皆青。

過了良久，忽聽得林中一聲唿哨，左側和右側各有一行黑衣漢子奔出。每一行都有五六十人，百餘人遠遠繞到關東羣豪之後，兜將轉來，將羣豪和石丁兩人都圍住了，站定身子，手按兵刃，一聲不出。跟着松林中又出來十名黑衣漢子，一字排開。石破天輕噫一聲，這十人竟是長樂幫內五堂的正副香主，米橫野、陳冲之、展飛等一齊到了。這十人一站定，林中緩步走出一人，正是「着手成春」貝海石。他咳嗽了幾聲，說道：「關東四大門派掌門人枉顧，敝幫兄弟……咳咳……不敢在總舵靜候，特來遠迎。咳……只是各位來得遲了，教敝幫合幫上下，等得十分心焦。」

范一飛聽得他說話之間咳嗽連聲，便知是武林中大大有名的貝海石，心想原來對方正是自己此番前來找尋的正主兒，雖見長樂幫聲勢浩大，反放下了心事，尋思：「既是長樂幫，那麼生死榮辱，憑此一戰，倒免了跟毫不相干的丁不四等人糾纏不清。」一想到丁不四，忍不住打個寒戰，便抱拳道：「原來是貝先生遠道來迎，何以克當？在下臥虎溝范一飛。」跟着給呂正平、風良、高三娘子等三人引見了。

石破天見他們客客氣氣的廝見，心道：「他們不是來打架的。」低聲道：「是自己人，咱們出去相見罷。」丁璫拉住他手臂，在他耳邊道：「且慢，等一等再說。」

只聽范一飛道：「我們約定來貴幫拜山，不料途中遇到一些躭擱，是以來得遲了，還請貝先生和衆位香主海涵。」貝海石道：「好說，好說。不過敝幫石幫主恭候多日，不見大駕光臨，只道各位已將約會之事作罷。石幫主另有要事，便沒再等下去了。」范一飛一怔，說道：「不知石英雄到了何處？不瞞貝先生說，我們萬里迢迢的來到中原，便是盼和貴幫的石英雄會上一會。若是會不到石英雄，那……那……未免令我們好生失望了。」貝海石按住嘴咳嗽了幾聲，卻不作答。

范一飛又道：「我們攜得一些關東土產，幾張貂皮，幾斤人參，奉贈石英雄、貝先生、和衆位香主。微禮不成敬意，只是千里送鵝毛之意，請各位笑納。」左手擺了擺，便有三名弟子走到馬旁，從馬上解下三個包裹，躬身送到貝海石面前。

貝海石笑道：「這……這個實在太客氣了。承各位賜以厚貺，當眞……咳咳……當眞是卻之不恭，受之有愧了，多謝，多謝！」米橫野等將三個包裹接了過去。

范一飛從自己背上解下一個小小包裹，雙手托了，走上三步，朗聲道：「貴幫司徒幫主昔年在關東之時，和在下以及這三位朋友甚是交好，蒙司徒幫主不棄，跟我們可說是有過命的交情。這裹是一隻成形的千年人參，服之延年益壽，算得是十分稀有之物，是送給司徒大哥的。」他雙手托着包裹，望定了貝海石，卻不將包裹遞過去。

石破天好生奇怪：「怎麼另外還有一個司徒幫主？」

只聽貝海石咳了幾聲，又歎了口長氣，說道：「敝幫前幫主司徒大哥，咳咳……前幾年遇上了一件不快意事，心灰意懶，不願再理幫務，因此上將幫中大事交給了石幫主。司徒大哥……他老人家……咳咳……入山隱居，久已不聞消息，幫中老兄弟們都牽記得緊。各位這份厚禮，要交到他老人家手上，倒不大容易了。」

范一飛道：「不知司徒大哥在何處隱居？又不知為了何事退隱？」辭意漸嚴，已隱隱有質問之意。

貝海石微微一笑，說道：「在下只是司徒幫主的部屬，於他老人家的私事，所知實在不多，范兄等幾位既是司徒幫主的知交，在下正好請教，何以正當長樂幫好生興旺之際，司徒幫主突然將這副重擔交託了給石幫主？」這一來反客為主，登時將范一飛的咄咄言辭頂了回去，反令他好生難答。范一飛道：「這個……這個我們怎麼知道？」

貝海石道：「當司徒幫主交卸重任之時，衆兄弟對石幫主的人品武功，可說一無所知，見他年紀甚輕，武林中又無名望，由他來率領羣雄，老實說大夥兒心中都有點兒不服。可是石幫主接任之後，便爲本幫立了幾件大功，果然司徒幫主巨眼識英雄，他老人家不但武功高人一等，見識亦是非凡，咳咳……若非如此，他又怎會和衆位遼東英雄論交？嘿嘿！」言下之意自是說，倘若你們認爲司徒幫主眼光不對，那麼你們自己也不是甚麼好脚色了。

呂正平突然揷口道：「貝大夫，我們在關東得到的訊息，卻非如此，因此上一齊來到中原，要查個明白。」

貝海石淡淡的道：「萬里之外以訛傳訛，也是有的。卻不知列位聽到了甚麼謠言？」

呂正平道：「眞相尙未大白之前，這到底是否謠言，那也還難說。我們聽一位好朋友說道，司徒大哥是……是……」眼中精光突然大盛，朗聲道：「……是被長樂幫的奸人所害，死得不明不白。這幫主之位，卻落在一個貪淫好色、兇橫殘暴的少年浪子手裏。這位朋友言之鑿鑿，聽來似乎不是虛語。我們記着司徒大哥昔年的好處，雖然自知武功名望，實在不配來過問貴幫的大事，但爲友心熱，未免……未免冒昧了。」

貝海石嘿嘿一聲冷笑，說道：「呂兄言之有理，這未免冒昧了。」

呂正平臉上一熱，心道：「人道『着手成春』貝海石精幹了得，果是名不虛傳。」大聲說道：「貴幫願奉何人爲主，局外人何得過問？我們這些關東武林道，只想請問貴幫，司徒大哥眼下是死是活？他不任貴幫幫主，到底是心所甘願，還是爲人所迫？」

貝海石道：「姓貝的雖不成器，在江湖上也算薄有浮名，說過了的話，豈有改口的？閣下要是咬定貝某撒謊，貝某也只有撒謊到底了。嘿嘿，列位都是武林中大有身分來歷之人，熱心爲朋友，本來令人好生欽佩。但這一件事，卻是欠通啊欠通！」

高三娘子向來只受人戴高帽，拍馬屁，給貝海石如此奚落，不禁大怒，厲聲說道：「害死司徒大哥的，只怕你姓貝的便是主謀。我們來到中原，是給司徒大哥報仇來着，早就沒想活着回去。你男子漢大丈夫，既有膽子作下事來，就該有膽子承擔，你給我爽爽快快說一句，司徒大哥到底是死是活？」

貝海石懶洋洋的道：「姓貝的生了這許多年病，鬧得死不死，活不活的，早就覺得活着也沒多大味道。高三娘子要殺，不妨便請動手。」

高三娘子怒道：「還虧你是個武林名宿，卻來給老娘耍這憊懶勁兒。你不肯說，好，你去將那姓石的小子叫出來，老娘當面問他。」她想貝海石老奸巨猾，鬥嘴鬥他不過，動武也怕寡不敵衆，那石幫主是個後生小子，縱然不肯吐實，從他神色之間，總也可看到些端倪。

站在貝海石身旁的陳冲之忽然笑道：「不瞞高三娘子說，我們石幫主喜歡女娘們，那是不錯，但他只愛見年輕貌美、溫柔斯文的小妞兒。要他來見高三娘子，這個……嘿嘿……只怕他……嘿嘿……」這幾句話語氣輕薄，言下之意，自是譏嘲高三娘子老醜潑辣，石幫主全無見她一見的胃口。

丁璫在暗中偷笑，低聲道：「其實高姐姐相貌也很好看啊，你又看上了她，是不是？」石破天道：「又來胡說八道！小心她放飛刀射你！」丁璫笑道：「她放飛刀射我，你幫那一個？」石破天還沒回答，高三娘子大怒之下，果然放出了三柄飛刀，銀光急閃，向陳冲之射去。

陳冲之一一躲開，笑道：「你看中我有甚麼用？」口中還在不乾不淨的大肆輕薄。

范一飛叫道：「且慢動手！」但高三娘子怒氣一發，便不可收拾，飛刀接連發出，越放越快。陳冲之避開了六把，第七把竟沒能避過，噗的一聲，正中右腿，登時屈腿跪倒。高三娘子冷笑道：「下跪求饒麼？」陳冲之大怒，拔刀撲了上來。風良揮軟鞭擋開。

眼見便是一場羣毆之局，石破天突然叫道：「不可打架，不可打架！你們要見我，不是已經見到了麼？」說着携了丁璫之手，從大石後竄了出來，幾個起落，已站在人叢之中。

陳冲之和風良各自向後躍開。長樂幫中羣豪歡聲雷動，一齊躬身說道：「幫主駕到！」

范一飛等都大吃一驚，眼見長樂幫衆人的神氣絕非作僞，轉念又想：「恩公自稱姓石，年紀甚輕，武功極高，他是長樂幫的幫主，本來毫不希奇，只怪我們事先沒想到。他自稱石中玉，我們卻聽說長樂幫幫主叫甚麼石破天。嗯，石中玉，字破天，那也尋常得很啊。」

高三娘子歉然道：「石……石恩公，原來你……你便是長樂幫的幫主，我們可當眞鹵莽得緊。早知如此，那還有甚麼信不過的？」

石破天微微一笑，向貝海石道：「貝先生，沒想到在這裏碰到大家，這幾位是我朋友，大家別傷和氣。」

貝海石見到石破天，不勝之喜，他和關東羣豪原無嫌隙，畧畧躬身，說道：「幫主親來主持大局，那是再好也沒有了，一切仗幫主作主。」

高三娘子道：「我們誤聽人言，只道司徒大哥爲人所害，因此上和貴幫訂下約會，那裏知道新幫主竟然便是石恩公。石恩公義薄雲天，自不會對司徒大哥作下甚麼虧心事，定是司徒大哥見石恩公武功比他高強，年少有爲，因此上退位讓賢，卻不知司徒大哥可好？」

石破天不知如何回答，轉頭向貝海石道：「這位司徒……司徒大哥……」

貝海石道：「司徒前幫主眼下隱居深山，甚麼客人都不見，否則各位如此熱心，萬里趕來，本該是和他會會的。」

呂正平道：「在下適才出言無狀，得罪了貝先生，眞是該死之極，這裏謝過。」說着深深一揖，又道：「但司徒大哥和我們交情非同尋常，這番來到中原，終須見上他一面，萬望恩公和貝先生代爲求懇。司徒大哥不見外人，我們可不是外人。」說着雙目注視石破天。

石破天向貝海石道：「這位司徒前輩，不知住得遠不遠？范大哥他們走了這許多路來探訪他，倘若見不到，豈非好生失望？」

貝海石甚感爲難，幫主的說話就是命令，不便當衆違抗，只得道：「其中的種種干係，一時也說不明白。各位遠道來訪，長樂幫豈可不稍盡地主之誼？敝幫總舵離此不遠，請各位遠客駕臨敝幫，喝一杯水酒，慢慢再說不遲。」

石破天奇道：「總舵離此不遠？」貝海石微現詫異之色，說道：「此處向東北，抄近路到鎭江總舵，只五十里路。」石破天轉頭向丁璫望去。丁璫格的一笑，伸手扺住了嘴。

范一飛等正要追查司徒幫主司徒橫的下落，不約而同的都道：「來到江南，自須到貴幫總舵拜山。」

當下一行人逕向東北進發，天明後已到了鎭江長樂幫總舵。幫中自有管事人員對遼東羣豪殷勤招待。

石破天和丁璫並肩走進室內。侍劍見幫主回來，不由得又驚又喜，見他帶着一個美貌少女，那是見得多了，心想：「身子剛好了些，老毛病又發作了。先前我還道他一場大病之後變了性子，哼，他若變性，當眞日頭從西方出來呢。」

石破天洗了臉，剛喝得一杯茶，聽得貝海石在門外說道：「侍劍姐姐，請你稟告幫主，貝海石求見。」石破天不等侍劍來稟，便擘帷走出，說道：「貝先生，我正想請問你，那位司徒幫主到底是怎麼回事？」

貝海石道：「請幫主移步。」領着他穿過花園，來到菊畔壇的一座八角亭中，待石破天坐下，這才就坐，道：「幫主生了這場病，隔了這許多日子，以前的事仍然記不得麼？」

石破天曾聽父母仔細剖析，說道長樂幫羣豪要他出任幫主，用心險惡，是要他爲長樂幫擋災，送他一條小命，以解除全幫人衆的危難。但貝海石一直對他恭謹有禮，自己在摩天崖上寒熱交攻，幸得他相救，其後連日發病，他又曾用心診治，雖說出於自私，但自己這條命總是他救的，此刻如果直言質詢，未免令他臉上難堪，再說，從前之事確是全然不知，也須問個明白，便道：「正是，請貝先生從頭至尾，詳述一遍。」

貝海石道：「司徒前幫主名叫司徒橫，外號八爪金龍，是幫主的師叔，幫主這總還記得罷？」石破天奇道：「是我師叔，我……我怎麼一點也不記得了？那是甚麼門派？」

貝海石道：「司徒幫主向來不說他的師承來歷，我們屬下也不便多問。三年以前，幫主奉了師父之命……」石破天問道：「奉了師父之命，我師父是誰？」貝海石搖了搖頭，道：「幫主這場病當眞不輕，竟連師父也忘記了。幫主的師承，屬下卻也不知。上次雪山派那白萬劍硬說幫主是雪山派弟子，屬下也是好生疑惑，瞧幫主的武功家數，似乎不像。」

石破天道：「我師父？我只拜過金烏派的史婆婆爲師，不過那是最近的事。」伸指敲了敲腦袋，只覺自己所記的事，與旁人所說總是不相符合，心下好生煩惱，問道：「我奉師父之命，那便如何？」

貝海石道：「幫主奉師父之命，前來投靠司徒幫主，要他提携，在江湖上創名立萬。過不多時，本幫便發生了一件大事，那是因商議賞善罰惡、銅牌邀宴之事而起。這一會事，幫主可記得麼？」石破天道：「賞善罰惡的銅牌，我倒知道。當時怎麼商議，我腦子裏卻是一點影子也沒有了。」貝海石道：「本幫每年一度，例於三月初三全幫大聚，總舵各香主、各地分舵舵主，都來鎭江聚會，商討幫中要務。三年前的大聚之中，有個何香主忽然提到，本幫近年來好生興旺，再過得三年，邀宴銅牌便將重現江湖，那時本幫勢難倖免，如何應付，須得先行有個打算才好，免得事到臨頭，慌了手脚。」

石破天點頭道：「是啊，賞善罰惡的銅牌一到，幫主若不接牌答允去喝臘八粥，全幫上下都有盡遭殺戮之禍。那是我親眼見到過的。」貝海石心中一凜，奇道：「幫主親眼見到過了？」石破天道：「其實我眞的不是你們幫主。不過這件事我卻見到了的，那是飛魚幫和鐵叉會，兩幫人衆都給殺得乾乾淨淨。」心道：「唉！大哥、二哥可也太辣手了。」

飛魚幫和鐵叉會因不接銅牌而慘遭全幫屠殲之事，早已傳到了長樂幫總舵。貝海石歎了口氣，說道：「我們早料到有這一天，因此那位何香主當年提出這件事來，實在也不能說是杞人憂天，是不是？可是司徒幫主一聽，立時便勃然大怒，說何香主煽動人心，圖謀不軌，當即下令將他扣押起來。大夥兒紛紛求情，司徒幫主嘴上答允，半夜裏卻悄悄將他殺了，第二日卻說何香主畏罪自殺。」

石破天道：「那為了甚麼？想必司徒幫主和這位何香主有仇，找個因頭將他害死了。」

貝海石搖頭道：「那倒不是，眞正原因是司徒幫主不願旁人提及這回事。」

石破天點了點頭。他資質本甚聰明，只是從來少見人面，於人情世故才一竅不通，近來與石清夫婦及丁璫相處多日，已頗能揣摩旁人心思，尋思：「司徒幫主情知倘若接了銅牌赴宴，那便是葬身海島，有去無回；但若不接銅牌，卻又是要全幫上下弟兄陪着自己一塊兒送命。這件事他自己多半早就日思夜想，盤算了好幾年，卻不願別人公然提起這個難題。」

貝海石續道：「衆兄弟自然都知道何香主是他殺的。他殺何香主不打緊，但由此可想而知，當邀宴銅牌到來之時，他一定不接，決不肯犧牲一己，以換得全幫上下的平安。衆兄弟當時各懷心事，默不作聲，便在那時，幫主你挺身而出，質問師叔。」

石破天大為奇怪，說道：「是我挺身而出，質問……質問他？」

貝海石道：「是啊！當時幫主你侃侃陳辭，說道：『師叔，你既為本幫之主，便當深謀遠慮，為本幫圖個長久打算。善惡二使復出江湖之期，已在不遠。何香主提出這件事來，也是為全幫兄弟着想。師叔你逼他自殺，只恐衆兄弟不服。』司徒幫主當即變臉喝罵，說道：『大膽小子，這長樂幫總舵之中，那有你說話的地方？長樂幫自我手中而創，便算自我手中而毀，也挨不上別人來多嘴多舌。』司徒幫主這幾句話，更教衆兄弟心寒。幫主你卻說道：『師叔，你接牌也是死，不接牌也是死，又有甚麼分別？若不接牌，只不過教這許多忠肝義膽的好兄弟們都陪上一條性命而已，於你有甚麼好處？倒不如爽爽快快的慷慨接牌，教全幫上下，永遠記着你的恩德。』」

石破天點頭道：「這番話倒也不錯，可是……可是……貝先生，我卻沒這般好口才，沒本事說得這般清楚明白。」貝海石微笑道：「幫主何必過謙？幫主只不過大病之後，腦力未曾全復。日後痊愈，自又辯才無礙，別說本幫無人能及，便是江湖上，又有誰及得你上？」石破天將信將疑，道：「是麼？我……我說了這番話後，那又如何？」

貝海石道：「司徒幫主登時臉色發青，拍桌大罵，叫道：『快……快給我將這沒上沒下的小子綁了起來！』可是他連喝數聲，衆人你看看我，我看看你，竟是誰也不動。司徒幫主更加氣惱，大叫：『反了，反了！你們都跟這小子勾結了起來，要造我的反是不是？好，你們不動手，我自己來宰了這小子！』」

石破天道：「衆兄弟可勸住了他沒有？」

貝海石道：「衆兄弟心中不服，仍是誰也沒有作聲。司徒幫主當即拔出八爪飛抓，縱身離座，便向幫主你抓了過來。你身子一幌，登時避開。司徒幫主連使殺着，卻都給你一一避開，也始終沒有還手。你雙手空空，司徒幫主的飛爪在武林中也是一絕，你居然能避得七八招，實是十分的難能可貴。當時米香主便叫了起來：『幫主，你師姪讓了你八招不還手，一來尊你是幫主，二來敬你是師叔，你再下殺手，天下人可都要派你的不是了。』司徒幫主怒喝：『誰叫他不還手了？反正你們都已偏向了他，大夥兒齊心合力將我殺了，奉這小子爲幫主，豈不遂了衆人的心願？』

「他口中怒罵，手上絲毫不停，霎時之間，你連遇凶險，眼見要命喪於他飛爪之下。展香主叫道：『石兄弟，接劍！』將一柄長劍拋過來給你。你伸手抄去，又讓了三招，說道：『師叔，我已讓了二十招，你再不住手，我迫不得已，可要得罪了。』司徒幫主目露兇光，揮鋼爪向你面門抓到，當時議事廳上二十餘人齊聲大呼：『還手，還手，莫給他害了！』你說道：『得罪！』這才舉劍擋開他的飛爪。

「你二人這一動手，那就鬥得十分激烈。鬥了一盞茶時分，人人都已瞧出幫主你未出全力，是在讓他，但他還是狠命相撲，終於你使了一招猶似『順水推舟』那樣的招式，劍尖刺中了他右腕，他飛爪落地，你立即收劍，躍開三步。司徒幫主怔怔而立，臉上已全無血色，眼光從衆兄弟的臉上一個個橫掃過去。這時議事廳上半點聲息也無，只有他手腕傷口中的鮮血，一滴一滴的落在地下，發出極輕微的嗒嗒之聲。過了好半晌，他慘然說道：『好，好，好！』大踏步向外走去。廳上四十餘人目送他走出，仍是誰也沒有出聲。

「司徒幫主這麼一走，誰都知道他是再也沒面目回來了，幫中不可無主，大家就推你繼承。當時你慨然說道：『小子無德無能，本來決計不敢當此重任，只是再過三年，善惡銅牌便將重現江湖。小子暫居此位，那邀宴銅牌若是送到本幫，小子便照接不誤，替各位擋去一場災難便是。』衆兄弟一聽，齊聲歡呼，當即拜倒。不瞞幫主說，你力戰司徒幫主，武功之強，衆目所覩，大家本已心服，其實即使你武功平平，只要答允爲本幫擋災解難，大家出於私心，也都必擁你爲主。」

石破天點頭道：「因此我幾番出外，你們都急得甚麼似的，唯恐我一去不回。」

貝海石臉上微微一紅，說道：「幫主就任之後，諸多措施，大家也無異言，雖說待衆兄弟嚴峻了些，但大家想到幫主大仁大義，甘願捨生以救衆人之命，甚麼也都不在乎了。」

石破天沉吟道：「貝先生，過去之事，我都記不起了，請你不必隱瞞，我到底做過甚麼大錯事了？」貝海石微笑道：「說是大錯，卻也未必。幫主方當年少，風流倜儻了些，也不足爲病。好在這些女子大都出於自願，強迫之事，並不算多。長樂幫的聲名本來也不如何高明，衆兄弟聽到消息，也不過置之一笑而已。」

石破天只聽得額頭涔涔冒汗，貝海石這幾句話輕描淡寫，但顯然這幾年來自己的風流罪過定是作下了不少。可是他苦苦思索，除了丁璫一人之外，又和那些女子有過不清不白的私情勾當，實是一個也想不起來；突然之間，心中轉過一個念頭：「倘若阿綉聽到了這番話，只須向我瞧上一眼，我就……我就……」

貝海石道：「幫主，屬下有一句不知進退的話，不知是否該說？」石破天忙道：「正要請貝先生教我，請你說得越老實越好。」貝海石道：「咱們長樂幫做些見不得人的買賣，原是勢所難免，否則全幫二萬多兄弟吃飯穿衣，又從那裏生發得來？咱們本就不是白道上的好漢，也用不着守他們那些仁義道德的臭規矩。只不過幫中自家兄弟們的妻子女兒，依屬下之見，幫主還是……還是少理睬她們爲妙，免得傷了兄弟間的和氣。」

石破天登時滿臉通紅，羞愧無地，想起那晚展香主來行刺，說自己勾引他的妻子，只怕此事確是有的，那便如何是好？

貝海石又道：「丁不三老先生行爲古怪，武功又是極高，幫主和他孫女兒來往，將來遺棄了她，只怕丁老先生不肯干休，幫主雖然也不會怕他，但總是多樹一個強敵……」石破天插口道：「我怎會遺棄丁姑娘？」貝海石微笑道：「幫主喜歡一個姑娘之時，自是當她心肝寶貝一般，只是幫主對這些姑娘都沒長性。這位丁姑娘嘛，幫主眞要跟她相好，也沒甚麼。但拜堂成親甚麼的，似乎可以不必了，免得中了丁老兒的圈套。」石破天道：「可是……可是我已經和她拜堂成親了。」貝海石道：「其時幫主重病未愈，多半是病中迷迷糊糊的受了丁老兒的擺佈，那也不能作得準的。」石破天皺起眉頭，一時難以回答。

貝海石心想談到此處，已該適可而止，便即扯開話題，說道：「關東四門派聲勢洶洶的找上門來，一見幫主，登時便軟了下來，恩公長、恩公短的，足見幫主威德。幫主武功增長奇速，可喜可賀，但不知是甚麼緣故？」石破天如何力退丁不四、救了高三娘子等人性命之事，途中關東羣豪早已加油添醬的說與長樂幫衆人知曉。貝海石萬萬料不得石破天武功竟會如此高強，當下想套問原由，但石破天自己也莫名其妙，自說不出個所以然來。

貝海石卻以爲他不肯說，便道：「這些人在武林中也都算是頗有名望的人物。幫主於他們既有大恩，便可乘機籠絡，以爲本幫之用。他們若是問起司徒前幫主的事，幫主只須說司徒前幫主已經退隱，屬下適才所說的經過，卻不必告知他們，以免另生枝節，於大家都無好處。」石破天點點頭道：「貝先生說得是。」

兩人又說了一會閒話，貝海石從懷中摸出一張淸單，稟告這幾個月來各處分舵調換了那些管事人員，甚麼山寨送來多少銀米，在甚麼碼頭收了多少月規。石破天不明所以，只是唯唯而應，但聽他說來，長樂幫的作爲，有些正是父母這幾日來所說的傷天害理勾當，許多地方的綠林山寨向長樂幫送金銀珠玉、糧食牲口，擺明了是坐地分贓；又有甚麼地方的幫會不聽號令，長樂幫便去將之滅了。他心中覺得不對，卻不知如何向貝海石說才是。

當晚總舵大張筵席，宴請關東羣豪，石破天、貝海石、丁璫在下首相陪。酒過三巡，各人說了些客氣話。范一飛道：「恩公大才，整理得長樂幫這般興旺，司徒大哥想來也必十分喜歡。」貝海石道：「司徒前輩此刻釣魚種花，甚麼人都不見，好生清閒舒適。敝幫的俗務，我們也不敢去稟報他老人家知道。」

范一飛正想再設辭探問，忽見虎猛堂的副香主匆匆走到貝海石身旁，在他耳旁低語了幾句。

貝海石笑着點頭，道：「很好，很好。」轉頭向石破天笑道：「好教幫主得知，雪山派羣弟子給咱們擒獲之後，這幾天凌霄城又派來後援，意圖救人。那知偷鷄不着蝕把米，剛才又給咱們抓了兩個。」石破天微微一驚，道：「將雪山派的弟子都拿住了？」貝海石笑道：「上次幫主和白萬劍那廝一起離開總舵，衆兄弟好生記掛，只怕幫主忠厚待人，着了那廝的道兒……」他當着關東羣豪之面，不便直說石破天爲白萬劍所擒，是以如此的含糊其辭，又道：「咱們全幫出動，探問幫主的下落，在當塗附近撞到一干雪山弟子，略使小計，便將他們都擒了來，禁在總舵，只可惜白萬劍那廝機警了得，單單走了他一人。」

丁璫突然插口問道：「那個花萬紫花姑娘呢？」貝海石笑道：「那是第一批在總舵擒住的，丁姑娘當時也在場，是不是？那次一共拿住了七個。」

范一飛等心下駭然，均想：「雪山派赫赫威名，不料在長樂幫手下遭此大敗。」

貝海石又道：「我們向雪山派羣弟子盤問幫主的下落，大家都說當晚幫主在土地廟自行離去，從此沒再見過。大家得知幫主無恙，當時便放了心。現下這些雪山派弟子是殺是關，但憑幫主發落。」

石破天尋思：「爹爹、媽媽說，從前我確曾拜在雪山派門下學藝，這些雪山派弟子們算來都是我的師叔，怎麼可以關着不放？當然更加不可殺害。」便道：「我們和雪山派之間有些誤會，還是……化……化……」他想說一句成語，但新學不久，一時想不起來。

貝海石接口道：「化敵為友。」

石破天道：「是啊，還是化敵為友罷！貝先生，我想把他們放了，請他們一起來喝酒，好不好？」他不知武林中是否有這規矩，因此問上一聲，又想貝海石他們花了很多力氣，才將雪山羣弟子拿到，自己輕易一句話便將他們放了，未免擅專。旁人雖尊他為幫主，他自己卻不覺幫中上下人人都須遵從他的號令。

貝海石笑道：「幫主如此寬宏大量，正是武林中的一件美事。」便吩咐道：「將雪山派那些人都帶上來。」

那副香主答應了下去，不久便有四名幫衆押着兩個白衣漢子上來。那二人都雙手給反綁了，白衣上染了不少血迹，顯是經過一番爭鬥，兩人都受了傷。那副香主喝道：「上前參見幫主。」

那年紀較大的中年人怒目而視，另一個三十歲左右的壯漢破口大罵：「爽爽快快的，將老爺一刀殺了！你們這些作惡多端的賊強盜，總有一日惡貫滿盈，等我師父威德先生到來，將你們一個個碎屍萬段，為我報仇。」

忽聽得窗外暴雷也似的一聲喝道：「時師弟罵得好痛快，狗強盜，下三濫的王八蛋。」但聽得鐵鍊叮噹之聲，自遠而近，二十餘名雪山派弟子都戴了足鐐手銬，昂然走入大廳。耿萬鍾、呼延萬善、聞萬夫、柯萬鈞、王萬仞、花萬紫等均在其內，連那輕功十分了得的汪萬翼這次也給拿住了。王萬仞一進門來，便「狗強盜、王八蛋」的罵不絕口，有的則道：「有本事便真刀真槍的動手，使悶香蒙藥，那是下三濫的小賊所為。」

范一飛與風良等對望了一眼，均想：「倘若是使悶香蒙汗藥將他們擒住的，那便沒甚麼光采了。」

貝海石一瞥之間，已知關東羣豪的心意，當卽離座而起，笑吟吟的道：「當塗一役，我們確是使了蒙汗藥，倒不是怕了各位武功了得，只是顧念石幫主和各位的師長昔年有一些淵源，不願動刀動槍的傷了各位，有失和氣。各位這麼說，顯是心中不服，這樣罷，各位一個個上來和在下過過招，只要有那一位能接得住在下十招，咱們長樂幫就算是下三濫的狗強盜如何？」

當日長樂幫總舵一戰，貝海石施展五行六合掌，柯萬鈞等都是走不了兩三招便卽被他點倒，若說要接他十招，確是大大不易。新被擒的雪山弟子時萬年卻不知他功夫如此了得，眼見他面黃飢瘦、一派病夫模樣，對他有何忌憚？當即大聲叫道：「你們長樂幫只不過倚多爲勝，有甚麼了不起？別說十招，你一百招老子也接了。」

貝海石笑道：「很好，很好！這位老弟台果然膽氣過人。咱們便這麼打個賭，你接得下我十招，長樂幫是下三濫的狗強盜。倘若你老弟在十招之內輸了，雪山派便是下三濫的狗強盜，好不好？」說着走近身去，右手一拂，綁在時萬年身上幾根手指粗細的麻繩應手而斷，笑道：「請罷！」

時萬年被綁之後，不知已掙扎了多少次，知道身上這些麻繩十分堅韌，那知這病夫如此輕描淡寫的隨手一拂，自己說甚麼也掙不斷的麻繩竟如粉絲麵條一般。霎時之間，他臉色大變，不由自主的身子發抖，那裏還敢和貝海石動手？

忽然間廳外有人朗聲道：「很好，很好！這個賭咱們打了！」衆人一聽到這聲音，雪山弟子登時臉現喜色，長樂幫幫衆俱都一愕，連貝海石也是微微變色。

只聽得廳門砰的一聲推開，有人大踏步走了進來，氣宇軒昂，英姿颯爽，正是「氣寒西北」白萬劍。他抱拳拱手，說道：「在下不才，就試接貝先生十招。」

貝海石微微一笑，神色雖仍鎮定，心下卻已十分尷尬，以白萬劍的武功而論，自己雖能勝得過他，但勢非在百招以外不可，要在十招之內取勝，那是萬萬不能。他心念一轉，便即笑道：「十招之賭，只能欺欺白大俠的衆位師弟。白大俠親身駕到，咱們這個打賭便須改一改了。白大俠倘若有興與在下過招，咱們點到爲止，二三百招內決勝敗罷！」

白萬劍森然道：「原來貝先生說過的話，是不算數的。」貝海石哈哈一笑，說道：「十招之賭，只是對付一般武藝低微、狂妄無知的少年，難道白大俠是這種人麼？」

白萬劍道：「倘若長樂幫自承是下三濫的狗強盜，那麼在下就算武藝低微、狂妄無知，又有何妨？」他進得廳來，見石破天神采奕奕的坐在席上，衆師弟卻個個全身銬鐐，容色憔悴，心下惱怒已極，因此抓住了貝海石一句話，定要逼得他自承是下三濫的狗強盜。

便在此時，門外忽然有人朗聲道：「松江府楊光、玄素莊石清、閔柔前來拜訪。」正是石清的聲音。

石破天大喜，一躍而起，叫道：「爹爹、媽媽！」奔了出去。他掠過白萬劍身旁之時，白萬劍一伸手便扣他手腕。

這一下出手極快，石破天猝不及防，已被扣住脈門，但他急於和父母相見，不暇多想，隨手一甩，眞力到處，白萬劍只覺半身酸麻，急忙鬆指，只覺一股大力衝來，急忙向旁跨出兩步，這才站定，一變色間，只見貝海石笑吟吟的道：「果然武藝高強！」這句話明裏似是稱讚石破天，骨子裏正是譏刺白萬劍「武藝低微、狂妄無知」。

只見石破天眉花眼笑的陪着石清夫婦走進廳來，另一個身材高大的白鬚老者走在中間，他身後又跟着五個漢子。鎭江與松江相去不遠，長樂幫羣豪知他是江南武林名宿銀戟楊光，更聽幫主叫石清夫婦爲「爹爹，媽媽」，自是人人都站起身來。但見石破天攜着閔柔之手，神情極是親密。

閔柔微微仰頭瞧着兒子，笑着說道：「昨日早晨在客店中不見了你，我急得甚麼似的，你爹爹卻說，倘若有人暗算於你，你或者難以防備，要說將你擄去，那是再也不能了。他說到長樂幫來打聽打聽，定能得知你的訊息，果然是在這裏。」

丁璫一見石清夫婦進來，臉上紅得猶如火炭一般，轉過了頭不敢去瞧他二人，卻豎起耳朵，傾聽他們說些甚麼。

只聽得石清夫婦、楊光和貝海石、范一飛、呂正平等一一見禮。楊光身後那五個漢子均是江南出名的武師，是楊光與石清就近邀來長樂幫評理作見證的。各人都是武林中頗有名望的人物，甚麼「久仰大名、如雷貫耳」之類的客套話，好一會才說完。范一飛等既知他們是石破天的父母，執禮更是恭謹。石清夫婦不知就裏，見對方禮貌逾恆，自不免加倍的客氣。只是貝海石突然見到石破天多了一對父母出來，而這兩人更是聞名江湖的玄素莊莊主，饒是他足智多謀，霎時之間也不禁茫然失措。

石破天向貝海石道：「貝先生，這些雪山派的英雄們，咱們都放了罷？」他不敢發施號令，要讓貝海石拿主意。

貝海石笑道：「幫主有令，把雪山派的『英雄們』都給放了。」他將「英雄們」三字說得加倍響亮，顯是大有譏嘲之意。長樂幫中十餘名幫衆轟然答應：「是！幫主有令，把雪山派的『英雄們』都給放了。」當下便有人拿出鑰匙，去開雪山弟子身上的足鐐手銬。

白萬劍手按劍柄，大聲說道：「且慢！石……哼，石幫主，貝先生，當着松江府銀戟楊老英雄和玄素莊石莊主夫婦在此，咱們有句話須得說個明白。」頓了一頓，說道：「咱們武林中人，若是學藝不精，刀槍拳脚上敗於人手，對方要殺要辱，那是咎由自取，死而無怨。

可是我這些師弟，卻是中了長樂幫的蒙汗藥而失手被擒，長樂幫使這等卑鄙無恥的手段，到底是損了雪山派的聲譽，還是壞了長樂幫名頭？這位貝先生適才又說甚麼來，不妨再說給幾位新來的朋友聽聽。」

貝海石乾咳兩聲，笑道：「這位白兄弟……」白萬劍厲聲道：「誰跟下三濫的狗強盜稱兄道弟了！好不要臉！」貝海石道：「我們石幫主……」

石清揷口道：「貝先生，我這孩兒年輕識淺，何德何能，怎可當貴幫的幫主？不久之前他又生了一場重病，將舊事都忘記了。這中間定有重大誤會，那『幫主』兩字，再也休得提起。在下邀得楊老英雄等六位朋友來此，便是要評說分解此事。白師傅，貴派和長樂幫有過節，我不肖的孩兒又曾得罪了你。這兩件事該當分開來談。我姓石的雖是江湖上泛泛之輩，對人可從不說一句假話。我這孩兒確是將舊事忘得乾乾淨淨了。」他頓了一頓，朗聲又道：「然而只要是他曾經做過的事，不管記不記得，決不敢推卸罪責。至於旁人假借他名頭來幹的事，卻和我孩兒一概無涉。」

廳上羣雄愕然相對，誰也沒料到突然竟會有這意外變故發生。

貝海石乾笑道：「嘿嘿，嘿嘿，這是從那裏說起？石幫主……」心下只連珠價叫苦。

石破天搖頭道：「我爹爹說得不錯。我不是你們的幫主，我不知說過多少遍了，可是你們一定不信。」

范一飛道：「這中間到底有甚麼隱秘，兄弟頗想洗耳恭聽。我們只知長樂幫的幫主是司徒橫司徒大哥，怎麼變成是石恩公了？」

楊光一直不作聲，這時撚鬚說道：「白師傅，你也不用性急，誰是誰非，武林中自有公論。」他年紀雖老，說起話來卻是聲若洪鐘，中氣充沛，隨隨便便幾句話，便是威勢十足，教人不由得不服。只聽他又道：「一切事情，咱們慢慢分說，這幾位師傅身上的銬鐐，先行開了。」

長樂幫的幾名幫衆見貝海石點了點頭，便用鑰匙將雪山弟子身上的鐐銬一一打開。

白萬劍聽石清和楊光二人的言語，竟是大有向貝海石問罪之意，對自己反而並無敵意，倒大非始料之所及。他衆師弟爲長樂幫所擒，人孤勢單，向貝海石斥罵叫陣，那也是硬着頭皮的無可奈何之舉，爲了雪山派的面子，縱然身遭亂刀分屍，也不肯吞聲忍辱，說到取勝的把握，自是半分也無，單貝海石一人自己便未必鬥得過。不料石清夫婦與楊光突然來到，忽爾生出了轉機，當下並不多言，靜觀貝海石如何應付。

石清待雪山羣弟子身上鐐銬脫去、分別就坐之後，又道：「貝先生，小兒這麼一點兒年紀，見識淺陋之極，要說能爲貴幫一幫之主，豈不令天下英雄齒冷？今兒當着楊老英雄和江南武林朋友，白師傅和雪山派衆位師兄，關東四大門派衆位面前，將這事說個明白。我這孩兒石中玉與長樂幫自今而後再無半分干係。他這些年來自己所做的事，自當一一清理，至於旁人借他名義做下的勾當，是好事不敢掠美，是壞事卻也不能空擔惡名。」

貝海石笑道：「石莊主說出這番話來，可眞令人大大的摸不着頭腦。石幫主出任敝幫幫主，已歷三年，並非一朝一夕之事，咳咳……我們可從來沒聽幫主說過，名動江湖的玄素雙劍……咳咳……竟是我們幫主的父母。」轉頭對石破天道：「幫主，你怎地先前一直不說？

否則玄素莊離此又沒多遠，當你出任幫主之時，咱們就該請令尊令堂大人前來觀禮了。」

石破天道：「我……我……我本來也不知道啊。」

此語一出，衆人都是大爲差愕：「怎麼你本來也不知道？」

石清道：「我這孩兒生了一場重病，將過往之事一概忘了，連父母也記不起來，須怪他不得。」

貝海石本來給石清逼問得狼狽之極，難以置答，長樂幫衆首腦心中都知，所以立石破天爲幫主，不過要他去擋俠客島銅牌之難，說得直截些，便是要他做替死鬼，這話卽在本幫之內，大家也只是心照，實不便宣之於口，又如何能對外人說起？忽聽石破天說連他自己也不知石清夫婦是他父母，登時抓住了話頭，說道：「幫主確曾患過一場重病，寒熱大作，昏迷多日，但那只是兩個多月之前的事。他出任長樂幫幫主之時，卻是身子好好的，神智清明，否則怎能以一柄長劍與司徒前幫主的飛爪拆上近百招，憑武功將司徒前幫主打敗，因而登上幫主之位？」

石清和閔柔沒聽兒子說過此事，均感詫異。閔柔問道：「孩兒，這事到底怎樣？」關東四門派掌門人聽說石破天打敗了司徒橫，也是十分關注，聽閔柔問起，同時瞧着石破天。

貝海石道：「我們向來只知幫主姓石，雙名上破下天。『石中玉』這三字，卻只從白師傅和石莊主口中聽到。是不是石莊主認錯了人呢？」

閔柔怒道：「我親生的孩兒，那有認錯之理？」她雖素來溫文有禮，但貝海石竟說這寶貝兒子不是她的孩兒，卻忍不住發怒。

石清見貝海石糾纏不清，心想此事終須叫穿，說道：「貝先生，咱們明人不說暗話，貴幫這般瞧得起我孩兒這無知少年，決非為了他有甚麼雄才偉畧、神機妙算，只不過想借他這條小命，來擋過俠客島銅牌邀宴這一刦，你說是也不是？」

這句話開門見山，直說到了貝海石心中，他雖老辣，臉上也不禁變色，乾咳了幾下，又苦笑幾聲，拖延時刻，腦中卻在飛快的轉動念頭，該當如何對答。忽聽得一人哈哈大笑，說道：「各位在等俠客島銅牌邀宴，是不是？很好，好得很，銅牌便在這裏！」

只見大廳之中忽然站着兩個人，一胖一瘦，衣飾華貴，這兩人何時來到，竟是誰也沒有知覺。

石破天眼見二人，心下大喜，叫道：「大哥，二哥，多日不見，別來可好？」

石清夫婦曾聽他說起和張三、李四結拜之事，聽得他口稱「大哥、二哥」，這一驚當眞非同小可。石清忙道：「二位來得正好。我們正在分說長樂幫幫主身分之事，二位正可也來作個見證。」這時石破天已走到張三、李四身邊，拉着二人的手，甚是親熱歡喜。

張三笑嘻嘻的道：「三弟，你這個長樂幫幫主，只怕是冒牌貨罷？」

閔柔心想孩兒的生死便懸於這頃刻之間，再也顧不得甚麼溫文嫻淑，當卽插口道：「是啊！長樂幫的幫主是司徒橫司徒幫主，他們騙了我孩兒來擋災，那是當不得眞的。」

張三向李四問道：「老二，你說如何？」李四陰惻惻的道：「該找正主兒。」張三笑嘻嘻的道：「是啊，咱三個義結金蘭，說過有福共享，有難同當。長樂幫要咱們三弟來擋災，那不是要我哥兒們的好看嗎？」

羣雄一見張三、李四突然現身的身手，已知他二人武功高得出奇，再見他二人的形態，宛然便是三十年來武林中聞之色變的善惡二使，無不凜然，便是貝海石、白萬劍這等高手，也不由得心中怦怦而跳。但聽他們和石破天兄弟相稱，又均不明其故。

張三又道：「我哥兒倆奉命來請人去喝臘八粥，原是一番好意。不知如何，大家總是不肯賞臉，推三阻四的，教人好生掃興。再說，我們所請的，不是大門派的掌門人，便是大幫的幫主、大教的教主，等閒之人，那兩塊銅牌也還到不了他手上。很好，很好，很好！」

他連說三個「很好」，眼光向范一飛、呂正平、風良、高三娘子四人臉上掃過，只瞧得四人心中發毛。他最後瞧到高三娘子時，目光多停了一會，笑嘻嘻的又道：「很好！」范一飛等都已猜到，自己是關東四大門派掌門人，這次也在被邀之列，張三所以連說「很好」，當是說四個人都在這裏遇到，倒省了一番跋涉之勞。

高三娘子大聲道：「你瞧着老娘連說『很好』，那是甚麼意思？」張三笑嘻嘻的道：「很好就是很好，那還有甚麼意思？總之不是『很不好』，也不是『不很好』就是了。」

高三娘子喝道：「你要殺便殺，老娘可不接你的銅牌！」右手一揮，呼呼風響，兩柄飛刀便向張三激射過去。

衆人都是一驚，均想不到她一言不合便即動手，對善惡二使竟是毫不忌憚。其實高三娘子性子雖然暴躁，卻非全無心機的草包，她料想善惡二使既送銅牌到來，這場災難無論如何是躲不過了，眼下長樂幫總舵之中高手如雲，敵愾同仇，一動上手，誰都不會置身事外，與其讓他二人來逐一殲滅，不如乘着人多勢衆之際，合關東四派、長樂幫、雪山派、玄素莊、楊光等江南豪傑諸路人馬之力，打他個以多勝少。

石破天叫道：「大哥，小心！」

張三笑道：「不碍事！」衣袖輕揮，兩塊黃澄澄的東西從袖中飛了出去，分別射向兩柄飛刀，噹的一聲，兩塊黃色之物由豎變橫，托着飛刀向高三娘子撞去。

從風聲聽來，這飛撞之力甚是凌厲，高三娘子雙手齊伸，抓住了兩塊黃色之物，只覺雙臂震得發痛，上半身盡皆酸痲，低頭看時，不由得倒抽一口涼氣，托着飛刀的黃色之物，正是那兩塊追魂奪命的賞善罰惡銅牌。

她早就聽人說過善惡二使的規矩，只要伸手接了他二人交來的銅牌，就算是答允赴俠客島之宴，再也不能推托。霎時之間，她臉上更無半分血色，身子也不由自主的微微發抖，乾笑道：「哈哈，要我……我……我……我去喝俠客島……喝……臘八……粥……」聲音苦澀不堪，旁人聽着都不禁代她難受。

張三仍是笑嘻嘻的道：「貝先生，你們安排下機關，騙我三弟來冒充幫主。他是個忠厚老實之人，不免上當。我張三、李四卻不忠厚老實了。我們來邀客人，豈有不查個明白的？倘然邀錯了人，鬧下天大的笑話，張三、李四顏面何存？長樂幫幫主這個正主兒，我們早查得清清楚楚，倒花了不少力氣，已找了來放在這裏。兄弟，咱們請正主兒下來，好不好？」

李四道：「不錯，該當請他下來。」伸手抓住兩張圓凳，呼的一聲，向屋頂擲了上去。

只聽得轟隆一聲響亮，屋頂登時撞出了一個大洞，泥沙紛落之中，挾著一團物事掉了下來，砰的一聲，摔在筵席之前。

羣豪不約而同的向旁避了幾步，只見從屋頂摔下來的竟然是一個人。這人縮成一團，蜷伏於地。

李四左手食指點出，嗤嗤聲響，解開了那人的穴道。那人便慢慢站了起來，伸手揉眼，茫然四顧。

衆人齊聲驚呼，有的說：「他，他！」有的說：「怎……怎麼……」有的說：「怪……怪了！」衆人見到李四凌虛解穴，以指風撞擊數尺外旁人的穴道，這等高深的武功向來只是耳聞，從未目覩，人人已是驚駭無已，又見那人五官面目宛然便是又一個石破天，只是全身綾羅，服飾華麗，更感詫異。只聽那人顫聲道：「你……你們又要對我怎樣？」

張三笑道：「石幫主，你躲在揚州妓院之中，數月來埋頭不出，艷福無邊。貝先生他們到處尋你不着，只得另外找了個人來冒充你幫主。但你想瞞過俠客島使者的耳目，可沒這麼容易了。我們來請你去喝臘八粥，你去是不去？」說着從袖中取出兩塊銅牌，托在手中。

那少年臉現懼色，急退兩步，顫聲道：「我……我當然不去。我幹麼……幹麼要去？」

石破天奇道：「大哥，這……這到底是怎麼回事？」

張三笑道：「三弟，你瞧這人相貌跟你像不像？長樂幫奉他爲幫主，本是要他來接銅牌的，可是這人怕死，悄悄躲了起來，貝先生他們無可奈何，便騙了你來頂替他作幫主。可是你大哥、二哥還是將他揪了出來，叫你作不成長樂幫的幫主，你怪不怪我？」

石破天搖搖頭，目不轉睛的瞧着那人，過了半晌，說道：「媽媽，爹爹，叮叮噹噹，貝先生，我……我早說你們認錯了人，我不是他，他……他才是眞的。」

閔柔搶上一步，顫聲道：「你……你是玉兒？」那人點了點頭，道：「媽，爹，你們都在這裏。」

白萬劍踏上一步，森然道：「你還認得我嗎？」那人低下了頭，道：「白師叔，衆……衆位師叔，也都來了。」白萬劍嘿嘿冷笑，道：「我們都來了。」

貝海石皺眉道：「這兩位容貌相似，身材年歲又是一樣，到底那一位是本幫的幫主，我可認不出來，這當眞是天下之大，無奇不有。你……你才是石幫主，是不是？」那人點了點頭。貝海石道：「這些日子中，幫主卻又到了何處？咱們到處找你不到。後來有人見到這個……這個少年，說道幫主是在摩天崖上，我們這才去請了來，咳咳……眞正想不到……咳咳……」那人道：「一言難盡，慢慢再說。」

廳上突然間寂靜無聲，衆人瞧瞧石破天，又瞧瞧石幫主，兩人容貌果然頗爲肖似，但並立在一起，相較之下，畢竟也大爲不同。石破天臉色較黑，眉毛較粗，不及石幫主的俊美文秀，但若非同時現身，卻也委實不易分辨。過了一會，只聽得閔柔抽抽噎噎的哭了出來。

白萬劍說道：「容貌可以相同，難道腿上的劍疤也是一般無異，此中大有情弊。」丁璫忍不住也道：「這人是假的。眞的天哥，左肩上有……有個疤痕。」石淸也是懷疑滿腹，說道：「我那孩兒幼時曾爲人暗器所傷。」指着石破天道：「這人身上有此暗器傷痕，到底誰眞誰假，一驗便知。」衆人瞧瞧石破天，又瞧瞧那華服少年，都是滿腹疑竇。

張三哈哈笑道：「既要僞造石幫主，自然是一筆一劃，都要造得眞像才行。眞的身上有疤，假的當然也有。貝大夫這『着手成春』四個字外號，難道是白叫的嗎？他說我三弟昏迷多日，自然是那時候在我三弟身上作上了手脚。」突然間欺近身去，隨手在那華服少年的肩頭、左腿、左臀三處分別抓了一下。那少年衣褲上登時被他抓出了三個圓孔，露出雪白的肌膚來。

只見他肩頭有疤、腿上有傷、臀部有痕，與丁璫、白萬劍、石清三人所說盡皆相符。

衆人都是「啊」的一聲驚呼，既訝異張三手法之精，這麼隨手幾抓絲毫不傷皮肉，而切割衣衫利逾幷剪，復見那少年身上的疤痕，果與石破天身上一模一樣。

丁璫搶上前去，顫聲道：「你……你……果眞是天哥？」那少年苦笑道：「叮叮噹噹，這麼些日子不見你，我想得你好苦，你卻早將我抛在九霄雲外了。你認不得我，可是你啊，我便再隔一千年，一萬年，也永遠認得你。」丁璫聽他這麼說，喜極而泣，道：「你……你才是眞的天哥。他……他可惡的騙子，又怎說得出這些眞心情意的話來？我險些兒給他騙了！」說着向石破天怒目而視，同時情不自禁的伸手拉住了那少年的手。那少年將手掌緊了一緊，向她微微一笑。丁璫登覺如坐春風，喜悅無限。

石破天走上兩步，說道：「叮叮噹噹，我早就跟你說，我不是你的天哥，你……你生不生我的氣？」

突然間拍的一聲，他臉上熱辣辣的着了個耳光。

丁璫怒道：「你這騙子，啊唷，啊唷！」連連揮手，原來她這一掌打得甚是着力，卻被石破天的內力反激出來，震得她手掌好不疼痛。

石破天道：「你……你的手掌痛嗎？」丁璫怒道：「滾開，滾開，我再也不要見你這無恥的騙子！」石破天黯然神傷，喃喃道：「我……我不是故意騙你的。」丁璫怒道：「還說不是故意？你肩頭僞造了個傷疤，幹麼不早說？」石破天搖頭道：「我自己也不知道！」丁璫頓足道：「騙子，騙子，你走開！」一張俏臉蛋脹得通紅。

石破天眼中淚珠滾來滾去，險些便要奪眶而出，強自忍住，退了開去。

石清轉頭問貝海石道：「貝先生，這……這位少年，你們從何處覓來？我這孩兒，又如何給你們硬栽爲貴幫的幫主？武林中朋友在此不少，還得請你分說明白，以釋衆人之疑。」

貝海石道：「這位少年相貌與石幫主一模一樣，連你們玄素雙劍是親生的父母，也都分辨不出，我們外人認錯了，怕也難怪罷？」

石清點了點頭，心想這話倒也不錯。

閔柔卻道：「我夫婦和兒子多年不見，孩子長大了，自是不易辨認。貝先生這幾年來和我孩子日日相見，以貝先生之精明，卻是不該認錯的。」

貝海石咳嗽幾聲，苦笑道：「這……這也未必。」那日他在摩天崖見到石破天，便知不是石中玉，但遍尋石中玉不獲，正自心焦如焚，靈機一動，便有意要石破天頂替。恰好石破天渾渾噩噩，安排起來容易不過，這番用心自是說甚麼也不能承認的，又道：「石幫主接任敝幫幫主，那是憑武功打敗了司徒前幫主，才由衆兄弟羣相推戴。石幫主，此事可是有的？『硬栽』二字，從何說起？」

那少年石中玉道：「貝先生，事情到了這步田地，也就甚麼都不用隱瞞了。那日在淮安府我得罪了你，給你擒住。你說只須一切聽你吩咐，就饒我性命，於是你叫我加入你們長樂幫，要我當衆質問司徒幫主爲何逼得何香主自殺，問他爲甚麼不肯接俠客島銅牌，又叫我跟司徒幫主動手。憑我這點兒微末功夫，又怎是司徒幫主的對手？是你貝先生和衆香主在混亂中一擁而上，假意相勸，其實是一起制住了司徒幫主，逼得他大怒而去，於是你便叫我當幫主。此後一切事情，還不是都聽你貝先生的吩咐，你要我東，我又怎敢向西？我想想實在沒有味兒，便逃到了揚州，倒也逍遙快活。那知莫名其妙的卻又給這兩位老兄抓到了這裏。將我點了穴道，放在屋頂上。貝先生，這長樂幫的幫主，還是你來當。這個傀儡幫主的差使，請你開恩免了罷。」他口才便給，說來有條有理，人人登時恍然。

貝海石臉色鐵青，說道：「那時候幫主說甚麼話來？事到臨頭，卻又翻悔推托。」

石中玉道：「唉，那時候我怎敢不聽你吩咐？此刻我爹娘在此，你尚且對我這麼狠霸霸的，別的事也就可想而知了。」他眼見賞善罰惡二使已到，倘若推不掉這幫主之位，勢必性命難保，又有了父母作靠山，言語中便強硬起來。

米橫野大聲道：「幫主，你這番話未免顛倒是非了。你作本幫幫主，也不是三天兩日之事，平日作威作福，風流快活，作踐良家婦女，難道都是貝先生逼迫你的？若不是你口口聲聲向衆兄弟拍胸擔保，賭咒發誓，說道定然會接俠客島銅牌，衆兄弟又怎容你如此胡鬧？」

石中玉難以置辯，便只作沒聽見，笑道：「貝先生本事當眞不小，我隱居不出，免惹痲煩，虧得你不知從何處去找了這個小子出來。這小子的相貌和我也眞像。他既愛冒充，就冒充到底好了，又來問我甚麼？爹，媽，這是非之地，咱們及早離去爲是。」他口齒伶俐，比之石破天實是天差地遠，兩人一開口說話，那便全然不同。

米橫野、陳冲之、展飛等同時厲聲道：「你想撒手便走，可沒這般容易。」說着各自按住腰間刀柄、劍把。

張三哈哈笑道：「石幫主，貝先生，咱們打開天窗說亮話。憑着司徒橫和石幫主的武功聲望，老實說，也眞還不配上俠客島去喝一口臘八粥。長樂幫這幾年來幹的惡事太多，我兄弟二人今天來到貴幫的本意，乃是『罰惡』，本來也不盼望石幫主能接銅牌。只不過向例如此，總不免先問上一聲。石幫主你不接銅牌，是不是？好極，好極！你不接最好！」

貝海石與長樂幫羣豪都是心頭大震，知道石中玉若不接他手中銅牌，這胖瘦二人便要大開殺戒。聽這胖子言中之意，此行主旨顯是誅滅長樂幫。他二人適才露的幾手功夫，全幫無人能敵。但石中玉顯然說甚麼也不肯做幫主，那便如何是好？

霎時之間，大廳中更無半點聲息。人人目光都瞧着石中玉。

石破天道：「貝先生，我大哥……他可不是說着玩的，說殺人便當眞殺人，飛魚幫、鐵叉會那些人，都給他兩個殺得乾乾淨淨。我看不論是誰做幫主都好，先將這兩塊銅牌接了下來，免得多傷人命。雙方都是好兄弟，眞要打起架來，我可不知要幫誰才好。」

貝海石道：「是啊，石幫主，這銅牌是不能不接的。」

石破天向石中玉道：「石幫主，你就接了銅牌罷。你接牌也是死，不接也是死。只不過若是不接呢，那就累得全幫兄弟都陪了你一起死，這……這於心何忍？」

石中玉嘿嘿冷笑，說道：「你慷他人之慨，話倒說得容易。你既如此大仁大義，幹麼不給長樂幫擋災解難，自己接了這兩塊銅牌？嘿嘿，當眞好笑！」

石破天歎了口氣，向石淸、閔柔瞧了一眼，向丁璫瞧了一眼，說道：「貝先生，衆位一直待我不錯，原本盼我能爲長樂幫消此大難，眞的石幫主既不肯接，就由我來接罷！」說着走向張三身前，伸手便去取他掌中銅牌。衆人盡皆愕然。

張三將手一縮，說道：「且慢！」向貝海石道：「俠客島邀宴銅牌，只交正主。貴幫到底奉那一位作幫主？」

貝海石等萬料不到，石破天在識破各人的陰謀詭計之後，竟仍肯爲本幫賣命，這些人雖然個個兇狡剽悍，但此時無不油然而生感激之情，不約而同的齊向石破天躬身行禮，說道：「願奉大俠爲本幫幫主，遵從幫主號令，決不敢有違。」這幾句話倒也說得萬分誠懇。

石破天還禮道：「不敢，不敢！我甚麼事都不懂，說錯了話，做錯了事，你們不要怪我才好。」貝海石等齊道：「不敢！」

張三哈哈一笑，問道：「兄弟，你到底姓甚麼？」石破天茫然搖頭，說道：「我眞的不知道。」向閔柔瞧了一眼，又向石淸瞧了一眼，見兩人對自己瞧着的目光中仍是充滿愛惜之情，說道：「我……我還是姓石罷！」張三道：「好！長樂幫石幫主，今年十二月初八，請到俠客島來喝臘八粥。」石破天道：「自當前來拜訪兩位哥哥。」

張三道：「憑你的武功，這碗臘八粥大可喝得。只可惜長樂幫卻從此逍遙自在了。」李四搖頭道：「可惜，可惜！」不知是深以不能誅滅長樂幫爲憾，還是說可惜石破天枉自爲長樂幫送了性命。貝海石等都低下了頭，不敢和張三、李四的目光相對。

張三、李四對望一眼，都點了點頭。張三右手揚處，兩塊銅牌緩緩向石破天飛去。銅牌份量不輕，擲出之後，本當勢挾勁風的飛出，但如此緩緩凌空推前，便如空中有兩根瞧不見的細綫吊住一般，內力之奇，實是罕見罕聞。

衆人睜大了眼睛，瞧着石破天。閔柔突然叫道：「孩兒別接！」石破天道：「媽，我已經答允了的。」雙手伸去，一手抓住了一塊銅牌，向石清道：「爹爹……不……石……石……石莊主明知危險，仍是要代上清觀主赴俠客島去，孩兒……我也要學上一學。」

李四道：「好！英雄俠義，不枉了跟你結拜一場。兄弟，咱們把話說在前頭，到得俠客島上，大哥、二哥對你一視同仁，可不能給你甚麼特別照顧。」石破天道：「這個自然。」

李四道：「這裏還有幾塊銅牌，是邀請關東范、風、呂三位去俠客島喝臘八粥的。三位接是不接？」

范一飛向高三娘子瞧了一眼，心想：「你既已經接了，咱們關東四大門派同進同退，也只有硬着頭皮，將這條老命去送在俠客島了。」當即說道：「承蒙俠客島上的大俠客們瞧得起，姓范的焉有敬酒不喝喝罰酒之理？」走上前去，從李四手中接過兩塊銅牌。風良哈哈一笑，說道：「到十二月初八還有兩個月，就算到那時非死不可，可也是多活了兩個月。」當下與呂正平都接了銅牌。

張三、李四二人抱拳行禮，說道：「各位賞臉，多謝了。」向石破天道：「兄弟，我們尚有遠行，今日可不能跟你一起喝酒了，這就告辭。」石破天道：「喝三碗酒，那也無妨。兩位哥哥的酒葫蘆呢？」張三笑道：「扔了，扔了！這種酒配起來可艱難得緊，帶着兩個空葫蘆有甚麼趣味？好罷，二弟，咱哥兒三個這就喝三碗酒。」

長樂幫中的幫衆斟上酒來，張三、李四和石破天對乾三碗。

石清踏上一步，朗聲道：「在下石清，忝爲玄素莊莊主，意欲與內子同上俠客島來討一碗臘八粥喝。」

張三心想：「三十多年來，武林中人一聽到俠客島三字，無不驚心膽戰，今日居然有人自願前往，倒是第一次聽見。」說道：「石莊主、石夫人，這可對不起了。你兩位是上清觀門下，未曾另行開門立派，此番難以奉請。楊老英雄和別的幾位也是這般。」

白萬劍問道：「兩位尙有遠行，是否……是否前去凌霄城？」張三道：「白英雄料事如神，我二人正要前去拜訪令尊威德先生白老英雄。」白萬劍臉上登時變色，踏上一步，欲言又止，隔了半晌，才道：「好。」

張三笑道：「白英雄若是回去得快，咱們還可在凌霄城再見。請了，請了！」和李四一舉手，二人一齊轉身，緩步出門。

高三娘子罵道：「王八羔子，甚麼東西！」左手揮處，四柄飛刀向二人背心擲去。她明知這一下萬難傷到二人，只是心中憤懣難宣，放幾口飛刀發洩一下也是好的。

眼見四柄飛刀轉瞬間便到了二人背後，二人似是絲毫不覺，石破天忍不住叫道：「兩位哥哥小心了！」猛聽得呼的一聲，二人向前飛躍而出，迅捷難言，衆人眼前只一花，四柄飛刀拍的一聲，同時釘在門外的照壁之上，張三李四卻已不知去向。飛刀是手中擲出的暗器，但二人使輕功縱躍，居然比之暗器尙要快速。羣豪相顧失色，如見鬼魅。高三娘子兀自罵道：

「王八羔……」但忍不住心驚，只罵得三個字，下面就沒聲音了。

石中玉携着丁璫的手，正在慢慢溜到門口，想乘衆人不覺，就此溜出門去，不料高三娘子這四口飛刀，卻將各人的目光都引到了門邊。白萬劍厲聲喝道：「站住了！」轉頭向石清道：「石莊主，你交代一句話下來罷！」

石清歎道：「姓石的生了這樣……這樣的兒子，更有甚麼話說？白師兄，我夫婦携帶犬子，同你一齊去凌霄城向白老伯領罪便是。」

一聽此言，白萬劍和雪山羣弟子無不大感意外，先前爲了個假兒子，他夫婦奮力相救，此刻眞兒子現身，他反而答允同去凌霄城領罪，莫非其中有詐？

閔柔向丈夫望了一眼，這時石清也正向妻子瞧來。二人目光相接，見到對方神色淒然，都是不忍再看，各將眼光轉了開去，均想：「原來咱們的兒子終究是如此不成材的東西，既答允了做長樂幫的幫主，大難臨頭之際，卻又縮頭避禍，這樣的人品，唉！」

他夫婦二人這幾日來和石破天相處，雖覺他大病之後，記憶未復，說話舉動甚是幼稚可笑，但覺他天性淳厚，而天眞爛漫之中往往流露出一股英俠之氣，心下甚是歡喜。閔柔更是心花怒放，石破天愈不通世務，她愈覺這孩子就像是從前那依依膝下的七八歲孩童，勾引起當年許多甜蜜的往事。不料眞的石中玉突然出現，容貌雖然相似，行爲卻全然大異，一個狡獪懦怯，一個銳身任難，偏偏那個懦夫才是自己的兒子。

閔柔對石中玉好生失望，但畢竟是自己親生的孩子，向他招招手，柔聲道：「孩子，你過來！」石中玉走到她身前，笑道：「媽，這些年來，孩兒眞想念你得緊。媽，你越來越年輕俊俏啦，任誰見了，都會說是我姊姊，決不信你是我的親娘。」閔柔微微一笑，心頭甚是氣苦：「這孩子就學得一副油腔滑調。」笑容之中，不免充滿了苦澀之意。

石中玉又道：「媽，孩兒早幾年曾覓得一對碧玉鐲兒，一直帶在身邊，只盼那一日見到你，親手給你帶在手上。」說着從懷中掏出個黃緞包兒，打了開來，取出一對玉鐲，一朵鑲寶石的珠花，拉過母親手來，將玉鐲給她帶在腕上。

閔柔原本喜愛首飾打扮，見這副玉鐲子溫潤晶瑩，甚是好看，想到兒子的孝心，不由得惱意漸減。她可不知這兒子到處拈花惹草，一向身邊總帶着珍貴的珍寶首飾，一見到美貌女子，便取出贈送，以博歡心。

石中玉轉過身來，將珠花揷在丁璫頭髮上，低聲笑道：「這朵花該當再美十倍，才配得我那叮叮噹噹的花容月貌，眼下沒法子，將就着戴戴罷。」丁璫大喜，低聲道：「天哥，你總是這般會說話。」伸手輕輕撫弄鬢上的珠花，斜視石中玉，臉上喜氣盎然。

貝海石咳嗽了幾聲，說道：「難得楊老英雄、石莊主夫婦、關東四大門派衆位英雄大駕光臨。種種誤會，亦已解釋明白。讓敝幫重整杯盤，共謀一醉。」

但石清夫婦、白萬劍、范一飛等各懷心事，均想：「你長樂幫的大難有人出頭擋過了，我們卻那有心情來喝你的酒？」白萬劍首先說道：「俠客島的兩個使者說道要上凌霄城去，在下非得立時趕回不可。貝先生的好意，只有心領了。」石清道：「我們三人須和白師兄同去。」范一飛等也卽告辭，說道臘八粥之約爲期不遠，須得趕回關東；言語中含糊其辭，但人人心下明白，他們是要趕回去分別料理後事。

當下羣豪告辭出來。石破天神色木然，隨着貝海石送客，心中十分淒涼：「我早知他們是弄錯了，偏偏叮叮噹噹說我是她的天哥，石莊主夫婦又說我是他們的兒子。」突然之間，只覺世上孤零零的只賸下了自己一人，誰也和自己無關。「我眞的媽媽不要我了，師父史婆婆和阿綉不要我了，連阿黃也不要我了！」

范一飛等又再三向他道謝解圍之德。白萬劍道：「石幫主，數次得罪，大是不該，尙請見諒。石幫主英雄豪邁，以德報怨，紫煙島上又多承相救，在下十分心感。此番回去，若是僥倖留得性命，日後很願和石幫主交個朋友。」石破天唯唯以應，只想放聲大哭。

石清夫婦和石破天告別之時，見他容色淒苦，心頭也大感辛酸。閔柔本想說收他做自己義子，但想他是江南大幫的幫主，身分可說已高於自己夫婦，武功又如此了得，認他爲子的言語自是不便出口，只得柔聲道：「石幫主，先前數日，我夫婦誤認了你，對你甚是不敬，只盼……只盼咱們此後尙有再見之日。」

石破天道：「是，是！」目送衆人離去，直到各人走得人影不見，他兀自怔怔的站在大門外出神。

貝海石又是慚愧，又是感激，早就遠遠躲開。其餘幫衆只道石破天接了銅牌後自知死期不遠，心頭不快，誰也沒敢過來跟他說話，萬一幫主將脾氣發在自己頭上，豈不倒霉？

前面一座山峯衝天而起，峯頂建着數百間房屋，屋外圍以一道白牆。石清讚道：「雄踞絕頂，俯視羣山，『凌霄』兩字，果然名副其實。」

十六 凌霄城

這日晚間，石破天一早就上了床，但思如潮湧，翻來覆去的直到中宵，才迷迷糊糊的入睡。

睡夢之中，忽聽得窗格上得得得的輕敲三下，他翻身坐起，記得丁璫以前兩次半夜裏來尋自己，都是這般擊窗為號，不禁衝口而出：「是叮叮……」只說得三個字，立即住口，歎了口氣，心想：「我這可不是發痴？叮叮噹噹早隨她那天哥去了，又怎會再來看我？」

卻見窗子緩緩推開，一個苗條的身影輕輕躍入，格的一笑，卻不是丁璫是誰？她走到床前，低聲笑道：「怎麼將我截去了一半？叮叮噹噹變成了叮叮？」

石破天又驚又喜，「啊」的一聲，從床上跳了下來，道：「你……你怎麼又來了？」丁璫抿嘴笑道：「我記掛着你，來瞧你啊。怎麼啦，來不得麼？」石破天搖頭說：「你找到了你眞天哥，又來瞧我這假的作甚？」

丁璫笑道：「啊唷，生氣了，是不是？天哥，日裏我打了你一記，你惱不惱？」說着伸手輕撫他面頰。

石破天鼻中聞到甜甜的香氣，臉上受着她滑膩手掌溫柔的撫摸，不由得心煩意亂，囁嚅道：「我不惱。叮叮噹噹，你不用再來看我。你認錯人了，大家都沒法子，只要你不當我是騙子，那就好了。」

丁璫柔聲道：「小騙子，小騙子！唉，你倘若眞是個騙子，說不定我反而喜歡。天哥，你是天下少有的正人君子，你跟我拜堂成親，始終……始終沒把我當成是你的妻子。」

石破天全身發燒，不由得羞慚無地，道：「我……我不是正人君子！我不是不想，只是我不……不敢！幸虧……幸虧咱們沒有甚麼，否則……否則可就不知如何是好！」

丁璫退開一步，坐在床沿之上，雙手按着臉，突然嗚嗚咽咽的啜泣起來。石破天慌了手脚，忙問：「怎……怎麼啦？」丁璫哭道：「我……我知道你是正人君子，可是人家……人家卻不這麼想啊。我當眞是跳在黃河裏也洗不清了。那個石中玉，他……他說我跟你拜過了天地，同過了房，他不肯要我了。」石破天頓足道：「這……這便如何是好？叮叮噹噹，你不用着急，我跟他說去。我去對他說，我跟你清清白白，那個相敬如……如甚麼的。」

丁璫忍不住噗哧一聲，破涕為笑，說道：「『相敬如賓』是不能說的，人家夫妻那才是相敬如賓。」石破天道：「啊，對不起，我又說錯了。我聽高三娘子說過，卻不明白這四個字的眞正意思。」

丁璫忽又哭了起來，輕輕頓足，說道：「他恨死你了，你跟他說，他也不會信你的。」

石破天內心隱隱感到歡喜：「他不要你，我可要你。」但知這句話不對，就是想想也不該，口中只說：「那怎麼辦？那怎麼辦？唉，都是我不好，這可累了你啦！」

丁璫哭道：「他跟你無親無故，你又無恩於他，反而和他心上人拜堂成親，洞房花燭，他不恨你恨誰？倘若他……他不是他，而是范飛、呂正平他們，你是救過他性命的大恩公，當然不論你說甚麼，他就信甚麼了。」

石破天點頭道：「是，是，叮叮噹噹，我好生過意不去。咱們總得想個法子才是。啊，有了，你請爺爺去跟他說個明白，好不好？」丁璫頓足哭道：「沒用的，沒用的。他……他石中玉過不了幾天就沒命啦，咱們一時三刻，又到那裏找爺爺去？」石破天大驚，問道：「爲甚麼他過不了幾天就沒了性命？」

丁璫道：「雪山派那白萬劍先前誤認你是石中玉，將你捉拿了去，幸虧爺爺和我將你救得性命，否則的話，他將你押到凌霄城中，早將你零零碎碎的剮來殺了，你記不記得？」石破天道：「當然記得。啊喲，不好，這一次石莊主和白師傅又將他送上凌霄城去。」丁璫哭道：「雪山派對他恨之切骨。他一入凌霄城，那裏還有性命？」石破天道：「不錯，雪山派的人一次又一次的來捉我，事情確是非同小可。不過他們衝着石莊主夫婦的面子，說不定只將你的天哥責罵幾句，也就算了。」

丁璫咬牙道：「你倒說得容易？他們要責罵，不會在這裏開口嗎？何必萬里迢迢的押他回去？他們雪山派爲了拿他，已死了多少人，你知不知道？」

石破天登時背上出了一陣冷汗，雪山派此次東來江南，確是死傷不少，別說石中玉在凌霄城中所犯的事必定十分重大，單是江南這筆帳，就決非幾句責罵便能了結。

丁璫又道：「天哥他確有過犯，自己送了命也就罷啦，最可惜石莊主夫婦這等俠義仁厚之人，卻也要陪上兩條性命。」

石破天跳將起來，顫聲道：「你……你說甚麼？石莊主夫婦也要陪上性命？」石清、閔柔二人這數日來待他親情深厚，雖說是認錯了人，但是他心中，卻仍是世上待他最好之人，一聽到二人有生死危難，自是關切無比。

丁璫道：「石莊主夫婦是天哥的父母，他們送天哥上凌霄城去，難道是叫他去送死？自然是要向白老爺子求情了。然而白老爺子一定不會答允的，非殺了天哥不可。石莊主夫婦愛護兒子之心何等深切，到得緊要關頭，勢須動武。你倒想想看，凌霄城高手如雲，又佔了地利之便，石莊主夫婦再加上天哥，只不過三個人，又怎能是他們的對手？唉，我瞧石夫人待你眞好，你自己的媽媽恐怕也沒她這般愛惜你。她……她……竟要去死在凌霄城中，我想想就難過。」說着雙手掩面，又嚶嚶啜泣起來。

石破天全身熱血如沸，說道：「石莊主夫婦有難，不論凌霄城有多大凶險，我都非趕去救援不可。就算救他們不得，我也寧可將性命陪在那裏，決不獨生。叮叮噹噹，我去了！」說着大踏步便走向房門。

丁璫拉住他衣袖，問道：「你去那裏？」

石破天道：「我連夜趕上他們，和石莊主夫婦同上凌霄城去。」丁璫道：「威德先生白老爺子武功厲害得緊，再加上他兒子白萬劍，還有甚麼風火神龍封萬里啦等等高手，就說你武功上勝得過他們，但凌霄城中步步都是機關，銅網毒箭，不計其數。你一個不小心踏入了陷阱，便有天大的本事，餓也餓死了你。」石破天道：「那也顧不得啦。」

丁璫道：「你逞一時血氣之勇，也死在凌霄城中，可是能救得了石莊主夫婦麼？你若是死了，我可不知有多傷心，我……我也不能活了。」

石破天突然聽到她如此情致纏綿的言語，一顆心不由得急速跳動，顫聲道：「你……你為甚麼對我這樣好？我又不是你的……你的眞天哥。」

丁璫歎道：「你們兩個長得一模一樣，在我心裏，實在也沒甚麼分別，何況我和你相聚多日，你又一直待我這麼好。『日久生情』這四個字，你總聽見過罷？」她抓住了石破天雙手，說道：「天哥，你答允我，你無論如何，不能去死。」石破天道：「可是石莊主夫婦不能不救。」丁璫道：「我倒有個計較在此，就怕你疑心我不懷好意，卻不便說。」石破天急道：「快說，快說！你又怎會對我不懷好意？」

丁璫遲疑道：「天哥，這事太委屈你了，又太便宜了他。任誰知道了，都會說我安排了個圈套要你去鑽。不行，這件事不能這麼辦。雖然說萬無一失，畢竟太不公道。」

石破天道：「到底是甚麼法子？只須救得石莊主夫婦，委屈了我，又有何妨？」

丁璫道：「天哥，你既定要我說，我便聽你的話，這就說了。不過你倘若眞要照這法子去幹，我可又不願。我問你，他們雪山派到底為甚麼這般痛恨石中玉，非殺了他不可？」

石破天道：「似乎石中玉本是雪山派弟子，犯了重大門規，在凌霄城中害死了白師傅的小姐，又累得他師父封萬里給白老爺爺斬了一條臂膀，說不定他還做了些別的壞事。」

丁璫道：「不錯，正因為石中玉害死了人，他們才要殺他抵命。天哥，你有沒害死過白師傅的小姐？」石破天一怔，道：「我？我當然沒有。白師傅的小姐我從來就沒見過。」丁璫道：「這就是了。我想的法子，說來也沒甚麼大不了，就是讓你去扮石中玉，陪着石莊主夫婦到凌霄城去。等得他們要殺你之時，你再吐露眞相，說道你是狗雜種，不是石中玉。他們要殺的是石中玉，並不是你，最多罵你一頓，說你不該扮了他來騙人，終究會將你放了。他們不殺你，石莊主夫婦也不會出手。當然也就不會送了性命。」

石破天沉吟道：「這法子倒眞好。只是凌霄城遠在西域，幾千里路和白師傅他們一路同行，只怕……只怕我說不了三句話，就露了破綻出來。叮叮噹噹，你知道，我笨嘴笨舌，那裏及得上你這個……你這個眞天哥的聰明伶俐。」說着不禁黯然。

丁璫道：「這個我倒想通了，你只須在喉頭塗上些藥物，讓咽喉處腫了起來，裝作生了個大瘡，從此不再說話，腫消之後仍是不說話，假裝變了啞巴，就甚麼破綻也沒有了。」說着忽然歎了口氣，幽幽的道：「天哥，法子雖妙，但總是教你吃虧，我實在過意不去。你知道的，在我心中，寧可我自己死了，也不能讓你受到半點委屈。」

石破天聽她語意之中對自己這等情深愛重，這時候別說要他假裝啞巴，就是要自己爲她而死，那也是勇往直前，絕無異言，當即大聲道：「很好，這主意眞妙！只是我怎麼去換了石中玉出來？」

丁璫道：「他們一行人都在橫石鎮上住宿，咱們這就趕去。我知道石中玉睡的房間，咱們悄悄進去，讓他跟你換了衣衫。明日早晨你就大聲呻吟，說是喉頭生了惡瘡，從此之後，不到白老爺子眞要殺你，你總是不開口說話。」石破天喜道：「叮叮噹噹，這般好法子，虧你怎麼想得出來？」

丁璫道：「一路上你跟誰也不可說話，和石莊主夫婦也不可太親近了。白師傅他們十分精明厲害，你只要露出半點馬脚，他們一起疑心，可就救不了石莊主夫婦了。唉，石莊主夫婦英雄俠義，倘若就此將性命斷送在凌霄城裏……」說着搖搖頭，歎了口長氣。

石破天點頭道：「這個我自理會得，便是殺我頭也不開口。咱們這就走罷。」

突然間房門呀的一聲推開，一個女子聲音叫道：「少爺，你千萬別上她當！」朦朧夜色之中，只見一個少女站在門口，正是侍劍。

石破天道：「侍劍姐姐，甚……甚麼別上她當？」侍劍道：「我在房門外都聽見啦。這丁姑娘不安好心，她……她只是想救她那個天哥，騙了你去作替死鬼。」石破天道：「不是的！丁姑娘是幫我想法子去救石莊主、石夫人。」侍劍急道：「你再好好想一想，少爺，她決不會對你安甚麼好心。」

丁璫冷笑道：「好啊，你本來是眞幫主的人，這當兒吃裏扒外，卻來挑撥是非。」轉頭向石破天道：「天哥，別理這小賤人，你快去問陳香主他們要一把悶香，可千萬別說起咱們計較之事。要到悶香後，別再回來，在大門外等我。」石破天問道：「要悶香作甚麼？」丁璫道：「待會你自然知道，快去，快去！」石破天道：「是！」推窗而出。

丁璫微微冷笑，道：「小丫頭，你良心倒好！」

侍劍驚呼一聲，轉身便逃。丁璫那容她逃走？搶將上去，雙掌齊發，擊中在她後心，侍劍哼也沒哼，登時斃命。

丁璫正要越窗而出，忽然想起一事，回身將侍劍身上衣衫扯得稀爛，褲子也扯將下來，裸了下身，將她屍身放在石破天的床上，拉過錦被蓋上。次日長樂幫幫衆發覺，定當她是力拒強暴，被石破天一怒擊斃。這麼一來，石破天數日不歸，貝海石等只道他暫離避羞，一時也不曾出外找尋。

她布置已畢，悄悄繞到大門外。過了一盞茶時分，石破天越牆出來，說道：「悶香拿到了。」丁璫道：「很好！」兩人快步而行，來到河邊，乘上小船。

丁璫執槳划了數里，棄船上岸，只見柳樹下繫着兩匹馬。丁璫道：「上馬罷！」石破天讚道：「你眞想得周到，連坐騎都早備下了。」丁璫臉上一紅，嗔道：「甚麼周到不周到？這是爺爺的馬，我又不知道你急着想去搭救石莊主夫婦。」

石破天不明白她爲甚麼忽然生氣，不敢多說，便即上馬。兩人馳到四更天時，到了橫石鎭外，下馬入鎭。

丁璫引着他來到鎭上四海客棧門外，低聲道：「石莊主夫婦和兒子睡在東廂第二間大房裏。」石破天道：「他們三個睡在一房嗎？可別讓石莊主、石夫人驚覺了。」

丁璫道：「哼，做父母的怕兒子逃走，對雪山派沒法子交代啊，睡在一房，以便日夜監視。他們只管顧着自己俠義英雄的面子，卻不理會親生兒子是死是活。這樣的父母，天下倒是少有。」言語中大有憤憤不平之意。

石破天聽她突然發起牢騷來，倒不知如何接口才是，低聲問道：「那怎麼辦？」

丁璫道：「你把悶香點着了，塞在他們窗中，待悶香點完，石莊主夫婦都已昏迷。就推窗進內，悄悄將石中玉抱出來便是。你輕功好，翻牆進去，白師傅他們不會知覺的，我可不成，就在那邊屋簷下等你。」石破天點頭道：「那倒不難。陳香主他們將雪山派弟子迷倒擒獲，使的便是這種悶香嗎？」丁璫點了點頭，笑道：「這是貴幫的下三濫法寶，想必十分靈驗，否則雪山羣弟子也非泛泛之輩，怎能如此輕易的手到擒來？」又道：「不過你千萬得小心了，不可發出半點聲息。石莊主夫婦卻又非雪山派弟子可比。」

石破天答應了，打火點燃了悶香，雖在空曠之處，只聞到點煙氣，便已覺頭昏腦脹。他微微一驚，問道：「這會熏死人嗎？」丁璫道：「他們用這悶香去捉拿雪山弟子，不知有沒熏死了人。」

石破天道：「那倒沒有。好，你在這裏等我。」走到牆邊，輕輕一躍，逾垣而入，了無聲息，找到東廂第二間房的窗子，側耳聽得房中三人呼吸勻淨，好夢正酣，便伸舌頭舐濕紙窗，輕輕挖個小孔，將點燃了的香頭塞入孔中。

悶香燃得好快，過不多時便已燃盡。他傾聽四下裏並無人聲，當下潛運內力輕推，窗扣便斷，隨即推開窗子，左手撐在窗檻上，輕輕翻進房中，藉着院子中射進來的星月微光，見房中並列兩炕，石清夫婦睡於北炕，石中玉睡於南炕，三人都睡着不動。

他踏上兩步，忽覺一陣暈眩，知是吸進了悶香，忙屏住呼吸，將石中玉抱起，輕輕躍到窗外，翻牆而出。

丁璫守在牆外，低聲讚道：「乾淨利落，天哥，你真能幹。」又道：「咱們走得遠些，別驚動了白師傅他們。」

石破天抱着石中玉，跟着她走出數十丈外。丁瑺道：「你把自己裏裏外外的衣衫都脫了下來，和他對換了。袋裏的東西也都換過。」石破天探手入懷，摸到大悲老人所贈的一盒木偶，又有兩塊銅牌，掏了出來，問道：「這……這個也交給他麼？」丁瑺道：「都交給他！你留在身上，萬一給人見到，豈非露出了馬脚？我在那邊給你望風。」

石破天見丁瑺走遠，便混身上下脫個精光，換上石中玉的內衣內褲。再將自己的衣服給石中玉穿上，說道：「行啦，換好了！」

丁瑺回過身來，說道：「石莊主、石夫人的兩條性命，此後全在乎你裝得像不像了。」石破天道：「是，我一定小心。」

丁瑺從腰間解下水囊，將一皮囊清水都淋在石中玉頭上，向他臉上凝視一會，這才轉過頭來，從懷中取出一隻小小鐵盒，揭開盒蓋，伸手指挖了半盒油膏，對石破天道：「仰起頭來！」將油膏塗在他喉頭，說道：「天亮之前，便抹去了藥膏，免得給人瞧破。明天會有些痛，這可委屈你啦。」石破天道：「不打緊！」只見石中玉身子畧畧一動，似將醒轉，忙道：「叮叮噹噹，我……我去啦。」丁瑺道：「快去，快去！」

石破天舉步向客棧走去，走出數丈，一回頭，只見石中玉已坐起身來，似在和丁瑺低聲說話，忽聽得丁瑺格的一笑，聲音雖輕，卻充滿了歡暢之意。石破天突然之間感到一陣劇烈的難過，隱隱覺得：從今而後，再也不能和丁瑺在一起了。

他畧一踟躕，隨即躍入客棧，推窗進房。房中悶香氣息尚濃，他凝住呼吸開了窗子，讓冷風吹入，只聽遠處馬蹄聲響起，知是丁璫和石中玉並騎而去，心想：「他們到那裏去了？叮叮噹噹這可眞的開心了罷？我這般笨嘴笨舌，跟她在一起，原是常常惹她生氣。」

在窗前悄立良久，喉頭漸漸痛了起來，當即鑽入被窩。

丁璫所敷的藥膏果然靈驗，過不到小半個時辰，石破天喉頭已十分疼痛，伸手摸去，觸手猶似火燒，腫得便如生了個大瘤。他挨到天色微明，將喉頭藥膏都擦在被上，然後將被子倒轉來蓋在身上，以防給人發覺藥膏，然後呻吟了起來，那是丁璫教他的計策，好令石清夫婦關注他的喉痛，縱然覺察到頭暈，懷疑或曾中過悶香，也不會去分心查究。

他呻吟了片刻，石清便已聽到，問道：「怎麼啦？」語意之中，頗有惱意。閔柔翻身坐起，道：「玉兒，身子不舒服麼？」不等石破天回答，便即披衣過來探看，一眼見到他雙頰如火，頸中更腫起了一大塊，不由得慌了手脚，叫道：「師哥，師哥，你……你來看！」

石清聽得妻子叫聲之中充滿了驚惶，當即躍起，縱到兒子炕前，見到他頸中紅腫得甚是厲害，心下也有些發慌，說道：「這多半是初起的癰疽，及早醫治，當無大害。」問石破天道：「痛得怎樣？」

石破天呻吟了幾聲，不敢開口說話，心想：「我爲了救你們，才假裝生這大瘡。你們這等關心，可見石中玉雖然做了許多壞事，你們還是十分愛他。可就沒一人愛我。」心中一酸，不由得目中含淚。

石清、閔柔見他幾乎要哭了出來，只道他痛得厲害，更是慌亂。石清道：「我去找個醫生來瞧瞧。」閔柔道：「這小鎭上怕沒好醫生，咱們回鎭江去請貝大夫瞧瞧，好不好？」石清搖頭道：「不！沒的旣讓白萬劍他們起疑，又讓貝海石更多一番輕賤。」他知貝海石對他兒子十分不滿，說不定會乘機用藥，加害於他，當即快步走了出去。

閔柔斟了碗熱湯來給石破天喝。這毒藥藥性甚是厲害，丁璫又給他搽得極多，咽喉內外齊腫，連湯水都不易下咽。閔柔更是驚慌。

不久石清陪了個六十多歲的大夫進來。那大夫看看石破天的喉頭，又搭了他雙手腕脈，連連搖頭，說道：「醫書云：癰發有六不可治，咽喉之處，藥食難進，此不可治之一也。這位世兄脈洪弦數，乃陽盛而陰滯之象。氣，陽也，血，陰也，血行脈內，氣行脈外，氣得邪而鬱，津液稠粘，積久滲入脈中，血爲之濁……」他還在滔滔不絕的說下去，石清插口道：「先生，小兒之癰，尙屬初起，以藥散之，諒無不可。」那大夫搖頭擺腦的道：「總算這位世兄命大，這大癰在橫石鎭上發作出來，遇上了我，性命是無礙的，只不過想要在數日之內消腫復原，卻也不易。」

石清、閔柔聽得性命無礙，都放了心，忙請大夫開方。那大夫沉吟良久，開了張藥方，用是的芍藥、大黃、當歸、桔梗、防風、薄荷、芒硝、金銀花、黃耆、赤茯苓幾味藥物。石清粗通藥性，見這些藥物都是消腫、化膿、消毒之物，倒是對症，便道：「高明，高明！」送了二兩銀子診金，將大夫送了出去，親去藥鋪贖藥。

待得將藥贖來，雪山派諸人都已得知。白萬劍生怕石清夫婦鬧甚麼玄虛，想法子搭救兒子，假意到房中探病，實則是察看眞相，待見石破天咽喉處的確腫得厲害，閔柔驚惶之態絕非虛假，白萬劍心下暗暗得意：「你這奸猾小子好事多爲，到得凌霄城後一刀將你殺了，倒便宜了你，原是要你多受些折磨。這叫做冥冥之中，自有報應。」但當着石清夫婦的面，也不便現出幸災樂禍的神色，反對閔柔安慰了幾句，退出房去。

石清瞧着妻子煎好了藥，服侍兒子一口一口的喝了，說道：「我已在外面套好了大車。中玉，男子漢大丈夫，可得硬朗些，一點兒小病，別耽誤了人家大事。咱們走罷。」

閔柔躊躇道：「孩子病得這麼厲害，要他硬挺着上路，只怕……只怕病勢轉劇。」石清道：「善惡二使正赴凌霄城送邀客銅牌，白師兄非及時趕到不可。要是威德先生和他們動手之時咱們不能出手相助，那更加對不起人家了。」閔柔點頭道：「是！」當下幫着石破天穿好了衣衫，扶他走出客棧。

她明白丈夫的打算，以石清的爲人，決不肯帶同兒子偷偷溜走。俠客島善惡二使上凌霄城送牌，白自在性情暴躁無比，一向自尊自大，決不會輕易便接下銅牌，勢必和張三、李四惡鬥一場。石清是要及時趕到，全力相助雪山派，倘若不幸戰死，那是武林中人的常事，石家三人全都送命在凌霄城中，兒子的汚名也就洗刷乾淨了。但若竟爾取勝，合雪山派和玄素莊之力打敗了張三、李四，兒子將功贖罪，白自在總不能再下手殺他。

閔柔在長樂幫總舵中親眼見到張三、李四二人的武功，動起手來自是勝少敗多，然而血肉之軀，武功再高，總也難免有疏忽失手之時，一綫機會總是有的，與其每日裏提心吊膽，鬱鬱不樂，不如去死戰一場，圖個僥倖。他夫婦二人心意相通，石清一說要將兒子送上凌霄城去，閔柔便已揣摸到了他的用意。她雖愛憐兒子，終究是武林中成名的俠女，思前想後，畢竟還是丈夫的主意最高，是以一直沒加反對。

白萬劍見石清夫婦不顧兒子身染惡疾，竟逼着他趕路，心下也不禁欽佩。

橫石鎭上那大夫毫不高明，將石破天頸中的紅腫當作了癰疽，但這麼一來，卻使石清夫婦絲毫不起疑心。白萬劍等人自然更加瞧不出來。石破天與石中玉相貌本像，穿上了石中玉一身華麗的衣飾，宛然便是個翩翩公子。他躺在大車之中，一言不發。他不善作僞，沿途露出的破綻本來着實不少，只是石清夫婦與兒子分別已久，他的擧止習慣原本如何，二人毫不知情，石破天破綻雖多，但只要不開口說話，他二人縱然精明，卻也瞧不出來。

一行人加緊趕路，唯恐給張三、李四走在頭裏，凌霄城中衆人遇到凶險，是以路上毫不敢耽擱。到得湖南境內，石破天喉腫已消，棄車騎馬，卻仍是啞啞的說不出話來。石清陪了他去瞧了幾次醫生，診不出半點端倪，不免平添了幾分煩惱，教閔柔多滴無數眼淚。

不一日，已到得西域境內。雪山弟子熟悉路徑，儘抄小路行走，料想張三、李四脚程雖快，不知這些小路，勢必難以趕在前頭。但石清夫婦想着見到威德先生之時，倘若他大發雷霆，立時要將石中玉殺了，而張三、李四決無如此湊巧的恰好趕到，那可就十分難處，眞當是早到也不好，遲到也不好。夫妻二人暗中商量了幾次，苦無善法，惟有一則聽天由命，二則相機行事了。

又行數日，衆人向一條山嶺上行去，走了兩日，地勢越來越高。這日午間，衆人到了一排大木屋中。白萬劍詢問屋中看守之人，得知近日並無生面人到凌霄城來，登時大爲寬心，當晚衆人在木屋中宿了一宵，次日一早，將馬匹留在大木屋中，步行上山。此去向西，山勢陡峭，已無法乘馬。幾名雪山弟子在前領路，一路攀山越嶺而上。只行得一個多時辰，已是滿地皆雪。一羣人展開輕功，在雪徑中攀援而上。

石破天跟在父母身後，既不超前，亦不落後。石清和閔柔見他脚程甚健，氣息悠長，均想：「這孩子內力修爲，大是不弱，倒不在我夫婦之下。」想到不久便要見到白自在，卻又擔起心來。

行到傍晚，只見前面一座山峯衝天而起，峯頂建着數百間房屋，屋外圍以一道白牆。白萬劍道：「石莊主，這就是凌霄城了。僻處窮鄉，一切俱甚粗簡。」石清讚道：「雄踞絕頂，俯視羣山，『凌霄』兩字，果然名副其實。」眼見山腰裏雲霧靄靄上升，漸漸將凌霄城籠罩在白茫茫的一片雲氣之中。

衆人行到山脚下時，天已全黑，即在山脚上的兩座大石屋中住宿。這兩座石屋也是雪山派所建，專供上峯之人先行留宿一宵，以便養足精神，次晨上峯。

第二日天剛微明，衆人便即起程上峯，這山峯遠看已甚陡峭，待得親身攀援而上，更是險峻。衆人雖身具武功，沿途卻也休息了兩次，才在半山亭中打尖。申牌時分，到了凌霄城外，只見城牆高逾三丈，牆頭牆垣雪白一片，盡是冰雪。

石清道：「白師兄，城牆上凝結冰雪，堅如精鐵，外人實難攻入。」

白萬劍笑道：「敝派在這裏建城開派，已有一百七十餘年，倒不曾有外敵來攻過。只隆冬之際常有餓狼侵襲，卻也走不進城去。」說到這裏，見護城冰溝上的吊橋仍是高高曳起，並不放下，不由得心中有氣，大聲喝道：「今日是誰輪值？不見我們回來嗎？」

城頭上探出一個頭來，說道：「白師伯和衆位師伯、師叔回來了。我這就稟報去。」白萬劍喝道：「玄素莊石莊主夫婦大駕光臨，快放下吊橋。」那人道：「是，是！」將頭縮了進去，但隔了良久，仍是不見放下吊橋。

石清見城外那道冰溝有三丈來闊，不易躍過。尋常城牆外都有護城河，此處氣候嚴寒，護城河中河水都結成了冰，但這溝挖得極深，溝邊滑溜溜地結成一片冰壁，不論人獸，掉將下去都是極難上來。

耿萬鍾、柯萬鈞等連聲呼喝，命守城弟子趕快開門。白萬劍見情形頗不尋常，擔心城中出了變故，低聲道：「衆師弟小心，說不定俠客島那二人已先到了。」衆人一聽，都是吃了一驚，不由自主的伸手去按劍柄。

便在此時，只聽得軋軋聲響，吊橋緩緩放下，城中奔出一人，身穿白色長袍，一隻右袖縛在腰帶之中，衣袖內空蕩蕩地，顯是缺了一條手臂。這人大聲叫道：「原來是石兄、石嫂到了，稀客，稀客！」

石清見是風火神龍封萬里親自出迎，想到他斷了一臂，全是受了兒子牽連，心下十分抱憾，搶步上前，說道：「封二弟，愚兄夫婦帶同逆子，向白師伯和你領罪來啦。」說着上前拜倒，雙膝跪地。他自成名以來，除了見到尊長，從未向同輩朋友行過如此大禮，實因封萬里受害太甚，情不自禁的拜了下去。要知封萬里劍術之精，實不在白萬劍之下，此刻他斷了右臂，二十多年的勤學苦練盡付流水，「劍術」二字是再也休提了。

閔柔見丈夫跪倒，兒子卻怔怔的站在一旁，忙在他衣襟上一拉，自己在丈夫身旁跪倒。石破天心道：「他是石中玉的師父。見了師父，自當磕頭。」他生怕扮得不像，給封萬里看破，跪倒後立即磕頭，咚咚有聲。

雪山羣弟子一路上對他誰也不加理睬，此刻見他大磕響頭，均想：「你這小子知道命在頃刻，便來磕頭求饒，那可沒這般容易。」

封萬里卻道：「石兄、石嫂，這可折殺小弟了！」忙也跪倒還禮。

石清夫婦與封萬里站起後，石破天兀自跪在地下。封萬里正眼也不瞧他一下，向石清道：「石兄、石嫂，當年恆山聚會，屈指已一十二年，二位丰采如昔。小弟雖然僻處邊陲，卻也得知賢伉儷在武林中行俠仗義，威名越來越大，實乃可喜可賀。」

石清道：「愚兄教子無方，些許虛名，又何足道？今日見賢弟如此，當眞是羞愧難當，無地自容。」

封萬里哈哈大笑，道：「我輩是道義之交，承蒙兩位不棄，說得上『肝膽相照』四字。是你得罪了我也好，是我得罪了你也好，難道咱們還能掛在心上嗎？兩位遠來辛苦，快進城休息去。」石破天雖然跪在他面前，他眼前只如便沒這個人一般。

當下石清和封萬里並肩進城。閔柔拉起兒子，眉頭雙蹙，眼見封萬里這般神情，嘴裏說得漂亮，語氣中顯是恨意極深，並沒原宥了兒子的過犯。

白萬劍向侍立在城門邊的一名弟子招招手，低聲問道：「老爺子可好？我出去之後，城裏出了甚麼事？」那弟子道：「老爺子……就是……就是近來脾氣大些。師伯去後，城裏也沒出甚麼事。只是……只是……」白萬劍臉一沉，問道：「只是甚麼？」

那弟子嚇得打了個突，道：「五天之前，老爺子脾氣大發，將陸師伯和蘇師叔殺了。」白萬劍吃了一驚，忙問：「為甚麼？」那弟子道：「弟子也不知情。前天老爺子又將燕師叔殺了，還斬去了杜師伯的一條大腿。」白萬劍只嚇得一顆心怦怦亂跳，暗道：「陸、蘇、燕、杜四位師兄弟都是本派好手，父親平時對他們都甚為看重，為甚麼陡下毒手？」忙將那弟子拉在一邊，待閔柔、石清走遠，才問：「到底為了甚麼事？」

那弟子道：「弟子確不知情。凌霄城中死了這三位師伯、師叔後，大家人心惶惶。前天晚上，張師叔、馬師叔不別而行，留下書信，說是下山來尋白師伯。天幸白師伯今日歸來，正好勸勸老爺子。」

白萬劍又問了幾句，不得要領，當即快步走進大廳，見封萬里已陪着石清夫婦在用茶，便道：「兩位請寬坐。小弟少陪，進內拜見家嚴，請他老人家出來見客。」封萬里皺眉道：「師父忽然自前天起身染惡疾，只怕還須休息幾天，才能見客。否則他老人家對石兄向來十分尊重，早就出來會見了。」白萬劍心亂如麻，道：「我這就瞧瞧去。」

他急步走進內堂，來到父親的臥室門外，咳嗽一聲，說道：「爹爹，孩兒回來啦。」門帘掀起，走出一個三十來歲的美婦人，正是白自在的妾侍窈娘，她臉色憔悴，說道：「謝天謝地，大少爺這可回來啦，咱們正沒脚蟹似的，不知道怎麼才好。老爺子打大前天上忽然神智胡塗了，我……我求神拜佛的毫不效驗，大少爺，你……你……」說到這裏，便抽抽噎噎的哭了起來。白萬劍道：「甚麼事惹得爹爹生這麼大氣？」窈娘哭道：「也不知道是弟子們說錯了甚麼話，惹得老爺子大發雷霆，連殺了幾個弟子。老爺子氣得全身發抖，一回進房中，臉上抽筋，口角流涎，連話也不會說了，有人說是中風，也不知是不是……」一面說，一面嗚咽不止。

白萬劍聽到「中風」二字，全身猶如浸入了冰水一般，更不打話，大叫：「爹爹！」衝進臥室，只見父親炕前錦帳低垂，房中一瓦罐藥，正煮得撲撲撲地冒着熱氣。白萬劍又叫：「爹爹！」伸手揭開帳子，只見父親朝裏而臥，身子一動也不動，竟似呼吸也停了，大驚之下，忙伸手去探他鼻息。

手指剛伸到他口邊，被窩中突然探出一物，喀喇一響，將他右手牢牢拑住，竟是一隻生滿了尖刺的鋼夾。白萬劍驚叫：「爹爹，是我，孩兒回來了。」突然胸腹間同時中了兩指，正中要穴，再也不能動彈了。

石清夫婦坐在大廳上喝茶，封萬里下首相陪。石破天垂手站在父親身旁。封萬里儘問些中原武林中的近事，言談始終不涉正題。

石清鑒貌辨色，覺得凌霄城中上上下下各人均懷極大隱憂，卻也不感詫異，心想：「他們得知俠客島使者即將到來，這是雪山派存亡榮辱的大關頭，人人休戚相關，自不免憂心忡忡。」

過了良久，始終不見白萬劍出來。封萬里道：「家師這場疾病，起得委實好凶，白師哥想是在侍候湯藥。師父內功深厚，身子向來清健，這十幾年來，連傷風咳嗽也沒一次，想不到平時不生病，突然染疾，竟是如此厲害，但願他老人家早日痊愈才好。」石清道：「白師伯內功造詣，天下罕有，年紀又不甚高，調養幾日，定占勿藥。賢弟也不須太過擔憂。」心中卻不由得暗喜：「白師伯既然有病，便不能立時處置我孩兒，天可憐見，好歹拖得幾日，待那張三、李四到來，大夥兒拚力一戰，咱們玄素莊和雪山派共存亡便是。」

說話之間，天色漸黑，封萬里命人擺下筵席，倒也給石破天設了座頭。除封萬里外，雪山派又有四名弟子相陪。耿萬鍾、柯萬鈞等新歸的弟子卻俱不露面。陪客的弟子中有一人年歲甚輕，名叫陸萬通，口舌便給，不住勸酒，連石破天喝乾一杯後，也隨即給他斟上。

閔柔喝了三杯，便道：「酒力不勝，請賜飯罷。」陸萬通道：「石夫人有所不知，敝處地勢高峻，氣候寒冷，兼之終年雲霧繚繞，濕氣甚重，兩位雖然內功深厚，寒氣濕氣俱不能侵，但這參陽玉酒飲之於身子大有補益，通體融合，是凌霄城中一日不可或缺之物。兩位還請多飲幾杯。」說着又給石清夫婦及石破天斟上了酒。

閔柔早覺這酒微辛而甘，參氣甚重，聽得叫做「參陽玉酒」，心想：「他說得客氣，說甚麼我們內功深厚，不畏寒氣濕氣侵襲，看來不飲這種烈性藥酒，於身子還眞有害。」於是又飲了兩杯，突然之間，只覺小腹間熱氣上沖，跟着胸口間便如火燒般熱了起來，忙運氣按捺，笑道：「封賢弟，這……這酒好生厲害！」

石清卻霍地站起，喝道：「這是甚麼酒？」

封萬里笑道：「這參陽玉酒，酒性確是厲害些，卻還難不到名聞天下的黑白雙劍罷？」

石清厲聲道：「你……你……」突然身子搖幌，向桌面俯跌下去。閔柔和石破天忙伸手去扶，不料二人同時頭暈眼花，天旋地轉，都摔在石清身上。

也不知道過了多少時候，石破天迷迷糊糊的醒來，初時還如身在睡夢之中，緩緩伸手，想要撐身坐起，突覺雙手手腕上都扣着一圈冰冷堅硬之物，心中一驚，登時便清醒了，驚覺手脚都已戴上了銬鐐，眼前卻是黑漆一團，不知身在何處。忙跳起身來，只跨出兩步，砰的一聲，額頭便撞上了堅硬的石壁。

他定了定神，慢慢移動脚步，伸手觸摸四周，發覺處身在一間丈許見方的石室之中，地下高低不平，都是巨石。他睜大眼睛四下察看，只見左角落裏畧有微光透入，凝目看去，是個不到一尺見方的洞穴，貓兒或可出入，卻連小狗也鑽不進去。他舉起手臂，以手銬敲打石壁，四周發出重濁之聲，顯然石壁堅厚異常，難以攻破。

他倚牆而坐，尋思：「我怎麼會到了這裏？那些人給我們喝的甚麼參陽玉酒，定是大有古怪，想是其中有蒙汗藥之類，是以石莊主也會暈倒，摔跌在酒席之上。看來雪山派的人執意要殺石中玉，生怕石莊主夫婦抗拒，因此將我們迷倒了。然而他們怎麼又不殺我？多半是因白老爺子有病，先將我們監禁幾日，待他病愈之後，親自處置。」

又想：「白老爺子問起之時，我只須說明我是狗雜種，不是石中玉，他和我無怨無仇，查明眞相後自會放我。但石莊主夫婦他卻未必肯放，說不定要將他二人關入石牢，待石中玉自行投到再放，可就不知要關到何年何月了。石夫人這麼斯文乾淨的人，給關在瞧不見天光的石牢之中，氣也氣死她啦。怎麼想個法子將她和石莊主救了出去，然後我留着慢慢再和白老爺子分說？」

想到救人，登時發起愁來：「我自己給上了脚鐐手銬，還得等人來救，怎麼能去救人？凌霄城中個個都是雪山派的，又有誰能來救我？」

他雙臂一分，運力崩動鐵銬，但聽得嗆啷啷鐵鍊聲響個不絕，鐵銬卻紋絲不動，原來手銬和脚鐐之間還串連着鐵鍊。

便在此時，那小洞中突然射進燈光，有人提燈走近，跟着洞中塞進一隻瓦缽，盛着半缽米飯，飯上鋪着幾根鹹菜，一雙毛竹筷揷在米飯中。石破天顧不得再裝啞巴，叫道：「喂，喂，我有話跟白老爺子說！」外面那人嘿嘿幾聲冷笑，洞中射進來的燈光漸漸隱去，竟一句話也不說便走了。

石破天聞到飯香，便即感到十分飢餓，心想：「我在酒筵中吃了不少菜，怎麼這時候又餓得厲害？只怕我暈去的時候着實不短。」捧起瓦缽，拔筷便吃，將半缽白飯連着鹹菜吃了個乾淨。

吃完飯後，將瓦缽放回原處，數次用力掙扎，發覺手足上銬鐐竟是精鋼所鑄，雖運起內力，亦無法將之拉得扭曲，反而手腕和足踝上都擦破了皮。再去摸索門戶，不久便摸到石門的縫隙，以肩頭推去，石門竟絕不搖幌，也不知有多重實。他歎了口氣，心想：「只有等人來帶我出去，此外再無別法。只不知他們可難爲了石莊主夫婦沒有？」

既然無法可想，索性也不去多想，靠着石壁，閉眼入睡。石牢之中，不知時刻，多半是等了整整一天，才又有人前來送飯，只見一隻手從洞中伸了進來，把瓦鉢拿出洞去。

石破天腦海中突然間閃過一個念頭，待那人又將盛了飯菜的瓦鉢從洞中塞進來時，疾撲而上，嗆啷啷鐵鍊亂響聲中已抓住了那人右腕。他的擒拿功夫加上深厚內力，這一抓之下，縱是武林中的好手也禁受不起，只聽那人痛得殺豬也似大叫，石破天跟着回扯，已將他整條手臂扯進洞來，喝道：「你再喊，便把你手臂扭斷了！」

那人哀求道：「我不叫，你……你放手。」石破天道：「快打開門，放我出來。」那人道：「好，你鬆手，我來開門。」石破天道：「我一放手，你便逃走了，不能放。」那人道：「你不放手，我怎能去開門？」

石破天心想此話倒也不錯，老是抓住他的手也無用處，但好容易抓住了他，總不能輕易放手。靈機一動，道：「將我手銬的鑰匙丟進來。」那人道：「鑰匙？那……那不在我身邊。小人只是個送飯的伙伕。」

石破天聽他語氣有點不盡不實，便將手指緊了緊，道：「好，那便將你手腕先扭斷了再說。」那人痛得連叫：「哎喲，哎喲。」終於噹的一聲，一條鑰匙從洞中丟了進來。這人甚是狡猾，將鑰匙丟得遠遠地，石破天要伸手去拾，便非放了他的手不可。

石破天一時沒了注意，拉着他手力扯，伸左脚去勾那鑰匙，雖將那人的手臂盡數拉進洞來，左脚脚尖跟鑰匙還是差着數尺。那人給扯得疼痛異常，叫道：「你再這麼扯，可要把我手臂扯斷了。」

石破天盡力伸腿，但手足之間有鐵鍊相繫，足尖始終碰不到鑰匙。他瞧着自己伸出去的那隻脚，突然靈機一動，屈左腿脫下鞋子，對準了牆壁着地擲出。鞋子在壁上一撞，彈將轉來，正好帶着鑰匙一齊回轉。石破天一聲歡呼，左手拾起鑰匙，插入右腕手銬匙孔，輕輕一轉，喀的一聲，手銬便即開了。

他換手又開了左腕手銬，反手便將手銬扣在那人腕上。那人驚道：「你……你幹甚麼？」石破天笑道：「你可以去開門了。」將鐵鏈從洞中送出。那人兀自遲疑，石破天抓住鐵鍊一扯，又將那人手臂扯進洞來，力氣使得大了，將那人扯得臉孔撞上石壁，登時鼻血長流。

那人情知無可抗拒，只得拖着那條嗆啷啷直響的鐵鍊，打開石門。可是鐵鍊的另一端繫在石破天的足鐐之上，室門雖開，鐵鍊通過一個小洞，縛住了二人，石破天仍是無法出來。

他扯了扯鐵鍊，道：「把脚鐐的鑰匙給我。」那人愁眉苦臉的道：「我眞的沒有。小人只是個掃地煮飯的伙伕，有甚麼鑰匙？」石破天道：「好，等我出來了再說。」將那人的手臂又扯進洞中，替他打開了手銬。

那人眼見一得自由，急忙衝過去想頂上石門。石破天身子一幌，早已從門中閃出，只見這人一身白袍，形貌精悍，多半是雪山派的正式弟子，那裏是甚麼掃地煮飯的伙伕。一把抓住他後領提起，喝道：「你不開我的脚鐐，我把你腦袋在這石牆上撞它一百下再說。」說着便將他腦袋在石牆上輕輕一撞。那人武功本也不弱，但落在石破天手中，宛如雛鷄入了老鷹爪底，竟半分動彈不得，只得又取出鑰匙，替他打開脚鐐。

石破天喝道：「石莊主和石夫人給你們關在那裏？快領我去。」那人道：「雪山派跟玄素莊無怨無仇，早放了石莊主夫婦走啦，沒關住他們。」

石破天將信將疑，但見那人的目光不住向甬道彼端的一道石門瞧去，心想：「此人定是說謊，多半將石莊主夫婦關在那邊。」提着他的後領，大踏步走到那石門之前，喝道：「快將門打開。」

那人臉色大變，道：「我……我沒鑰匙。這裏面關的不是人，是一頭獅子，兩隻老虎，一開門可不得了。」石破天聽說裏面關的是獅子老虎，大是奇怪，將耳朵貼到石門之上，卻聽不到裏面有獅吼虎嘯之聲。那人道：「你既然出來了，這就快快逃走罷，在這裏多耽擱，別給人發覺了，又得給抓了起來。」

石破天心想：「你又不是我朋友，爲甚麼對我這般關心？初時我要你打開手銬和石門，你定是不肯，此刻卻勸我快逃。是了，石莊主夫婦定是給關在這間石室之中。」提起那人身子，又將他腦袋在石壁上輕輕一撞，道：「到底開不開？我就是要瞧瞧獅子老虎。」

那人驚道：「裏面的獅子老虎可兇狠得緊，好幾天沒吃東西了，一見到人，立刻撲了出來……」石破天急於救人，不耐煩聽他東拉西扯，提起他身子，頭下脚上的用力搖幌，噹噹兩聲，他身上掉下兩枚鑰匙。石破天大喜，將那人放在一邊，拾起鑰匙，便去插入石門上的鐵鎖孔中，喀喀喀的轉了幾下，鐵鎖便即打開。那人一聲「啊喲」，轉身便逃。

石破天心想：「給他逃了出去通風報信，多有未便。」搶上去一把抓過，丟入先前監禁自己的那間石室，連那副帶着長鍊的足鐐手銬也一起投了進去，然後關上石門，上了鎖，再回到甬道彼端的石門處，探頭進內，叫道：「石莊主、石夫人，你們在這裏嗎？」

他叫了兩聲，室中沒半點聲息。石破天將門拉得大開，卻見裏面隔着丈許之處，又有一道石門，心道：「是了，怪不得有兩枚鑰匙。」

於是取過另一枚鑰匙，打開第二道石門，剛將石門拉開數寸，叫得一聲「石莊主……」，便聽得室中有人破口大罵：「龜兒子，龜孫子，烏龜王八蛋，我一個個把你們千刀萬剮的，叫你們不得好死……」又聽得鐵鍊聲嗆啷啷直響。這人罵聲語音重濁，嗓子嘶啞，與石清清亮的江南口音截然不同。

石破天心道：「石莊主夫婦雖不在這裏，但此人既給雪山派關着，也不妨救他出來。」便道：「你不用罵了，我來救你出去。」

那人繼續罵道：「你是甚麼東西？敢來胡說八道欺騙老子？我……我把你的狗頭頸扭得斷斷地……」

石破天微微一笑，心道：「這人脾氣好大。給關在這暗無天日的石牢之中，也眞難怪他生氣。」當即閃身進內，說道：「你也給戴上了足鐐手銬麼？」剛問得這句話，黑暗中便聽得呼的一聲，一件沉重的物事向頭頂擊落。

石破天閃身向左，避開了這一擊，立足未定，後心要穴已被一把抓住，跟着一條粗大的手臂扼了他咽喉，用力收緊。這人力道凌厲之極，石破天登時便覺呼吸爲艱，耳中嗡嗡嗡直響，卻又隱隱聽得那人在「烏龜兒子王八蛋」的亂罵。

石破天好意救人，萬料不到對方竟會出手加害，在這黑囚牢中陡逢如此厲害的高手，一着先機既失，立時便爲所制，暗叫：「這一下可死了！」無可奈何之中，只有運氣於頸，與對方手臂硬挺。雖然喉頭肌肉柔軟，決不及手臂的勁力，但他內力渾厚之極，猛力挺出，竟將那人的手臂推開了幾分。他急速吸了口氣，待那人手臂再度收緊，他右手已反將上來，一把格開，身子向外竄出，說道：「我是想救你出去啊，幹麼對我動粗？」

那人「咦」的一聲，甚是驚異，道：「你……你是誰？內力可不弱。」向石破天呆呆瞪視，過了半晌，又是「咦」的一聲，喝道：「臭小子，你是誰？」

石破天道：「我……我……」一時不知該當自承是「狗雜種」，還是繼續冒充石中玉。那人怒道：「你自然是你，難道沒名沒姓麼？」石破天道：「我把你先救了出去，別的慢慢再說不遲。」那人嘿嘿冷笑，說道：「你救我？嘿嘿，那豈不笑掉了天下人的下巴。我是何人也？你是甚麼東西？憑你一點點三脚貓的本領，也能救我？」

這時兩道石門都打開了一半，日光透將進來，只見那人滿臉花白鬍子，身材魁梧，背脊微弓，倒似這間小小石室裝不下他這個大身子似的，眼光耀如閃電，威猛無儔。

石破天見他目光在自己臉上掃來掃去，心下不禁發毛：「適才那雪山弟子說這裏關着獅子老虎，這人的模樣倒眞像是頭猛獸。」不敢再和他多說甚麼，只道：「我去找鑰匙來，給你打開足鐐手銬。」

那人怒道：「誰要你來討好？我是自願留在這裏靜修，否則的話，天下焉能有人關得我住？你這小子沒帶眼睛，還道我是給人關在這裏的，是不是？嘿嘿，爺爺今天若不是脾氣挺好，單憑這一句話，我將你斬成十七八段。」雙手搖幌，將鐵鍊搖得噹噹直響，道：「爺爺只消性起，一下子就將這鐵鍊崩斷了。這些足鐐手銬，在我眼中只不過是豆腐一般。」

石破天不大相信，尋思：「這人神情說話倒似是個瘋子。他既不願我相救，倘若我硬要給他打開銬鐐，他反會打我。他武功甚高，我鬥他不過，還是去救石莊主、石夫人要緊。」便道：「既然這樣，那我就去了。」

那人怒道：「滾你媽的臭鴨蛋，爺爺縱橫天下，從未遇過敵手，要你這小子來救我？當眞是滑天下之大稽，荒天下之大唐……」

石破天道：「得罪，得罪，對不住。」輕輕帶上兩道石門，沿着甬道走了出去。甬道甚長，轉了個彎，又行十餘丈才到盡頭，只見左右各有一門。他推了推左邊那門，牢牢關着，推右邊那門時，卻是應手而開，進門後是間小廳，進廳中沒行得幾步，便聽得左首傳來兵刃相交之聲，乒乒乓乓的鬥得甚是激烈。

石破天心道：「原來石莊主兀自在和人相鬥。」忙循聲而前。鬥聲從左首傳來，一時卻找不到門戶，他繫念石清、閔柔的安危，眼見左首的板壁並不甚厚，肩頭撞去，板壁立破，兵刃聲登時大盛，眼前也是一間小小廳堂，四個白衣漢子各使長劍，正在圍攻兩個女子。

石破天一見這兩個女子，情不自禁的大聲叫道：「師父，阿綉！」那二人正是史婆婆和阿綉。

史婆婆手持單刀，阿綉揮舞長劍，但見她二人頭髮散亂，每人身上都已帶了幾處傷，血濺衣襟，情勢十分危殆。二人聽得石破天的叫聲，但四名漢子攻得甚緊，劍法淩厲，竟無暇轉頭來看。但聽得阿綉一聲驚呼，肩頭中了一劍。

石破天不及多想，疾撲而上，向那急攻阿綉的中年人背心抓去。那人斜身閃開，回了一劍。石破天左掌拍出，勁風到處，將那人長劍激開，右手發掌攻向另一個老者。

那老者後發先生，劍尖已刺向他小腹，劍招迅捷無倫。幸好石破天當日曾由史婆婆指點過雪山派劍法的精要，知道這一招「嶺上雙梅」雖是一招，卻是兩刺，一劍刺出後跟着又再刺一劍，當即小腹一縮，避開了第一劍，立即左手掠下，伸中指彈出。那老者的第二劍恰好於此時刺到，便如長劍伸過去湊他手指一般，錚的一聲響，劍刃斷爲兩截。那老者只震得半身酸麻，連半截劍也拿揑不住，撒手丟下，立時縱身躍開，已嚇得臉色大變。

石破天左手探出，抓住了攻向阿綉的一人後腰，提將起來，揮向另一人的長劍。那人大驚，急忙縮劍，石破天乘勢出掌，正中他胸膛。那人登登登連退三步，身子幌了幾下，終於坐倒。

石破天將手中的漢子向第四人擲出，去勢奇急。那人正與史婆婆拚鬥，待要閃避，卻已不及，被飛來那人重重撞中，兩人都口噴鮮血，登時都暈了過去。

四名白衣漢子被石破天於頃刻之間打得一敗塗地，其中只那老者並未受傷，眼見石破天這等神威，已驚得心膽俱裂，說道：「你……你……」突然縱身急奔，意欲奪門而出。史婆婆叫道：「別放他走了！」石破天左腿橫掃，正中那老者下盤。那老者兩腿膝蓋關節一齊震脫，摔在地下。

史婆婆笑道：「好徒兒，我金烏派的開山大弟子果然了得！」阿綉臉色蒼白，按住了肩頭創口，一雙妙目凝視着石破天，目光中掩不住喜悅無限。

石破天道：「師父，阿綉，想不到在這裏見到你們。」史婆婆匆匆替阿綉包紮創口，跟着阿綉撕下自己裙邊，給婆婆包紮劍傷。幸好二人劍傷均不甚重，並無大碍。石破天又道：「在紫煙島上找不到你們，我日夜想念，今日重會，那真好……最好以後再也不分開了。」

阿綉蒼白的臉上突然堆起滿臉紅暈，低下頭去。他知石破天性子淳樸，不善言詞，這幾句話眞是發自肺腑，雖然當着婆婆之面吐露眞情，未免令人靦覥，但心中實是歡喜不勝。

史婆婆嘿嘿一笑，說道：「你若能立下大功，這件事也未始不能辦到，就算是婆婆親口許給你好了。」阿綉的頭垂得更低，羞得耳根子也都紅了。

石破天卻尚未知道這便是史婆婆許婚，問道：「師父許甚麼？」史婆婆笑道：「我把這孫女兒給了你做老婆，你要不要？想不想？喜不喜歡？」石破天又驚又喜，道：「我……我……我自然要，自然想得很，喜歡得很……」史婆婆道：「不過，你先得出力立一件大功勞。雪山派中發生了重大內變，咱們先得去救一個人。」石破天道：「是啊，我正要去救石莊主和石夫人，咱們快去尋找。」他一想到石清、閔柔身處險地，登時便心急如焚。

史婆婆道：「石清夫婦也到了凌霄城中嗎？咱們平了內亂，石清夫婦的事稀鬆平常。阿綉，先將這四人宰了罷？」

阿綉提起長劍，只見那老者和倚在牆壁上那人的目光之中，都露出乞憐之色，不由得起了惻隱之心，她得祖母許婚，心中正自喜悅不勝，殊無殺人之意，說道：「婆婆，這幾人不是主謀，不如暫且饒下，待審問明白，再殺不遲。」

史婆婆哼了一聲，道：「快走，快走，別耽誤了大事。」當即拔步而出。阿綉和石破天跟在後面。

史婆婆穿堂過戶，走得極快，每遇有人，她縮在門後或屋角中避過，似乎對各處房舍門戶十分熟悉。

石破天和阿綉並肩而行，低聲問道：「師父要我立甚麼大功勞？去救誰？」阿綉正要回答，只聽得脚步聲響，迎面走來五六人。史婆婆忙向柱子後一縮，阿綉拉着石破天的衣袖，躲入了門後。

只聽得那幾人邊行邊談，一個道：「大夥兒齊心合力，將老瘋子關了起來，這才鬆了口氣。這幾天哪，我當眞是一口飯也吃不下，只睡得片刻，就嚇得從夢中醒了過來。」另一人道：「不將老瘋子殺了，終究是天大的後患。齊師伯卻一直猶豫不決，我看這件事說不定要糟。」又一人粗聲粗氣的道：「一不做，二不休，咱們索性連齊師伯一起幹了。」一人低聲喝道：「噤聲！怎麼這種話也大聲嚷嚷的？要是給老齊門下那些傢伙聽見了，咱們還沒幹了他，你的腦袋只怕先搬了家。」那粗聲之人似是心下不服，說道：「咱們和老齊門下鬥上一鬥，未必便輸。」嗓門卻已放低了許多。

這夥人漸行漸遠，石破天和阿綉擠在門後，身子相貼，只覺阿綉在微微發抖，低聲問道：「阿綉，你害怕麼？」阿綉道：「我……我確是害怕。他們人多，咱們只怕鬥不過。」

史婆婆從柱後閃身出來，低聲道：「快走。」弓着身子，向前疾趨。石破天和阿綉跟隨在後，穿過院子，繞過一道長廊，來到一座大花園中。園中滿地是雪，一條鵝卵石鋪成的小路通向園中一座暖廳。

史婆婆縱身竄到一株樹後，在地下抓起一把雪，向暖廳外投去，拍的一聲，雪團落地，廳側左右便各有一人挺劍奔過來查看。史婆婆僵立不動，待那二人行近，手中單刀刷刷兩刀砍出，去勢奇急，兩人頸口中刀，割斷了咽喉，哼也沒哼一聲，便即斃命。

石破天初次見到史婆婆殺人，見她出手狠辣之極，這招刀法史婆婆也曾教過，叫作「赤燄暴長」，自己早已會使，只是從沒想到這一招殺起人來竟然如此乾淨爽脆，不由得心中怦怦而跳。待他心神寧定，史婆婆已將兩具屍身拖入假山背後，悄沒聲的走到暖廳之外，附耳長窗，傾聽廳內動靜。石破天和阿綉並肩走近廳去，只聽得廳內有兩人在激烈爭辯，聲音雖不甚響，但二人語氣顯然都是十分憤怒。

只聽得一人道：「縛虎容易縱虎難，這句老話你總聽見過的。這件事大夥兒豁出性命不要，已經做下來了。常言道得好，量小非君子，無毒不丈夫，你這般婆婆媽媽的，要是給老瘋子逃了出來，咱們人人死無葬身之地。」

石破天尋思：「他們老是說『老瘋子』甚麼的，莫非便是石牢中的老人？那人古古怪怪的，我要救他出來，他偏不肯，只怕眞是個瘋子。這老人武功果然十分厲害，難怪大家對他都這般懼怕。」

只聽另一人道：「老瘋子已身入獸牢，便有通天本事，也決計逃不出來。咱們此刻要殺他，自是容易不過，只須不給他送飯，過得十天八天，還不餓死了他？可是若要人不知，除非己莫爲。江湖上人言可畏，這種犯上逆行的罪名，你廖師弟固然不在乎，大夥兒的臉卻往那裏擱去?雪山派總不成就此毀了?」

那姓廖的冷笑道:「你既怕擔當犯上逆行的罪名,當初又怎地帶頭來幹?現今事情已經做下來了,卻又想假撇清,天下那有這等便宜事?齊師哥,你的用心小弟豈有不知?大家打開天窗說亮話,你想裝僞君子,假道學,又騙得過誰了?」那姓齊的道:「我又有甚麼用心了?廖師弟說話,當眞是言中有刺,骨頭太多。」那姓廖的道:「甚麼是言中有刺,骨頭太多?齊師哥,你只不過假裝好人,想將這逆謀大罪推在我頭上,一箭雙鵰,自己好安安穩穩的坐上大位。」說到這裏,聲音漸漸提高。

那姓齊的道:「笑話,笑話!我有甚麼資格坐上大位,照次序挨下來,上面還有成師哥呢,卻也輪不到我。」另一個蒼老的聲音插口道:「你們爭你們的,可別將我牽扯在內。」那姓廖的道:「成師哥,你是老實人,齊師哥只不過拿你當作擋箭牌,炮架子。你得想清楚些,當了傀儡,自己還是睡在鼓裏。」

石破天聽得廳中呼吸之聲,人數着實不少,當下伸指醮唾沫濕了窗紙,輕輕刺破一孔,張目往內瞧時,只見坐的站的竟不下二三百人,有男有女,有老有少,個個身穿白袍,一色雪山派弟子打扮。

大廳上朝外擺着五張太師椅,中間一張空着,兩旁兩張坐着四人。聽得那三人兀自爭辯不休,從語音之中,得知左首坐的是成、廖二人,右首那人姓齊,另一人面容清癯,愁眉苦臉的,神色十分難看。這時那姓廖的道:「梁師弟,你自始至終不發一言,到底打的是甚麼主意?」這梁姓的漢子歎了口氣,搖搖頭,又歎了口氣,仍是沒說話。

那姓齊的道：「梁師弟不說話，自是對這件事不以爲然了。」那姓廖的怒道：「你不是梁師弟肚裏蛔蟲，怎知他不以爲然？這件事是咱四人齊心合力幹的，大丈夫既然幹了，卻又畏首畏尾，算是甚麼英雄好漢？」那姓齊的冷冷的道：「大夥兒貪生怕死，才幹下了這件事來，又怎說得上英雄好漢？這叫做事出無奈，鋌而走險。」那姓廖的大聲道：「萬里，你倒說說看，此事怎麼辦？」

人羣中走出一人，正是那斷了一臂的風火神龍封萬里，躬身說道：「弟子無用，沒能夠周旋此事，致生大禍，已是罪該萬死，如何還敢再起弒逆之心？弟子贊同齊師叔的主意，萬萬不能對他再下毒手。」

那姓廖的厲聲道：「那麼中原回來的這些長門弟子，又怎生處置？」封萬里道：「師叔若准弟子多口，那麼依弟子之見，須當都監禁起來，大家慢慢再想主意。」那姓廖的冷笑道：「嘿嘿，那又何必慢慢再想主意？你們的主意早就想好了，以爲我不知道嗎？」封萬里道：「請問廖師叔這話，是甚麼意思？」

那姓廖的道：「你們長門弟子人多勢衆，武功又高，這掌門之位，自然不肯落在別支手上。你便是想將弒逆的罪名往我頭上一推，將我四支的弟子殺得乾乾淨淨，那就天下太平，自己卻又心安理得。哼哼，打的好如意算盤！」突然提高嗓子叫道：「凡是長門弟子，個個都是禍胎。咱們今日一不做，二不休，斬草除根，大家一齊動手，將長門一支都給宰了！」說着刷的一聲，拔出了長劍。

頃刻之間，大廳中衆人奔躍來去，二三十人各拔長劍，站在封萬里身周，另有六七十人也是手執長劍，圍在這些人之外。

石破天尋思：「看來封師傅他們寡不敵衆，不知我該不該出手相助？」

封萬里大叫：「成師叔、齊師叔、梁師叔，你們由得廖師叔橫行麼？他四支殺盡了長門弟子，就輪到你們二支、三支、五支了。」

那姓廖的喝道：「動手！」身子撲出，挺劍便往封萬里胸口刺去。封萬里左手拔劍，擋開來劍。只聽得噹的一聲響，跟着嗤的一下，封萬里右手衣袖已被削去了一大截。

封萬里與白萬劍齊名，本是雪山派第二代弟子中數一數二的人物，劍術之精，尚在成、齊、廖、梁四個師叔之上，可是他右臂已失，左手使劍究屬不便。那姓廖的一劍疾刺，他雖然擋開，但姓廖的跟着變招橫削，封萬里明知對方劍招來路，手中長劍卻是不聽使喚，幸好右臂早去，只給削去了一截衣袖。那姓廖的一招得手，二招繼出。封萬里身旁兩柄劍遞上，雙雙將他來劍格開。

那姓廖的喝道：「還不動手？」四支中的六七十名弟子齊聲吶喊，挺劍攻上。長門弟子分頭接戰，都是以一敵二或是敵三。白光閃耀，叮噹乒乓之聲大作，雪山派的議事大廳登時變成了戰場。

那姓廖的躍出戰團，只見二支、三支、五支的衆弟子都是倚牆而立，按劍旁觀，他心念一動之際，已明其理，狂怒大叫：「老二、老三、老五，你們心腸好毒，想來撿現成便宜，哼哼，莫發清秋大夢！」他紅了雙眼，挺劍向那姓齊的刺去。兩人長劍揮舞，劇鬥起來。那姓廖的劍術顯比那姓齊的爲佳，拆到十餘招後，姓齊的連連後退。

姓梁的五師弟仗劍而出，說道：「老四，有話好說，自己師兄弟這般動蠻，那成甚麼樣子？」揮劍將那姓廖的長劍擋開。齊老三見到便宜，中宮直進，疾刺姓廖的小腹，這一劍竟欲制他死命，下手絲毫不留餘地。

那姓廖的長劍給五師弟黏住了，成爲比拚內力的局面，三師兄這一劍刺到，如何再能擋架？那姓成的二師兄突然舉劍向姓齊的背心刺去，歎道：「唉，罪過，罪過！」那姓齊的急圖自救，忙迴劍擋架。

二支、三支、五支的衆門人見師父們已打成一團，都紛紛上前助陣。片刻之間，大廳中便鮮血四濺，斷肢折足，慘呼之聲四起。

阿綉拉着石破天右手，顫聲道：「大哥，我……我怕！」石破天道：「到底是怎麼回事？大家爲甚麼打架？」這時大廳中人人自顧不暇，他二人在窗外說話，也已無人再加理會了。

史婆婆冷笑道：「好，好，打得好，一個個都死得乾乾淨淨，才合我心意。」

史婆婆居中往太師椅上一坐，冷冷的道：「將這些人身上的銬鐐都給打開了。」

十七　自大成狂

這二三百人羣相鬥毆，都是穿一色衣服，使一般兵刃，誰友誰敵，倒也不易分辨。本來四支和長門鬥，三支和四支鬥，二支和五支鬥，到得後來，本支師兄弟間素有嫌隙的，乘着這個機會，或明攻，或暗襲，也都廝殺起來，局面混亂已極。

忽聽得砰嘭一聲響，兩扇廳門脫鈕飛出，一人朗聲說道：「俠客島賞善罰惡使者，前來拜見雪山派掌門人！」語音清朗，竟將數百人大呼酣戰之聲也壓了下去。

衆人都大吃一驚，有人便即罷手停鬥，躍在一旁。漸漸罷鬥之人愈來愈多，過不片刻，人人都退向牆邊，目光齊望廳門，大廳中除了傷者的呻吟之外，更無別般聲息。又過片刻，連身受重傷之人也都住口止喚，瞧向廳門。

廳門口並肩站着二人，一胖一瘦。石破天見是張三、李四到了，險些兒尖聲呼叫，但隨即想起自己假扮石中玉，不能在此刻表露身分。

張三笑嘻嘻地道：「難怪雪山派武功馳名天下，爲別派所不及。原來貴派同門習練武功之時，竟然是眞砍眞殺。如此認眞，嘿嘿，難得，難得！佩服，佩服！」

那姓廖的名叫廖自礪，踏上一步，說道：「尊駕二位便是俠客島的賞善罰惡使者麼？」

張三道：「正是。不知那位是雪山派掌門人？我們奉俠客島島主之命，手持銅牌前來，邀請貴派掌門人赴敝島相敍，喝一碗臘八粥。」說着探手入懷，取出兩塊銅牌，轉頭向李四道：「聽說雪山派掌門人是威德先生白老爺子，這裏的人，似乎都不像啊。」李四搖頭道：「我瞧着也不像。」

廖自礪道：「姓白的早已經死了，新的掌門人……」他一言未畢，封萬里接口罵道：「放屁！威德先生並沒死，不過……」廖自礪怒道：「你對師叔說話，是這等模樣麼？」封萬里道：「你這種人，也配做師叔！」

廖自礪長劍直指，便向他刺去。封萬里舉劍擋開，退了一步。廖自礪殺得紅了雙眼，仗劍直上。一名長門弟子上前招架。跟着成自學、齊自勉、梁自進紛紛揮劍，又殺成一團。

雪山派這場大變，關涉重大，成、齊、廖、梁四個師兄弟互相牽制，互相嫉妬，長門處境雖甚不利，實力卻也殊不可侮，因此雖有賞善罰惡使者在場，但本支面臨生死存亡的大關頭，各人竟不放鬆半步，均盼先在內爭中佔了上風，再來處理銅牌邀宴之事。

張三笑道：「各位專心研習劍法，發揚武學，原是大大的美事，但來日方長，卻也不爭這片刻。雪山派掌門人到底是那一位？」說着緩步上前，雙手伸出，亂抓亂拿，只聽得嗆啷嗆啷響聲不絕，七八柄長劍都已投在地下。成、齊、廖、梁四人以及封萬里與幾名二代弟子手中的長劍，不知如何竟都給他奪下，抛擲在地。各人只感到胳臂一震，兵刃便已離手。

這一來，廳上衆人無不駭然失色，才知來人武功之高，實是匪夷所思。各人登時忘卻了內爭，記起武林中所盛傳賞善罰惡使者所到之處、整個門派盡遭屠滅的種種故事，不自禁的都覺全身毛管豎立，好些人更牙齒相擊，身子發抖。

先前各人均想凌霄城偏處西域，極少與中土武林人士往還，這邀宴銅牌未見得會送上雪山派來；而善惡二使的武功只是得諸傳聞，多半言過其實，未必眞有這等厲害；再則雪山派有掌門人威德先生白自在大樹遮蔭，便有天大的禍事，也自有他挺身抵擋，因此於這件事誰也沒有在意。豈知突然之間，預想不會來的人終究來了，所顯示的武功只有比傳聞的更高，而遮蔭的大樹又偏偏給自己砍倒了。過去三十年中，所有前赴俠客島的掌門人，沒一人能活着回來，此時誰做了雪山派掌門人，便等如是自殺一般。

還在片刻之前，五支互爭雄長，均盼由本支首腦出任掌門。五支由勾心鬥角的暗鬥，進而爲揮劍砍殺的明爭，驀地裏情勢急轉直下，封、成、齊、廖、梁五人一怔之間，不約而同的伸手指出，說道：「是他！他是掌門人！」

霎時之間，大廳中寂靜無聲。

僵持片刻，廖自礪道：「三師哥年紀最大，順理成章，自當接任本派掌門。」齊自勉道：「年紀大有甚麼用？廖師弟武功既高，門下又是人才濟濟，這次行事，以你出力最多。要是廖師弟不做掌門，就算旁人做了，這位子也決計坐不穩。」梁自進冷冷的道：「本門掌門人本來是大師兄，大師兄不做，當然是二師兄做，那有甚麼可爭的？」成自學道：「咱四人中論到足智多謀，還推五師弟。我贊成由五師弟來擔當大任。須知今日之事，乃是鬥智不鬥力。」

廖自礪道：「掌門人本來是長門一支，齊師哥既然不肯做，那麼由長門中的封師姪接任，大夥兒也無異言，至少我姓廖的大表贊成。」封萬里道：「剛才有人大聲叱喝，要將長門一支的弟子盡數殺了，不知是誰放的狗屁？」廖自礪雙眉陡豎，待要怒罵，但轉念一想，強自忍耐，說道：「事到臨頭，臨陣退縮，未免也太無恥。」

五人你一言，我一語，都是推舉別人出任掌門。

張三笑吟吟的聽着，不發一言。李四卻耐不住了，喝道：「到底那一個是掌門人？你們這般的吵下去，再吵十天半月也不會有結果，我們可不能多等。」

梁自進道：「成師哥，你快答應吧，別要惹出禍事來，都是你一個人連累了大家。」成自學怒道：「爲甚麼是我牽累了大家，卻不是你？」五人又是吵嚷不休。

張三笑道：「我倒有個主意在此。你們五位以武功決勝敗，誰的功夫最強，誰便是雪山派掌門。」五人面面相覷，你瞧我一眼，我瞧你一眼，均不接嘴。

張三又道：「適才我二人進來之時，你們五位正在動手廝殺，猜想一來是研討武功，二來是憑強弱定掌門。我二人進來得快了，打斷了列位的雅興。這樣罷，你們接着打下去，不到一個時辰，勝敗必分。否則的話，我這個兄弟性子最急，一個時辰中辦不完這件事，他只怕要將雪山派盡數誅滅了。那時誰也做不成掌門，反而不美。一、二、三！這就動手罷！」

刷的一聲，廖自礪第一個拔出劍來。

張三忽道：「站在窗外偷瞧的，想必也都是雪山派的人了，一起都請進來罷！既是憑武功強弱以定掌門，那就不分輩份大小，人人都可出手。」袍袖向後拂出，砰的一聲響，兩扇長窗為他袖風所激，直飛了出去。

史婆婆道：「進去罷！」左手拉着阿綉，右手拉着石破天，三人並肩走進廳去。

廳上衆人一見，無不變色。成、齊、廖、梁四人各執兵刃，將史婆婆等三人圍住了。史婆婆只是嘿嘿冷笑，並不作聲。封萬里卻上前躬身行禮，顫聲道：「參……參……參見師……師……娘！」

石破天心中一驚：「怎麼我師父是他的師娘？」史婆婆雙眼向天，渾不理睬。

張三笑道：「很好，很好！這位冒充長樂幫主的小朋友，卻回到雪山派來啦！二弟，你瞧這傢伙跟咱們三弟可眞有多像！」李四點頭道：「就是有點兒油腔滑調，賊頭狗腦！那裏有漂亮妞兒，他就往那裏鑽。」

石破天心道：「大哥、二哥也當我是石中玉。我只要不說話，他們便認我不出。」

張三說道：「原來這位婆婆是白老夫人，多有失敬。你的師弟們看上了白老爺子的掌門之位，正在較量武功，爭奪大位，好罷！大夥兒這便開始！」

史婆婆滿臉鄙夷之色，攜着石破天和阿綉兩人，昂首而前。成自學等四人不敢阻攔，眼睜睜瞧着她往太師椅中一坐。

李四喝道：「你們還不動手，更待何時？」

成自學道：「不錯！」舉劍向梁自進刺去。梁自進揮劍擋開，腳下蹌蹌，站立不定，說道：「成師哥劍底留情，小弟不是你對手！」這邊廖自礪和齊自勉也作對兒鬥了起來。

四人只拆得十餘招，旁觀的人無不暗暗搖頭，但見四人劍招中漏洞百出，發招不是全無準頭，便是有氣沒力，那有半點雪山派第一代名手的風範？便是只學過一兩年劍法的少年，只怕也比他們強上幾分。顯而易見，這四人此刻不是「爭勝」，而是在「爭敗」，人人不肯做雪山派掌門，只是事出無奈，勉強出手，只盼輸在對方劍下。

可是既然人同此心，那就誰也不易落敗。梁自進身子一斜，向成自學的劍尖撞將過去。成自學叫聲：「啊喲！」左膝突然軟倒，劍尖拄向地下。廖自礪挺劍刺向齊自勉，但見對方不閃不避，呆若木雞，這一劍便要刺入他的肩頭，忙迴劍轉身，將背心要害賣給對方。

張三哈哈大笑，說道：「老二，咱二人足迹遍天下，這般精采的比武，今日卻是破題兒第一遭得見，當眞是大開眼界。難怪雪山派武功獨步當世，果然是與衆不同。」

史婆婆厲聲喝道：「萬里，你把掌門人和長門弟子都關在那裏？快去放出來！」

封萬里顫聲道：「是……是廖師叔關的，弟子確實不知。」史婆婆道：「你知道也好，不知也好，不快去放了出來，我立時便將你斃了！」封萬里道：「是，是，弟子這就立刻去找。」說着轉身便欲出廳。

張三笑道：「且慢！閣下也是雪山掌門的繼承人，豈可貿然出去？你！你！你！你！」連指四名雪山弟子，說道：「你們四人，去把監禁着的衆人都帶到這裏來，少了一個，你們的腦袋便像這樣。」右手一探，向廳中木柱抓去，柱子上登時出現一個大洞，只見他手指縫中木屑紛紛而落。

那四名雪山弟子不由自主的都打了個寒戰，只見張三的目光射向自己腦袋，右手五指抖動，像是要向自己頭上抓一把似的，當即喏喏連聲，走出廳去。

這時成、齊、廖、梁四人兀自在你一劍、我一劍的假鬥不休。四人聽了張三的譏嘲，都已不敢在招數上故露破綻，因此內勁固然惟恐不弱，姿式卻是只怕不狠，厲聲叱喝之餘，再輔以咬牙切齒，橫眉怒目，他四人先前眞是性命相拚，神情也沒這般凶神惡煞般猙獰可怖。只見劍去如風，招招落空，掌來似電，輕軟勝綿。

史婆婆越看越惱，喝道：「這些鬼把式，也算是雪山派的武功嗎？凌霄城的臉面可給你們丟得乾乾淨淨了。」一轉頭向石破天道：「徒兒，拿了這把刀去，將他們每一個的手臂都砍一條下來。」

石破天在張三、李四面前不敢開口說話，只得接過單刀，向成自學一指，揮刀砍去。

成自學聽得史婆婆叫人砍自己的臂膀，這可不是鬧着玩的，眼見他單刀砍到，忙揮劍擋開，這一劍守中含攻，凝重狠辣，不知不覺顯出了雪山劍法的眞功夫來。

張三喝采道：「這一劍才像個樣子。」

石破天心念一動：「大哥二哥知道我內力不錯，倘若我憑內力取勝，他們便認出我是狗雜種了。我既冒充石中玉，便只有使雪山劍法。」當下揮刀斜刺，使一招雪山劍法的「暗香疏影」。成自學見他招數平平，心下不再忌憚，運劍封住了要害，數招之後，引得他一刀刺向自己左腿，假裝封擋不及，「啊喲」一聲，刀尖已在他腿上劃了一道口子。成自學投劍於地，淒然歎道：「英雄出在少年，老頭子是不中用的了。」

梁自進揮劍向石破天肩頭削下，喝道：「你這小子無法無天，連師叔祖也敢傷害！」他對石破天所使劍法自是了然於胸，數招之間，便引得他以一招「黃沙莽莽」在自己左臂輕輕掠過，登時跌出三步，左膝跪地，大叫：「不得了，不得了，這條手臂險些給這小子砍下來了。」跟着齊自勉和廖自礪雙戰石破天，各使巧招，讓他刀鋒在自己身上劃破一些皮肉，雙雙認輸退下。一個連連搖頭，黯然神傷；一個暴跳如雷，破口大罵。

史婆婆厲聲道：「你們輸給了這孩兒，那是甘心奉他爲掌門了？」

成、齊、廖、梁四人一般心思：「奉他爲掌門，只不過是送他上俠客島去做替死鬼，有何不可？」成自學道：「兩位使者先生定下規矩，要我們各憑武功爭奪掌門。我藝不如人，以大事小，那也是無法可想。」齊、廖、梁三人隨聲附和。

史婆婆道：「你們服是不服？」四人齊聲道：「口服心服，更無異言。」心中卻想：「待這兩個惡人走後，凌霄城中還不是我們的天下？諒一個老婆子和一個小鬼有何作爲？」史婆婆道：「那麼怎不參拜新任雪山派掌門？」想到金烏派開山大弟子居然做了雪山派掌門人，心中樂不可支，一時卻沒想到，此舉不免要令這位金烏派大弟子兼雪山派掌門人小命不保。

忽然廳外有人厲聲喝道：「誰是新任雪山派掌門？」正是白萬劍的聲音，跟着鐵鍊嗆啷聲響，走進數十人來。這些人手足都鎖在鐐銬之中，白萬劍當先，其後是耿萬鍾、柯萬鈞、王萬仞、呼延萬善、聞萬夫、汪萬翼、花萬紫等一干新自中原歸來的長門弟子。

白萬劍一見史婆婆，叫道：「媽，你回來了！」聲音中充滿驚喜之情。

石破天先前聽封萬里叫史婆婆爲師娘，已隱約料到她是白自在的夫人，此刻聽白萬劍呼她爲娘，自是更無疑惑，只是好生奇怪：「我師父既是雪山派掌門人的夫人，爲甚麼要另創金烏派，又口口聲聲說金烏派武功是雪山派的剋星？」

阿綉奔到白萬劍身前，叫道：「爹爹！」

史婆婆既是白萬劍的母親，阿綉自是白萬劍的女兒了，可是她這一聲「爹爹」，還是讓石破天大吃了一驚。

白萬劍大喜，顫聲道：「阿綉，你……你……沒死？」

史婆婆冷冷的道：「她自然沒死！難道都像你這般膿包鼻涕蟲？虧你還有臉叫我一聲媽！我生了你這混蛋，恨不得一頭撞死了乾淨！老子給人家關了起來，自己身上叮叮噹噹的戴上這一大堆廢銅爛鐵，臭美啦，是不是？甚麼『氣寒西北』？你是『氣死西北』！他媽的甚麼雪山派，戴上手銬脚鍊，是雪山派甚麼高明武功啊？老的是混蛋，小的也是混蛋，他媽的師弟、徒弟、徒子、徒孫，一古腦兒都是混蛋，乘早給我改名作混蛋派是正經！」

白萬劍等她罵了一陣，才道：「媽，孩兒和衆師弟並非武功不敵，爲人所擒，乃是這些反賊暗使奸計。他……」手指廖自礪，氣憤憤的道：「這傢伙扮作了爹爹，在被窩中暗藏機關，孩兒這才失手……」史婆婆怒斥：「你這小混蛋更加不成話了，認錯了旁人，倒也罷了，連自己爹爹也都認錯，還算是人麼？」

石破天心想：「認錯爹爹，也不算希奇。石莊主、石夫人就認錯我是他們的兒子，連我也認錯了爹爹。唉，不知我的爹爹到底是誰。」

白萬劍自幼給母親打罵慣了，此刻給她當衆大罵，雖感羞愧，也不如何放在心上，只是記掛着父親的安危，問道：「媽，爹爹可平安麼？」史婆婆怒道：「老混蛋是活是死，你小混蛋不知道，我又怎麼知道？老混蛋活在世上丟人現眼，讓師弟和徒弟們給關了起來，還不如早早死了的好！」白萬劍聽了，知道父親只是給本門叛徒監禁了，性命卻是無礙，心中登時大慰，道：「謝天謝地，爹爹平安！」

史婆婆罵道：「平安個屁！」她口中怒罵，心中卻也着實關懷，向成自學等道：「你們把大師兄關在那裏？怎麼還不放他出來？」成自學道：「大師兄脾氣大得緊，誰也不敢走近一步，一近身他便要殺人。」史婆婆臉上掠過一絲喜色，道：「好，好，好！這老混蛋自以爲武功天下第一，驕傲狂妄，不可一世，讓他多受些折磨，也是應得之報。」

李四聽她怒罵不休，於是揷口道：「到底那一個是混蛋派的掌門人？」

史婆婆霍地站起，踏上兩步，戟指喝道：「『混蛋派』三字，豈是你這個混蛋說得的？我自罵我老公、兒子，你是甚麼東西，膽敢出言辱我雪山派？你武功高強，不妨一掌把老身打死了，要在我面前罵人，卻是不能！」

旁人聽到她如此對李四疾言厲色的喝罵，無不手心中揑了一把冷汗，均知李四若是一怒出手，史婆婆萬無倖理。石破天幌身擋於史婆婆之前，倘若李四出手傷他，便代爲擋架。白萬劍苦於手足失卻自由，只暗暗叫苦。那知李四只笑一笑，說道：「好罷！是我失言，這裏謝過，請白老夫人謝罪！那麼雪山派的掌門人到底是那一位？」

史婆婆向石破天一指，說道：「這少年已打敗了成、齊、廖、梁四個叛徒，他們奉他爲雪山派掌門，有那一個不服？」

白萬劍大聲道：「孩兒不服，要和他比劃！」

史婆婆道：「好，把各人的銬鐐開了！」

成、齊、廖、梁四人面面相覷，均想：「若將長門弟子放了出來，這羣大蟲再也不可復制。咱們犯上作亂的四支，那是死無葬身之地了。但眼前情勢，若是不放，卻又不成。」

廖自礪轉頭向白萬劍道：「你是我手下敗將，我都服了，你又憑甚麼不服？」白萬劍怒道：「你這犯上作亂的逆賊，我恨不得將你碎屍萬斷。你暗使卑鄙行逕，居然還有臉跟我說話？說甚麼是你手下敗將？」

原來白自在的師父早死，成、齊、廖、梁四人的武功大半係由白自在所授。白自在和四個師弟名雖同門，實係師徒。雪山派武功以招數變幻見長，內力修爲卻無獨到之秘。白自在早年以機緣巧合，服食雪山上異蛇的蛇膽蛇血，得以內力大增，雄渾內力再加上精微招數，數十年來獨步西域。他傳授師弟和弟子之時，並未藏私，但他這內功卻由天授，非關人力，因此衆師弟的武功始終和他差着一大截。白自在逞強好勝，於巧服異物、大增內力之事始終秘而不宣，以示自己功夫之強，並非得自運氣。

四個師弟心中卻不免存了怨懟之意，以爲師父臨終之時遺命大師兄傳授，大師兄却有私心，將本門祖藝藏起一大半。再加白萬劍武功甚強，駸駸然有凌駕四個師叔之勢，成、齊、廖、梁四人更感不滿。只是白威德積威之下，誰都不敢有半句抱怨的言語。此番長門弟子中的菁英盡數離山，而白自在突然心智失常，倒行逆施，凌霄城中人人朝不保夕。衆師弟既爲勢所逼，又見有機可乘，這才發難。

便在此時，長門衆弟子回山。廖自礪躲在白自在床上，逼迫白自在的侍妾將白萬劍誘入房中探病，出其不意的將他擒住。自中原歸來的一衆長門弟子首腦就逮，餘人或遭計擒，或被力服，盡數陷入牢籠。此刻白萬劍見到廖自礪，當眞是恨得牙癢癢地。

廖自礪道：「你若不是我手下敗將，怎地手銬會戴上你的雙腕？我可旣沒用暗器，又沒使迷藥！」

李四喝道：「這半天爭執不淸，快將他手上銬鐐開了，兩個人好好鬥一場。」

廖自礪兀自猶豫，李四左手一探，夾手奪過他手下長劍，噹噹噹噹四聲，白萬劍的手銬足鐐一齊斷絕，卻是被他在霎時之間揮劍斬斷。這副銬鐐以精鋼鑄成，廖自礪的長劍雖是利器，卻非削鐵如泥的寶劍，被他運以渾厚內力一斫即斷，直如摧枯拉朽一般。銬鐐連着鐵鍊落地，白萬劍手足上卻連血痕也沒多上一條，衆人情不自禁的大聲喝采。幾名諂佞之徒爲了討好李四，這個「好」字還叫得加倍漫長響亮。

白萬劍向來自負，極少服人，這時也忍不住說道：「佩服，佩服！」長門弟子之中早有人送劍過來。白萬劍呸的一聲，一口唾沫吐在他臉上，跟着提足踢了他一個觔斗，罵道：「叛徒！」旣爲長門弟子，留在凌霄城中而安然無恙，自然是參與叛師逆謀了。

阿綉叫了聲：「爹！」倒持佩劍，送了過去。

白萬劍微微一笑，說道：「乖女兒！」他迭遭橫逆，只有見到母親和女兒健在，才是十分喜慰之事。他一轉過頭來，臉上慈和之色立時換作了憎恨，目光中如欲噴出火來，向廖自礪喝道：「你這本門叛徒，再也非我長輩，接招罷！」刷的一劍，刺了過去。

李四倒轉長劍，輕輕擋過了白萬劍這一劍，將劍柄塞入廖自礪手中。

二人這一展開劍招，卻是性命相撲的眞鬥，各展平生絕藝，與適才成、齊、廖、梁的兒戲大不相同。雪山派第一代人物中，除白自在外，以廖自礪武功最高，他知白萬劍亟欲殺了自己，此刻出招那裏還有半分怠忽，一柄長劍使開來矯矢靈動，招招狠辣。白萬劍急於復仇雪恥，有些沉不住氣，貪於進攻，拆了三十餘招後，一劍直刺，力道用得老了，被廖自礪斜身閃過，還了一劍，嗤的一聲，削下他一片衣袖。

阿綉「啊」的一聲驚呼。史婆婆罵道：「小混蛋，和老子一模一樣，老混蛋教出來的兒子，本來就沒多大用處。」

白萬劍心中一急，劍招更見散亂。廖自礪暗暗歡喜，獰笑道：「我早就說你是我手下敗將，難道還有假的？」他這句話，本想擾亂對方心神，由此取勝，不料弄巧成拙，白萬劍此次中原之行連遭挫折，令他增加了三分狠勁，聽得這譏諷之言，並不發怒，反而深自收斂，連取了七招守勢。這七招一守，登時將戰局拉平，白萬劍劍招走上了綿密穩健的路子。

廖自礪繞着他身子急轉，口中嘲罵不停，劍光閃爍中，白萬劍一聲長嘯，刷刷刷連展三劍，第四劍青光閃處，擦的一聲響，廖自礪左腿齊膝而斷，大聲慘呼，倒在血泊之中。

白萬劍長劍斜豎，指着成自學道：「你過來！」劍鋒上的血水一滴滴的掉在地下。

成自學臉色慘白，手按劍柄，並不拔劍，過了一會才道：「你要做掌門人，自己……自己做好了，我不來跟你們爭。」

白萬劍目光向齊自勉、梁自進二人臉上掃去。齊梁二個都搖了搖頭。

史婆婆忽道：「打敗幾名叛徒，又有甚麼了不起？」向石破天道：「徒兒，你去跟他比比，瞧是老混蛋的徒兒厲害，還是我的徒兒厲害。」

衆人聽了都大爲詫異：「石中玉這小子明明是封萬里的徒兒，怎麼是你的徒兒了？」

史婆婆喝道：「快上前！用刀不用劍，老混蛋教的劍法稀鬆平常，咱們的刀法可比他們厲害得多啦。」

石破天實不願與白萬劍比武，他是阿綉的父親，更不想得罪了他，只是一開口推卻，立時便會給張三、李四認出，當下倒提着單刀，站在史婆婆跟前，神色十分尷尬。

史婆婆喝道：「剛才我答允過你的事，你不想要了嗎？我要你立下一件大功，這事才算數。這件大功勞，就是去打敗這個老混蛋的徒兒。你倘若輸了，立即給我滾得遠遠的，永遠別想再見我一面，更別想再見阿綉。」

石破天伸左手搔了搔頭，大爲詫異：「原來師父叫我立件大功，卻是去打敗她的親生兒子。此事當眞奇怪之極。」臉上一片迷惘。

旁人卻都漸漸自以爲明白了其中原由：「史婆婆要這小子做上雪山派掌門，好到俠客島去送死，以免他親兒死於非命。」只有白萬劍和阿綉二人，才眞正懂得她的用意。

白自在和史婆婆這對夫妻都是性如烈火，平時史婆婆對丈夫總還容讓三分，心中卻是積忿已久。這次石中玉強姦阿綉不遂，害得阿綉失蹤，人人都以爲她跳崖身亡，白自在不但斬斷了封萬里的手臂，與史婆婆爭吵之下，盛怒中更打了妻子一個耳光。史婆婆大怒下山，湊巧在山谷深雪中救了阿綉，對這個耳光卻始終耿耿於心。她的武功不及丈夫遠甚，一口氣無處可出，立志要教個徒弟出來打敗自己的兒子，那便是打敗白自在的徒弟，佔到丈夫的上風。不過白萬劍認定石破天是石中玉，更不知他是母親的徒兒，於其中過節又不及阿繡的全部了然，當下對石破天瞪目而視，滿臉鄙夷之色。

史婆婆道：「怎麼？你瞧他不起麼？這少年拜了我爲師，經我一番調教，已跟往日大不相同。現下你和他比武，倘若你勝得了他，算你的師父老混蛋厲害，若是你敗在他刀下，阿繡就是他的老婆了。」

白萬劍吃了一驚，道：「媽，此事萬萬不可，咱們阿繡豈能嫁這小子？」史婆婆笑道：「你若打敗了這小子，阿繡自然嫁他不成。否則你又怎能作得主？」白萬劍不禁暗暗有氣：「媽跟爹爹生氣，卻遷怒於我。你兒子若連這小子也鬥不過，當眞枉在世上爲人了。」史婆婆見他臉有怒容，喝道：「你心中不服，那就提劍上啊。空發狠勁有甚麼用？」

白萬劍道：「是！」向石破天道：「你進招罷。」

石破天向阿繡望了一眼，見她嬌羞之中又帶着幾分關切，心想：「師父說倘若我輸了，永遠不能再見阿繡之面。這場比武，那是非勝不可的。」於是單刀下垂，左手抱住右拳，微微躬身，使的是「金烏刀法」第一招「開門揖盜」。他不知「開門揖盜」是罵人的話，白萬劍更不知這一招的名稱，見他姿式倒也恭謹，哼了一聲，長劍遞出，勢挾勁風。

石破天揮刀擋開，還了一刀。他曾在紫煙島上以一柄爛柴刀和白萬劍交過手，待得白萬劍使出雪山派中最粗淺的入門功夫時，他便無法招架。後來得石淸夫婦指點武學的道理，才明白動手之際實須隨機而施，不能拘泥於招式。此番和白萬劍再度交手，旣再不如首次那麼見招出招，依樣葫蘆，而出刀之時，將石清夫婦所教的武術訣竅也融入其中。他內力到處，即是極平庸的招式，亦具極大威力，何況史婆婆與石清夫婦所教的皆是上乘功夫。

十餘招一過，白萬劍暗暗心驚：「這小子從那裏學到了這麼高明的刀法？」想起當日在紫煙島上，曾和那個今日做了長樂幫幫主的少年比武，那人自稱是金烏派的開山大弟子，兩人刀法依稀有些相似，但變幻之奇，卻遠遠不及眼前這位石中玉了，尋思：「這二人相貌相似，莫非出於一師所授。我娘說經過她一番調教，難道當眞是我娘所教的？」

史婆婆與白自在新婚不久，兩人談論武功，所見不合，便動手試招，史婆婆自然不敵。白自在隨即停手，自吹自擂一番。史婆婆恥於武功不及丈夫，此後再不顯示過一招半式，因此連白萬劍也絲毫不知母親的武功家數。

又拆數招，白萬劍橫劍削來，石破天舉刀擋格，噹的一聲，火光四濺，白萬劍只覺一股大力猛撞過來，震得他右臂酸麻，胸口劇痛，心下更是吃驚，不由得退了三步。

石破天並不追擊，轉頭向史婆婆瞧去，意思是問：「我這算是勝了罷？」

但白萬劍越遇勁敵，勇氣越增。阿綉既然無恙，本來對石中玉的切齒之恨已消了十之八九，但對他奸猾無行的鄙視之意卻未稍減，何況他是本門後輩，若是輸在他手下，這口氣如何咽得下去？喝道：「小子，看劍！」搶上三步，挺劍刺出。待得石中玉舉刀招架，白萬劍不再和他兵刃相碰，立時變招，帶轉劍鋒，斜削敵喉。這一招「雪泥鴻爪」出劍部位極巧，發揮了雪山派劍法的絕藝。

張三讚道：「好劍法！」

石破天橫刀揮出，斫他手臂，用上了金烏刀法中的「踏雪尋梅」，正好是這一招雪山劍法的剋星。在雪地中踐踏而過，尋梅也好，尋狗也好，那還有甚麼雪泥鴻爪的痕迹？

張三又讚道：「好刀法！」

二人越鬥越快，白萬劍勝在劍法純熟，石破天則在內力上大佔便宜。堪堪又拆了二十餘招，石破天挺刀中宮直進，勢道凌厲，白萬劍不及避讓，迫得橫劍擋格，只聽到喀的一聲，手中長劍竟被震斷。石破天立時收刀，向後退開。白萬劍臉色鐵青，從身旁雪山弟子手中搶過一柄長劍，又向石破天刺來。

石破天劇鬥漸酣，體內積蓄着的內力不斷生發出來，每一刀之出都令對方抵擋艱難，刀刃上更含了強勁無比的勁力，拆不上數招，喀的一聲，又將白萬劍的長劍震斷。白萬劍換劍再戰，第四招上又跟着斷了。白萬劍提着劍，大聲道：「你內力遠勝於我，招數上我卻未輸給你。」一擲下斷劍，反手抓過一柄長劍，搶身又上。

石破天斜身閃開，只盼史婆婆下令罷鬥，不住向她瞧去，卻見她笑吟吟的甚有得色，又見阿綉站在婆婆身旁，眼光中卻大有關切擔憂之意。石破天心中驀地一動，想起當日在紫煙島上她曾諄諄叮囑，和人比武時不可趕盡殺絕，得饒人處且饒人：「大哥，武林人士大都甚是好名。一個成名人物給你打得重傷倒沒甚麼，但如敗在你的手下，往往比死還要難過。」眼見白萬劍臉色凝重，心想：「他是雪山派中大有名望之人，當着這許多人之前，我若將他打敗，豈不是令他臉上無光？但如我輸了給他，師父又不許我再見阿綉。那便如何是好？是了，我使出阿綉教我的那招『旁敲側擊』，打個不勝不敗便是。」想及此處，腦中突然轉過一個念頭，登時恍然大悟：「那天我答允阿綉，與人比武之時決不趕盡殺絕，得饒人處且饒人，她感激不盡，竟向我下拜。當時她那一拜，自是爲着今日之戰了。若不是爲了她親生的爹爹，她何必向我下拜？那日她見史婆婆所教我的刀法，已料到她父親多半不敵。」當下向左砍出一刀，又向右砍出一刀，胸口立時門戶大開。

白萬劍鬥得興起，斗見對方露出破綻，想也不想便挺劍中宮直進。

正在此時，石破天揮刀在身前虛劈而落。白萬劍長劍劍尖離他胸口尚有尺許，已觸到他這一刀下砍的內勁，只覺全身大震，如觸雷電，長劍只震得嗡嗡直響，顫動不已。

石破天又退了兩步，心想：「我已震斷他三柄長劍，若要打成平手，他也非震斷我的單刀不可。」手上暗運內勁，喀喇一聲，單刀的刀刃已憑空斷爲兩截，倒似是被白萬劍劍上的勁力震斷一般。

阿綉吁了一口氣，如釋重負，高聲叫道：「爹爹，大哥，你們兩人鬥成平手，誰也沒勝誰！」轉頭向石破天望去，嫣然一笑，心想：「你總算記得我從前說的話，體會到了我的用心。」郎君處事得體，對己情義深重，心下喜不自勝。

白萬劍臉上卻已全無血色，將手中長劍直插入地，沒入大半，向石破天道：「你手下容讓，姓白的豈有不知？你沒叫我當衆出醜，足感盛情。」

史婆婆十分得意，說道：「孩兒，你不用難過。這路刀法是娘教他的，回頭我也一般的傳你便是。你輸給了他，便是輸給了娘，咱們娘兒還分甚麼彼此？」先前她一肚子怒火，是以「老混蛋」、「小混蛋」的罵個不休，待見石破天以金烏刀法打敗了他兒子，自己終於佔到了丈夫上風，大喜之下，便安慰起兒子來。

白萬劍啼笑皆非，只得道：「娘的刀法果然厲害，只怕孩兒太蠢，學不會。」

史婆婆走到他身邊，輕輕撫摸他的頭髮，一臉愛憐橫溢的神氣，說道：「你比這傻小子聰明得多了，他學得會，你怎麼學不會？」轉頭向石破天道：「快向你岳父磕頭陪罪。」

石破天一怔之下，這才會意，又驚又喜，忙向白萬劍磕下頭去。

白萬劍閃身避開，厲聲道：「且慢，此事容緩再議。」向史婆婆道：「娘，這小子武功雖高，爲人卻是輕薄無行，莫要誤了阿綉的終身。」

只聽得李四朗聲道：「好了，好了！你招他做女壻也罷，不招也罷，咱們這杯喜酒，終究是不喝的了。我看雪山派之中，武功沒人能勝得了這小兄弟的。是不是便由他做掌門人？大家服是不服？」

白萬劍、成自學以及雪山羣弟子誰都沒有出聲，有的自忖武功不及，有的更盼他做了掌門人後，即刻便到俠客島去送死。大廳上寂靜一片，更無異議。

張三從懷中取出兩塊銅牌，笑道：「恭喜兄弟又做了雪山派的掌門人，這兩塊銅牌便一併接過去罷！」說着左眼向着石破天眨了幾眨。

石破天一怔：「大哥認了我出來？我一句話也沒說，卻在那裏露出了破綻？」他那知張三、李四武功既高，見識也是高人一等，他雖然不作一聲，言語舉止中並未露出破綻，但適才與白萬劍動手過招，刀法也還罷了，內力之強，卻是江湖上罕見罕聞。張三、李四曾和他賭飲毒酒，對他的內力極爲心折，豈有認不出之理？

石破天見銅牌遞到自己身前，心想：「反正我在長樂幫中已接過銅牌，一次是死，兩次也不過是死，再接一次，又有何妨？」正要伸手去接，忽聽史婆婆喝道：「且慢！」

石破天縮手回頭，瞧着史婆婆，只聽她道：「這雪山派掌門之位，言明全憑武功而決，算是你奪到了。不過我見老混蛋當了掌門人，狂妄自大，威風不可一世，我倒也想當當掌門人，過一過癮。孩兒，你將這掌門之位讓給我罷！」石破天愕然道：「我……我讓給你？」

史婆婆此舉全是愛惜他與阿綉的一片至情厚意，不願他去俠客島送了性命。她自己風燭殘年，多活幾年，少活幾年，也沒甚麼分別，至於石破天在長樂幫中已接過銅牌之事，她卻一無所知，當下怒道：「怎麼？你不肯嗎？那麼咱們就比劃比劃，憑武功而定掌門。」石破天見她發怒，不敢再說，又想起無意之中竟然開了口，忙道：「是，是！」躬身退開。史婆婆哈哈一笑，說道：「我當雪山派的掌門，有誰不服？」

衆人面面相覷，均想這變故來得奇怪之極，但仍是誰也不發一言。

史婆婆踏步上前，從張三手中接過兩塊銅牌，說道：「雪山派新任掌門人白門史氏，多謝貴島奉邀，定當於期前趕到便是。」

張三哈哈一笑，說道：「白老夫人，銅牌雖然是你親手接了，但若威德先生待會跟你比武，又搶了過去，你這掌門人還是做不成罷？好罷，你夫婦待會再決勝敗，那一位武功高強，便是雪山派掌門人。」和李四相視一笑，轉身出了大門。

倏忽之間，只聽得兩人大笑之聲已在十餘丈外。

史婆婆居中往太師椅上一坐，冷冷的道：「將這些人身上的銬鐐都給打開了。」

梁自進道：「你憑甚麼發施號令？雪山派掌門大位，豈能如此兒戲的私相授受？」成自學、齊自勉同聲附和：「你使刀不使劍，並非雪山派家數，怎能爲本派掌門？」

當張三、李四站在廳中之時，各人想的均是如何儘早送走這兩個煞星，只盼有人出頭答應赴俠客島送死，免了衆人的大刦。但二人一去，各人噩運已過，便即想到自己犯了叛逆重罪，眞由史婆婆來做掌門人，她定要追究報復，那可是性命攸關、非同小可之事。登時大廳之上許多人都鼓噪起來。

史婆婆道：「好罷，你們不服我做掌門，那也無妨。」雙手拿着那兩塊銅牌，叮叮噹噹的敲得直響，說道：「那一個想做掌門，想去俠客島喝臘八粥，儘管來拿銅牌好了。剛才那胖子說過，銅牌雖是我接的，雪山派掌門人之位，仍可再憑武功而定。」目光向成自學、齊自勉、梁自進各人臉上逐一掃去。各人都轉過了頭，不敢和她目光相觸。

封萬里道：「啓稟師娘：大夥兒犯上作亂，忤逆了師父，實在罪該萬死，但其中卻實有不得已的苦衷。」說着雙膝跪地，連連磕頭，說道：「師娘來做本派掌門，那是再好不過。師娘要殺弟子，弟子甘願領死，但請師娘赦了旁人之罪，以安衆人之心，免得本派之中再起自相殘殺的大禍。」

史婆婆道：「你師父脾氣不好，我豈有不知？他斷你一臂，就是大大不該。到底此事如何而起，你且說來聽聽。」

封萬里又磕了兩個頭，說道：「自從師娘和白師哥、衆師弟下山之後，師父每日裏都大發脾氣。本門弟子受他老人家打罵，那是小事，大家受師門恩重，又怎敢生甚麼怨言？半個月前，忽有兩個老人前來拜訪師父，乃是兩兄弟。一個叫丁不三，一個叫丁不四。」

史婆婆吃了一驚，道：「丁不三……丁不四？這傢伙到凌霄城來幹甚麼？」

封萬里道：「這兩個老兒到凌霄城後，便和師父在書房中密談，說的是甚麼話，弟子們都不得知，只知道這兩個老傢伙得罪了師父，三個人大聲爭吵起來。徒兒們心想師父何等身分，豈能親自出手料理這兩個來歷不明之輩，是以都守在書房之外，只待師父有命，便衝進去將這兩個老傢伙攆了出去。但聽得師父十分生氣，和那丁不四對罵，說甚麼『碧螺山』、『紫煙島』，又提到一個女子的名字，叫甚麼『小翠』的。」

史婆婆哼的一聲，臉色一沉，但想衆徒兒不知自己的閨名叫做小翠，說穿了反而不美，只問：「後來怎樣？」

封萬里道：「後來也不知如何動上了手，只聲得書房中掌風呼呼大作，大夥兒沒奉師父號令，也不敢進去。過了一會，牆壁一塊一塊的震了下來，我們才見到師父是在和丁不四動手，那丁不三卻是袖手旁觀。兩人掌風激盪，將書房的四堵牆壁都震坍了。鬥了一會，丁不四終究不敵師父的神勇，給師父一拳打在胸口，吐了幾口鮮血。」史婆婆「啊」的一聲。

封萬里續道：「師父跟着又是一掌拍去，那丁不三出手攔住，說道：『勝敗既分，還打甚麼？又不是甚麼不共戴天的大仇？』扶着丁不四，兩個人就此出了凌霄城。」

史婆婆點點頭道：「他們走了？以後有沒有再來？」

封萬里道：「這兩個老兒沒再來過，但師父卻從此神智有些失常，整日只是哈哈大笑，自言自語：『丁不四這老賊以前就是我手下敗將，這一次總輸得服了罷？他說小翠曾隨他到過碧螺山上……』」史婆婆怒道：「胡說，那有此事？」封萬里道：「是，是，師父也說：『胡說，那有此事？這老賊明明騙人，小翠憑甚麼到他的碧螺山去？不過……別要聽信了他的花言巧語，一時拿不定主意……』」史婆婆臉色鐵青，喝道：「老混蛋胡說八道，那有甚麼拿不定主意的？」封萬里不明其意，只得順口道：「是，是！」

史婆婆又問：「老混蛋又說了些甚麼？」封萬里道：「你老人家問的是師父？」史婆婆道：「自然是了。」封萬里道：「師父從此心事重重，老是說：『她去了碧螺山沒有？一定沒去。可是她一個人浪蕩江湖，寂寞無聊之際，過去聊聊天，那也難說得很，難說得很。說不定舊情未忘，藕斷絲連。』」

史婆婆又哼了一聲，罵道：「放屁！」

封萬里跪在地下，神色甚是尷尬，倘若應一聲「是」，便承認師父的話是「放屁」。

史婆婆道：「你站起來再說，後來又怎樣？」

封萬里磕了個頭，道：「多謝師娘。」站起身來，說道：「又過了兩天，師父忽然不住的高聲大笑，見了人便問：『你說普天之下，誰的武功最高？』大夥兒總答：『自然是咱們雪山派掌門人最高。』瞧師父的神情，和往日實在大不相同。他有時又問：『我的武功怎樣高法？』大夥兒總答：『掌門人內力既獨步天下，劍法更是當世無敵，其實掌門人根本不必用劍，便已打遍天下無敵手了。』他聽我們這樣回答，便笑笑不作聲，顯得很是高興。這天他在院子中撞到陸師弟，問他：『我的武功和少林派的普法大師相比，到底誰高？』陸師弟如何回答，我們都沒聽見，只是後來見到他腦袋被師父一掌打得稀爛，死在當地。」

史婆婆歎了口氣，神色黯然，說道：「阿陸這孩子本來就是憨頭憨腦的，卻又怎知是你師父下的手？」

封萬里道：「我們見陸師弟死得很慘，只道凌霄城中有敵入侵，忙去稟告師父。那知師父卻哈哈大笑，說道：『該死，死得好！我問他，我和少林派普法大師二人，到底武功誰高？這小子說道，自從少林派掌門人妙諦大師死在俠客島上之後，聽說少林寺中以普法大師武功居首。這話是不錯的，可是他跟着便胡說八道了，說甚麼本派武功長於劍招變幻，少林武功卻是博大精深，七十二門絕技俱有高深造詣。以劍法而言，本派勝於少林，以總的武功來說，少林開派千餘年，能人輩出，或許會較本派所得爲多。』」

史婆婆道：「這麼回答很不錯啊，阿陸這孩子，幾時學得口齒這般伶俐了？就算以劍法而論，雪山劍法也不見得便在人家達摩劍法之上。嗯，那老混蛋又怎麼說？」

封萬里道：「師娘斥罵師父，弟子不敢接口。」史婆婆怒道：「這會兒你倒又尊敬起師父來啦！哼，我沒上凌霄城之時，怎麼又敢勾結叛徒，忤逆師父？」封萬里雙膝跪地，磕頭道：「弟子罪該萬死。」

史婆婆道：「哼，老混蛋門下，個個都是萬字排行，人人都有個挺會臭美的好字眼，依我說，個個罪該萬死，都該叫作萬死才是，封萬死、白萬死、耿萬死、王萬死、柯萬死、呼延萬死、花萬死……」她每說一個名字，眼光便逐一射向衆弟子臉上。耿萬鍾、王萬仞等內心有愧，都低下頭去。史婆婆喝道：「起來，後來你師父又怎樣說？」

封萬里道：「是！」一站起身來，續道：「師父說道：『這小子說本派和少林派武功各有千秋，便是說我和普法這禿驢難分上下了，該死，該死！我威德先生白自在不但武功天下無雙，而且上下五千年，縱橫數萬里，古往今來，沒一個及得上我。』」

史婆婆罵道：「呸，大言不慚。」

封萬里道：「我們看師父說這些話時，神智已有點兒失常，作不得眞的。好在這裏都是自己人，否則傳了出去，只怕給別派武師們當作笑柄。當時大夥兒面面相覷，誰都不敢說甚麼。師父怒道：『你們都是啞巴麼？爲甚麼不說話？我的話不對，是不是？』他指着蘇師弟問道：『萬虹，你說師父的話對不對？』蘇師弟只得答道：『師父的話，當然是對的。』師父怒道：『對就是對，錯就是錯，有甚麼當然不當然的。我問你，師父的武功高到怎樣？』蘇師弟戰戰兢兢的說：『師父的武功深不可測，古往今來，唯師父一人而已。本派的武功全在師父一人手中發揚光大。』師父卻又大發脾氣，喝道：『依你這麼說，我的功夫都是從前人手中學來的了？你錯了，壓根兒錯了。雪山派功夫，是我自己獨創的。甚麼祖師爺爺開創雪山派，都是騙人的鬼話。祖師爺傳下來的劍譜、拳譜，大家都見過了，有沒有我的武功高明？』蘇師弟只得道：『恐怕不及師父高明。』」

史婆婆歎道：「你師父狂妄自大的性子由來已久，他自三十歲上當了本派掌門，此後一直沒遇上勝過他的對手，便自以爲武功天下第一，說到少林、武當這些名門大派之時，他總是不以爲然，說是浪得虛名，何足道哉。想不到這狂妄自大的性子愈來愈厲害，竟連創派祖師爺也不瞧在眼裏了。萬虹這孩子恁地沒骨氣，爲了附和師父，連祖師爺也敢誹謗？」

封萬里道：「師娘，你再也想不到，師父一聽此言，手起一掌，便將蘇師弟擊出數丈之外，登時便取了他的性命，罵道：『不及便是不及，有甚麼恐怕不恐怕的。』」

史婆婆喝道：「胡說八道，老混蛋就算再胡塗十倍，也不至於爲了『恐怕』二字，便殺了他心愛的弟子！」

封萬里道：「師娘明鑒：師父他老人家平日對大夥兒恩重如山，弟子說甚麼也不敢揑造謠言。這件事有二十餘人親眼目覩，師娘一問便知。」

史婆婆目光射向其餘留在凌霄城的長門弟子臉上，這些人齊聲說道：「當時情形確是這樣，封師哥並無虛言。」史婆婆連連搖頭歎氣，說道：「這樣的事怎能教人相信？那不是發瘋嗎？」封萬里道：「師父他老人家確是有了病，神智不大清楚。」史婆婆道：「那你們就該延醫給他診治才是啊。」

封萬里道：「弟子等當時也就這麼想，只是不敢自專，和幾位師叔商議了，請了城裏最高明的南大夫和戴大夫兩位給師父看脈。師父一見到，就問他們來幹甚麼。兩位大夫不敢直言，只說聽說師父飲食有些違和，他們在城中久蒙師父照顧，一來感激，二來關切，特來探望。師父即說自己沒有病，反問他們：『可知道古往今來，武功最高強的是誰？』南大夫道：『小人於武學一道，一竅不通，在威德先生面前談論，豈不是孔夫子門前讀孝經，魯班門前弄大斧？』師父哈哈一笑，說道：『班門弄斧，那也不妨。你倒說來聽聽。』南大夫道：『向來只聽說少林派是武林中的泰山北斗，達摩祖師一葦渡江，開創少林一派，想必是古往今來武功最高之人了。』」

史婆婆點頭道：「這南大夫說得很得體啊。」

封萬里道：「可是師父一聽之下，卻大大不快，怒道：『那達摩是西域天竺之人，乃是蠻夷戎狄之類，你把一個胡人說得如此厲害，豈不是滅了我堂堂中華的威風？』南大夫甚是惶恐，道：『是，是，小人知罪了。』我師父又問那戴大夫，要他來說。戴大夫眼見南大夫碰了個大釘子，如何敢提少林派，便道：『聽說武當派創派祖師張三丰武術通神，所創的內家拳掌尤在少林派之上。依小人之見，達摩祖師乃是胡人，殊不足道，張三丰祖師才算得是古往今來武林中的第一人。』」

史婆婆道：「少林、武當兩大門派，武功各有千秋，不能說武當便勝過了少林。但張三丰祖師是數百年來武林中震爍古今的大宗師，那是絕無疑義之事。」

封萬里道：「師父本是坐在椅上，聽了這番話後，霍地站起，說道：『你說張三丰所創的內家拳掌了不起？在我眼中瞧來，卻也稀鬆平常。以他武當長拳而論，這一招虛中有實，我只須這麼拆，這麼打，便即破了。又如太極拳的「野馬分鬃」，我只須這裏一勾，那裏一腳踢去，立時便叫他倒在地下。他武當派的太極劍，更怎是我雪山派劍法的對手？』師父一面說，一面比劃，掌風呼呼，只嚇得兩名大夫面無人色。我們衆弟子在門外瞧着，誰也不敢進去勸解。師父連比了數十招，問道：『我這些功夫，比之禿驢達摩、牛鼻子張三丰，卻又如何？』南大夫只道：『這個……這個……』戴大夫卻道：『咱二人只會醫病，不會武功。威德先生既如此說，說不定你老先生的武功，比達摩和張三丰還厲害些。』」

史婆婆罵道：「不要臉！」也不知這三個字是罵戴大夫，還是罵白自在。

封萬里道：「師父當即怒罵：『我比劃了這幾十招，你還是信不過我的話，「說不定」三字，當眞是欺人太甚！』提起手掌，登時將兩位大夫擊斃在房中。」

史婆婆聽了這番言語，不由得冷了半截，眼見雪山派門下個個面有不以爲然之色，兒子白萬劍含羞帶愧，垂下了頭，心想：「本派門規第三條，不得傷害不會武功之人；第四條，不得傷害無辜。老混蛋濫殺本門弟子，已令衆人大爲不滿，再殺這兩個大夫，更是大犯門規，如何能再做本派掌門？」

只聽封萬里又道：「師父當下開門出房，見我們神色有異，便道：『你們古古怪怪的瞧着我幹麼？哼，心裏在罵我壞了門規，是不是？雪山派的門規是誰定的？是天上掉下來的，還是凡人定出來的？既是由人所定，爲甚麼便更改不得？制訂這十條門規的祖師爺倘若今日還不死，一樣鬥我不過，給我將掌門人搶了過來，照樣要他聽我號令！』他指着燕師弟鼻子說道：『老七，你倒說說看，古往今來，誰的武功最高？』

「燕師弟性子十分倔強，說道：『弟子不知道！』師父大怒，提高了聲音又問：『爲甚麼不知道？』燕師弟道：『師父沒教過，因此弟子不知道。』師父道：『好，我現在教你：雪山派掌門人威德先生白自在，是古往今以來劍法第一、拳脚第一、內功第一、暗器第一的大英雄，大豪傑，大俠士，大宗師！你且唸一遍來我聽。』燕師弟道：『弟子笨得很，記不住這麼一連串的話！』師父提起手掌，怒喝：『你唸是不唸？』燕師弟悻悻的道：『弟子照唸便是。雪山派掌門人威德先生白老爺子自己說，他是古往今來劍法第一……』師父不等他唸完，便已一掌擊在他的腦門，喝道：『你加上「自己說」三字，那是甚麼用意？你當我沒聽見嗎？』燕師弟給他這麼一掌，自是腦漿迸裂而死。餘下衆人便有天大的膽子，也只得順着師父之意，一個個唸道：『雪山派掌門人威德先生白老爺子，是古往今來劍法第一、拳脚第一、內功第一、暗器第一的大英雄，大豪傑，大俠士，大宗師！』要唸得一字不錯，師父才放我們走。

「這樣一來，人人都是敢怒而不敢言。第二日，我們替三位師弟和兩位大夫大殮出殯，師父卻又來大鬧靈堂，把五個死者的靈位都踢翻了。杜師弟大着膽子向前相勸，師父順手抄起一塊靈牌，將他的一條腿生生削了下來。這天晚上，便有七名師兄弟不別而行。大夥兒眼見雪山派已成瓦解冰消的局面，人人自危，都覺師父的手掌隨時都會拍到自己的天靈蓋上，迫不得已，這才商議定當，偷偷在師父的飲食中下了迷藥，將他老人家迷倒，在手足加上銬鐐。我們此舉犯上作亂，原是罪孽重大之極，今後如何處置，任憑師娘作主。」他說完後，向史婆婆一躬身，退入人叢。

史婆婆呆了半晌，想起丈夫一世英雄，臨到老來竟如此昏庸胡塗，不由得眼圈兒紅了，淚水便欲奪眶而出，顫聲問道：「萬里的言語之中，可有甚麼誇張過火、不盡不實之處？」問了這句話，淚水已涔涔而下。

衆人都不說話。隔了良久，成自學才道：「師嫂，實情確是如此。我們若再騙你，豈不是罪上加罪？」

史婆婆厲聲道：「就算你掌門師兄神智昏迷，濫殺無辜，你們聯手將他廢了，那如何連萬劍等一干人從中原歸來，你們竟也暗算加害？為何要將長門弟子盡皆除滅，下這斬草除根的毒手？」

齊自勉道：「小弟並不贊成加害掌門師哥和長門弟子，以此與廖師哥激烈爭辯，爲此還廝殺動手。師嫂想必也已聽到見到。」

史婆婆抬頭出神，淚水不絕從臉頰流下，長長歎了口氣，說道：「這叫做一不作，二不休，事已如此，須怪大家不得。」

廖自礪自被白萬劍砍斷一腿後，傷口血流如注，這人也眞硬氣，竟是一聲不哼，自點穴道止血，勉力撕下衣襟來包紮傷處。他的親傳弟子畏禍，卻無一人過來相救。

史婆婆先前聽他力主殺害白自在與長門弟子，對他好生痛恨，但聽得封萬里陳述情由之後，才明白禍變之起，實是發端於自己丈夫，不由得心腸頓軟，向四支的衆弟子喝道：「你們這些畜生，眼見自己師父身受重傷，竟會袖手旁觀，還算得是人麼？」

四支的羣弟子這才搶將過去，爭着替廖自礪包紮斷腿。其餘衆人心頭也都落下了一塊大石，均想：「她連廖自礪也都饒了，我們的罪名更輕，當無大碍。」當下有人取過鑰匙，將耿萬鍾、王萬仞、汪萬翼、花萬紫等人的銬鐐都打開了。

史婆婆道：「掌門人一時神智失常，行爲不當，你們該得設法勸諫才是，卻幹下了這等犯上作亂的大事，終究是大違門規。此事如何了結，我也拿不出主意。咱們第一步，只有將掌門人放出來，和他商議商議。」

衆人一聽，無不臉色大變，均想：「這凶神惡煞身脫牢寵，大夥兒那裏還有命在？」各人你瞧瞧我，我瞧瞧你，誰也不敢作聲。

史婆婆怒道：「怎麼？你們要將他關一輩子嗎？你們作的惡還嫌不夠？」

成自學道：「師嫂，眼下雪山派的掌門人是你，須不是白師哥。白師哥當然是要放的，但總得先設法治好他的病，否則……否則……」史婆婆厲聲道：「否則怎樣？」成自學道：「小弟無顏再見白師哥之面，這就告辭。」說着深深一揖。齊自勉、梁自進也道：「師嫂若是寬宏大量，饒了大夥兒，我們這就下山，終身不敢再踏進凌霄城一步。」

史婆婆心想：「這些人怕老混蛋出來後和他們算帳，那也是情理之常。大夥兒倘若一鬨而散，凌霄城只賸下一座空城，還成甚麼雪山派？」便道：「好！那也不必忙於一時，我先瞧瞧他去，若無妥善的法子，決不輕易放他便是。」

成自學、齊自勉、梁自進相互瞧了一眼，均想：「你夫妻情深，自是偏向着他。好在兩條腿生在我們身上，你眞要放這老瘋子，我們難道不會逃嗎？」

史婆婆道：「劍兒，阿綉！」再向石破天道：「億刀，你們三個都跟我來。」又向成自學等三人道：「請三位師弟帶路，也好在牢外聽我和他說話，免得大家放心不下。說不定我和他定下甚麼陰謀，將你們一網打盡呢。」

成自學道：「小弟豈敢如此多心？」他話是這麼說，畢竟這件事生死攸關，還是和齊自勉、梁自進一齊跟出。廖自勵向本支一名精靈弟子努了努嘴。那人會意，也跟在後面。

一行人穿廳過廊，行了好一會，到了石破天先前被禁之所。成自學走到囚禁那老者的所在，說道：「就在這裏！一切請掌門人多多擔代。」

石破天先前在大廳上聽衆人說話，已猜想石牢中的老者便是白自在，果然所料不錯。

成自學自身邊取出鑰匙，去開石牢之門，那知一轉之下，鐵鎖早已被人打開。他「咦」的一聲，只嚇得面無人色，心想：「鐵鎖已開，老瘋子已經出來了。」雙手發抖，竟是不敢去推石門。

史婆婆用力一推，石門應手而開。成自學、齊自勉、梁自進三人不約而同的退出數步。只見石室中空無一人，成自學叫道：「糟啦，糟啦！給他……給他逃了！」一言出口，立即想起這只是石牢的外間，要再開一道門才是牢房的所在。他右手發抖，提着的一串鑰匙叮噹作響，便是不敢去開第二道石門。

石破天本想跟他說：「這扇門也早給我開了鎖。」但想自己在裝啞巴，總是以少說話為妙，便不作聲。

史婆婆搶過鑰匙，插入匙孔中一轉，發覺這道石門也已打開，只道丈夫確已脫身而出，不由得反增了幾分憂慮：「他腦子有病，若是逃出凌霄城去，不知在江湖上要闖出多大的禍來。」推門之時，一雙手也不禁發抖。

石門只推開數寸，便聽得一個蒼老的聲音在哈哈大笑。

衆人都吁了一口氣，如釋重負。只聽得白自在狂笑一陣，大聲道：「甚麼少林派、武當派，這些門派的功夫又有屁用？從今兒起，武林之中，人人都須改學雪山派武功，其他任何門派，一概都要取消。大家聽見了沒有？普天之下，做官的以皇帝為尊，讀書人以孔夫子為尊，說到刀劍拳脚，便是我威德先生白自在為尊。那一個不服，我便把他腦袋揪下來。」

史婆婆又將門推開數寸，在黯淡的微光之中，只見丈夫手足被銬，全身繞了鐵鍊，縛在兩根巨大的石柱之間，不禁心中一酸。

白自在乍見妻子，呆了一呆，隨即笑道：「很好，很好！你回來啦。現下武林中人人奉我爲尊，雪山派君臨天下，其他各家各派，一概取消。婆婆，你瞧好是不好？」

史婆婆冷冷的道：「好得很啊！但不知爲何各家各派都要一概取消。」

白自在笑道：「你的腦筋又轉不過來了。雪山派武功最高，各家各派誰也比不上，自然非取消不可了。」

史婆婆將阿繡拉到身前，道：「你瞧，是誰回來了？」她知丈夫最疼愛這個小孫女，此次神智失常，便因阿繡墮崖而起，盼他見到孫女兒後，心中一歡喜，這失心瘋的毛病便得痊愈。阿繡叫道：「爺爺，我回來啦，我沒死，我掉在山谷底的雪裏，幸得婆婆救了上來。」

白自在向她瞧了一眼，說道：「很好，你是阿繡。你沒有死，爺爺歡喜得很。阿繡，乖寶，你可知當今之世，誰的武功最高？誰是武林至尊？」阿繡低聲道：「是爺爺！」白自在哈哈大笑，說道：「阿繡眞乖！」

白萬劍搶上兩步，說道：「爹爹，孩兒來得遲了，累得爹爹爲小人所欺。讓孩兒替你開鎖。」成自學等在門外登時臉如土色，只待白萬劍上前開鎖，大夥兒立即轉身便逃。

卻聽白自在喝道：「走開！誰要你來開鎖？這些足銬手鐐，在你爹爹眼中，便如朽木爛泥一般，我只須輕輕一掙便掙脫了。我只是不愛掙，自願在這裏閉目養神而已。我白自在縱橫天下，便數千數萬人一起過來，也傷不了你爹爹的一根毫毛，又怎有人能鎖得住我？」

白萬劍道：「是，爹爹天下無敵，當然沒人能奈何得了爹爹。此刻母親和阿繡歸來，大家很是歡喜，便請爹爹同到堂上，喝幾杯團圓酒。」說着拿起鑰匙，便要去開他手銬。

白自在怒道：「我叫你走開，你便走開！我手脚上戴了這些玩意兒，很是有趣，你難道以爲我自己弄不掉麼？快走！快走！」

這「快走」二字喝得甚響，白萬劍吃了一驚，噹的一聲，將一串鑰匙掉在地下，退了兩步。他知父親以顏面攸關，不許旁人助他脫離，是以假作失驚，掉了鑰匙。

成自學等本在外間竊聽，聽得白自在這麼一聲大喝，忍不住都在門邊探頭探腦的窺看。

白自在喝道：「你們見了我，爲甚麼不請安？那一個是當世第一的大英雄、大豪傑？」

成自學尋思：「他此刻被縛在石柱上，自亦不必怕他，但師嫂終究會放了他，不如及早討好於他，免惹日後殺身之禍。」便躬身道：「雪山派掌門人白老爺子，是古往今來劍法第一、拳脚第一、內功第一、暗器第一的大英雄，大豪傑，大俠士，大宗師。」梁自進忙接着道：「白老爺子既是雪山派掌門，甚麼少林、武當、峨嵋、青城，任何門派都應取消。普天之下，唯白老爺子一人獨尊。」齊自勉和四支的那弟子跟着也說了不少諂諛之言。

白自在洋洋自得，點頭微笑。

史婆婆大感羞愧，心想：「這老兒說他發瘋，卻又未必。他見到我和劍兒、阿綉，一個個都認得清清楚楚，只是狂妄自大，到了難以救藥的地步，這便如何是好？」

白自在突然抬起頭來，問史婆婆道：「丁家老四前幾日到來，向我自鳴得意，說你到了碧螺山去看他，跟他在一起盤桓了數日，可有此事？」

史婆婆怒道：「你又沒眞的發了瘋，怎地相信這傢伙的胡說八道？」阿綉道：「爺爺，那丁不四確是想逼奶奶到他碧螺山去，他乘人之危，奶奶寧可投江自盡，也不肯去。」

白自在微笑說道：「很好，很好，我白自在的夫人，怎能受人之辱？後來怎樣？」阿綉道：「後來，後來……」手指石破天道：「幸虧這位大哥出手相助，才將丁不四趕跑了。」

白自在向石破天斜睨一眼，石牢中沒甚光亮，沒認出他是石中玉，但知他便是適才想來救自己出去的少年，心中微有好感，點頭道：「這小子的功夫還算可以。雖然和我相比還差着這麼一大截兒，但要趕跑丁不四，倒也夠了。」

史婆婆忍無可忍，大聲道：「你吹甚麼大氣？甚麼雪山派天下第一，當眞是胡說八道。這孩兒是我徒兒，是我一手親傳的弟子，我的徒兒比你的徒兒功夫就強得多。」

白自在哈哈大笑，說道：「荒唐，荒唐！你有甚麼本領能勝得過我的？」

史婆婆道：「劍兒是你調教的徒兒，你這許多徒弟之中，劍兒的武功最強，是不是？劍兒，你向你師父說，是我的徒兒強，還是他的徒兒強？」

白萬劍道：「這個……這個……」他在父親積威之下，不敢直說拂逆他心意的言語。

白自在笑道：「你的徒兒，豈能是我徒兒的對手？劍兒，你娘這可不是胡說八道嗎？」

白萬劍是個直性漢子，贏便是贏，輸便是輸，既曾敗在石破天手底，豈能不認？說道：「孩兒無能，適才和這小子動手過招，確是敵他不過。」

白自在陡然跳起，將全身鐵鍊扯得嗆啷直響，叫道：「反了，反了！那有此事？」

史婆婆和他做了幾十年夫妻，對他此刻心思已明白了十之八九，尋思：「老混蛋自以爲武功天下無敵，在凌霄城中自大稱王，給丁不四一激之後，就此半瘋不瘋。常言道：心病還須心藥醫。教他遇上個強過他的對手，挫折一下他的狂氣，說不定這瘋病倒可治好了。只可惜張三、李四已去，否則請他二人來治治這瘋病，倒是一劑對症良藥。不得已求其次，我這徒兒武功雖不高，內力卻遠在老混蛋之上，何不激他一激？」便道：「甚麼古往今來武功第一、內功第一，當眞不怕羞。單以內力而論，我這徒兒便勝於你多多。」

白自在仰天狂笑，說道：「便是達摩和張三丰復生，也不是白老爺子的對手。這個乳臭未乾的黃口小兒，只須能有我內力三成，那也足以威震武林了。」史婆婆冷笑道：「大言不慚，當眞令天下人齒冷，你倒和他比拚一下內力試試。」白自在笑道：「這小子怎配跟我動手？好罷，我只用一隻手，便翻他三個觔斗。」

史婆婆知道丈夫武功了得，當眞比試，只怕他傷了石破天性命，他能說這一句話，正是求之不得，便道：「這少年是我的徒兒，又是阿綉沒過門的女壻，便是你的孫女壻。你們比只管比，卻是誰也不許眞的傷了誰。」

白自在笑道：「他想做我孫女壻麼？那也得瞧他配不配。好，我不傷他性命便是。」

忽聽得脚步聲響，一人匆匆來到石牢之外，高聲說道：「啓稟掌門人，長樂幫幫主石破天，會同摩天居士謝煙客，將石清夫婦救了出去，正在大廳上索戰。」卻是耿萬鍾的聲音。

白自在和史婆婆同聲驚噫，不約而同的道：「摩天居士謝煙客？」

石破天得悉石清夫婦無恙，已脫險境，登感寬心，石中玉既然來到，自己這個冒牌貨卻要拆穿了，謝煙客多時不見，想到能和他見面，甚是歡喜。

史婆婆道：「咱們和長樂幫、謝煙客素無瓜葛，他們來生甚麼事？是石清夫婦約來的幫手麼？」耿萬鍾道：「那石破天好生無禮，說道他看中了咱們的凌霄城，要咱們都……都搬出去讓給他。」

白自在怒道：「放他的狗屁！長樂幫是甚麼東西？石破天又是甚麼東西？他長樂幫來了多少人？」

耿萬鍾道：「他們一起只五個人，除了石清夫婦倆、謝煙客和石破天之外，還有一個年輕姑娘，說是丁不三的孫女兒。」

石破天聽得丁璫也到了，不禁眉頭一皺，側眼向阿綉瞧去，只見她一雙妙眼正凝視着自己，不由得臉上一紅，轉開了頭，心想：「她叫我冒充石中玉，好救石莊主夫婦的性命，怎麼她自己又和石中玉來了？是了，想必她和石中玉放心不下，怕我吃虧，說不定在凌霄城中送了性命，是以冒險前來相救。謝先生當然是為救我而來的了。」

白自在道：「區區五人，何足道哉？你有沒跟他們說：凌霄城城主、雪山派掌門人白老爺子，是古往今來劍法第一、拳脚第一、內功第一、暗器第一的大英雄，大豪傑，大俠士，大宗師？」

耿萬鍾道：「這個……這個……他們既是武林中人，自必久聞師父的威名。」

白自在道：「是啊，這可奇了！既知我的威名，怎麼又敢到凌霄城來惹是生非？啊，是了！我在這石室中小隱，以避俗事，想必已傳遍了天下。大家都以為白老爺子金盆洗手，不再言武，是以欺上門來了。嘿嘿！你瞧，你師父這棵大樹一不遮蔭，你們立刻便糟啦。」

史婆婆怒道：「你自個兒在這裏臭美罷！大夥兒跟我出去瞧瞧。」說着快步而出。白萬劍、成自學等都跟了出去。

石破天正要跟着出去，忽聽得白自在叫道：「你這小子留着，我來教訓教訓你。」

石破天停步，轉過身來。阿綉本已走到門前，關心石破天的安危，也退了回來，她想爺爺半瘋不瘋，和石破天比試內力，只怕下手不分輕重而殺了他，自己功力不濟，危急之際卻無法出手解救，叫道：「奶奶，爺爺真的要跟……跟他比試呢！」

史婆婆回過頭來，對白自在道：「你要是傷了我徒兒性命，我這就上碧螺山去，一輩子也不回來了。」白自在大怒，叫道：「你……你說甚麼話？」

史婆婆更不理睬，揚長出了石牢，反手帶上石門，牢中登時黑漆一團。

阿綉俯身拾起白自在脚邊的鑰匙，替爺爺打開了足鐐手銬，說道：「爺爺，你就教他幾招武功罷。他沒練過多少功夫，本領是很差的。」

白自在大樂，笑道：「好，我只須教他幾招，他便終身受用不盡。」

石破天一聽，正合心意，他聽白自在不住口的自稱甚麼「古往今來拳脚第一」云云，自己當然鬥他不過，由「比劃」改為「教招」，自是求之不得，忙道：「多謝老爺子指點。」

白自在笑道：「很好，我教你幾招最粗淺的功夫，深一些的，諒你也難以領會。」

阿綉退到門邊，推開牢門，石牢中又明亮了起來。石破天陡見白自在站直了身子，幾乎比自己高一個頭，神威凜凜，直如天神一般，對他更增敬畏，不由自主的退了兩步。

白自在笑道：「不用怕，不用怕，爺爺不會傷你。你瞧着，我這麼伸手，揪住你的後頸，便摔你一個觔……」右手一探，果然已揪住了石破天後頸。

這一下出手既快，方位又奇，石破天如何避得，只覺他手上力道大得出奇，給他一抓之下，身子便欲騰空而起，急忙凝力穩住，右臂揮出，格開他手臂。

白自在這一下明明已抓住他後頸要穴，豈知運力一提之下，石破天起而復墮，竟沒能將他提起，同時右臂被他一格，只覺臂上酸麻，只得放開了手。他「噫」的一聲，心想：「這小子的內力果然了得。」左手探出，又已抓住他胸口，順勢一甩，卻仍是沒能拖動他身子。

這第二下石破天本已早有提防，存心閃避，可是終究還是被他一出手便即抓住，心下好生佩服，讚道：「老爺子果然了得，這兩下便比丁不四爺爺厲害得多。」

白自在本已暗自慚愧，聽他說自己比丁不四厲害得多，又高興起來，說道：「丁不四如何是我對手？」左腳隨即絆去，石破天身子一幌，沒給他絆倒。

白自在一揪、一抓、一絆，接連三招，號稱「神倒鬼跌三連環」，實是他生平的得意絕技，那裏是甚麼粗淺功夫了？數十年來，不知有多少成名的英雄好漢曾栽在這三連環之下，那知此刻這三招每一招雖都得手，但碰上石破天渾厚無比的內力，竟是一招也不能奏效。

那日他和丁氏兄弟會面，聽丁不四言道史婆婆曾到碧螺山盤桓數日，又妬又怒，竟至神智失常，今日見到愛妻歸來，得知碧螺山之行全屬虛妄，又見到了阿綉，心中一喜，瘋病已然好了大半，但「武功天下第一」的念頭，自己一直深信不疑，此刻連環三招居然摔不倒這少年，怒火上升，腦筋又胡塗起來，呼的一掌，向他當胸拍去，竟然使出了三四成力道。

石破天見掌勢兇猛，左臂橫擋，格了開去。白自在左拳隨即擊出，石破天閃身欲避，但白自在這一拳來勢奇妙，砰的一聲，已擊中他的右肩。

阿綉「啊」的一聲驚呼。石破天安慰她道：「不用擔心，我也不大痛。」

白自在怒道：「好小子，你不痛？再吃我一拳。」這一拳被石破天伸手格開了。白自在連續四拳，第四拳拳中夾腿，終於踢中石破天的左胯。

阿綉見他二人越鬥越快，白自在發出的拳脚，石破天只能擋架得一小半，倒有一大半都打在他身上，初時十分擔憂，只叫：「爺爺，手下留情！」但見石破天臉色平和，並無痛楚之狀，又署寬懷。

白自在在石破天身上連打十餘下，初時還記得妻子之言，只使三四成力道，生怕打傷了他，但不論是拳是掌，打在他的身上，石破天都不過身子一幌，便若無其事的承受了去。

白自在又驚又怒，出手漸重，可是說也奇怪，自己儘管加力，始終無法將對方擊倒。他吼叫連連，終於將全身勁力都使了出來。霎時之間，石牢中拳脚生風，只激得石柱上的鐵鍊叮叮噹噹響個不停。

阿綉但覺呼吸爲艱，雖已貼身於門背，仍是難以忍受，只得推開牢門，走到外間。她眼見爺爺一拳一掌的打向石破天身上，不忍多看，反手帶上石門，雙手合十，暗暗禱告：「老天爺保祐，別讓他二人這場打鬥生出事來，最好是不分勝敗，兩家罷手。」

只覺背脊所靠的石門不住搖幌，鐵鍊撞擊之聲愈來愈響，她腦子有些暈眩，倒似足底下的地面也有些搖動了。也不知過了多少時候，突然之間，石門不再搖幌，鐵鍊聲也已止歇。

阿綉貼耳門上，石牢中竟半點聲息也無，這一片寂靜，令她比之聽到天翻地覆的打鬥之聲更是驚恐：「若是爺爺勝了，他定會得意洋洋，哈哈大笑。如是石郎得勝，他定然會推門出來叫我，怎麼一點聲音也沒有？難道有人身受重傷？莫非兩人都力竭而死？」

她全身發抖，伸手緩緩推開石門，雙目緊閉，不敢去看牢中情形，唯恐一睜開眼來，見到有一人橫屍就地，甚至是兩人都嘔血身亡。又隔了一會，這才眼睜一綫，只見白自在和石破天二人都坐在地下，白自在雙目緊閉，石破天卻是滿臉微笑的向着自己。

阿綉「哦」的一聲，長吁了口氣，睜大眼睛，看清楚石破天伸出右掌，按住白自在的後心，原來是在助他運氣療傷。阿綉道：「爺爺……受了傷？」石破天道：「沒有受傷，他一口氣轉不過來，一會兒就好了！」阿綉右手撫胸，說道：「謝天謝……」

突然之間，白自在一躍而起，喝道：「甚麼一口氣轉不過來，我……我這口氣可不是轉過來了麼？」伸掌又要向石破天頭頂擊落，猛覺一雙手掌疼痛難當，提掌看時，但見雙掌已腫成兩個圓球相似，紅得幾乎成了紫色，這一掌若是打在石破天身上，只怕自己的手掌非先破裂不可。

他一怔之下，已明其理，原來眼前這小子內力之強，實是匪夷所思，自己數十招拳掌招呼在他身上，都給他內力反彈出來，每一拳每一掌如都擊在石牆之上，對方未曾受傷，自己的手掌卻抵受不住了，跟着覺得雙脚隱隱作痛，便如有數千萬根細針不斷鑽刺，知道自己踢了他幾十脚，脚上也已受到了反震。

他呆了半晌，說道：「罷了，罷了！」登覺萬念俱灰，甚麼「古往今來內功第一」云云，實是大言不慚的欺人之談，拿起足鐐手銬，套在自己手足之上，喀喇喀喇數聲，都上了鎖。

阿綉驚道：「爺爺，你怎麼啦？」

白自在轉過身子，朝着石壁，黯然道：「我白自在狂妄自大，罪孽深重，在這裏面壁思過。你們快出去，我從此誰也不見。你叫奶奶上碧螺山去罷，永遠再別回凌霄城來。」

阿綉和石破天面面相覷，不知如何是好。過了好一會，阿綉埋怨道：「都是你不好，爲甚麼這般逞強好勝？」石破天愕然道：「我……我沒有啊，我一拳也沒打到你爺爺。」

阿綉白了他一眼，道：「他單是『我的』爺爺嗎？你叫聲『爺爺』，也不怕辱沒了你。」

石破天心中一甜，低聲叫道：「爺爺！」

白自在揮手道：「快去，快去！你強過我，我是你孫子，你是我爺爺！」

阿綉伸了伸舌頭，微笑道：「爺爺生氣啦，咱們快跟奶奶說去。」

謝煙客嘿嘿冷笑，一雙目光直上直下的在石中玉身上掃射。石中玉只嚇得周身俱軟，魂不附體。

十八　有所求

兩人出了石牢，走向大廳。石破天道：「阿綉，人人見了我，都道我便是那個石中玉。連石莊主、石夫人也分辨不出，怎地你卻沒有認錯？」

阿綉臉上一陣飛紅，霎時間臉色蒼白，停住了脚步。這時兩人正走在花園中的一條小徑上，阿綉身子微幌，伸手扶住一株白梅，臉色便似白梅的花瓣一般。她定了定神，道：「這石中玉曾想欺侮我，我氣得投崖自盡。大哥，你肯不肯替我出這口氣，把他殺了？」

石破天躊躇道：「他是石莊主夫婦獨生愛子，石莊主、石夫人待我極好，我……我……我可不能去殺他們的兒子。」阿綉頭一低，兩行淚水從面頰上流了下來，嗚咽道：「我第一件事求你，你就不答允，以後……你一定是欺侮我，就像爺爺對奶奶一般。我……我告訴奶奶和媽去。」說着掩面奔了出去。石破天道：「阿綉，阿綉，你聽我說。」

阿綉嗚咽道：「你不殺了他，我永遠不睬你。」足下不停，片刻間便到了大廳。

石破天跟着進去，只見廳中劍光閃閃，四個人鬥得正緊，卻是白萬劍、成自學、齊自勉三人各挺長劍，正在圍攻一個青袍短鬚的老者。石破天一見之下，脫口叫道：「老伯伯，你好啊，我時常在想念你。」這老者正是摩天居士謝煙客。

謝煙客在雪山派三大高手圍攻之下，以一雙肉掌對付三柄長劍，仍是揮洒自如，大佔上風，陡然間聽得石破天這一聲呼叫，舉目向他瞧去，不由得大吃一驚，叫道：「怎……怎麼又有一個？」

高手過招，豈能心神稍有失常？他這一驚又是非同小可，白、成、齊三柄長劍同時乘虛而入，刺向他小腹。三人一師所授，使的同是一招「明駝駿足」，劍勢又迅又狠，眼見劍尖已碰到他的青袍，三劍同時要透腹而入。

石破天大叫：「小心！」縱身躍起，一把抓住白萬劍右肩，硬生生將他向後拖出幾步。

只聽得喀喀兩聲，謝煙客在危急中使出生平絕技「碧針清掌」，左掌震斷了齊自勉的長劍，右掌震斷了成自學的長劍。

這兩掌擊得雖快，他青袍的下擺還是被雙劍劃破了兩道口子，他雙掌翻轉，內力疾吐，成齊二人直飛出去，砰砰兩聲，背脊撞上廳壁，只震得屋頂泥灰簌簌而落，猶似下了一陣急雨。又聽得拍了一聲，卻是石破天鬆手放開白萬劍肩頭，白萬劍反手打了他一個耳光。

謝煙客向石破天看了一眼，目光轉向坐在角落裏的另一個少年石中玉，兀自驚疑不定，道：「你……你二人怎地一模一樣？」

石破天滿臉堆歡，說道：「老伯伯，你是來救我的嗎？多謝你啦！我很好，他們沒殺我。

叮叮噹噹、石大哥，你們也一塊來了。石莊主、石夫人，他們沒傷你，我這可放心啦！師父，爺爺自己又戴上了足鐐手銬，不肯出來，說要你上碧螺山去。」頃刻之間，他向謝煙客、丁璫、石中玉、石清夫婦、史婆婆每人都說了幾句話。

他這幾句話說得興高采烈，聽他說話之人卻盡皆大吃一驚。

謝煙客當日在摩天崖上修習「碧針清掌」，為逞一時之快，將全身內力盡數使了出來。恰在此時，貝海石率領長樂幫八名好手來到摩天崖上，說是迎接幫主，一口咬定幫主是在崖上。謝煙客一招之間，便將米橫野擒住，但其後與貝海石動手，恰逢自己內力耗竭。他當機立斷，乘着敗象未顯，立即飄然引退。

這一掌而退，雖然不能說敗，終究是被人欺上門來，逼下崖去，實是畢生的奇恥大辱。仔細思量，此番受逼，全係自己練功時過耗內力所致，否則對方縱然人多，也無所懼。

此仇不報，非丈夫也，但須謀定而動，於是尋了個隱僻所在，花了好幾個月功夫，將一路「碧針清掌」直練得出神入化，無懈可擊，這才尋上鎮江長樂幫總舵去，一進門便掌傷四名香主，登時長樂幫全幫為之震動。

其時石破天已受丁璫之騙，將石中玉掉換了出來。石中玉正想和丁璫遠走高飛，不料長樂幫到處布滿了人，不到半天便遇上了，又將他強行迎回總舵。貝海石等此後監視甚緊，均想這小子當時嘴上說得豪氣干雲，但事後越想越怕，竟想脚底抹油，一走了之，天下那有這麼便宜之事？數十人四下守衛，日夜不離，不論他如何狡計百出，再也無法溜走。石中玉甫脫淩霄城之難，又套進了俠客島之刦，好生發愁。和丁璫商議了幾次，兩人打定了主意，俠客島當然是無論如何不去的，在總舵之中也已難以溜走，只有在前赴俠客島途中設法脫身。

當下只得暫且冒充石破天再說。他是個千伶百俐之人，幫中上下人等又個個熟識，各人性格摸得清清楚楚，他要假裝石破天而不令人起疑，比之石破天冒充他是易上百倍了。只是他畢竟心中有鬼，不敢大模大樣如從前那麼做他的幫主，每日裏只是躲在房中與丁璫鬼混。有人問起幫中大事，他也唯唯否否的不出甚麼主意。

長樂幫這干人只求他準期去俠客島赴約，樂得他諸事不理，正好自行其是。

貝海石那日前赴摩天崖接得石破天歸來，一掌逼走謝煙客，雖知從此伏下了一個隱憂，但覺他掌法雖精，內力卻是平平，頗與他在武林中所享的大名不副，也不如何放在心上。其後發覺石破天原來並非石中玉，這樣一來，變成無緣無故的得罪了一位武林高手，心下更微有內疚之意，但銅牌邀宴之事迫在眉睫，幫中不可無主出頭承擔此事，乘着石破天陰陽內力激盪而昏迷不醒之時，便在他身上做下了手脚。

原來石中玉那日在貝海石指使之下做了幫主，不數日便即逃脫，給貝海石擒了回來，將他脫得赤條條地監禁數日，教他難以再逃，其後石中玉雖然終於又再逃脫，他身上的各處創傷疤痕，卻已讓貝海石盡數瞧在眼裏。貝大夫並非眞的大夫，然久病成醫，醫道着實高明，於是在石破天肩頭、腿上、臀部仿製疤痕，竟也做得一模一樣，毫無破綻，以致情人丁璫、仇人白萬劍，甚至父母石清夫婦都給瞞過。

貝海石只道石中玉既然再次逃走，在臘八日之前必不會現身，是以放膽而爲。其實石破天和石中玉二人相貌雖然相似，畢竟不能一般無異，但有了身上這幾處疤痕之後，人人心中先入爲主，縱有再多不似之處，也一概置而不計了。石破天全然不通人情世故，種種奇事既難以索解，也只有相信旁人之言，只道自己一場大病之後，將前事忘得乾乾淨淨。那知俠客島的善惡二使實有過人之能，竟將石中玉從揚州妓院中揪了出來，貝海石的把戲全被拆穿。雖然石破天應承接任幫主，讓長樂幫免了一刦，貝海石卻是面目無光，深自匿居，不敢和幫主見面。以致石中玉將石破天掉換之事，本來唯獨難以瞞過他的眼睛，卻也以此沒有敗露。

這日謝煙客上門指名索戰，貝海石聽得他連傷四名香主，自忖並無勝他把握，一面出廳周旋，一面遣人請幫主出來應付。

石中玉推三阻四，前來相請的香主、舵主已站得滿房都是，消息一個接一個的傳來：

「貝先生和那姓謝的已在廳上激鬥，快請幫主出去掠陣！」

「貝先生肩頭給謝煙客拍了一掌，左臂已有些不靈。」

「貝先生扯下了謝煙客半幅衣袖，謝煙客卻乘機在貝先生胸口印了一掌。」

「貝先生咳嗽連連，口噴鮮血，幫主再不出去，貝先生難免喪身。」

「那姓謝的口出大言，說道憑一雙肉掌便要將長樂幫挑了，幫主再不出去，他要放火焚燒咱們總舵！」

石中玉心想：「燒了長樂幫總舵，那是求之不得，最好那姓謝的將你們盡數宰了。」但在衆香主、舵主逼迫之下，無可推托，只得硬着頭皮來到大廳，打定了主意，要長樂幫衆好手一擁而上，管他誰死誰活，最好是兩敗俱傷，同歸於盡，自己便可乘機溜之大吉。

那知謝煙客一見了他，登時大吃一驚，叫道：「狗雜種，原來是你。」石中玉只見貝海石氣息奄奄，委頓在地，衣襟上都是鮮血，心驚膽戰之下，那句：「大夥兒齊上，跟他拚了！」的話嚇得叫不出口來，戰戰兢兢的道：「原來是謝先生。」

謝煙客冷笑道：「很好，很好！你這小子居然當上了長樂幫幫主！」一想到種種情事，身上不由得涼了半截：「糟了，糟了！貝大夫這狗賊原來竟這等工於心計。我當年立下了重誓，但教受令之人有何號令，不論何事，均須爲他辦到，此事衆所知聞。他打聽到我已從狗雜種手中接了玄鐵令，便來到摩天崖上，將他接去做個傀儡幫主，用意無非是要我聽他長樂幫的號令。謝煙客啊謝煙客，你聰明一世，胡塗一時，今日裏竟然會自投羅網，從此人爲刀俎，我爲魚肉，再也沒有翻身之日了。」

一人若是繫念於一事，不論遇上何等情景，不由自主的總是將心事與之連了起來。逃犯越獄，只道普天下公差都在捉拿自己；兇手犯案，只道人人都在思疑自己；青年男女鍾情，只道對方一言一動都爲自己而發，雖絕頂聰明之人，亦所難免。謝煙客念念不忘者只是玄鐵令誓願未了，其時心情，正復如此。他越想越怕，料想貝海石早已伏下厲害機關，雙目凝視石中玉，靜候他說出要自己去辦的難事。「倘若他竟要我自斷雙手，從此成爲一個不死不活的廢人，這便如何是好？」想到此節，雙手不由得微微顫抖。

他若立即轉身奔出長樂幫總舵，從此不再見這狗雜種之面，自可避過這個難題，但這麼一來，江湖上從此再沒他這號人物，那倒事小，想起昔時所立的毒誓，他日應誓，那比之自殘雙手等等更是慘酷百倍了。

豈知石中玉心中也是害怕之極，但見謝煙客神色古怪，不知他要向自己施展甚麼殺手。兩人你瞧着我，我瞧着你，在半晌之間，兩個人都如過了好幾天一般。

又過了良久，謝煙客終於厲聲說道：「好罷，是你從我手中接過玄鐵令的，你要我爲你辦甚麼事，快快說來。謝某一生縱橫江湖，便遇上天大難事，也視作等閒。」

石中玉一聽，登時呆了，但謝煙客頒下玄鐵令之事，他卻也曾聽過，心念一轉之際，已然明白，定是謝煙客也認錯了人，將自己認作了那個到凌霄城去作替死鬼的獃子，聽他說不論自己出甚麼難題，都能盡力辦到，那眞是天外飛來的大橫財，心想以此人武功之高，說得上無事不可爲，卻教他去辦甚麼事好？不由得沉吟不決。

謝煙客見他神色間又驚又喜、又是害怕，說道：「謝某曾在江湖揚言，凡是得我玄鐵令之人，謝某決不伸一指加於其身，你又怕些甚麼？狗雜種，你居然還沒死，當眞命大。你那『炎炎功』練得怎樣了？」料想這小子定是畏難偷懶，後來不再練功，否則體內陰陽二力交攻，怎能夠活到今日。

石中玉聽他叫自己爲「狗雜種」，只道是隨口罵人，自更不知「炎炎功」是甚麼東西，當下不置可否，微微一笑，心中卻已打定了主意：「那獃子到得凌霄城中，吐露眞相，白自在、白萬劍、封萬里這干人豈肯罷休？定會又來找我的晦氣。我一生終是難在江湖上立足。天幸眼前有這個良機，何不要他去了結此事？雪山派的實力和長樂幫也不過是半斤八兩，這謝煙客孤身一人能將長樂幫挑了，多半也能憑一雙肉掌，將雪山派打得萬刧不復。」當即說道：

「謝先生言而有信，令人可敬可佩。在下要謝先生去辦的這件事，傳入俗人耳中，不免有點兒駭人聽聞，但以謝先生天下無雙的武功，那也是輕而易舉。」

謝煙客聽得他這話似乎不是要作踐自己，登感喜慰，忙問：「你要我去辦甚麼事？」他心下忐忑，全沒留意到石中玉吐屬文雅，與狗雜種大不相同。

石中玉道：「在下斗膽，請謝先生到凌霄城去，將雪山派人衆盡數殺了。」

謝煙客微微一驚，心想雪山派是武林的名門大派，威德先生白自在聲名甚著，是個極不易惹的大高手，竟要將之盡數誅滅，當眞談何容易？但對方既然出下了題目，那便是抓得着、摸得到的玩意兒，不用整日價提心吊膽，疑神疑鬼，雪山派一除，從此便無憂無慮，逍遙一世，當即說道：「好，我這就去。」說着轉身便行。

石中玉叫道：「謝先生且慢！」謝煙客轉過身來，道：「怎麼？」他猜想狗雜種叫自己去誅滅雪山派，純是貝海石等人的主意，不知長樂幫和雪山派有甚麼深仇大恨，這才要假手於己去誅滅對方，他只盼及早離去，深恐貝海石他們又使甚麼詭計。

石中玉道：「謝先生，我和你同去，要親眼見你辦成此事！」

他一聽謝煙客答允去誅滅雪山派，便即想到此事一擧兩得，正是脫離長樂幫的良機。

謝煙客當年立誓，雖說接到玄鐵令後只爲人辦一件事，但石中玉要和他同行，卻與此事有關，原是不便拒絕，便道：「好，你跟我一起去就是。」長樂幫衆人大急，眼望貝海石，聽他示下。石中玉朗聲道：「本座既已答應前赴俠客島應約，天大的擔子也由我一人挑起，屆時自不會令衆位兄弟爲難，大家儘管放心。」

貝海石重傷之餘，萬料不到謝煙客竟會聽石幫主號令，反正無力攔阻，只得歎一口氣，有氣無力的說道：「幫……幫主，一……一……路保重，恕……恕……屬下……咳咳……不送了！」石中玉一拱手，隨着謝煙客出了總舵。

謝煙客冷笑道：「狗雜種你這蠢才，聽了貝大夫的指使，要我去誅滅雪山派，雪山派跟你又沾上甚麼邊了？你道貝大夫他們當眞奉你爲幫主嗎？只不過要你到俠客島去送死而已。你這小子傻頭傻腦的，跟這批奸詐兇狡的匪徒講義氣，當眞是胡塗透頂。你怎不叫我去做一件於你大大有好處的事？」突然想起：「幸虧他沒有叫我代做長樂幫幫主，派我去俠客島送死。」他武功雖高，於俠客島畢竟也十分忌憚，想到此節，又不禁暗自慶幸，笑罵：「他媽的，總算老子運氣，你狗雜種要是聰明了三分，老子可就倒了大霉啦！」

此時石中玉既下了號令，謝煙客對他便毫不畏懼，除了不能動手打他殺他之外，言語之中儘可放肆侮辱，這小子再要他辦第二件事，那是想也休想。

石中玉不敢多言，陪笑道：「這可多多得罪了。」心道：「他媽的，總算老子運氣，你認錯了人。你狗雜種要是聰明了三分，老子可就倒了大霉啦。」

丁璫見石中玉隨謝煙客離了長樂幫，便趕上和二人會合，同上凌霄城來。

石中玉雖有謝煙客作護符，但對白自在畢竟十分害怕，一上凌霄城後便獻議暗襲。謝煙客一聽，正合心意。當下三人偷入凌霄城來。石中玉在城中曾居住多年，各處道路門戶十分熟悉。城中又方遭大變，多處要道無人守禦，三人毫不費力的便進了城。

謝煙客出手殺了四名雪山派第三代弟子，進入中門，便聽到衆人議論紛紛，有的氣憤，有的害怕，有的想逃，有的說瞧一瞧風頭再作打算。謝煙客和石中玉知道凌霄城禍起蕭牆，正有巨大內爭，心想正是天賜良機，隨即又聽到石清夫婦被擒。石中玉雖然涼薄無行，於父母之情畢竟尚在，當下也不向謝煙客懇求，逕自引着他來到城中囚人之所，由謝煙客出手殺了數人，救出了石清、閔柔，來到大廳。

其時史婆婆、白萬劍、石破天等正在石牢中和白自在說話，依着謝煙客之意，見一個，殺一個，當時便要將雪山派中人殺得乾乾淨淨，但石清、閔柔極力勸阻。石清更以言語相激：「是英雄好漢，便當先和雪山掌門人威德先生決個雌雄，此刻正主兒不在，卻儘殺他後輩弟子，江湖上議論起來，未免說摩天居士以大壓小，欺軟怕硬。」謝煙客冷笑道：「反正是盡數誅滅，先殺老的，再殺小的，也是一樣。」

不久史婆婆和白萬劍等出來，一言不合，便即動手。白萬劍武功雖高，如何是這玄鐵令主人的敵手？數招之下，便已險象環生。成自學、齊自勉聽得謝煙客口口聲聲要將雪山派盡數誅滅，當即上前夾擊，但以三敵一，仍然擋不住他凌厲無儔的「碧針清掌」。當石破天進廳之時，史婆婆與梁自進正欲加入戰團，不料謝煙客大驚之下，局面登變。

石中玉見石破天武功如此高強，自是十分駭異，生怕雪山派重算舊帳，石破天不免也要跟自己爲難，但見阿綉安然無恙，又稍覺寬心。

丁璫雖傾心於風流倜儻的石中玉，憎厭這不解風情的石破天，畢竟和他相處多日，不無情誼，見他尚在人間，卻也暗暗歡喜。

石清夫婦直到此時，方始明白一路跟着上山的原來不是兒子，又是那少年石破天，慚愧之餘，也不自禁的好笑，第一次認錯兒子，那也罷了，想不到第二次又會認錯。夫妻倆相對搖頭，均想：「玄素莊石清夫婦認錯兒子，從此在武林中成爲大笑話，日後遇到老友，只怕人人都會揶揄一番。」一齊問：「石幫主，你爲甚麼要假裝喉痛，將玉兒換了去？」

史婆婆聽得石破天言道丈夫不肯從牢中出來，卻要自己上碧螺山去，忙問：「你們比武是誰勝了？怎麼爺爺叫我上碧螺山去？」

謝煙客問道：「怎麼有了兩個狗雜種？到底是怎麼回事？」

白萬劍喝道：「好大膽的石中玉，你又在搗甚麼鬼？」

丁璫道：「你沒照我吩咐，早就洩露了秘密，是不是？」

你一句，我一句，齊聲發問。石破天只一張嘴，一時之間怎回答得了這許多問話？

只見後堂轉出一個中年婦人，問阿綉道：「阿綉，這兩個少年，那一個是好的，那一個是壞的？」這婦人是白萬劍之妻，阿綉之母。她自阿綉墮崖後，憶女成狂，神智迷糊。成自學、齊自勉、廖自礪等謀叛之時，也沒對她多加理會。此番阿綉隨祖母暗中入城，第一個就去看娘。她母親一見愛女，登時清醒了大半，此刻也加上了一張嘴來發問。

史婆婆大聲叫道：「誰也別吵，一個個來問，這般亂鬨鬨的誰還聽得到說話？」

衆人一聽，都靜了下來。謝煙客在鼻孔中冷笑一聲，卻也不再說話。

史婆婆道：「你先回答我，你和爺爺比武是誰贏了？」

雪山派衆人一齊望着石破天，心下均各擔憂。白自在狂妄橫暴，衆人雖十分不滿，但若他當眞輸了給這少年，雪山派威名掃地，卻也令人人面目無光。

只聽得石破天道：「自然是爺爺贏了，我怎配跟爺爺比武？爺爺說要教我些粗淺功夫，他打了我七八十拳，踢了我二三十脚，我可一拳一脚也碰不到他身上。」白萬劍等都長長吁了口氣，放下心來。

史婆婆斜眼瞧他，又問：「你爲甚麼身上一處也沒傷？」石破天道：「定是爺爺手下留情。後來他打得倦了，坐倒在地，我見他一口氣轉不過來，閉了呼吸，便助他暢通氣息，此刻已然大好了。」

謝煙客冷笑道：「原來如此！」

史婆婆道：「你爺爺說些甚麼？」石破天道：「他說，我白自在狂甚麼自大，罪甚麼深重，在這裏面……面甚麼過，你們快出去，我從此誰也不見，你叫奶奶上碧螺山去罷，永遠別再回凌霄城來。」他一字不識，白自在說的成語「罪孽深重」、「狂妄自大」、「面壁思過」，他不知其義，便無法複述，可是旁人卻都猜到了。

史婆婆怒道：「這老兒當我是甚麼人？我爲甚麼要上碧螺山去？」

史婆婆閨名叫做小翠，年輕時貌美如花，武林中青年子弟對之傾心者大有人在，白自在和丁不四尤爲其中的傑出人物。白自在向來傲慢自大，史小翠本來對他不喜，但她父母看中了白自在的名望武功，終於將她許配了這個雪山派掌門人。成婚之初，史小翠便常和丈夫拌嘴，一拌嘴便埋怨自己父母，說道當年若是嫁了丁不四，也不致受這無窮的苦惱。其實丁不四行事怪僻，爲人只有比白自在更差，但隔河景色，看來總比眼前的爲美，何況史小翠爲了激得丈夫生氣，故意將自己愛慕丁不四之情加油添醬的誇張，本來只有半分，卻將之說到了十分。白自在空自暴跳，卻也無可奈何。好在兩人成婚之後，不久便生了白萬劍，史小翠養育愛子，一步不出凌霄城，數十年來從不和丁不四見上一面。白自在縱然心中喝醋，卻也不疑有他。

不料這對老夫婦到得晚年，卻出了石中玉和阿綉這一樁事，史小翠給丈夫打了個耳光，一怒出城，在崖下雪谷中救了阿綉，但怒火不熄，携着孫女前赴中原散心，好教丈夫着急一番。當眞不是寃家不聚頭，卻在武昌府遇到了丁不四。兩人紅顏分手，白頭重逢，說起別來情事，那丁不四倒也痴心，竟是始終未娶，苦苦邀她到自己所居的碧螺山去盤桓數日。二人其時都已年過六旬，原已說不上甚麼男女之情，丁不四所以邀她前往，也不過一償少年時立下的心願，只要昔日的意中人雙足沾到碧螺山上的一點綠泥，那就死也甘心。

史婆婆一口拒卻。丁不四求之不已，到得後來，竟變成了苦苦相纏。史婆婆怒氣上衝，說僵了便即動手，數番相鬥，史婆婆武功不及，幸好丁不四絕無傷害之意，到得生死關頭，總是手下留情。史婆婆又氣又急，在長江船中趕練內功，竟致和阿綉雙雙走火，眼見要被丁不四逼到碧螺山上，迫得投江自盡，巧逢石破天解圍。後來在紫煙島上又見到了丁氏兄弟，史婆婆既不願和丁不四相會，更不想在這尷尬的情景下見到兒子，便携了阿綉避去。

丁不四數十年來不見小翠，倒也罷了，此番重逢，勾發了他的牛性，說甚麼也要叫她的脚底去沾一沾碧螺山的綠泥，自知一人非雪山派之敵，於是低聲下氣，向素來和他不睦的兄長丁不三求援，同上凌霄城來，準擬強搶暗刦，將史婆婆架到碧螺山去，只要她兩隻脚踏上碧螺山，立即原船放她回歸。

丁氏兄弟到達凌霄城之時，史婆婆尚未歸來。丁不四便捏造謊言，說史婆婆曾到碧螺山上，和他暢敍離情。他既娶不到史小翠，有機會自要氣氣情敵。白自在初時不信，但丁不四說起史婆婆的近貌，轉述她的言語，事事若合符節，卻不由得白自在不信。兩人三言兩語，登時在書房中動起手來。丁不四中了白自在一掌，身受重傷，當下在兄長相護下離城。

這一來不打緊，白自在又擔心，又氣惱，一肚皮怨氣無處可出，竟至瘋瘋顛顛，亂殺無辜，釀成了凌霄城中偌大的風波。

史婆婆回城後見到丈夫這情景，心下也是好生後悔，丈夫的瘋病一半固因他天性自大，一半實緣自己而起，此刻聽得石破天言道丈夫叫自己到碧螺山去，永遠別再回來，又聽說丈夫自知罪孽深重，在石牢中面壁思過，登時便打定了主意：「咱二人做了一世夫妻，臨到老來，豈可再行分手？他要在石牢中自懲己過，我便在牢中陪他到死便了，免得他到死也雙眼不閉。」轉念又想：「我要億刀將掌門之位讓我，原是要代他去俠客島赴約，免得他枉自送命，阿綉成了個獨守空閨的小寡婦。此事難以兩全，那便是如何是好？唉，且不管他，這件事慢慢再說，先去瞧瞧老瘋子要緊。」當即轉身入內。

白萬劍掛念父親，也想跟去，但想大敵當前，本派面臨存亡絕續的大關頭，畢竟是以應付謝煙客為先。

謝煙客瞧瞧石中玉，又瞧瞧石破天，好生難以委決，以言語舉止而論，那是石破天較像狗雜種，但他適才一把拉退白萬劍的高深武功，迥非當日摩天崖這鄉下少年之所能，分手不過數月，焉能精進如是？突然間他青氣滿臉，綻舌大喝：「你們這兩個小子，到底那一個是狗雜種？」這一聲斷喝，屋頂灰泥又是簌簌而落，眼見他舉手間又要殺人。

石中玉不知「狗雜種」三字是石破天的眞名，只道謝煙客大怒之下破口罵人，心想計謀既給他識破，只有硬着頭皮混賴，挨得一時是一時，然後俟機脫逃，當即說道：「我不是，他，他是狗雜種！」謝煙客向他瞪目而視，嘿嘿冷笑，道：「你眞的不是狗雜種？」石中玉給他瞧得全身發毛，忙道：「我不是。」

謝煙客轉頭向石破天道：「那麼你才是狗雜種？」石破天點頭道：「是啊，老伯伯，我那日在山上練你教我的功夫，忽然全身發冷發熱，痛苦難當，便昏了過去，這一醒轉，古怪事情卻一件接着一件而來。老伯伯，你這些日子來可好嗎？不知是誰給你洗衣煮飯。我時常記掛你，想到我不能給你洗衣煮飯，可苦了你啦。」言語中充滿關懷之情。

謝煙客更無懷疑，心想：「這傻小子對我倒眞還不錯。」轉頭向石中玉道：「你冒充此人，卻來消遣於我，嘿嘿，膽子不小哇，膽子不小！」

石清、閔柔見他臉上青氣一顯而隱，雙目精光大盛，知道兒子欺騙了他，自令他怒不可遏，只要一伸手，兒子立時便屍橫就地，忙不迭雙雙躍出，攔在兒子身前。閔柔顫聲說道：「謝先生，你大人大量，原諒這小兒無知，我……我教他向你磕頭陪罪！」

謝煙客心中煩惱，爲石中玉所欺尚在其次，只是這麼一來，玄鐵令誓言的了結又是沒了着落，冷笑道：「謝某爲豎子所欺，豈是磕幾個頭便能了事？退開！」他「退開」兩字一出口，雙袖拂出，兩股大力排山倒海般推去。石清、閔柔的內力雖非泛泛，竟也是立足不穩，分向左右跌出數步。

石破天見閔柔驚惶無比，眼淚已奪眶而出，忙叫：「老伯伯，不可殺他！」

謝煙客右掌蓄發，正待擊出，其時便是大廳上數十人一齊阻擋，也未必救得了石中玉的性命，但石破天這一聲呼喝，對謝煙客而言卻是無可違抗的嚴令。他怔了一怔，回頭問道：「你要我不可殺他？」心想饒了這卑鄙少年的一命，便算完償了當年誓願，那倒是輕易之極的事，不由得臉露喜色。

石破天道：「是啊，這人是石莊主、石夫人的兒子。叮叮噹噹也很喜歡他。不過……不過……這人行為不好，他欺侮過阿琇，又愛騙人，做長樂幫幫主之時，又做了許多壞事。」

謝煙客道：「你說要我不可殺他？」他雖是武功絕頂的一代梟傑，說這句話時，聲音竟也有些發顫，惟恐石破天變卦。

石破天道：「不錯，請你不可殺他。不過這人老是害人，最好你將他帶在身邊，教他學好，等他眞的變了好人，才放他離開你。老伯伯，你心地最好，你帶了我好幾年，又教我練功夫。自從我找不到媽媽後，全靠你養育我長大。這位石大哥只要跟隨着你，你定會好好照料他，他就會變成個好人了。」

「心地最好」四字用之於謝煙客身上，他初一入耳，不由得大為憤怒，只道石破天出言譏刺，臉上青氣又現，但轉念一想，不由得啼笑皆非，眼見石破天說這番話時一片至誠，回想數年來和他在摩天崖共處，自己處處機心對他，他卻始終天眞爛漫，絕無半分猜疑，別來數月，他兀自以不能爲自己洗衣煮飯爲歉，料想他失母之後，對己依戀，因之事事皆往好處着想，自己授他「炎炎功」原是意在取他性命，他卻深自感恩，此刻又來要自己去管教石中玉，心道：「傻小子胡說八道，謝某是個獨往獨來、矯矯不羣的奇男子，焉能爲這卑賤少年所累？」說道：「我本該答允爲你做一件事，你要我不殺此人，我依了你便是。咱們就此別過，從此永不相見。」

石破天道：「不，不，老伯伯，你若不好好教他，他又要去騙人害人，終於會給旁人殺了，又惹得石夫人和叮叮噹噹傷心。我求你教他、看着他，只要他不變好人，你就不放他離開你。我媽本來教我不可求人甚麼事。不過……不過這件事太關要緊，我只得求求你了。」

謝煙客皺起眉頭，心想這件事婆婆媽媽，說難是不難，說易卻也着實不易，自己本就不是好人，如何能教人學好？何況石中玉這少年奸詐浮滑，就是由孔夫子來教，只怕也未必能教得他成爲好人，倘若答允了此事，豈不是身後永遠拖着一個大累贅？他連連搖頭，說道：「不成，這件事我幹不了。你另出題目罷，再難的，我也去給你辦。」

石清突然哈哈大笑，說道：「人道摩天居士言出如山，玄鐵令這才名動江湖。早知玄鐵令主會拒人所求，那麼侯監集上這許多條人命，未免也送得太寃了。」

謝煙客雙眉陡豎，厲聲道：「石莊主此言何來？」

石清道：「這位小兄弟求你管教犬子，原是強人所難。只是當日那枚玄鐵令，確是由這小兄弟交在謝先生手中，其時在下夫婦親眼目覩，這裏耿兄、王兄、柯兄、花姑娘等幾位也都是見證。素聞摩天居士言諾重於千金，怎地此刻這位小兄弟出言相求，謝先生卻推三阻四起來？」謝煙客怒道：「你會生兒子，怎地不會管教？這等敗壞門風的不肖之子，不如一掌斃了乾淨！」石清道：「犬子頑劣無比，若不得嚴師善加琢磨，決難成器！」謝煙客怒道：「琢你的鬼！我帶了這小子去，不到三日，便琢得他人不像人，鬼不像鬼！」

閔柔向石清連使眼色，叫道：「師哥！」心想兒子給謝煙客這大魔頭帶了去，定是凶多吉少，要丈夫別再以言語相激。豈知石清只作不聞，說道：「江湖上英雄好漢說起玄鐵令主人，無不翹起大拇指讚一聲『好！』端的是人人欽服。想那背信違誓之行，豈是大名鼎鼎的摩天居士之所爲？」

謝煙客給他以言語僵住了，知道推搪不通世務的石破天易，推搪這閱歷豐富的石莊主卻爲難之極，這圈子既已套到了頭上，只有認命，說道：「好，謝某這下半生，只有給你這狗雜種累了。」似是說石破天，其實是指石中玉而言。

他繞了彎子罵人，石清如何不懂，卻只微笑不語。閔柔臉上一紅，隨即又變得蒼白。

謝煙客向石中玉道：「小子，跟着我來，你不變成好人，老子每天剝掉你三層皮。」石中玉甚是害怕，瞧瞧父親，瞧瞧母親，又瞧瞧石破天，只盼他改口。

石破天卻道：「石大哥，你不用害怕，謝先生假裝很兇，其實他是最好的人。你只要每天煮飯燒菜給他吃，給他洗衣、種菜、打柴、養鷄，他連手指頭兒也不會碰你一碰。我跟了他好幾年，他待我就像是我媽媽一樣，還教我練功夫呢。」

謝煙客聽他將自己比作他母親，不由得長歎一聲，心想：「你母親是個瘋婆子，把自己兒子取名爲狗雜種。你這小子，竟把江湖上聞名喪膽的摩天居士比作了瘋婆子！」

石中玉肚中更是連珠價叫起苦來：「你叫我洗衣、種菜、打柴、養鷄，那不是要了我命麼？還要我每天煮飯燒菜給這魔頭吃，我又怎麼會煮飯燒菜？」

石破天又道：「石大哥，謝先生的衣服若是破了，你得趕緊給他縫補。還有，謝先生吃菜愛掉花樣，最好十天之內別煮同樣的菜餚。」

謝煙客嘿嘿冷笑，說道：「石莊主，賢夫婦在侯監集上，也曾看中了我這枚玄鐵令。難道當時你們心目之中，就在想聘謝某為西賓，替你們管教這位賢公子麼？」他口中對石清說話，一雙目光，卻是直上直下的在石中玉身上掃射。石中玉在這雙閃電般的眼光之下，便如老鼠見貓，周身俱軟，只嚇得魂不附體。

石清道：「不敢。不瞞謝先生說，在下夫婦有一大仇，殺了我們另一個孩子。此人從此隱匿不見，十餘年來在下夫婦遍尋不得。」謝煙客道：「當時你們若得玄鐵令，便欲要我去代你們報卻此仇？」石清道：「報仇不敢勞動大駕，但謝先生神通廣大，當能查到那人的下落。」謝煙客道：「這玄鐵令當日若是落在你們夫婦手中，謝某可真要謝天謝地了。」

石清深深一揖，說道：「犬子得蒙栽培成人，石清感恩無極。我夫婦此後馨香禱祝，願謝先生長命百歲。」語意既極謙恭，亦是誠懇之至。

謝煙客「呸」的一聲，突然伸手取下背上一個長長的包袱，噹的一聲響，抛在地下，左手一探，抓住石中玉的右腕，縱身出了大廳。但聽得石中玉尖叫之聲，倏忽遠去，頃刻間已在十數丈外。

各人駭然相顧之際，丁璫伸出手來，拍的一聲，重重打了石破天一個耳光，大叫：「天哥，天哥！」飛身追出。石破天撫着面頰，愕然道：「叮叮噹噹，你爲甚麼打我？」

石清拾起包袱，在手中一掂，已知就裏，打開包袱，赫然是自己夫婦那對黑白雙劍。閔柔絲毫不以得劍爲喜，含着滿泡眼淚，道：「師……師哥，你爲甚麼讓玉兒……玉兒跟了他去？」石清歎了口氣，道：「師妹，玉兒爲甚麼會變成這等模樣，你可知道麼？」閔柔道：「你……你又怪我太寵了他。」說了這句話，眼淚撲簌簌的流下。

石清道：「你對玉兒本已太好，自從堅兒給人害死，你對玉兒更是千依百順。我見他小小年紀，已是頑劣異常，礙着你在眼前，我實在難以管教，這才硬着心腸送他上凌霄城來。豈知他本性太壞，反而累得我夫婦無面目見雪山派的諸君。謝先生的心計勝過玉兒，手段勝過玉兒，以毒攻毒，多半有救，你放心好啦。摩天居士行事雖然任性，卻是天下第一信人，這位小兄弟要他管教玉兒，他定會設法辦到。」閔柔道：「可是……可是，玉兒從小嬌生慣養，又怎會煮飯燒菜……」話聲哽咽，又流下淚來。

石清道：「他諸般毛病，正是從嬌生慣養而起。」見白萬劍等人紛紛奔向內堂，知是去報知白自在和史婆婆，俯身在妻子耳畔低聲道：「玉兒若不隨謝先生而去，此間之事，未必輕易便能了結。雪山派的內禍由玉兒而起，他們豈肯善罷干休？」

閔柔一想不錯，這才收淚，向石破天道：「你又救了我兒子性命，我……我眞不知……偏生你這般好，他又這般壞。我若有你……有你這樣……」她本想說：「我若有你這樣一個兒子，可有多好。」話到口邊，終於忍住了。

石破天見石中玉如此得她愛憐，心下好生羨慕，想起她兩度錯認自己爲子，也曾對自己愛惜得無微不至，自己母親不知到了何處，而母親待己之情，可和閔柔對待兒子大大不同，不由得黯然神傷。

閔柔道：「小兄弟，你怎會喬裝玉兒，一路上瞞住了我們？」石破天臉上一紅，說道：「那是叮叮噹噹……」

突然間王萬仞氣急敗壞的奔將進來，叫道：「不……不好了，師父不見啦。」廳上衆人都吃了一驚，齊問：「怎麼不見了？」王萬仞只叫：「師父不見了。」

阿綉一拉石破天的袖子，道：「咱們快去！」兩人急步奔向石牢。到得牢外，只見甬道中擠滿了雪山弟子。各人見到阿綉，都讓出路來。兩人走進牢中，但見白萬劍夫婦二人扶住史婆婆坐在地下。阿綉忙道：「爹、媽、奶奶……怎麼了？受了傷麼？」

白萬劍滿臉殺氣，道：「有內奸，媽是給本門手法點了穴道。爹給人刦了去，你瞧着奶奶，我去救爹。」說着縱身便出。迎面只見一名三支的弟子，白萬劍氣急之下，重重一推，將他直甩出去，大踏步走出。

阿綉道：「大哥，你幫奶奶運氣解穴。」石破天道：「是！」這推宮過血的解穴之法史婆婆曾教過他，當即依法施爲，過不多時便解了她被封的三處大穴。

史婆婆叫道：「大夥兒別亂，是掌門人點了我穴道，他自己走的！」

衆人一聽，盡皆愕然，都道：「原來是掌門人親手點的穴道，難怪連白師哥一時也解不開。」這時雪山派的掌門人到底該算是誰，大家都弄不清楚，平日叫慣白自在爲掌門人，便也都沿此舊稱。本來均疑心本派又生內變，難免再有一場喋血廝殺，待聽得是夫妻吵鬧，衆人當即寬心，迅速傳話出去。

白萬劍得到訊息，又趕了回來，道：「媽，到底是怎麼回事？」語音之中，頗含不悅。這幾日種種事情，弄得這精明練達的「氣寒西北」猶如沒頭蒼蠅相似，眼前之事，偏又是自己父母身上而起，空有滿腔悶氣，卻又如何發洩？

史婆婆怒道：「你又沒弄明白，怎地怪起爹娘來？」白萬劍道：「孩兒不敢。」史婆婆道：「你爹全是為大家好，他上俠客島去了。」白萬劍驚道：「爹上俠客島去？為甚麼？」

史婆婆道：「為甚麼？你爹才是雪山派眞正的掌門人啊。他不去，誰去？我來到牢中，跟你爹說，他在牢中自囚一輩子，我便陪他坐一輩子牢，只是俠客島之約，卻不知由誰去才好。他問起情由，我一五一十的都說了。他道：『我是掌門人，自然是我去。』我勸他從長計議，圖得萬全之策。他道：『我對不起雪山派，害死了這許多無辜弟子，還有兩位大夫，我恨不得一頭撞死了。我只有去為雪山派而死，贖我的大罪，我夫人、兒子、媳婦、孫女、孫女婿、衆弟子才有臉做人。』他伸手點了我幾處穴道，將兩塊邀宴銅牌取了去，這會兒早就去得遠了。」

白萬劍道：「媽，爹爹年邁，身子又未曾復元，如何去得？該由兒子去才是。」

史婆婆森然道：「你到今日，還是不明白自己的老子。」說着邁步走出石牢。

白萬劍道：「媽，你……你去那裏？」史婆婆道：「我是金烏派掌門人，也有資格去俠客島。」白萬劍心亂如麻，尋思：「大夥兒都去一拚，盡數死在俠客島上，也就是了。」

龍島主道：「這臘八粥中，最主要的一味是『斷腸蝕骨腐心草』。請，請，不用客氣。」說着和木島主左手各端粥碗，右手舉箸相邀。

十九　臘八粥

十二月初五，史婆婆率同石清、閔柔、白萬劍、石破天、阿綉、成自學、齊自勉、梁自進等一行人，來到南海之濱的一個小漁村中。

史婆婆離開凌霄城時，命耿萬鍾代行掌門和城主之職，由汪萬翼、呼延萬善爲輔。風火神龍封萬里參與叛師逆謀，雖爲事勢所迫，但白萬劍等長門弟子卻再也不去理他。史婆婆帶了成自學、齊自勉、梁自進三人同行，是爲防各支子弟再行謀叛生變。廖自礪身受重傷，武功全失，已不足爲患。

在俠客島送出的兩塊銅牌反面，刻有到達該漁村的日期、時辰和路徑。想來每人所得之銅牌，鐫刻的聚會時日與地點均有不同，是以史婆婆等一行人到達之後，發覺漁村中空無一人，固不見其他江湖豪士，白自在更無蹤迹可尋，甚至海邊連漁船也無一艘。

各人暫在一間茅屋中歇足。到得傍晚時分，忽有一名黃衣漢子，手持木槳，來到漁村之中，朗聲說道：「俠客島迎賓使，奉島主之命，恭請長樂幫石幫主啓程。」

史婆婆等聞聲從屋中走出。那漢子走到石破天身前，躬身行禮，說道：「這位想必是石幫主了。」石破天道：「正是。閣下貴姓？」那人道：「小人姓趙，便請石幫主登程。」石破天道：「在下有幾位師長朋友，想要同赴貴島觀光。」那人道：「這就爲難了。小舟不堪重載。島主頒下嚴令，只迎接石幫主一人前往，若是多載一人，小舟固須傾覆，小人也是首級不保。」

史婆婆冷笑道：「事到如今，只怕也由不得你了。」說着欺身而上，手按刀柄。

那人對史婆婆毫不理睬，向石破天道：「小人領路，石幫主請。」轉身便行。石破天和史婆婆、石清等都跟隨其後。只見他沿着海邊而行，轉過兩處山坳，沙灘邊泊着一艘小舟。這艘小舟寬不過三尺，長不過六尺，當眞是小得無可再小，是否能容得下兩人都很難說，要想多載一人，顯然無法辦到。

那人說道：「各位要殺了小人，原只一舉手之勞。那一位若是識得去俠客島的海程，儘可帶同石幫主前去。」

史婆婆和石清面面相覷，沒想到俠客島布置得如此周密，連多去一人也是決不能夠。各人只聽過俠客島之名，至於此島在南在北，鄰近何處，卻從未聽到過半點消息，何況這「俠客島」三字，十九也非本名，縱是出慣了洋的舟師海客也未必知曉，茫茫大海之中，卻又如何找去？極目四望，海中不見有一艘船隻，亦無法駕舟跟蹤。

史婆婆驚怒之下，伸掌便向那漢子頭頂拍去，掌到半途，卻又收住，向石破天道：「徒兒，你把銅牌給我，我代你去，老婆子無論如何要去跟老瘋子死在一起。」

那黃衣漢子道：「島主有令，若是接錯了人，小人處斬不在話下，還累得小人父母妻兒盡皆斬首。」

史婆婆怒道：「斬就斬好了，有甚麼希罕？」話一出口，心中便想：「我自不希罕，這傢伙卻是希罕的。」當下另生一計，說道：「徒兒，那麼你把長樂幫幫主的位子讓給我做，我是幫主，他就不算是接錯了人。」

石破天躊躇道：「這個……恐怕……」

那漢子道：「賞善罰惡二使交代得淸楚，長樂幫幫主是位年方弱冠的少年英雄，不是年高德劭的婆婆。」史婆婆怒道：「放你的狗屁！你又怎知我年高德劭了？我年雖高，德卻不劭！」那人微微一笑，逕自走到海邊，解了船纜。

史婆婆歎了口氣，道：「好，徒兒，你去罷，你聽師父一句話。」石破天道：「自當遵從師父吩咐。」史婆婆道：「若是有一綫生機，你千萬要自行脫逃，不能爲了相救爺爺而自陷絕地。此是爲師的嚴令，決不可違。」

石破天愕然不解：「爲甚麼師父不要我救她丈夫？難道她心裏還在記恨麼？」心想爺爺是非救不可的，對史婆婆這句話便沒答應。

史婆婆又道：「你去跟老瘋子說，我在這裏等他三個月，到得明年三月初八，他若不到這裏會我，我便跳在海裏死了。他如再說甚麼去碧螺山的鬼話，我就做厲鬼也不饒他。」石破天點頭道：「是！」

阿綉道：「大哥，我……我也一樣，我在這裏等你三個月。你如不回來，我就……也跟着奶奶跳海。」石破天心中又是甜蜜，又是淒苦，忙道：「你不用這樣。」阿綉道：「我要這樣。」這四個字說得聲音甚低，卻是充滿了一往無悔的堅決之意。

閔柔道：「孩子，但願你平安歸來，大家都在這裏爲你祝禱。」石破天道：「石夫人你自己保重，不用爲你兒子擔心，他跟着謝先生會變好的。你也不用爲我擔心，我這個長樂幫幫主是假的，說不定他們會放我回來。張三、李四又是我結義兄長，眞有危難，他們也不能見死不救。」閔柔道：「但願如此。」心中卻想：「這孩子不知武林中人心險惡，這種金蘭結義，豈能當眞？」

石清道：「小兄弟，在島上若是與人動手，你只管運起內力蠻打，不必理會甚麼招數刀法。」他想石破天內力驚人，一綫生機，全繫於此。石破天道：「是。多謝石莊主指點。」

白萬劍拉着他的手，說道：「賢壻，咱們是一家人了。我父年邁，你務必多照看他些。」石破天聽他叫自己爲「賢壻」，不禁臉上一紅，道：「這個我理會得。」

只有成自學、齊自勉、梁自進三人卻充滿了幸災樂禍之心，均想：「三十年來，已有三批武林高手前赴俠客島，可從沒聽見有一人活着回來，你這小子不見得三頭六臂，又怎能例外？」但也分別說了些「小心在意」、「請照看着掌門人」之類敷衍言語。

當下石破天和衆人分手，走向海灘。衆人送到岸邊，阿綉和閔柔兩人早已眼圈兒紅了。

史婆婆突然搶到那黃衣漢子身前，拍了一聲，重重打了他一個耳光，喝道：「你對尊長無禮，教你知道些好歹！」

那人竟不還手，撫着被打的面頰，微微一笑，踏入小舟之中。石破天向衆人擧手告別，跟着上船。那小舟載了二人，船邊離海水已不過數寸，當眞再不能多載一人，幸好時當寒冬，南海中風平浪靜，否則稍有波濤，小舟難免傾覆。俠客島所以選定臘月爲聚會之期，或許便是爲此。

那漢子划了幾槳，將小舟划離海灘，掉轉船頭，扯起一張黃色三角帆，吃上了緩緩拂來的北風，向南進發。

石破天向北而望，但見史婆婆、阿綉等人的身形漸小，兀自站在海灘邊的懸崖上凝望。直到每個人都變成了微小的黑點，終於再不可見。

入夜之後，小舟轉向東南。在海中航行了三日，到第四日午間，屈指正是臘月初八，那漢子指着前面一條黑綫，說道：「那便是俠客島了。」

石破天極目瞧去，也不見有何異狀，一顆心卻忍不住怦怦而跳。

又航行了一個多時辰，看到島上有一座高聳的石山，山上鬱鬱蒼蒼，生滿樹木。申牌時分，小舟駛向島南背風處靠岸。那漢子道：「石幫主請！」只見島南是好大一片沙灘，東首石崖下停泊着四十多艘大大小小船隻。石破天心中一動：「這裏船隻不少，若能在島上保得性命，逃到此處搶得一艘小船，脫險當亦不難。」當下躍上岸去。

那漢子提了船纜，躍上岸來，將纜索繫在一塊大石之上，從懷中取出一隻海螺，嗚嗚嗚的吹了幾聲。過不多時，山後奔出四名漢子，一色黃布短衣，快步走到石破天身前，躬身說道：「島主在迎賓館恭候大駕，石幫主這邊請。」

石破天關心自在，問道：「雪山派掌門人威德先生已到了麽？」爲首的黃衣漢子說道：「小人專職侍候石幫主，旁人的事就不大清楚。石幫主到得迎賓館中，自會知曉。」說着轉過身來，在前領路。石破天跟隨其後。餘下四名黃衣漢子離開了七八步，跟在他身後。

轉入山中後，兩旁都是森林，一條山徑穿林而過。石破天留神四周景色，以備脫身逃命時不致迷了道路。行了數里，轉入一條巖石嶙峋的山道，左臨深澗，澗水湍急，激石有聲。一路沿着山澗漸行漸高，轉了兩個彎後，只見一道瀑布從十餘丈高處直掛下來，看來這瀑布便是山澗的源頭。

那領路漢子在路旁一株大樹後取下一件掛着的油布雨衣，遞給石破天，說道：「迎賓館建在水樂洞內，請石幫主披上雨衣，以免濺濕了衣服。」

石破天接過穿上，只見那漢子走進瀑布，縱身躍了進去，石破天跟着躍進。裏面是一條長長的甬道，兩旁點着油燈，光綫雖暗，卻也可辨道路，當下跟在他身後行去。甬道依着山腹中天然洞穴修鑿而成，人工開鑿處甚是狹窄，有時卻豁然開闊，只覺漸行漸低，洞中出現了流水之聲，琮琮琤琤，清脆悅耳，如擊玉罄。山洞中支路甚多，石破天用心記憶。

在洞中行了兩里有多，眼前赫然出現一道玉石砌成的洞門，門額上彫有三個大字，石破天問道：「這便是迎賓館麽？」那漢子道：「正是。」心下微覺奇怪：「這裏寫得明明白白，又何必多問？不成你不識字？」殊不知石破天正是一字不識。

走進玉石洞門，地下青石板鋪得甚是整齊。那漢子將石破天引進左首一個石洞，說道：「石幫主請在此稍歇，待會筵席之上，島主便和石幫主相見。」

洞中桌椅俱全，三枝紅燭照耀得滿洞明亮。一名小僮奉上清茶和四色點心。

石破天一見到飲食，便想起南來之時，石清數番諄諄叮囑：「小兄弟，三十年來，無數身懷奇技的英雄好漢去到俠客島，竟無一個活着回來。想那俠客島上人物雖然了得，總不能將這許多武林中頂尖兒的豪傑之士一網打盡。依我猜想，島上定是使了卑鄙手段，不是設了機關陷阱，便是在飲食中下了劇毒。他們公然聲言請人去喝臘八粥，這碗臘八粥既是衆目所注，或許反而無甚古怪，倒是尋常的清茶點心、青菜白飯，卻不可不防。只是此理甚淺，我石清既想得到，那些名門大派的首腦人物怎能想不到？他們去俠客島之時，自是備有諸種解毒藥物，何以終於人人俱遭毒手，實令人難以索解。你心地仁厚，或者吉人天相，不致遭受惡報，一切只有小心在意了。」

他想到石清的叮囑，但聞到點心香氣，尋思：「肚子可餓得狠了，終不成來到島上，甚麼都不吃不喝？張三、李四兩位哥哥和我金蘭結義，曾立下重誓，有福共享，有難同當，他們若要害我，豈不是等於害了自己？」當下將燒賣、春捲、煎餅、蒸糕四碟點心，吃了個風捲殘雲，一件也不賸，一壺清茶也喝了大半。

在洞中坐了一個多時辰，忽聽得鐘鼓絲竹之聲大作。那引路的漢子走到洞口，躬身說道：「島主請石幫主赴宴。」石破天站起身來，跟着他出去。

穿過幾處石洞後，但聽得鐘鼓絲竹之聲更響，眼前突然大亮，只見一座大山洞中點滿了牛油蠟燭，洞中擺着一百來張桌子。賓客正絡繹進來。這山洞好大，雖擺了這許多桌子，仍不見擠迫。數百名黃衣漢子穿梭般來去，引導賓客入座。所有賓客都是各人獨佔一席，亦無主方人士相陪。衆賓客坐定後，樂聲便即止歇。

石破天四下顧望，一眼便見到白自在巍巍踞坐，白髮蕭然，卻是神態威猛，雜坐在衆英雄間，只因身材特高，頗有鶴立鷄羣之意。那日在石牢之中，昏暗朦朧，石破天沒瞧清楚他的相貌，此刻燭光照映之中，但見這位威德先生當眞便似廟中神像一般形相莊嚴，令人肅然起敬，便走到他身前，說道：「爺爺，我來啦！」

大廳上人數雖多，但主方接待人士固儘量壓低嗓子說話，所有來賓均想到命在頃刻，人人心頭沉重，又震於俠客島之威，更是誰都不發一言。石破天這麼突然一叫，每個人的目光都向他瞧去。

白自在哼了一聲，道：「不識好歹的小鬼，你可累得我外家的曾孫也沒有了。」

石破天一怔，過了半晌，才明白他的意思，原來說他也到俠客島來送死，就不能和阿綉成親生子，說道：「爺爺，奶奶在海邊的漁村中等你，她說等你三個月，要是到三月初八還不見你的面，她……她就投海自盡。」白自在長眉一豎，道：「她不到碧螺山去？」石破天道：「奶奶聽你這麼說，氣得不得了，她罵你……罵你……」白自在道：「罵我甚麼？」石破天道：「她罵你是老瘋子呢。她說丁不四這輕薄鬼嚼嘴弄舌，造謠騙人，你這老瘋子腦筋不靈，居然便信了他的。奶奶說幾時見到丁不四，定要使金烏刀法砍下他一條臂膀，再割下他的舌頭。」白自在哈哈大笑，道：「不錯，不錯，正該如此。」

突然間大廳角落中一人嗚嗚咽咽的說道：「她爲甚麼這般罵我？我幾時輕薄過她？我對她一片至誠，到老不娶，她……她卻心如鐵石，連到碧螺山走一步也不肯。」

石破天向話聲來處瞧去，只見丁不四雙臂撐在桌上，全身發顫，眼淚簌簌而下。石破天心道：「他也來了。年紀這般大，還當衆號哭，卻不怕羞？」

若在平時，衆英雄自不免羣相訕笑，但此刻人人均知噩運將臨，心下俱有自傷之意，恨不得同聲一哭，是以竟無一人發出笑聲。這干英雄豪傑不是名門大派的掌門，便是一幫一會之主，畢生在刀劍頭上打滾過來，「怕死」二字自是安不到他們身上，然而一刀一槍的性命相搏，未必便死，何況自恃武功了得，想到的總是敵亡己生。這一回的情形卻大不相同，明知來到島上非死不可，可又不知如何死法。必死之命再加上疑懼之意，比之往日面臨大敵、明槍交鋒的情景，卻是難堪得多了。

忽然西邊角落中一個嘶啞的女子口音冷笑道：「哼，哼！甚麼一片至誠，到老不娶？丁不四，你好不要臉！你對史小翠倘若眞是一片至誠，爲甚麼又跟我姊姊生下個女兒？」

霎時間丁不四滿臉通紅，神情狼狽之極，站起身來，問道：「你……你……你是誰？怎麼知道？」那女子道：「她是我親姊姊，我怎麼不知道？那女孩兒呢，死了還是活着？」

騰的一聲，丁不四頹然坐落，跟着喀的一響，竟將一張梨木椅子震得四腿俱斷。

那女子厲聲問道：「那女孩兒呢？死了還是活着？快說。」丁不四喃喃的道：「我……我怎知道？」那女子道：「姊姊臨死之時，命我務必找到你，問明那女孩兒的下落，要我照顧這個女孩。你……你這狼心狗肺的臭賊，害了我姊姊一生，卻還在記掛別人的老婆。」

丁不四臉如土色，雙膝酸軟，他坐着的椅子椅脚早斷，全仗他雙腿支撐，這麼一來，身子登時向下坐落，幸好他武功了得，足下輕輕一彈，又卽站直。

那女子厲聲道：「到底那女孩子是死是活？」丁不四道：「二十年前，她是活的，後來可不知道了。」那女子道：「你爲甚麼不去找她？」丁不四無言可答，只道：「這個……這個……可不容易找。有人說她到了俠客島，也不知是不是。」

石破天見那女子身材矮小，臉上蒙了一層厚厚的黑紗，容貌瞧不清楚，但不知如何，這個強兇霸道、殺人不眨眼的丁不四，見了她竟十分害怕。

突然間鐘鼓之聲大作，一名黃衫漢子朗聲說道：「俠客島龍島主、木島主兩位島主肅見嘉賓。」

衆來賓心頭一震，人人直到此時，才知俠客島原來有兩個島主，一個姓龍，一個姓木。中門打開，走出兩列高高矮矮的男女來，右首的一色穿黃，左首的一色穿青。那贊禮人叫道：「龍島主、木島主座下衆弟子，謁見貴賓。」

只見那兩個分送銅牌的賞善罰惡使者也雜在衆弟子之中，張三穿黃，排在右首第十一，李四穿青，排在左首第十三，在他二人身後，又各有二十餘人。衆人不由得都倒抽了一口涼氣。張三、李四二人的武功，大家都曾親眼見過，那知他二人尚有這許多同門兄弟，想來各同門的功夫和他們也均在伯仲之間，都想：「難怪三十年來，來到俠客島的英雄好漢個個有來無回。且不說旁人，單只須賞善罰惡二使出手，我們這些中原武林的成名人物，又有那幾個能在他們手底走得到二十招以上？」

兩列弟子分向左右一站，一齊恭恭敬敬的向羣雄躬身行禮。羣雄忙卽還禮。張三、李四二人在中原分送銅牌之時，談笑殺人，一舉手間，往往便將整個門派幫會盡數屠戮，此刻回到島上，竟是目不斜視，恭謹之極。

細樂聲中，兩個老者並肩緩步而出，一個穿黃，一個穿青。那贊禮的喝道：「敝島島主歡迎列位貴客大駕光降。」龍島主與木島主長揖到地，羣雄紛紛還禮。

那身穿黃袍的龍島主哈哈一笑，說道：「在下和木兄弟二人僻處荒島，今日得見眾位高賢，大感榮寵。只是荒島之上，諸物簡陋，欵待未周，各位見諒。」說來聲音十分平和，這俠客島孤懸南海之中，他說的卻是中州口音。木島主道：「各位請坐。」他語音甚尖，似是閩廣一帶人氏。

待羣雄就座後，龍木兩位島主才在西側下首主位的一張桌旁坐下。眾弟子卻無坐位，各自垂手侍立。

羣雄均想：「俠客島請客十分霸道，客人倘若不來，便殺他滿門滿幫，但到得島上，禮儀卻又甚是周到，假惺惺的做作，倒也似模似樣，且看他們下一步又出甚麼手段。」有的則想：「囚犯拉出去殺頭之時，也要給他吃喝一頓，好言安慰幾句。眼前這宴會，便是我們的殺頭羹飯了。」

眾人看兩位島主時，見龍島主鬚眉全白，臉色紅潤，有如孩童；那木島主的長鬚稀稀落落，兀自黑多白少，但一張臉卻滿是皺紋。二人到底多大年紀，委實看不出來，總是在六十歲到九十歲之間，如說兩人均已年過百歲，也不希奇。

各人一就座，島上執事人等便上來斟酒，跟着端上菜肴。每人桌上四碟四碗，八色菜肴，鷄、肉、魚、蝦，煮得香氣撲鼻，似也無甚異狀。

石破天靜下心來，四顧分座各桌的來賓，見上清觀觀主天虛道人到了；關東四大門派的范一飛、風良、呂正平、高三娘子也到了。這些人心下惴惴，和石破天目光相接時都只點了點頭，卻不出聲招呼。

龍木二島主舉起酒杯，說道：「請！」二人一飲而盡。

豪雄見杯中酒水碧油油地，雖然酒香甚冽，心中卻各自嘀咕：「這酒中不知下了多厲害的毒藥。」大都舉杯在口唇上碰了一碰，並不喝酒，只有少數人心想：「對方要加害於我，不過舉手之勞，酒中有毒也好，無毒也好，反正是個死，不如落得大方。」當即舉杯喝乾，在旁侍候的僕從便又給各人斟滿。

龍木二島主敬了三杯酒後，龍島主左手一舉。羣僕從內堂魚貫而出，各以漆盤托出一大碗、一大碗熱粥，分別放在衆賓客面前。

羣雄均想：「這便是江湖上聞名色變的臘八粥了。」只見熱粥蒸氣上冒，兀自有一個個氣泡從粥底鑽將上來，一碗粥盡作深綠之色，瞧上去說不出的詭異。本來臘八粥內所和的是紅棗、蓮子、芡實、龍眼乾、赤豆之類，但眼前粥中所和之物卻菜不像菜，草不像草，有些似是切成細粒的樹根，有些似是壓成扁片的木薯，藥氣極濃。羣雄均知，毒物大都呈青綠之色，這一碗粥深綠如此，只映得人面俱碧，藥氣刺鼻，其毒可知。

高三娘子一聞到這藥味，心中便不禁發毛，想到在煮這臘八粥時，鍋中不知放進了多少毒蛇、蜈蚣、蜘蛛、蝎子，忍不住便要嘔吐，忙將粥碗推到桌邊，伸手掩住鼻子。

龍島主道：「各位遠到光臨，敝島無以爲敬。這碗臘八粥外邊倒還不易喝到，其中最主要的一味『斷腸蝕骨腐心草』，要開花之後效力方著。但這草隔十年才開一次花。我們總要等其開花之後，這才邀請江湖同道來此同享，屈指算來，這是第四回邀請。請，請，不用客氣。」說着和木島主左手各端粥碗，右手舉箸相邀。

衆人一聽到「斷腸蝕骨腐心草」之名，心中無不打了個突。雖然來到島上之後，人人都沒打算活着離去，但臘八粥中所含毒草的名稱如此驚心動魄，這龍島主竟爾公然揭示，不由得人人色爲之變。

只見龍木二島主各舉筷子向衆人劃了個圓圈，示意遍請，便舉碗吃了起來。羣雄心想：「你們這兩碗粥中，放的自是人參燕窩之類的大補品了。」

忽見東首一條大漢霍地站起，戟指向龍木二人喝道：「姓龍的、姓木的聽着：我關西解文豹來到俠客島之前，早已料理了後事。解某是頂天立地、鐵錚錚的漢子，你們要殺要剮，姓解的豈能皺一皺眉頭？要我吃喝這等骯髒的毒物，卻萬萬不能！」

龍島主一愕，笑道：「解英雄不愛喝粥，我們豈敢相強？卻又何必動怒？請坐。」

解文豹喝道：「姓解的早豁出了性命不要。早死遲死，還不是個死？偏要得罪一下你們這些恃強橫行、爲禍人間的狗男女！」說着端起桌上熱粥，向龍島主劈臉擲去。

隔着兩隻桌子的一名老者突然站起，喝道：「解賢弟不可動粗！」袍袖一拂，發出一股勁風，半空中將這碗粥擋了一擋。那碗粥不再朝前飛出，略一停頓，便向下摔落，眼見一隻青花大海碗要摔成碎片，一碗粥濺得滿地。一名在旁斟酒的侍僕斜身縱出，弓腰長臂，伸手將海碗抄起，其時碗底離地已不過數寸，眞是險到了極處。

羣雄忍不住高聲喝采：「好俊功夫！」采聲甫畢，羣雄臉上憂色更深，均想：「一個侍酒的厮僕已具如此身手，我們怎能再活着回去？」各人心中七上八下，有的想到家中兒孫家產；有的想着尙有大仇未報；有的心想自己一死，本幫偌大基業不免就此風流雲散；更有人深自懊悔，早算到俠客島邀宴之期將屆，何不及早在深山中躲了起來？一直總是存着僥倖之心，企盼邀宴銅牌不會遞到自己手中，待得大禍臨頭，又盼俠客島並非眞如傳聞中的厲害，待得此刻眼見那侍僕飛身接碗，連這最後一分的僥倖之心，終於也消失得無影無蹤。

一個身材高瘦的中年書生站了起來，朗聲道：「俠客島主屬下厮養，到得中原，亦足以成名立萬。兩位島主若欲武林爲尊，原是易如反掌，卻又何必花下偌大心機，將我們召來？在下來到貴島，自早不存生還之想，只是心中留着老大一個疑團，死不瞑目。還請二位島主開導，以啓茅塞，在下這便引頸就戮。」這翻話原是大家都想說的，只是不及他如此文謅謅的說得十分得體，人人聽了均覺深得我心，數百道目光又都射到龍木二島主臉上。

龍島主笑道：「西門先生不必太謙。」

羣雄一聽，不約而同的都向那書生望去，心想：「這人難道便是二十多年前名震江湖的西門秀才西門觀止？瞧他年紀不過四十來歲，但二十多年前，他以一雙肉掌擊斃陝北七霸，三日之間，以一枝鑌鐵判官筆連挑河北八座綠林山寨，聽說那時便已四十開外，自此之後，便即銷聲匿迹，不知存亡。瞧他年歲是不像，然複姓西門的本已不多，當今武林中更無另一個書生打扮的高手，多半便是他了。」

只聽龍島主接着說道：「西門先生當年一掌斃七霸，一筆挑八寨……」（羣雄均想：果然是他！）「……在下和木兄弟仰慕已久，今日得接尊範，豈敢對先生無禮？」

西門觀止道：「不敢，在下昔年此等小事，在中原或可逞狂於一時，但在二島主眼中瞧來，直如童子操刀，不值一哂。」

龍島主道：「西門先生太謙了。尊駕適才所問，我二人正欲向各位分說明白。只是這粥中的『斷腸蝕骨腐心草』乘熱而喝，效力較高，各位請先喝粥，再由在下詳言如何？」

石破天聽着這二人客客氣氣的說話，成語甚多，倒有一半不懂，飢腸轆轆，早已餓得狠了，一聽龍島主如此說，忙端起粥碗，唏哩呼嚕的喝了大半碗，只覺藥氣雖然刺鼻，入口卻甜甜的並不難吃，頃刻間便喝了個碗底朝天。

羣雄有的心想：「這小子不知天高地厚，徒逞一時之豪，就是非死不可，也不用搶着去鬼門關啊。」有的心想：「左右是個死，像這位少年英雄那樣，倒也乾淨爽快。」

白自在喝采道：「妙極！我雪山派的孫女壻，果然與衆不同。」時至此刻，他兀自覺得天下各門各派之中，畢竟還是雪山派高出一籌，石破天很給他掙面子。

自凌霄城石牢中的一場搏鬥，白自在銳氣大挫，自忖那「古往今來天下劍法第一、拳脚第一、內功第一、暗器第一的大英雄、大豪傑、大俠士、大宗師」這個頭銜之中，「內功第一」四字勢須刪去；待見到那斟酒侍僕接起粥碗的身手，隱隱覺得那「拳脚第一」四字，恐怕也有點靠不住了，轉念又想：「俠客島上人物未必武功眞的奇高，這侍僕說不定便是俠客島上的第一高手，只不過裝作了侍僕模樣來嚇唬人而已。」

他見石破天漫不在乎的大喝毒粥，頗以他是「雪山派掌門的孫女壻」而得意，胸中豪氣陡生，當卽端起粥碗，呼呼有聲的大喝了幾口，顧盼自雄：「這大廳之上，只有我和這小子膽敢喝粥，旁人那有這等英雄豪傑？」但隨卽想到：「我是第二個喝粥之人，就算是英雄豪傑，卻也是天下第二了。我那頭銜中『大英雄、大豪傑』六字，又非刪除不可。」不由得大是沮喪，尋思：「旣然是喝毒粥，反正是個死，又何不第一個喝？現下成了『天下第二』，好生沒趣。」

他在那裏自怨自艾，龍島主以後的話就沒怎麼聽進耳中。龍島主說的是：「四十年前，我和木兄弟訂交，意氣相投，本想聯手江湖，在武林中賞善罰惡，好好做一番事業，不意甫出江湖，便發見了一張地圖。從那圖旁所注的小字中細加參詳，得悉圖中所繪的無名荒島之上，藏有一份驚天動地的武功秘訣……」

解文豹挿口道：「這明明便是俠客島了，怎地是無名荒島？」那拂袖擋粥的老者喝道：「解兄弟不可打斷了龍島主的話頭。」解文豹悻悻的道：「你就是拚命討好，他也未必饒了你的性命。」

那老者大怒，端起臘八粥，一口氣喝了大半碗，說道：「你我相交半生，你當我鄭光芝是甚麼人？」解文豹大悔，道：「大哥，是我錯了，小弟向你陪罪。」當卽跪下，對着他磕了三個響頭，順手拿起旁邊席上的一碗粥來，也是一口氣喝了大半碗。鄭光芝搶過去抱住了他，說道：「兄弟，你我當年結義，立誓不能同年同月同日生，但願同年同月同日死。這番誓願今日果然得償，不枉了兄弟結義一場。」兩人相擁在一起，又喜又悲，都流下淚來。

石破天聽到他說「不能同年同月同日生、但願同年同月同日死」之言,不自禁的向張三、李四二人瞧去。

張三、李四相視一笑,目光卻投向龍島主和木島主。木島主畧一點首。張三、李四越衆而出,各自端起一碗臘八粥,走到石破天席邊,說道:「兄弟,請!」

石破天忙道:「不,不!兩位哥哥,你們不必陪我同死。我只求你們將來去照看一下阿綉……」張三笑道:「兄弟,咱們結拜之日,曾經說道,他日有難共當,有福共享。你既已喝了臘八粥,我們做哥哥的豈能不喝?」說着和李四二人各將一碗臘八粥喝得乾乾淨淨,轉過身來,躬身向兩位島主道:「謝師父賜粥!」這才回入原來的行列。

羣雄見張三、李四爲了顧念與石破天結義的交情,竟然陪他同死,比之本就難逃大限的鄭光芝和解文豹更是難了萬倍,心下無不欽佩。

白自在尋思:「像這二人,才說得上一個『俠』字。倘若我的結義兄弟服了劇毒,我白自在能不能顧念金蘭之義,陪他同死?」想到這一節,不由得大爲躊躇。又想:「我既然有這片刻猶豫,就算終於陪人同死,那『大俠士』三字頭銜,已未免當之有愧。」

只聽得張三說道:「兄弟,這裏有些客人好像不喜歡這臘八粥的味兒,你若愛喝,不妨多喝幾碗。」石破天餓了半天,一碗稀粥本原是不足驅飢,心想反正已經喝了,多一碗少一碗也無多大分別,斜眼向身邊席上瞧去。

附近席上數人見到他目光射來,忙端起粥碗,紛紛說道:「這粥氣味太濃,我喝不慣。小英雄隨便請用,不必客氣。」眼見石破天一雙手接不了這許多碗粥,生怕張三反悔,失去良機，忙不迭的將粥碗放到石破天桌上。石破天道：「多謝！」一口氣又喝了兩碗。

龍島主微笑點頭，說道：「這位解英雄說得不錯，地圖上這座無名荒島，便是眼前各位處身所在的俠客島了。不過俠客島之名，是我和木兄弟到了島上之後，這才給安上的。那倒也不是我二人狂妄僭越，自居俠客。其中另有緣故，各位待會便知。我們依着圖中所示，在島上尋找了十八天，終於找到了武功秘訣的所在。原來那是一首古詩的圖解，含義極是深奧繁複。我二人大喜之下，便即按圖解修習。

「唉！豈不知福兮禍所倚，我二人修習數月之後，忽對這圖解中所示武功生了歧見，我說該當如此練，木兄弟卻說我想法錯了，須得那樣練。二人爭辯數日，始終難以說服對方，當下約定各練各的，練成之後再來印證，且看到底誰錯。練了大半年後，我二人動手拆解，只拆得數招，二人都不禁駭然，原來……原來……」

他說到這裏，神色黯然，住口不言。木島主歎了一口長氣，也大有鬱鬱之意。過了好一會，龍島主才又道：「原來我二人都練錯了！」

羣雄聽了，心想都是一震，均想他二人的徒弟張三、李四武功已如此了得，他二人自然更是出神入化，深不可測，所修習的當然不會是尋常拳脚，必是最高深的內功，這內功一練錯，小則走火入魔，重傷殘廢，大則立時斃命，最是要緊不過。

只聽龍島主道：「我二人發覺不對，立時停手，相互辯難剖析，鑽研其中道理。也是我二人資質太差，而圖解中所示的功夫又太深奧，以致再鑽研了幾個月，仍是疑難不解。恰在此時，有一艘海盜船飄流到島上，我兄弟二人將三名盜魁殺了，對餘衆分別審訊，作惡多端的一一處死，其餘受人裹脅之徒便留在島上。我二人商議，所以鑽研不通這份古詩圖解，多半在於我二人多年練武，先入爲主，以致把練功的路子都想錯了，不如收幾名弟子，讓他們來想想。於是我二人從盜夥之中，選了六名識字較多、秉性聰穎而武功低微之人，分別收爲徒弟，也不傳他們內功，只是指點了一些拳術劍法，便要他們去參研圖解。

「那知我的三名徒兒和木兄弟的三名徒兒參研得固然各不相同，甚而同是我收的徒兒之間，三人的想法也是大相逕庭，木兄弟的三名徒兒亦復如此。我二人再仔細商量，這份圖解是從李太白的一首古詩而來，我們是粗魯武人，不過畧通文墨，終不及通儒學者之能精通詩理，看來若非文武雙全之士，難以眞正解得明白。於是我和木兄弟分入中原，以一年爲期，各收四名弟子，收的或是滿腹詩書的儒生，或是詩才敏捷的名士。」

他伸手向身穿黃衣和青衣的七八名弟子一指，說道：「不瞞諸位說，這幾名弟子若去應考，中進士、點翰林是易如反掌。他們初時來到俠客島，未必皆是甘心情願，但學了武功，又去研習圖解，卻個個死心塌地的留了下來，都覺得學武練功遠勝於讀書做官。」

羣雄聽他說：「學武練功遠勝讀書做官。」均覺大獲我心，許多人都點頭稱是。

龍島主又道：「可是這八名士人出身的弟子一經參研圖解，各人的見地卻又各自不同，非但不能對我與木兄弟有所啓發，議論紛紜，反而讓我二人越來越胡塗了。

「我們無法可施，大是煩惱，若說棄之而去，卻又無論如何狠不起心。有一日，木兄弟道：『當今之日，說到武學之精博，無過於少林高僧妙諦大師，咱們何不請他老人家前來指教一番？』我道：『妙諦大師隱居十餘年，早已不問世事，就只怕請他不到。』木兄弟道：

『我們何不抄錄一兩張圖解，送到少林寺去請他老人家過目？倘若妙諦大師置之不理，只怕這圖解也未必有如何了不起的地方。咱們兄弟也就不必再去理會這勞什子了。』我道：『此計大妙，咱們不妨再錄一份，送到武當山愚茶道長那裏。少林、武當兩派的武功各擅勝場，這兩位高人定有卓見。』

「當下我二人將這圖解中的第一圖照式繪了，圖旁的小字注解也抄得一字不漏，親自送到少林寺去。不瞞各位說，我二人初時發見這份古詩圖解，畧加參研後便大喜若狂，只道但須按圖修習，我二人的武功當世再無第三人可以及得上。但越是修習，越是疑難不解，待得決意去少林寺之時，先前那秘籍自珍、堅不示人的心情，早已消得乾乾淨淨，只要有人能將我二人心中的疑團死結代爲解開，縱使將這份圖解公諸天下，亦不足惜了。

「到得少林寺後，我和木兄弟將圖解的第一式封在信封之中，請知客僧遞交妙諦大師。知客僧初時不肯，說道妙諦大師閉關多年，早已與外人不通音問。我二人便各取一個蒲團坐了，堵住了少林寺的大門，直坐了七日七夜，不令寺中僧人出入。知客僧無奈，才將那信遞了進去。」

羣雄均想：「他說得輕描淡寫，但要將少林寺大門堵住七日七夜，當眞談何容易？其間不知經過了多少場龍爭虎鬥。少林羣僧定是無法將他二人逐走，這才被迫傳信。」

龍島主續道：「那知客僧接過信封，我們便卽站起身來，離了少林寺，到少室山山脚等候。等不到半個時辰，妙諦大師便卽趕到，只問：『在何處？』木兄弟道：『還得去請一個人。』妙諦大師道：『不錯，要請愚茶！』

「三人來到武當山上，妙諦大師說道：『我是少林寺妙諦，要見愚茶。』不等通報，直闖進內。想少林寺妙諦大師是何等名聲，武當弟子誰也不敢攔阻。我二人跟隨其後。妙諦大師走到愚茶道長清修的苦茶齋中，拉開架式，將圖解第一式中的諸般姿式演了一遍，一言不發，轉身便走。愚茶道長又驚又喜，也不多問，便一齊來到俠客島上。

「妙諦大師嫻熟少林諸般絕藝，愚茶道長劍法通神，那是武林中衆所公認的兩位頂尖兒人物。他二位一到島上，便去揣摩圖解，第一個月中，他兩位的想法尙是大同小異。第二個月時便已歧見叢生。到了第三個月，連他那兩位早已淡泊自甘的世外高人，也因對圖解所見不合，大起爭執，甚至……甚至，唉！竟爾動起手來。」

羣雄大是詫異，有的便問：「這兩位高人比武較量，卻是誰勝誰敗？」

龍島主道：「妙諦大師和愚茶道長各以從圖解上參悟出來的功夫較量，拆到第五招上，兩人所悟相同，登時會心一笑，罷手不鬥，但到第六招上卻又生了歧見。如此時鬥時休，轉瞬數月，兩人參悟所得始終是相同者少而相異者多，然而到底誰是誰非，孰高孰低，卻又難言。我和木兄弟詳行計議，均覺這圖解博大精深，以妙諦大師與愚茶道長如此修爲的高人，尙且只能領悟其中一鱗，看來若要通解全圖，非集思廣益不可。常言道得好：三個臭皮匠，抵個諸葛亮。咱們何不廣邀天下奇材異能之士同來島上，各竭心思，一齊參研？

「恰好其時島上的『斷腸蝕骨腐心草』開花，此草若再配以其他佐使之藥，熬成熱粥，服後於我輩練武之士大有補益，於是我二人派出使者，邀請當世名門大派的掌門人、各教教主、各幫幫主，來到敝島喝碗臘八粥，喝過粥後，再請他們去參研圖解。」

他這番話，各人只聽得面面相覷，將信將疑，人人臉上神色十分古怪。

過了好半晌，丁不四大聲道：「如此說來，你們邀人來喝臘八粥，純是一番好意了。」

龍島主道：「全是好意，也不見得。我和木兄弟自有一片自私之心，只盼天下的武學好手羣集此島，能助我兄弟解開心中疑團，將武學之道發揚光大，推高一層。但若說對衆位嘉賓意存加害，各位可是想得左了。」

丁不四冷笑道：「你這話豈非當面欺人？倘若只是邀人前來共同鑽研武學，何以人家不來，你們就殺人家滿門？天下那有如此強兇霸道的請客法子？」

龍島主點了點頭，雙掌一拍，道：「取賞善罰惡簿來！」便有八名弟子轉入內堂，每人捧了一疊簿籍出來，每一疊都有兩尺來高。龍島主道：「分給各位來賓觀看。」衆弟子分取簿籍，送到諸人席上。每本簿册上都有黃箋注明某門某派某會。

丁不四拿過來一看，只見箋上寫着「六合丁氏」四字，心中不由得一驚：「我兄弟是六合人氏，此事天下少有人知，俠客島孤懸海外，消息可靈得很啊。」翻將開來，只見注明某年某月某日，丁不三在何處幹了何事；某年某月某日，丁不四在何處又幹了何事。雖然未能齊備，但自己二十年來的所作所爲，凡是犖犖大者，簿中都有書明。

丁不四額上汗水涔涔而下，偷眼看旁人時，大都均是臉現狼狽尷尬之色，只有石破天自顧喝粥，不去理會擺在他面前那本注有「長樂幫」三字的簿册。他一字不識，全不知上面寫的是甚麼東西。

過了一頓飯時分，龍島主道：「收了賞善罰惡簿。」羣弟子分別將簿籍收回。

龍島主微笑道：「我兄弟分遣下屬，在江湖上打聽訊息，並非膽敢刺探朋友們的隱私，只是得悉有這麼一會子事，便記了下來。凡是給俠客島剿滅的門派幫會，都是罪大惡極、天所不容之徒。我們雖不敢說替天行道，然而是非善惡，卻也分得清清楚楚。在下與木兄弟均想，我們既住在這俠客島上，所作所為，總須對得住這『俠客』兩字才是。我們只恨俠客島能為有限，不能盡誅普天下的惡徒。各位請仔細想一想，有那一個名門正派或是行俠仗義的幫會，是因為不接邀請銅牌而給俠客島誅滅了的？」

隔了半晌，無人置答。

龍島主道：「因此上，我們所殺之人，其實無一不是罪有應得……」

白自在忽然插口道：「河北通州聶家拳聶老拳師聶立人，並無甚麼過惡，何以你們將他滿門殺了？」

龍島主抽出一本簿子，隨手輕揮，說道：「威德先生請看。」那簿册緩緩向白自在飛了過去。白自在伸手欲接，不料那簿册突然間在空中微微一頓，猛地筆直墮落，在白自在中指外二尺之處跌向席上。

白自在急忙伸手一抄，才將簿册接住，不致落入席上粥碗之中，當場出醜。簿籍入手，頗有重甸甸之感，不由得心中暗驚：「此人將一本厚只數分的帳簿隨手擲出，來勢甚緩而力道極勁，遠近如意，變幻莫測，實有傳說中所謂『飛花攻敵、摘葉傷人』之能。以這般手勁發射暗器，又有誰閃避擋架得了？我自稱『暗器第一』，這四個字非摘下不可。」

只見簿面上寫着「河北通州聶家拳」七字，打開簿子，第一行觸目驚心，便是「庚申五月初二，聶宗台在滄州郝家莊姦殺二命，留書嫁禍於黑虎寨盜賊」，第二行書道：「庚申十月十七，聶宗峯在濟南府以小故擊傷劉文質之長子，當夜殺劉家滿門一十三人滅口。」聶宗台、聶宗峯都是聶老拳師的兒子，在江湖上頗有英俠之名，想不到暗中竟是無惡不作。

白自在沉吟道：「這些事死無對證，也不知是眞是假。在下不敢說二位島主故意濫殺無辜，但俠客島派出去的弟子誤聽人言，只怕也是有的。」

張三突然說道：「威德先生旣是不信，請你不妨再瞧瞧一件東西。」說着轉身入內，隨卽回出，右手一揚，一本簿籍緩緩向白自在飛去，也是飛到他身前二尺之處，突然下落，手法與龍島主一般無異。白自在已然有備，伸手抄起，入手的份量卻比先前龍島主擲簿時輕得多了，打了開來，卻見是聶家的一本帳簿。

白自在少年時便和聶老拳師相稔，識得他的筆迹，見那帳簿確是聶老拳師親筆所書，一筆筆都是銀錢來往。其中一筆之上注以「可殺」兩個硃字，這一筆帳是：「初八，買周家村田八十三畝二分，價銀七十兩。」白自在心想：「七十兩銀子賣了八十多畝田，這田買得忒也便宜，其中定有威逼強買之情。」

又看下去，見另一筆帳上又寫了「可殺」兩個硃字，這一筆帳是：「十五，收通州張縣尊來銀二千五百兩。」心想：「聶立人好好一個俠義道，爲甚麼要收官府的錢財，那多半是勾結貪官汚吏，欺壓良善，做那傷天害理的勾當了。」

一路翻將下去，出現「可殺」二字的不下五六十處，情知這硃筆二字是張三或李四所批，不由得掩卷長歎，說道：「知人知面不知心！這聶立人當眞可殺。姓白的倘若早得幾年見了這本帳簿，俠客島就是對他手下留情，姓白的也要殺他全家。」說着站起身來，去到張三身前，雙手捧着帳簿還了給他，說道：「佩服，佩服！」

轉頭向龍木二島主瞧去，景仰之情，油然而生，尋思：「俠客島門下高弟，不但武功卓絕，而且行事周密，主持公道。如何賞善我雖不知，但罰惡這等公正，賞善自也妥當。『賞善罰惡』四字，當眞是名不虛傳。我雪山派門下弟子人數雖多，卻那裏有張三、李四這等人才？唉，『大宗師』三字，倘再加在白自在頭上，寧不令人汗顏？」

龍島主似是猜到了他心中的念頭，微笑道：「威德先生請坐。先生久居西域，對中原那批衣冠禽獸的所做所爲，多有未知，原也怪先生不得。」白自在搖了搖頭，回歸已座。

丁不四大聲道：「如此說來，俠客島過去數十年中殺人，都是那些人罪有應得；邀請武林同道前來，用意也只在共同參研武功？」

龍木二島主同時點頭，道：「不錯！」

丁不四又道：「那爲甚麼將來到島上的武林高手個個都害死了，竟令他們連屍骨也不得還鄉？」龍島主搖頭道：「丁先生此言差矣！道路傳言，焉能盡信？」丁不四道：「依龍島主所說，那麼這些武林高手，一個都沒有死？哈哈，可笑啊可笑。」

龍島主仰天大笑，也道：「哈哈，可笑啊可笑？」

丁不四愕然問道：「有甚麼可笑？」龍島主笑道：「丁先生是敝島貴客。丁先生既說可笑，在下只有隨聲附和，也說可笑了。」

丁不四道：「三十年中，來到俠客島喝臘八粥的武林高手，沒有三百，也有兩百。龍島主居然說他們尚都健在，豈非可笑？」

龍島主道：「凡人皆有壽數天年，大限旣屆，若非大羅金仙，焉得不死？只要並非俠客島下手害死，也就是了。」

丁不四側過頭想了一會，道：「那麼在下向龍島主打聽一個人。有一個女子，名叫……名叫這個芳姑，聽說二十年前來到了俠客島上，此人可曾健在？」龍島主道：「這位女俠姓甚麼？多大年紀？是那一個門派幫會的首腦？」丁不四道：「姓甚麼……這可不知道了，本來是應該姓丁的……」

那蒙面女子突然尖聲說道：「就是他的私生女兒。這姑娘可不跟爺姓，她跟娘姓，叫作梅芳姑。」丁不四臉上一紅，道：「嘿嘿，姓梅就姓梅，用不着這般大驚小怪。她……她今年約莫四十歲……」那女子尖聲道：「甚麼約莫四十歲？是三十九歲。」丁不四道：「好啦，好啦，是三十九歲。她也不是甚麼門派的掌門，更不是甚麼幫主教主，只不過她學的梅花拳，天下只有她一家，多半是請上俠客島來了。」

木島主搖頭道：「梅花拳？沒資格。」那蒙面女子尖聲道：「梅花拳爲甚麼沒資格？我……我這不是收到了你們的邀宴銅牌？」木島主搖頭道：「不是梅花拳。」

龍島主道：「梅女俠，我木兄弟說話簡潔，不似我這等囉唆。他意思說，我們邀請你來俠客島，不是爲了梅女俠的家傳梅花拳，而是在於你兩年來新創的那套劍法。」

那姓梅女子奇道：「我的新創劍法，從來無人見過，你們又怎地知道？」她說話聲音十分尖銳刺耳，令人聽了甚不舒服，話中含了驚奇之意，更是難聽。

龍島主微微一笑，向兩名弟子各指一指。那兩名弟子一個着黃衫、一個着青衫，立即踏上幾步，躬身聽令。龍島主道：「你們將梅女俠新創的這套劍法試演一遍，有何不到之處，請梅女俠指正。」

兩名弟子應道：「是。」走向倚壁而置的一張几旁。黃衫弟子在几上取過一柄鐵劍，青衫弟子取過一條軟鞭，向那姓梅女子躬身說道：「請梅女俠指教。」隨即展開架式，縱橫擊刺，鬥了起來。廳上羣豪都是見聞廣博之人，但黃衫弟子所使的這套劍法卻是從所未見。

那女子不住口道：「這可奇了，這可奇了！你們幾時偷看到的？」

石破天看了數招，心念一動：「這青衫人使的，可不是丁不四爺爺的金龍鞭法麼？」果然聽得丁不四大聲叫了起來：「喂，你創了這套劍法出來，針對我的金龍鞭法，那是甚麼用意？」那青衫弟子使的果然正是金龍鞭法，但一招一式，都被黃衫弟子的新奇劍法所剋制。那蒙面女子冷笑數聲，並不回答。

丁不四越看越怒，喝道：「想憑這劍法抵擋我金龍鞭法，只怕還差着一點。」一句話剛出口，便見那黃衫弟子劍法一變，招招十分刁鑽古怪，陰毒狠辣，簡直有點下三濫味道，絕無絲毫名家風範。

丁不四叫道：「胡鬧，胡鬧！那是甚麼劍法？呸，這是潑婦劍法。」心中卻不由得暗暗吃驚：「倘若眞和她對敵，陡然間遇上這等下作打法，只怕便着了她的道兒。」然而這等陰毒招數究竟只能用於偷襲，不宜於正大光明的相鬥，丁不四心下雖驚訝不止，但一面卻也暗自欣喜：「這種下流撒潑的招數倘若驟然向我施爲，確然不易擋架，但既給我看過了一次，那就毫不足畏了。旁門左道之術，畢竟是可一而不可再。」

風良、高三娘子、呂正平、范一飛四人曾在丁不四手下吃過大苦頭，眼見他這路金龍鞭法給對方層出不窮的怪招尅制得縛手縛脚，都忍不住大聲喝采。

丁不四怒道：「叫甚麼好？」風良笑道：「我是叫丁四爺子金龍鞭法的好！」高三娘子笑道：「金龍鞭法妙極。氣死我了，氣死我了，氣死我了！」連叫三聲「氣死我了」，學的便是那日丁不四在飯店中挑釁生事之時的口吻。

那青衫弟子一套金龍鞭法使了大半，突然揮鞭舞個圈子。黃衫弟子便即收招。青衫弟子將軟鞭放回几上，空手又和黃衫弟子鬥將起來。

看得招數，石破天「咦」的一聲，說道：「丁家擒拿手。」原來青衫弟子所使的，竟是丁不三的擒拿手，甚麼「鳳尾手」、「虎爪手」、「玉女拈針」、「夜叉鎖喉」等等招式，全是丁璫在長江船上曾經教過他的。丁不四更是惱怒，大聲說道：「姓梅的，你衝着我兄弟而來，到底是甚麼用意？這……這……這不是太也莫名其妙麼？」在他心中，自然知道那姓梅的女子處心積慮，要報復他對她姊姊始亂終棄的負心之罪。

眼見那黃衫弟子尅制丁氏拳脚的劍法陰狠毒辣，甚麼撩陰挑腹、剜目戳臀，無所不至，但那青衫弟子儘也抵擋得住。突然之間，那黃衫弟子橫劍下削，青衫弟子躍起閃避。黃衫弟子抛下手中鐵劍，雙手攔腰將青衫弟子抱住，一張口，咬住了他的咽喉。

丁不四驚呼：「啊喲！」這一口似乎便咬在他自己喉頭一般。他一顆心怦怦亂跳，知道這一抱一咬，配合得太過巧妙，自己萬萬躲避不過。

青衫弟子放開雙臂，和黃衫弟子同時躬身向丁不四及那蒙面女子道：「請丁老前輩、梅女俠指正。」再向龍木二島主行禮，拾起鐵劍，退入原來的行列。

姓梅的女子尖聲說道：「你們暗中居然將我手創的劍法學去了七八成，倒也不容易得很的了。可是這麼演了給他看過，那……那可……」

丁不四怒道：「這種功夫不登大雅之堂，亂七八糟，不成體統，有甚麼難學？」白自在插口道：「甚麼不成體統？你姓丁的倘若乍然相遇，手忙脚亂之下，身上十七八個窟窿也給人家刺穿了。」丁不四怒道：「你倒來試試。」白自在道：「總而言之，你不是梅女俠的敵手。她在你喉頭咬這一口，你本領再強十倍，也決計避不了。」

姓梅的女子尖聲道：「誰要你討好了？我和史小翠比，卻又如何？」白自在道：「差得遠了。我夫人不在此處，我夫人的徒兒卻到了俠客島上，喂，孫女壻，你去跟她比比。」

石破天道：「我看不必比了。」那姓梅女子問道：「你是史小翠的徒兒？」石破天道：「是。」那女子道：「怎麼你又是他的孫女壻？沒上沒下，亂七八糟，一窩子的狗雜種，是不是？」石破天道：「是，我是狗雜種。」那女子一怔之下，忍不住尖聲大笑。

木島主道：「夠了！」雖只兩個字，聲音卻十分威嚴。那姓梅女子一呆，登時止聲。

龍島主道：「梅女俠這套劍法，平心而論，自不及丁家武功的精奧。不過梅女俠能自創新招，天資穎悟，這些招術中又有不少異想天開之處，因此我們邀請來到敝島，盼能對那古詩的圖解提出新見。至於梅花拳麼，那是祖傳之學，也還罷了。」

梅女俠道：「如此說來，梅芳姑沒來到俠客島？」龍島主搖頭道：「沒有。」梅女俠頹然坐倒，喃喃的道：「我姊姊……我姊姊臨死之時，就是掛念她這個女兒……」

龍島主向站在右側第一名的黃衫弟子道：「你給她查查。」

那弟子道：「是。」轉身入內，捧了幾本簿子出來，翻了幾頁，伸手指着一行字，朗聲讀道：「梅花拳掌門梅芳姑，生父姓丁，即丁……（他讀到這裏，含糊其詞，人人均知他是免得丁不四難堪）……自幼隨母學藝，十八歲上……其後隱居於豫西盧氏縣東熊耳山之枯草嶺。」

丁不四和梅女俠同時站起，齊聲說道：「她是在熊耳山中？你怎麼知道？」

那弟子道：「我本來不知，是簿上這麼寫的。」

丁不四道：「連我也不知，這簿子上又怎知道？」

龍島主朗聲道：「俠客島不才，以維護武林正義爲己任，賞善罰惡，秉公施行。武林朋友的所作所爲，一動一靜，我們自當詳加記錄，以憑查核。」

那姓梅女子道：「原來如此。那麼芳姑她……她是在熊耳山的枯草嶺中……」凝目向丁不四瞧去。只見他臉有喜色，但隨即神色黯然，長歎一聲。那姓梅女子也輕輕歎息。兩人均知，雖然獲悉了梅芳姑的下落，今生今世卻再也無法見她一面了。

石破天轉身向石壁瞧去，不由得駭然失色。只見石壁上一片片石屑正在慢慢跌落，滿壁的蝌蚪文字也已七零八落。

二十 「俠客行」

龍島主道：「衆位心中尚有甚麼疑竇，便請直言。」

白自在道：「龍島主說是邀我們來看古詩圖解，那到底是甚麼東西，便請賜觀如何？」

龍島主和木島主一齊站起。龍島主道：「正要求教於各位高明博雅君子。」四名弟子走上前來，抓住兩塊大屏風的邊緣，向旁緩緩拉開，露出一條長長的甬道。龍木二島主齊聲道：「請！」當先領路。

羣雄均想：「這甬道之內，定是布滿了殺人機關。」不由得都是臉上變色。白自在道：「孫女壻，咱爺兒倆打頭陣。」石破天道：「是！」白自在携着他手，當先而行，口中哈哈大笑，笑聲之中卻不免有些顫抖。餘人料想在刦難逃，一個個的跟隨在後。有十餘人坐在桌旁始終不動，俠客島上的衆弟子侍僕卻也不加理會。

白自在等行出十餘丈，來到一道石門之前，門上刻着三個斗大古隷：「俠客行」。一名黃衫弟子上前推開石門，說道：「洞內有二十四座石室，各位可請隨意來去觀看，看得厭了，可到洞外散心。一應飲食，各石室中均有置備，各位隨意取用，不必客氣。」

丁不四冷笑道：「一切都是隨意，可客氣得很啊。就是不能『隨意離島』，是不是？」

龍島主哈哈大笑，說道：「丁先生何出此言？各位來到俠客島是出於自願，若要離去，又有誰敢強留？海灘邊大船小船一應俱全，各位何時意欲歸去，儘可自便。」

羣雄一怔，沒想到俠客島竟然如此大方，去留任意，當下好幾個人齊聲問道：「我們現下就要去了，可不可以？」龍島主道：「自然可以啊，各位當我和木兄弟是甚麼人了？我們待客不周，已感慚愧，豈敢強留嘉賓？」羣雄心下一寬，均想：「既是如此，待看了那古詩圖解是甚麼東西，便即離去。他說過不強留嘉賓，以他的身分，總不能說過了話不算。」

當下各人絡繹走進石室，只見東面是塊打磨光滑的大石壁，石壁旁點燃着八根大火把，照耀明亮。壁上刻得有圖有字。石室中已有十多人，有的注目凝思，有的打坐練功，有的閉着雙目喃喃自語，更有三四人在大聲爭辯。

白自在陡然見到一人，向他打量片刻，驚道：「溫三兄，你……你……你在這裏？」

這個不住在石室中打圈的黑衫老者溫仁厚，是山東八仙劍的掌門，和白自在交情着實不淺。然而他見到白自在時並不如何驚喜，只淡淡一笑，說道：「怎麼到今日才來？」

白自在道：「十年前我聽說你被俠客島邀來喝臘八粥，只道你……只道你早就仙去了，曾大哭了幾場，那知道……」

溫仁厚道：「我好端端在這裏研習上乘武功，怎麼就會死了？可惜，可惜你來得遲了。你瞧，這第一句『趙客縵胡纓』，其中對這個『胡』字的注解說：『胡者，西域之人也。新唐書承乾傳云：數百人習音聲學胡人，椎髻剪綵爲舞衣……』」一面說，一面指着石壁上的小字注解，讀給白自在聽。

白自在乍逢良友，心下甚喜，既急欲詢問別來種切，又要打聽島上情狀，問道：「溫三兄，這十年來你起居如何？怎地也不帶個信到山東家中？」

溫仁厚瞪目道：「你說甚麼？這『俠客行』的古詩圖解，包蘊古往今來最最博大精深的武學秘奧，咱們竭盡心智，尚自不能參悟其中十之一二，那裏還能分心去理會世上俗事？你看圖中此人，絕非燕趙悲歌慷慨的豪傑之士，卻何以稱之爲『趙客』？要解通這一句，自非先明白這個重要關鍵不可。」

白自在轉頭看壁上繪的果是個青年書生，左手執扇，右手飛掌，神態甚是優雅瀟洒。

溫仁厚道：「白兄，我最近揣摩而得，圖中人儒雅風流，本該是陰柔之象，注解中卻說：『須從威猛剛硬處着手』，那當然說的是陰柔爲體、陽剛爲用，這倒不難明白。但如何爲『體』，如何爲『用』，中間實有極大的學問。」

白自在點頭道：「不錯。溫兄，這是我的孫女壻，你瞧他人品還過得去罷？小子，過來見過溫三爺爺。」

石破天走近，向溫仁厚跪倒磕頭，叫了聲：「溫三爺爺。」溫仁厚道：「好，好！」但正眼也沒向他瞧上一眼，左手學着圖中人的姿式，右手突然發掌，呼的一聲，直擊出去，說道：「左陰右陽，多半是這個道理了。」石破天心道：「這溫三爺爺的掌力好生了得。」

白自在誦讀壁上所刻注解：「莊子說劍篇云：『太子曰：吾王所見劍士，皆蓬頭突鬢，垂冠，縵胡之纓，短後之衣。』司馬注云：『縵胡之纓，謂粗纓無文理也。』溫兄，『縵胡』二字應當連在一起解釋，『縵胡』就是粗糙簡陋，『縵胡纓』是說他頭上所帶之纓並不精緻，並非說他帶了胡人之纓。這個『胡』字，是胡裏胡塗之胡，非西域胡人之胡。」

溫仁厚搖頭道：「不然，你看下一句注解：『左思魏都賦云：縵胡之纓。注：銑曰，縵胡，武士纓名。』這是一種武士所帶之纓，可以粗陋，也可精緻。前幾年我曾向涼州果毅門的掌門人康崑請教過，他是西域胡人，於胡人之事是無所不知的。他說胡人武士冠上有纓，那形狀是這樣的……」說着蹲了下來，用手指在地下畫圖示形。

石破天聽他二人議論不休，自己全然不懂，石壁上的注解又一字不識，聽了半天，全無趣味，當下信步來到第二間石室中。一進門便見劍氣縱橫，有七對人各使長劍，正在較量，劍刃撞擊，錚錚不絕。這些人所使劍法似乎各不相同，但變幻奇巧，顯然均極精奧。

只見兩人拆了數招，便即罷鬥，一個白鬚老者說道：「老弟，你剛才這一劍設想雖奇，但你要記得，這一路劍法的總綱，乃是『吳鈎霜雪明』五字。吳鈎者，彎刀也，出劍之時，總須念念不忘『彎刀』二字，否則不免失了本意。以刀法運劍，那並不難，但當使直劍如彎刀，直中有曲，曲中有直，方是『吳鈎霜雪明』這五個字的宗旨。」

另一個黑鬚老者搖頭道：「大哥，你卻忘了另一個要點。你瞧壁上的注解說：鮑照樂府：『錦帶佩吳鈎』，又李賀詩云：『男兒何不帶吳鈎』。這個『佩』字，這個『帶』字，才是詩中最要緊的關鍵所在。吳鈎雖是彎刀，卻是佩帶在身，並非拿出來使用。那是說劍法之中當隱含吳鈎之勢，圓轉如意，卻不是眞的彎曲。」那白鬚老者道：「然而不然。『吳鈎霜雪明』，精光閃亮，就非入鞘之吳鈎，利器佩帶在身而不入鞘，焉有是理？」

石破天不再聽二人爭執，走到另外二人身邊，只見那二人鬥得極快，一個劍招凌厲，着着進攻，另一個卻是以長劍不住劃着圓圈，將對方劍招盡數擋開。驟然間錚的一聲響，雙劍齊斷，兩人同時向後躍開。

那身材魁梧的黑臉漢子道：「這壁上的注解說道：白居易詩云：『勿輕直折劍，猶勝曲全鈎』。可見我這直折之劍，方合石壁注文原意。」

另一個是個老道，石破天認得他便是上清觀的掌門人天虛道人，是石莊主夫婦的師兄。

石破天心下凜凜，生怕他見了自己便會生氣，那知他竟似沒見到自己，手中拿着半截斷劍，只是搖頭，說道：「『吳鈎霜雪明』是主，『猶勝曲全鈎』是賓。喧賓奪主，必非正道。」

石破天聽他二人又賓又主的爭了半天，自己一點不懂，舉目又去瞧西首一男一女比劍。

這男女兩人出招十分緩慢，每出一招，總是比來比去，有時男的側頭凝思半晌，有時女的將一招劍招使了八九遍猶自不休，顯然二人不是夫婦，便是兄妹，又或是同門，相互情誼極深，正在齊心合力的鑽研，絕無半句爭執。

石破天心想：「跟這二人學學，多半可以學到些精妙劍法。」慢慢的走將過去。

只見那男子凝神運氣，挺劍斜刺，刺到半途，便即收回，搖了搖頭，神情甚是沮喪，歎了口氣，道：「總是不對。」

那女子安慰他道：「遠哥，比之五個月前，這一招可大有進境了。咱們再想想這一條注解：『吳鈎者，吳王闔廬之寶刀也。』爲甚麼吳王闔廬的寶刀，與別人的寶刀就有不同？」

那男子收起長劍，誦讀壁上注解道：「『吳越春秋云：闔廬既寶莫邪，復命於國中作金鈎，令曰：能為善吳鈎者，賞之百金。吳作鈎者甚衆。而有人貪王之重賞也，殺其二子，以血釁金，遂成二鈎，獻於闔廬。』倩妹，這故事甚是殘忍，為了吳王百金之賞，竟然殺死了自己的兩個兒子。」那女子道：「我猜想這『殘忍』二字，多半是這一招的要訣，須當下手不留餘地，縱然是親生兒子，也要殺了。否則壁上的注釋文字，何以特地注明這一節。」

石破天見這女子不過四十來歲年紀，容貌甚是清秀，但說到殺害親子之時，竟是全無悽惻之心，不願再聽下去。舉目向石壁瞧去，只見壁上密密麻麻的刻滿了字，但見千百文字之中，有些筆劃宛然便是一把長劍，共有二三十把。

這些劍形或横或直，或撇或捺，在識字之人眼中，只是一個字中的一筆，但石破天既不識字，見到的卻是一把把長長短短的劍，有的劍尖朝上，有的向下，有的斜起欲飛，有的横掠欲墮，石破天一把劍一把劍的瞧將下來，瞧到第十二柄劍時，突然間右肩「巨骨穴」間一熱，有一股熱氣蠢蠢欲動，再看第十三柄劍時，熱氣順着經脈，到了「五里穴」中，再看第十四柄劍時，熱氣跟着到了「曲池穴」中。熱氣越來越盛，從丹田中不斷湧將上來。

石破天暗自奇怪：「我自從練了木偶身上的經脈圖之後，內力大盛，但從不像今日這般勁急，肚子裏好似火燒一般，只怕是那臘八粥的毒性發作了。」

他不由得有些害怕，再看石壁上所繪劍形，內力便自行按着經脈運行，腹中熱氣緩緩散之於周身穴道，當下自第一柄劍從頭看起，順着劍形而觀，心內存想，內力流動不息，如川之行。從第一柄劍看到第二十四柄時，內力也自「迎香穴」而至「商陽穴」運行了一周。他暗自尋思：「原來這些劍形與內力的修習有關，只可惜我不識得壁上文字，否則依法修習，倒可學到一套劍法。是了，白爺爺尚在第一室中，我去請他解給我聽。」

於是回到第一室中，只見白自在和溫仁厚二人手中各執一柄木劍，拆幾招，辯一陣，又指着石壁上文字，各持己見，互指對方的謬誤。

石破天拉拉白自在的衣袖，問道：「爺爺，那些字說些甚麼？」

白自在解了幾句。溫仁厚插口道：「錯了，錯了！白兄，你武功雖高，但我在此間已有十年，難道這十年功夫都是白費的？總有些你沒領會到的心得罷？」白自在道：「武學猶如佛家的禪宗，十年苦參，說不定還不及一夕頓悟。我以為這一句的意思是這樣……」溫仁厚連連搖頭，道：「大謬不然。」

石破天聽得二人爭辯不休，心想：「壁上文字的注解如此難法，剛才龍島主說，他們邀請了無數高手、許多極有學問的人來商量，幾十年來，仍是弄不明白。我隻字不識，何必去跟他們一同傷腦筋？」

在石室中信步來去，只聽得東一簇、西一堆的人個個在議論紛紜，各抒己見，要找個人來閒談幾句也不可得，獨自甚是無聊，又去觀看石壁上的圖形。

他在第二室中觀看二十四柄劍形，發覺長劍的方位指向，與體內經脈暗合，這第一圖中卻只一個青年書生，並無其他圖形。看了片刻，覺得圖中人右袖揮出之勢甚是飄逸好看，不禁多看了一會，突然間只覺得右脅下「淵腋穴」上一動，一道熱綫沿着「足少陽膽經」，向着「日月」、「京門」二穴行去。

他心中一喜，再細看圖形，見構成圖中人身上衣摺、面容、扇子的綫條，一筆筆均有貫串之意，當下順着氣勢一路觀將下來，果然自己體內的內息也依照綫路運行。尋思：「圖畫的筆法與體內經脈相合，想來這是最粗淺的道理，這裏人人皆知。只是那些高深武學我無法領會，左右無事，便如當年照着木偶身上綫路練功一般，在這裏練些粗淺功夫玩玩，等白爺爺領會了上乘武學，咱們便可一起回去啦。」

當下尋到了圖中筆法的源頭，依勢練了起來。這圖形的筆法與世上書畫大不相同，筆劃順逆頗異常法，好在他從來沒學過寫字，自不知不論寫字畫圖，每一筆都該自上而下、自左而右，雖然勾挑是自上而下，曲撇是自右而左，然而均係斜行而非直筆。這圖形中卻是自下而上、自右向左的直筆甚多，與書畫筆意往往截然相反，拗拙非凡。他可絲毫不以爲怪，照樣習練。換作一個學寫過幾十天字的蒙童，便決計不會順着如此的筆路存想了。

圖中筆畫上下倒順，共有八十一筆。石破天練了三十餘筆後，覺得腹中飢餓，見石室四角几上擺滿麵點茶水，便過去吃喝一陣，到外邊厠所中小解了，回來又依着筆路照練。

石室中燈火明亮，他倦了便倚壁而睡，餓了伸手便取糕餅而食，也不知過了多少時候，已將第一圖中的八十一筆內功記得純熟，去尋白自在時，已然不在室中。

石破天微感驚慌，叫道：「爺爺，爺爺！」一奔到第二室中，一眼便見白自在手持木劍，在和一位童顏鶴髮的老道鬥劍。兩人劍法似乎都甚鈍拙，但雙劍上發出嗤嗤聲響，乃是各以上乘內力注入了劍招之中。只聽得呼一聲大響，白自在手中木劍脫手飛出，那老道手中的木劍卻也斷爲兩截。兩人同時退開兩步。

那老道微微一笑，說道：「威德先生，你天授神力，老道甘拜下風。然而咱們比的是劍法，可不是比內力。」白自在道：「愚茶道長，你劍法比我高明，我是佩服的。但這是你武當派世傳的武學，卻不是石壁上劍法的本意。」愚茶道人歛起笑容，點了點頭，道：「依你說卻是如何？」白自在道：「這一句『吳鈎霜雪明』這個『明』字，大有道理……」

石破天走到白自在身畔，說道：「爺爺，咱們回去了，好不好？」白自在奇道：「你說甚麼？」石破天道：「這裏龍島主說，咱們甚麼時候想走，隨時可以離去。海灘邊有許多船隻，咱們可以走了。」白自在怒道：「胡說八道！為甚麼這樣心急？」

石破天見他發怒，心下有些害怕，道：「婆婆在那邊等你呢，她說只等到三月初八。倘若三月初八還不見你回去，她便要投海自盡。」白自在一怔，道：「三月初八？咱們是臘月初八到的，還只過了兩三天，日子挺長着呢，又怕甚麼？慢慢再回去好了。」

石破天掛念着阿綉，回想到那日她站在海灘之上送別，神色憂愁，情切關心，恨不得插翅便飛了回去，但見白自在全心全意沉浸在這石壁的武學之中，實無絲毫去意，總不能捨他自回，當下不敢再說，信步走到第三座石室之中。

一踏進石室，便覺風聲勁急，卻是三個勁裝老者展開輕功，正在迅速異常的奔行。這三人奔得快極，只帶得滿室生風。三人脚下追逐奔跑，口中卻在不停說話，而語氣甚是平靜，足見內功修為都是甚高，竟不因疾馳而令呼吸急促。

只聽第一個老者道：「這一首『俠客行』乃大詩人李白所作。但李白是詩仙，卻不是劍仙，何以短短一首二十四句的詩中，卻含有武學至理？」第二人道：「創製這套武功的才是一位震古爍今、不可企及的武學大宗師。他老人家只是借用了李白這首詩，來抒寫他的神奇武功。咱們不可太鑽牛角尖，拘泥於李白這首『俠客行』的詩意。」第三人道：「紀兄之言雖極有理，但這句『銀鞍照白馬』，若是離開了李白的詩意，便不可索解。」第一個老者道：「是啊。不但如此，我以為還得和第四室中那句『颯沓如流星』連在一起，方為正解。解釋詩文固不可斷章取義，咱們研討武學，也不能斷章取義才是。」

石破天暗自奇怪，他三人商討武功，為何不坐下來慢慢談論，卻如此足不停步的你追我趕？但片刻之間便即明白了。只聽那第二個老者道：「你既自負於這兩句詩所悟比我為多，為何用到輕功之上，卻也不過爾爾，始終追我不上？」第一個老者笑道：「難道你又追得我上了？」只見三人越奔越急，衣襟帶風，連成了一個圓圈，但三人相互間距離始終不變，顯是三人功力相若，誰也不能稍有超越。

石破天看了一會，轉頭去看壁上所刻圖形，見畫的是一匹駿馬，昂首奔行，脚下雲氣瀰漫，便如是在天空飛行一般。他照着先前法子，依着那馬的去勢存想，內息卻毫無動靜，心想：「這幅圖中的功夫，和第一二室中的又自不同。」

再細看馬足下的雲氣，只見一團團雲霧似乎在不斷向前推湧，直如意欲破壁飛出，他看得片刻，內息翻湧，不由自主的拔足便奔。他繞了一個圈子，向石壁上的雲氣瞧了一眼，內息推動，又繞了一個圈，只是他沒學過輕功，足步踉蹌，姿式歪歪斜斜的十分拙劣，奔行又遠不如那三個老者迅速。三個老者每繞七八個圈子，他才繞了一個圈子。

耳邊廂隱隱聽得三個老者出言譏嘲：「那裏來的少年，竟也來學咱們一般奔跑？哈哈，這算甚麼樣子？」「這般的輕功，居然也想來鑽研石壁上的武功？嘿嘿！」「人家醉八仙的醉步，那也是自有規範的高明武功，這個小兄弟的醉九仙，可太也滑稽了。」

石破天面紅過耳，停下步來，但向石壁看了一會，不由自主的又奔跑起來。轉了八九個圈子之後，全神貫注的記憶壁上雲氣，那三個老者的譏笑已一句也沒聽進耳中。

也不知奔了多少圈子，待得將一團團雲氣的形狀記在心裏，停下步來，那三個老者已不知去向，身邊卻另有四人，手持兵刃，模仿壁上飛馬的姿式，正在互相擊刺。

這四人出劍狠辣，口中都是唸唸有詞，誦讀石壁上的口訣注解。一人道：「銀光燦爛，鞍自平穩。」另一人道：「『照』者居高而臨下，『白』則皎潔而淵深。」又一人道：「天馬行空，瞬息萬里。」第四人道：「李商隱文：『手爲天馬，心爲國圖。』韻府：『道家以手爲天馬』，原來天馬是手，並非眞的是馬。」

石破天心想：「這些口訣甚是深奧，我是弄不明白的。他們在這裏練劍，少則十年，多則三十年。我怎能等這麼久？反正沒時候多待，隨便瞧瞧，也就是了。」

當下走到第四室中，壁上繪的是「颯沓如流星」那一句的圖譜，他自去參悟修習。

「俠客行」一詩共二十四句，即有二十四間石室圖解。他遊行諸室，不識壁上文字，只從圖畫中去修習內功武術。那第五句「十步殺一人」，第十句「脫劍膝前橫」，第十七句「救趙揮金鎚」，每一句都是一套劍法。第六句「千里不留行」，第七句「事了拂衣去」，第八句「深藏身與名」，每一句都是一套輕身功夫；第九句「閑過信陵飲」，第十四句「五嶽倒爲輕」，第十六句「縱死俠骨香」，則各是一套拳掌之法。第十三句「三杯吐言諾」，第十八句「意氣素霓生」，第二十句「喧赫大梁城」，則是吐納呼吸的內功。

他有時學得極快，一天內學了兩三套，有時卻連續十七八天都未學全一套。一經潛心武學，渾忘了時光流轉，也不知過了多少日子，終於修畢了二十三間石室中壁上的圖譜。

他每學完一幅圖譜，心神寧靜下來，便去催促白自在回去。但白自在對石壁上武學所知漸多，越來越是沉迷，一見石破天過來催請，便即破口大罵，說他擾亂心神，躭誤了鑽研功夫，到後來更是揮拳便打，不許他近身說話。

石破天無奈，去和范一飛、高三娘子等商量，不料這些人也一般的如痴如狂，全心都沉浸在石壁武學之中，拉着他相告，這一句的訣竅在何處，那一句的注釋又怎麼。

石破天惕然心驚：「龍木二島主邀請武林高人前來參研武學，本是任由他們自歸，但三十年來竟沒一人離島，足見這石壁上的武學迷人極深。幸好我武功既低，又不識字，決不會像他們那樣留戀不去。」因此范一飛他們一番好意，要將石壁上的文字解給他聽，他卻只聽得幾句便即走開，再也不敢回頭，把聽到的說話趕快忘記，想也不敢去想。

屈指計算，到俠客島後已逾兩個半月，再過得數天，非動身回去不可，心想二十四座石室我已看過了二十三座，再到最後一座去看上一兩日，圖形若是太難，便來不及學了，要是爺爺一定不肯走，自己只有先回去，將島上情形告知史婆婆等衆人，免得他們放心不下。好在任由爺爺留島鑽研武功，那也是絕無凶險之事。當下走到第二十四室之中。

走進室門，只見龍島主和木島主盤膝坐在錦墊之上，面對石壁，凝神苦思。

石破天對這二人心存敬畏，不敢走近，遠遠站着，舉目向石壁瞧去，一看之下，微感失望，原來二十三座石室壁上均有圖形，這最後一室卻僅刻文字，並無圖畫。

他想：「這裏沒有圖畫，沒甚麼好看，我去跟爺爺說，我今天便回去了。」想到數日後便可和阿綉、石清、閔柔等人見面，心中說不出的歡喜，當卽跪倒，向兩位島主拜了幾拜，說道：「多承二位島主款待，又讓我見識石壁上的武功，十分感謝。小人今日告辭。」

龍木二島主渾不理睬，只是凝望着石壁出神，於他的說話跪拜似乎全然不聞不見。石破天知道修習高深武功之時，人人如此全神貫注，倒也不以爲忤。順着二人目光又向石壁瞧了一眼，突然之間，只覺壁上那些文字一個個似在盤旋飛舞，不由得感到一陣暈眩。

他定了定神，再看這些字迹時，腦中又是一陣暈眩。他轉開目光，心想：「這些字怎地如此古怪，看上一眼，便會頭暈？」好奇心起，注目又看，只見字迹的一筆一劃似乎都變成了一條條蝌蚪，在壁上蠕蠕欲動，但若凝目只看一筆，這蝌蚪卻又不動了。

他幼時獨居荒山，每逢春日，常在山溪中捉了許多蝌蚪，養在峯上積水而成的小池中，看牠們生脚脫尾，變成青蛙，跳出池塘，閣閣之聲吵得滿山皆響，解除了不少寂寞。此時便如重逢兒時的遊伴，欣喜之下，細看一條條蝌蚪的情狀。只見無數蝌蚪或上竄、或下躍，姿態各不相同，甚是有趣。

他看了良久，陡覺背心「至陽穴」上內息一跳，心想：「原來這些蝌蚪看似亂鑽亂遊，其實還是和內息有關。」一看另一條蝌蚪時，背心「懸樞穴」上又是一跳，然而從「至陽穴」至「懸樞穴」的一條內息卻串連不起來；轉目去看第三條蝌蚪，內息卻全無動靜。

忽聽得身旁一個冷冷的聲音說道：「石幫主注目『太玄經』，原來是位精通蝌蚪文的大方家。」石破天轉過頭來，見木島主一雙照耀如電的目光正瞧着自己，不由得臉上一熱，忙道：「小人一個字也不識，只是瞧這些小蝌蚪十分好玩，便多看了一會。」

木島主點頭道：「這就是了，這部『太玄經』以古蝌蚪文寫成，我本來正自奇怪，石幫主年紀輕輕，居然有此奇才，識得這種古奧文字。」石破天訕訕的道：「那我不看了，不敢打擾兩位島主。」木島主道：「你不用去，儘管在這裏看便是，也打擾不了咱們。」說着閉上了雙目。

石破天待要走開，卻想如此便即離去，只怕木島主要不高興，再瞧上片刻，然後出去便了。轉頭再看壁上的蝌蚪時，小腹上的「中注穴」突然劇烈一跳，不禁全身為之震動，尋思：「這些小蝌蚪當眞奇怪，還沒變成青蛙，就能這麼大跳而特跳。」不由得童心大盛，一條條蝌蚪的瞧去，遇到身上穴道猛烈躍動，覺得甚是好玩。

壁上所繪小蝌蚪成千成萬，有時碰巧，兩處穴道的內息連在一起，便覺全身舒暢。他看得興發，早忘了木島主的言語，自行找尋合適的蝌蚪，將各處穴道中的內息串連起來。

但壁上蝌蚪不計其數，要將全身數百處穴道串成一條內息，那是談何容易？石室之中不見天日，惟有燈火，自是不知日夜，只是腹饑便去吃麵，吃了八九餐後，串連的穴道漸多。

但這些小蝌蚪似乎一條條的都移到了體內經脈穴道之中，又像變成了一隻隻小青蛙，在他四肢百骸間到處跳躍。他又覺有趣，又是害怕，只有將幾處穴道連了起來，其中內息的動盪跳躍才稍爲平息，然而一穴方平，一穴又動，他猶似着迷中魔一般，只是凝視石壁上的文字，直到倦累不堪，這才倚牆而睡，醒轉之後，目光又被壁上千千萬萬小蝌蚪吸了過去。

如此痴痴迷迷的餓了便吃，倦了便睡，餘下來的時光只是瞧着那些小蝌蚪，有時見到龍木二島主投向自己的目光甚是奇異，心中羞愧之念也是一轉卽過，隨卽不復留意。

也不知是那一天上，突然之間，猛覺內息洶湧澎湃，頃刻間衝破了七八個窒滯之處，竟如一條大川般急速流動起來，自丹田而至頭頂，自頭頂又至丹田，越流越快。他驚惶失措，一時間沒了主意，不知如何是好，只覺四肢百骸之中都是無可發洩的力氣，順手便將「五嶽倒爲輕」這套掌法使將出來。

掌法使完，精力愈盛，右手虛執空劍，便使「十步殺一人」的劍法，手中雖然無劍，劍招卻源源而出。

「十步殺一人」的劍法尙未使完，全身肌膚如欲脹裂，內息不由自主的依着「趙客縵胡纓」那套經脈運行圖譜轉動，同時手舞足蹈，似是大歡喜，又似大苦惱。「趙客縵胡纓」既畢，接下去便是「吳鈎霜雪明」，他更不思索，石壁上的圖譜一幅幅在腦海中自然湧出，自「銀鞍照白馬」直到第二十三句「誰能書閣下」，一氣呵成的使了出來，其時劍法、掌法、內功、輕功，盡皆合而爲一，早已分不出是掌是劍。

待得「誰能書閣下」這套功夫演完，只覺氣息逆轉，便自第二十二句「不慚世上英」倒使上去，直練至第一句「趙客縵胡纓」。他情不自禁的縱聲長嘯，霎時之間，謝煙客所傳的炎炎功，自木偶體上所學的內功，從雪山派羣弟子練劍時所見到的雪山劍法，丁璫所授的擒拿法，石清夫婦所授的上清觀劍法，丁不四所授的諸般拳法掌法，史婆婆所授的金烏刀法，都紛至沓來，湧向心頭。他隨手揮舞，已是不按次序，但覺不論是「將炙啖朱亥」也好，是「脫劍膝前橫」也好，皆能隨心所欲，既不必存想內息，亦不須記憶招數，石壁上的千百種招式，自然而然的從心中傳向手足。

他越演越是心歡，忍不住哈哈大笑，叫道：「妙極！」

忽聽得兩人齊聲喝采：「果然妙極！」

石破天一驚，停手收招，只見龍島主和木島主各站在室角之中，滿臉驚喜的望着他。石破天忙道：「小人胡鬧，兩位莫怪。」心想：「這番可糟糕了。我在這裏亂動亂叫，可打擾了兩位島主用功。」不由得甚是惶恐。

只見兩位島主滿頭大汗淋漓，全身衣衫盡濕，站身之處的屋角落中也盡是水漬。

龍島主道：「石幫主天縱奇才，可喜可賀，受我一拜。」說着便拜將下去。木島主跟着拜倒。

石破天大驚，急忙跪倒，連連磕頭，只磕得咚咚有聲，說道：「兩位如此……這個……客氣，這……這可折殺小人了。」

龍島主道：「石幫主……請……請起……」

石破天站起身來，只見龍島主欲待站直身子，忽然幌了兩幌，坐倒在地。木島主雙手據地，也是站不起來。石破天驚道：「兩位怎麼了？」忙過去扶着龍島主坐好，又將木島主扶起。龍島主搖了搖頭，臉露微笑，閉目運氣。木島主雙手合十，也自行功。

石破天不敢打擾，瞧瞧龍島主，又瞧瞧木島主，心中驚疑不定。過了良久，木島主呼了一口長氣，一躍而起，過去抱住了龍島主。兩人摟抱在一起，縱聲大笑，顯是歡喜無限。

石破天不知他二人為甚麼這般開心，只有陪着傻笑，但料想決不會是壞事，心中大為寬慰。

龍島主扶着石壁，慢慢站直，說道：「石幫主，我兄弟悶在心中數十年的大疑團，得你今日解破，我兄弟實是感激不盡。」石破天道：「我怎地……怎地解破了？」龍島主微笑道：「石幫主何必如此謙光？你參透了這首『俠客行』的石壁圖譜，不但是當世武林中的第一人，除了當年在石壁上彫寫圖譜的那位前輩之外，只怕古往今來，也極少有人及得上你。」

石破天甚是惶恐，連說：「小人不敢，小人不敢。」

龍島主道：「這石壁上的蝌蚪古文，在下與木兄弟所識得的還不到一成，不知石幫主肯賜予指教麼？」

石破天瞧瞧龍島主，又瞧瞧木島主，見二人臉色誠懇，卻又帶着幾分患得患失之情，似乎怕自己不肯吐露秘奧，忙道：「我跟兩位說知便是。我看這條蝌蚪，『中注穴』中便有跳動；再看這條蝌蚪，『太赫穴』便大跳一下……」他指着一條條蝌蚪，解釋給二人聽。他說了一會，見龍木二人神色迷惘，似乎全然不知，問道：「我說錯了麼？」

龍島主道：「原來……原來……石幫主看的是一條條……一條條那個蝌蚪，不是看一個個字，那麼石幫主如何能通解全篇『太玄經』？」

石破天臉上一紅，道：「小人自幼沒讀過書，當眞是一字不識，慚愧得緊。」

龍木二島主一齊跳了起來，同聲問道：「你不識字？」

石破天搖頭道：「不識字。我……我回去之後，定要阿綉教我識字，否則人人都識字，我卻不識得，給人笑話，多不好意思。」

龍木二島主見他臉上一片淳樸眞誠，絕無狡黠之意，實是不由得不信。龍島主只覺腦海中一團混亂，扶住了石壁，問道：「你旣不識字，那麼自第一室至第二十三室，壁上這許許多多注釋，卻是誰解給你聽的？」

石破天道：「沒人解給我聽。白爺爺解了幾句，關東那位范大爺解了幾句，我也不懂，沒聽下去。我……我只是瞧着圖形。胡思亂想，忽然之間，圖上的雲頭或是小劍甚麼的，就和身體內的熱氣連在一起了。」

木島主道：「你不識字，卻能解通圖譜，這……這如何能夠？」龍島主道：「難道冥冥中眞有天意？還是這位石幫主眞有天縱奇才？」

木島主突然一頓足，叫道：「我懂了，我懂了。大哥，原來如此！」龍島主一呆，登時也明白了。他二人共處數十年，修爲相若，功力亦復相若，只是木島主沉默寡言，比龍島主少了一分外務，因此悟到其中關竅之時，便比他早了片刻。兩人四手相握，臉上神色又是淒楚，又是苦澀，又帶了三分歡喜。

龍島主轉頭向石破天道：「石幫主，幸虧你不識字，才得解破這個大疑團，令我兄弟死得瞑目，不致抱恨而終。」

石破天搔了搔頭，問道：「甚麼……甚麼死得瞑目？」龍島主輕輕歎了口氣，說道：「原來這許許多多注釋文字，每一句都在故意導人誤入歧途。可是參研圖譜之人，又有那一個肯不去鑽研注解？」石破天奇道：「島主你說那許多字都是沒用的？」龍島主道：「非但無用，而且大大有害。倘若沒有這些注解，我二人的無數心血，又何至盡數虛耗，數十年苦苦思索，多少總該有些進益罷。」

木島主喟然道：「原來這篇『太玄經』也不是眞的蝌蚪文，只不過……只不過是一些經脈穴道的綫路方位而已。唉，四十年的光陰，四十的光陰！」龍島主道：「白首太玄經！兄弟，你的頭髮也眞是雪白了！」木島主向龍島主頭上瞧了一眼，「嘿」的一聲。他雖不說話，三人心中無不明白，他意思是說：「你的頭髮何嘗不白？」

龍木二島主相對長歎，突然之間，顯得蒼老異常，更無半分當日臘八宴中的神采威嚴。石破天仍是大惑不解，又問：「他在石壁上故意寫上這許多字，教人走上錯路，那是爲了甚麼？」

龍島主搖頭道：「到底是甚麼居心，那就難說得很了。這位武林前輩或許不願後人得之太易，又或者這些注釋是後來另外有人加上去的。這往昔之事，誰也不知道的了。」木島主道：「或許這位武林前輩不喜讀書人，故意布下圈套，好令像石幫主這樣不識字的忠厚老實之人得益。」龍島主歎道：「這位前輩用心深刻，又有誰推想得出？」

石破天見他二人神情倦怠，意興蕭索，心下好大的過意不去，說道：「二位島主，倘若我學到的功夫確實有用，自當盡數向兩位說知。咱們這就去第一座石室之中，我一一說來，我……我……我決不敢有絲毫隱瞞。」

龍島主苦笑搖頭，道：「小兄弟的好意，我二人心領了。小兄弟宅心仁厚，該受此益，日後領袖武林羣倫，造福蒼生，自非鮮淺。我二人這一番心血也不算白費了。」木島主道：「正是，圖譜之謎既已解破，我二人心願已了。是小兄弟練成，還是我二人練成，那也都是一樣。」

石破天求懇道：「那麼我把這些小蝌蚪詳詳細細說給兩位聽，好不好？」

龍島主淒然一笑，說道：「神功既得傳人，這壁上的圖譜也該功成身退了。小兄弟，你再瞧瞧。」

石破天轉身向石壁瞧去，不由得駭然失色。只見石壁上一片片石屑正在慢慢跌落，滿壁的蝌蚪文字也已七零八落，只剩下七八成。他大驚之下，道：「怎……怎麼會這樣？」

龍島主道：「小兄弟適才……」木島主道：「此事慢慢再說，咱們且去聚會衆人，宣布此事如何？」龍島主登時會意，道：「甚好，甚好。石幫主，請。」

石破天不敢先行，跟在龍木二島主之後，從石室中出來。龍島主傳訊邀請衆賓，召集弟子，同赴大廳聚會。

原來石破天解悟石壁上神功之後，情不自禁的試演。龍木二島主一見之下大為驚異，龍島主當即上前出掌相邀。其時石破天猶似着魔中邪，一覺有人來襲，自然而然的還掌相應，數招之後，龍島主便覺難以抵擋，木島主當即上前夾擊。他二人的武功，當世已找不出第三個人來，可是二人聯手，仍是敵不住石破天新悟的神妙武功。本來二人若是立即收招，石破天自然而然的也會住手，但二人均要試一試這壁上武功到底有多大威力，四掌翻飛，越打越緊。他二人掌勢越盛，石破天的反擊也是越強，三個人的掌風掌力撞向石壁，竟將石壁的浮面都震得酥了。單是龍木二島主的掌力，便能銷毀石壁，何況石破天內力本來極強，再加上新得的功力，三人的掌力都是武學中的顛峯功夫，鋒芒不顯，是以石壁雖毀，卻並非立時破碎，而是慢慢的酥解跌落。

木島主知道石破天試功之時便如在睡夢中一般，於外界事物全不知曉，因此阻止龍島主再說下去，免得石破天為了無意中損壞石壁而心中難過；再說石壁之損，本是因他二人出手邀掌而起，其過在己而不在彼。

三人來到廳中坐定，衆賓客和諸弟子陸續到來。龍島主傳令滅去各處石室中的燈火，以免有人貪於鑽研功夫，不肯前來聚會。

衆賓客紛紛入座。過去三十年中來到俠客島上的武林首領，除因已壽終逝世之外，都已聚集大廳。三十年來，這些人朝夕在二十四間石室中來來去去，卻從未如此這般相聚一堂。

龍島主命大弟子查點人數，得悉衆賓俱至，並無遺漏，便低聲向那弟子吩咐了幾句。那弟子神色愕然，大有驚異之態。木島主也向本門的大弟子低聲吩咐幾句。兩名大弟子聽得師父都這麼說，又再請示好一會，這才奉命，率領十餘名師弟出廳辦事。

龍島主走到石破天身旁，低聲道：「小兄弟，適才石室中的事情，你千萬不可向旁人說起。就算是你最親近之人，也不能讓他得知你已解明石壁上的武功秘奧，否則你一生之中將有無窮禍患，無窮煩惱。」石破天應道：「是，謹遵島主吩咐。」龍島主又道：「常言道：慢藏誨盜。你身負絕世神功，若是有人得悉，武林中不免有人因羨生妒，因妒生恨，或求你傳授指點，或迫你吐露秘密，倘若所求不遂，就會千方百計的來加害於你。你武功雖高，但忠厚老實，實是防不勝防。因此這件事說甚麼也不能洩露了。」石破天應道：「是，多謝島主指明，晚輩感激不盡。」

龍島主握着他手，低聲道：「可惜我和木兄弟不能見你大展奇才，揚威江湖了。」木島主似是知道他兩人說些甚麼，轉頭瞧着石破天，神色間也是充滿關注與惋惜之意。石破天心想：「這兩位島主待我這樣好，我回去見了阿綉之後，定要同她再來島上，拜會他二位老人家。」

龍島主向他囑咐已畢，這才歸座，向羣雄說道：「衆位朋友，咱們在這島上相聚，總算是一番緣法。時至今日，大夥兒緣份已盡，這可要分手了。」

羣雄一聽之下，大爲驚駭，紛紛相詢：「爲甚麼？」「島上出了甚麼事？」「兩位島主有何見教？」「兩位島主要離島遠行嗎？」

衆人喧雜相問聲中，突然後面傳來轟隆隆、轟隆隆一陣陣有如雷響的爆炸之聲。羣雄立時住口，不知島上出了甚麼奇變。

龍島主道：「各位，咱們在此相聚，只盼能解破這首『俠客行』武學圖解的秘奧，可惜時不我予，這座俠客島轉眼便要陸沉了。」

羣雄大驚，紛問：「爲甚麼？」「是地震麼？」「火山爆發？」「島主如何得知？」

龍島主道：「適才我和木兄弟發見本島中心卽將有火山噴發，這一發作，全島立時化爲火海。此刻雷聲隱隱，大害將作，各位急速離去罷。」

羣雄將信將疑，都是拿不定主意。大多數人貪戀石壁上的武功，寧可冒喪生之險，也不肯就此離去。

龍島主道：「各位若是不信，不妨去石室一觀，各室俱已震坍，石壁已毀，便是地震不起，火山不噴，留在此間也無事可爲了。」

羣雄聽得石壁已毀，無不大驚，紛紛搶出大廳，向廳後石室中奔去。

石破天也隨着衆人同去，只見各間石室果然俱已震得倒塌，壁上圖譜盡皆損毀。石破天知是龍木二島主命弟子故意毀去，心中好生過意不去，尋思：「都是我不好，闖出這等的大禍來。」

早有人瞧出情形不對，石室之毀顯是出於人爲，並非地震使然，振臂高呼，又羣相奔回大廳，要向龍木二島主質問。剛到廳口，便聽得哀聲大作，羣雄驚異更甚，只見龍木二島主閉目而坐，羣弟子圍繞在二人身周，俯伏在地，放聲痛哭。

石破天嚇得一顆心似欲從腔中跳了出來，排衆而前，叫道：「龍島主、木島主，你……你們怎麼了？」只見二人容色僵滯，原來已然逝世。石破天回頭向張三、李四問道：「兩位島主本來好端端地，怎麼……怎麼便死了？」張三嗚咽道：「兩位師父逝世之時，說道他二人大願得償，雖離人世，心中卻是……卻是十分平安。」

石破天心中難過，不禁哭出聲來。他不知龍木二島主突然去世，一來年壽本高，得知圖譜的秘奧之後，於世上更無縈懷之事；二來更因石室中一番試掌，石破天內力源源不絕，龍木二島主竭力抵禦，終於到了油盡燈枯之境。他若知二位島主之死與自己實有莫大干係，更要深自咎責、傷心無已了。

那身穿黃衫的大弟子拭了眼淚，朗聲說道：「衆位嘉賓，我等恩師去世之前，遺命請各位急速離島。各位以前所得的『賞善罰惡』銅牌，日後或仍有用，請勿隨意丟棄。他日各位若有爲難之事，持牌到南海之濱的小漁村中相洽，我等兄弟或可相助一臂之力。」

羣雄失望之際，都不禁又是一喜，均想：「俠客島羣弟子武功何等厲害，有他們出手相助，縱有天大的禍患，也擔當得起。」

那身穿青衫的大弟子說道：「海邊船隻已備，各位便請動程。」當下羣雄紛紛向龍木二島主的遺體下拜作別。

張三、李四拉着石破天的手。張三說道：「兄弟，你這就去罷，日後我們當來探你。」

石破天和二人別過，隨着白自在、范一飛、高三娘子、天虛道人等一干人來到海邊，上了海船。此番回去，所乘的均是大海船，只三四艘船，便將羣雄都載走了，拔錨解纜，揚帆離島。

石破天將阿繡攔腰抱住，右掌急探，在史婆婆背上一托一帶，借力轉力，史婆婆的身子便穩穩向海船中飛去。

二十一　「我是誰？」

在俠客島上住過十年以上之人，對圖譜沉迷已深，於石壁之毀，無不痛惜。更有人自怨自艾，深悔何不及早抄錄摹寫下來。海船中自撞其頭者有之，自搥其胸者有之。但新來的諸人想到居然能生還故土，卻是欣慰之情遠勝於惋惜了。

眼見俠客島漸漸模糊，石破天突然想起一事，不由得汗流浹背，頓足叫道：「糟糕，糟糕！爺爺，今……今天是幾……幾月初……初幾啊？」

白自在一驚，大叫：「啊喲！」根根鬍子不絕顫動，道：「我……我不……不知道，今……今天是幾月初……初幾？」

丁不四坐在船艙的另一角中，問道：「甚麼幾月初幾？」

石破天問道：「丁四爺爺，你記不記得，咱們到俠客島來，已有幾天了？」丁不四道：「一百天也好，兩百天也好，誰記得了？」

石破天大急，幾乎要流出眼淚來，向高三娘子道：「咱們是臘月初八到的，此刻是三月裏了罷？」高三娘子屈指計算，道：「咱們在島上過了一百一十五日。今天不是四月初五，便是四月初六。」

石破天和白自在齊聲驚呼：「是四月？」高三娘子道：「自然是四月了！」

白自在搥胸大叫：「苦也，苦也！」

丁不四哈哈大笑，道：「甜也，甜也！」

石破天怒道：「丁四爺爺，婆婆說過，倘若三月初八不見白爺爺回去，她便投海而死，你……你又有甚麼好笑？阿綉……阿綉也說要投海……」丁不四一呆，道：「她說在三月初八投海？今……今日已是四月……」石破天哭道：「是啊，那……那怎麼辦？」

丁不四怒道：「小翠在三月初八投海，此刻已死了二十幾天啦，還有甚麼法子？她脾氣多硬，說過是三月初八跳海，初七不行，初九也不行，三月初八便是三月初八！白自在，他媽的你這老畜生，你……你爲甚麼不早早回去？你這狗養的老賊！」

白自在不住搥胸，叫道：「不錯，我是老混蛋，我是老賊。」丁不四又罵道：「你這狗雜種，該死的狗雜種，爲甚麼不早些回去？」石破天哭道：「不錯，我眞當該死。」

突然一個尖銳的女子聲音說道：「史小翠死也好，活也好，又關你甚麼事了？憑甚麼要你來罵人？」

說話的正是那姓梅的蒙臉女子。丁不四一聽，這才不敢再罵下去，但兀自嘮叨不絕。

白自在卻怪起石破天來：「你既知婆婆三月初八要投海，怎地不早跟我說？你這小混蛋太也胡塗，我……我扭斷你的脖子。」石破天傷心欲絕，不願置辯，任由他抱怨責罵。

其時南風大作，海船起了三張帆，航行甚速。白自在瘋瘋顛顛，只是痛罵石破天。丁不四卻不住和他們鬥口，兩人幾次要動手相打，都被船中旁人勸開。

到第三天傍晚，遠遠望見海天相接處有條黑綫，衆人瞧見了南海之濱的陸地，都歡呼起來。白自在卻雙眼發直，儘瞧着海中碧波，似要尋找史婆婆和阿綉的屍首。

座船越駛越近，石破天極目望去，依稀見到岸上情景，宛然便和自己離開時一般無異，海灘上是一排排棕櫚，右首懸崖凸出海中，崖邊三棵椰樹，便如三個瘦長的人影。他想起四個月前離此之時，史婆婆和阿綉站在海邊相送。今日自己無恙歸來，師父和阿綉卻早已葬身魚腹，屍骨無存了，想到此處，不由得淚水潸潸而下，望出來時已是一片模糊。

海船不住向岸邊駛去，忽然間一聲呼叫，從懸崖上傳了過來，衆人齊向崖上望去，只見兩個人影，一灰一白，從崖上雙雙躍向海中。

石破天遙見躍海之人正是史婆婆和阿綉，這一下驚喜交集，實是非同小可，其時千鈞一髮，那裏還顧到去想何以她二人居然未死？隨手提起一塊船板，用力向二人落海之處擲將過去，跟着雙膝一彎，全身力道都聚到了足底，拚命撐出，身子便如箭離弦，激射而出。

他在俠客島上所學到的高深內功，登時在這一撐一躍中使了出來。眼見船板落海着水，自己落足處和船板還差着幾尺，左足凌空向前跨了一大步，已踏上了船板。當眞是說時遲，那時快，他左足踏上船板，阿綉的身子便從他身旁急墮。石破天左臂伸出，將她攔腰抱住。兩人的身重再加上這一墮之勢，石破天雙腿向海中直沉下去，眼見史婆婆又在左側跌落，當下右掌急探，在她背上一托一帶，借力轉力，使出石壁上「銀鞍照白馬」中的功夫，史婆婆的身子便穩穩向海船中飛去。

船上衆人齊聲大呼。白自在和丁不四早已搶到船頭，眼見史婆婆飛到，兩人同時伸手去接。白自在喝道：「讓開！」左掌向丁不四拍出。丁不四欲待回手，不料那蒙面女子伸掌疾推，手法甚是怪異，噗咚一聲，丁不四登時跌入海中。

便在此時，白自在已將史婆婆接住，沒想到這一飛之勢中，包含着石破天雄渾之極的內力，白自在站立不定，退了一步，喀喇一聲，雙足將甲板踏破了一個大洞，跟着坐倒，卻仍將史婆婆抱在懷中，牢牢不放。

石破天抱着阿綉，借着船板的浮力，淌到船邊，躍上甲板。

丁不四幸好識得水性，一面划水，一面破口大罵。船上水手拋下繩索，將他吊上來。衆人七張八嘴，亂成一團。丁不四全身濕淋淋地，呆呆的瞧着那蒙面女子，突然叫道：「你……你不是她妹子，你就是她，就是她自己！」

那蒙面女子只是冷笑，陰森森的道：「你膽子這樣大，當着我的面，竟敢去抱史小翠！」丁不四嚷道：「你……你自己就是！你推我落海這一招……這招『飛來奇峯』，天下就只你一人會使。」

那女子道：「你知道就好。」一伸手，揭去面幕，露出一張滿是皺紋的臉來，只是膚色極白，想是面幕遮得久了，不見日光之故。

丁不四道：「文馨，文馨，果然是你！你……你怎麼騙我說已經死了？」

這蒙面女子姓梅，名叫梅文馨，是丁不四昔年的情人。兩人生了一個女兒，便是梅芳姑。但丁不四苦戀史小翠，中途將梅文馨遺棄，事隔數十年，竟又重逢。

梅文馨左手一探，扭住了丁不四的耳朵，尖聲道：「你只盼我早已死了，這才快活，是不是？」丁不四內心有愧，不敢掙扎，苦笑道：「快放手！衆英雄在此，有甚麼好看？」梅文馨道：「我偏要你不好看！我的芳姑呢？還我來！」丁不四道：「快放手！龍島主查到她在熊耳山枯草嶺，咱們這就找她去。」梅文馨道：「找到孩子，我才放你，若是找不到，把你兩隻耳朵都撕了下來！」

吵鬧聲中，海船已然靠岸。石清夫婦、白萬劍與雪山派的成自學等一干人都迎了上來，眼見白自在、石破天無恙歸來，史婆婆和阿綉投海得救，都是歡喜不盡。只有成自學、齊自勉、粱自進三人心下失望，卻也只得強裝笑臉，趨前道賀。

船上衆家英雄都是歸心似箭，雙脚一踏上陸地，便紛紛散去。范一飛、呂正平、風良、高三娘子四人別過石破天，自回遼東。

白萬劍對父親道：「爹，媽早在說，等到你三月初八再不見你回來，便要投海自盡。今日正是三月初八，我加意防範，那知道媽竟突然出手，點了我的穴道。謝天謝地，你若遲得半天回來，那就見不到媽媽了。」白自在奇道：「甚麼？你說今日是三月初八？」

白萬劍道：「是啊，今日是初八。」白自在又問一句：「三月初八？」白萬劍點頭道：「是三月初八。」白自在伸手不住搔頭，道：「我們臘月初八到俠客島，在島上耽了一百多天，怎地今日仍是三月初八？」白萬劍道：「你老人家忘了，今年閏二月，有兩個二月。」

此言一出，白自在恍然大悟，抱住了石破天，道：「好小子，你怎麼不早說？哈哈，哈哈！這閏二月，當眞是閏得好！」石破天問道：「甚麼叫閏二月？爲甚麼有兩個二月？」白自在笑道：「你管他兩個二月也好，有三個二月也好，只要老婆沒死，便有一百個二月也不相干！」衆人都放聲大笑。

白自在一轉頭，問道：「咦，丁不四那老賊呢，怎地溜得不知去向了？」史婆婆笑道：「你管他幹甚麼？梅文馨扭了他耳朶，去找他們的女兒梅芳姑啦！」

「梅芳姑」三字一出口，石淸、閔柔二人臉色陡變，齊聲問道：「你說是梅芳姑？到甚麼地方去找？」

史婆婆道：「剛才我在船中聽那姓梅的女子說，他們要到熊耳山枯草嶺，去找他們的私生女兒梅芳姑。」

閔柔顫聲道：「謝天謝地，終於……終於打聽到了這女子的下落，師哥！咱們……咱們趕着便去。」石淸點頭道：「是。」二人當即向白自在等人作別。

白自在嚷道：「大夥兒熱熱鬧鬧的，最少也得聚上十天半月，誰也不許走。」

石淸道：「白老伯有所不知，這個梅芳姑，便是姪兒夫婦的殺子大仇人。我們東打聽，西尋訪，在江湖上找了她一十八年，得不到半點音訊，今日旣然得知，便須急速趕去，遲得一步，只怕又給她躱了起來。」

白自在拍腿歎道：「這女子殺死了你們的兒子？豈有此理，不錯，非去將她碎屍萬段不可。你的事就是我的事，去去去，大家一起去。石老弟，有丁不四那老兒護着那個女賊，梅文馨這老太婆家傳的『梅花拳』也頗爲厲害，你也得帶些幫手，才能報得此仇。」白自在與史婆婆、阿繡刦後重逢，心情奇佳，此時任何人求他甚麼事，他都會一口答允。

石清、閔柔心想梅芳姑有丁不四和梅文馨撐腰，此仇確是難報，難得白自在仗義相助，當眞是求之不得。上清觀的掌門人天虛道人坐在另一艘海船之中，尚未抵達，石清夫婦報仇心切，不及等他，便即啓程。

石破天自是隨着衆人一同前往。

不一日，一行人已到熊耳山。那熊耳山方圓數百里，不知枯草嶺是在何處。衆人找了數日，全無蹤影。

白自在老大的不耐煩，怪石清道：「石老弟，你玄素雙劍是江南劍術名家，武功雖然及不上我老人家，也已不是泛泛之輩，怎地會連個兒子也保不住，讓那女賊殺了？那女賊又跟你有甚麼仇怨，卻要殺你兒子？」

石清歎了口氣，道：「此事也是前世的寃孽，一時不知如何說起。」

閔柔忽道：「師哥，你……你會不會故意引大夥兒走錯路？你若是眞的不想去殺她爲堅兒報仇……我……我……」說到這裏，淚珠兒已點點洒向胸襟。

白自在奇道：「爲甚麼又不想去殺她了？啊喲，不好！石老弟，這個女賊相貌很美，從前跟你有些不清不白，是不是？」石清臉上一紅，道：「白老伯說笑了。」白自在向他瞪視半晌，道：「一定如此！這女賊吃醋，因此下毒手殺了閔女俠跟你生的兒子！」白自在逢到自己的事腦筋極不清楚，推測別人的事倒是一夾便中。

石清無言可答。閔柔道：「白老伯，倒不是我師哥跟她有甚麼曖昧，那……那姓梅的女子單相思，由妒生恨，遷怒到孩子身上，我……我那苦命的孩兒……」

突然之間，石破天大叫一聲：「咦！」臉上神色十分古怪，又道：「怎麼……怎麼在這裏？」拔足向左首一座山嶺飛奔而上。原來他驀地裏發覺這山嶺的一草一木都十分熟悉，竟是他自幼長大之地，只是當年他從山嶺的另一邊下來，因此一直未曾看出。

他此刻的輕功何等了得，轉瞬間便上了山嶺，繞過一片林子，到了幾間草屋之前。只聽得狗吠聲響，一條黃狗從屋中奔將出來，撲向他的肩頭。石破天一把摟住，喜叫：「阿黃，阿黃！你回來了。我媽媽呢？」大叫：「媽媽，媽媽！」

只見草屋中走出三個人來，中間一個女子面容奇醜，正是石破天的母親，兩旁一個是丁不四，一個是梅文馨。

石破天喜叫：「媽！」抱着阿黃，走到她的身前。

那女子冷冷的道：「你到那裏去啦？」

石破天道：「我……」忽聽得閔柔的聲音在背後說道：「梅芳姑，你化裝易容，難道便瞞得過我了？你便是逃到天涯……天……涯……我……我……」石破天大驚，躍身閃開，道：「石夫人，你……你弄錯了，她是我媽媽，不是殺你兒子的仇人。」

石清奇道：「這女人是你的媽媽？」石破天道：「是啊。我自小和媽媽在一起，就是……就是那一天，我媽媽不見了，我等了幾天不見她回來，到處去找她，越找越遠，迷了路不能回來。阿黃也不見了。你瞧，這不是阿黃嗎？」他抱着黃狗，十分歡喜。

石清轉向那醜臉女子，說道：「芳姑，既然你自己也有了兒子，當年又何必來殺害我的孩兒？」他語聲雖然平靜，但人人均聽得出，話中實是充滿了苦澀之意。

那醜臉女子正是梅芳姑。她冷冷一笑，目光中充滿了怨恨，說道：「我愛殺誰，便殺了誰，你……你又管得着麼？」

石破天道：「媽，石莊主、石夫人的孩子，當眞是你殺死的麼？那……那爲甚麼？」

梅芳姑冷笑道：「我愛殺誰，便殺了誰，又有甚麼道理？」

閔柔緩緩抽出長劍，向石清道：「師哥，我也不用你爲難，你站在一旁罷。我若是殺不了她，也不用你出手相幫。」

石清皺起了眉頭，神情甚是苦惱。

白自在道：「丁老四，咱們話說在先，你夫妻若是乖乖的站在一旁，大家都乖乖的站在一旁。你二個倘若要動手助你們的寶貝女兒，石老弟請我白自在夫妻到熊耳山來，也不是叫我們來瞧熱鬧的。」

丁不四見對方人多，突然靈機一動，道：「好，一言爲定，咱們大家都不出手。你們這邊是石莊主夫婦，他們這邊是母子二人。雙方各是一男一女，大家見個勝敗便是。」他和石破天動過幾次手，知道這少年武功遠在石清夫婦之上，有他相助，梅芳姑決計不會落敗。

閔柔向石破天瞧了一眼，道：「小兄弟，你是不許我報仇了，是不是？」

石破天道：「我……我……石夫人……我……」突然雙膝跪倒，叫道：「我跟你磕頭，石夫人，你良心最好的，請你別害我媽媽。」說着連連磕頭，咚咚有聲。

梅芳姑厲聲喝道：「狗雜種，站起來，誰要你爲我向這賤人求情？」

閔柔突然心念一動，問道：「你爲甚麼這樣叫他？他……他是你親生的兒子啊。莫非……莫非……」轉頭向石清道：「師哥，這位小兄弟的相貌和玉兒十分相像，莫非是你和梅小姐生的？」她雖身當此境，話說乃是斯斯文文。

石清連忙搖頭，道：「不是，不是，那有此事？」

白自在哈哈大笑，說道：「石老弟，你也不用賴了，當然是你跟她生的兒子，否則天下那有一個女子，會把自己的兒子叫作『狗雜種』？這位梅姑娘心中好恨你啊。」

閔柔彎下腰去，將手中長劍放在地下，道：「你們三人團圓相聚，我……我要去了。」說着轉過身去，緩緩走開。

石清大急，一把拉住她的手臂，厲聲道：「師妹，你若有疑我之意，我便先將這賤人殺了，明我心迹。」閔柔苦笑道：「這孩子不但和玉兒一模一樣，跟你也像得很啊。」

石清長劍挺出，便向梅芳姑刺了過去。那知梅芳姑並不閃避，挺胸就戮。眼見這一劍便要刺入她胸中，石破天伸指彈去，錚的一聲，將石清的長劍震成兩截。

梅芳姑慘然笑道：「好，石清，你要殺我，是不是？」

石清道：「不錯！芳姑，我明明白白的再跟你說一遍，在這世上，我石清心中便只閔柔一人。我石清一生一世，從未有過第二個女人。你心中若是對我好，那也只是害了我。這話在二十二年前我曾跟你說過，今日仍是這樣幾句話。」他說到這裏，聲轉柔和，說道：「芳姑，你兒子已這般大了。這位小兄弟為人正直，武功卓絕，數年之內，便當名動江湖，為武林中數一數二的人物。他爹爹到底是誰，你怎地不跟他明言？」

石破天道：「是啊，媽，我爹爹到底是誰？我……我姓甚麼？你跟我說，為甚麼都你一直叫我『狗雜種』？」

梅芳姑慘然笑道：「你爹爹到底是誰，天下便只我一人知道。」轉頭向石清道：「石清，我早知你心中便只閔柔一人，當年我自毀容貌，便是為此。」

石清喃喃的道：「你自毀容貌，卻又何苦？」

梅芳姑道：「當年我的容貌，和閔柔到底誰美？」

石清伸手握住了妻子的手掌，躊躇半晌，道：「二十年前，你是武林中出名的美女，內子容貌雖然不惡，卻不及你。」

梅芳姑微微一笑，哼了一聲。

丁不四卻道：「是啊，石清你這小子卻也太不識好歹了，明知我的芳姑相貌美麗，無人能比，何以你又不愛她？」

石清不答，只是緊緊握住妻子的手掌，似乎生怕她心中着惱，又再離去。

梅芳姑又問：「當年我的武功和閔柔相比，是誰高強？」

石清道：「你梅家拳家傳的武學，又兼學了許多希奇古怪的武功……」丁不四插口道：「甚麼希奇古怪？那是你丁四爺爺得意的功夫，你自己不識，便少見多怪，見到駱駝說是馬背腫！」石清道：「不錯，你武功兼修丁梅二家之所長，當時內子未得上清觀劍學的眞諦，自是遜你一籌。」

梅芳姑又問：「然則文學一途，又是誰高？」

石清道：「你會做詩塡詞，咱夫婦識字也是有限，如何比得上你！」

石破天心下暗暗奇怪：「原來媽媽文才武功甚麼都強，怎麼一點也不教我？」

梅芳姑冷笑道：「想來針綫之巧，烹飪之精，我是不及這位閔家妹子了。」

石清仍是搖頭，道：「內子一不會補衣，二不會裁衫，連炒雞蛋也炒不好，如何及得上你千伶百俐的手段？」

梅芳姑厲聲道：「那麼爲甚麼你一見我面，始終冷冰冰的沒半分好顏色，和你那閔師妹在一起，卻是有說有笑？爲甚麼……爲甚麼……」說到這裏，聲音發顫，甚是激動，臉上卻仍是木然，肌肉都不稍動。

石清緩緩道：「梅姑娘，我不知道。你樣樣比我閔師妹強，不但比她強，比我也強。我和你在一起，自慚形穢，配不上你。」

梅芳姑出神半晌，大叫一聲，奔入了草房之中。梅文馨和丁不四跟着奔進。

閔柔將頭靠在石清胸口，柔聲道：「師哥，梅姑娘是個苦命人，她雖殺了我們的孩兒，我……我還是比她快活得多，我知道你心中從來就只我一個，咱們走罷，這仇不用報了。」石清道：「這仇不用報了？」閔柔淒然道：「便殺了她，咱們的堅兒也活不轉來啦。」

忽聽得丁不四大叫：「芳姑，你怎麼尋了短見？我去和這姓石的拚命！」石清等都是大吃一驚。

只見梅文馨抱着芳姑的身子，走將出來。芳姑左臂上袖子捋得高高地，露出她雪白嬌嫩的皮膚，臂上一點猩紅，卻是處子的守宮砂。梅文馨尖聲道：「芳姑守身如玉，至今仍是處子，這狗雜種自然不是她生的。」

衆人的眼光一齊都向石破天射去，人人心中充滿了疑竇：「梅芳姑是處女之身，自然不會是他母親。那麼他母親是誰？父親是誰？梅芳姑爲甚麼要自認是他母親？」

石淸和閔柔均想：「難道梅芳姑當年將堅兒擄去，並未殺他？後來她送來的那具童屍臉上血肉模糊，雖然穿着堅兒的衣服，其實不是堅兒？這小兄弟如果不是堅兒，她何以叫他狗雜種？何以他和玉兒這般相像？」

石破天自是更加一片迷茫：「我爹爹是誰？我媽媽是誰？我自己又是誰？」

梅芳姑既然自盡，這許許多多疑問，那是誰也無法回答了。

（全書完）

後記

由於兩個人相貌相似，因而引起種種誤會，這種古老的傳奇故事，決不能成為小說的堅實結構。雖然莎士比亞也曾一再使用孿生兄弟、孿生姊妹的題材，但那些作品都不是他最好的戲劇。在「俠客行」這部小說中，我所想寫的，主要是石清夫婦愛憐兒子的感情，所以石破天和石中玉相貌相似，並不是重心之所在。

一九七五年冬天，在「明報月刊」十周年的紀念稿「明月十年共此時」中，我曾引過石清在廟中向佛像禱祝的一段話。此番重校舊稿，眼淚又滴濕了這段文字。

各種牽強附會的注釋，往往會損害原作者的本意，反而造成嚴重障礙。「俠客行」寫於十二年之前，於此意有所發揮。近來多讀佛經，於此更深有所感。大乘般若經以及龍樹的中觀之學，都極力破斥煩瑣的名相戲論，認為各種知識見解，徒然令修學者心中產生虛妄念頭，有礙見道，因此強調「無着」、「無住」、「無作」、「無願」。邪見固然不可有，正見亦不可有。「金剛經」云：「凡所有相，皆是虛妄」，「法尚應捨，何況非法」，「如來所說法，皆不可取，不可說，非法、非非法」，皆是此義。寫「俠客行」時，於佛經全無認識之可言，「金剛經」也是在去年十一月間才開始誦讀全經，對般若學和中觀的修學，更是今年春夏間之事。此中因緣，殊不可解。

一九七七・七・

越女劍

金庸著

阿青橫棒揮出，白猿的竹棒落地。白猿一聲長嘯，躍上樹梢，接連幾個縱躍，已竄出十數丈外，但聽得嘯聲淒厲，漸漸遠去。

「請！」「請！」

兩名劍士各自倒轉劍尖，右手握劍柄，左手搭於右手手背，躬身行禮。

兩人身子尚未站直，突然間白光閃動，跟著錚的一聲響，雙劍相交，兩人各退一步。旁觀眾人都是「咦」的一聲輕呼。

青衣劍士連劈三劍，錦衫劍士一一格開。青衣劍士一聲叱喝，長劍從左上角直劃而下，勢勁力急。錦衫劍士身手矯捷，向後躍開，避過了這劍。他左足剛着地，身子跟着彈起，刷刷兩劍，向對手攻去。青衣劍士凝立不動，嘴角邊微微冷笑，長劍輕擺，擋開來劍。

錦衫劍士突然發足疾奔，繞著青衣劍士的溜溜的轉動，脚下越來越快。青衣劍士凝視敵手長劍劍尖，敵劍一動，便揮劍擊落。錦衫劍士忽而左轉，忽而右轉，身法變幻不定。青衣劍士給他轉得腦子微感暈眩，喝道：「你是比劍，還是逃命？」刷刷兩劍，直削過去。但錦衫劍士奔轉甚急，劍到之時，人已離開，敵劍劍鋒總是和他身子差了尺許。

青衣劍士迴劍側身，右腿微蹲，錦衫劍士看出破綻，挺劍向他左肩疾刺。不料青衣劍士這一蹲乃是誘招，長劍突然圈轉，直取敵人咽喉，勢道勁急無倫。錦衫劍士大駭之下，長劍脫手，向敵人心窩激射過去。這是無可奈何中同歸於盡的打法，敵人若是繼續進擊，心窩必定中劍。當此情勢，對方自須收劍擋格，自己便可擺脫這無可挽救的絕境。

不料青衣劍士竟不擋架閃避，手腕抖動，噗的一聲，劍尖刺入了錦衫劍士的咽喉。跟着噹的一響，擲來的長劍刺中了他胸膛，長劍落地。青衣劍士嘿嘿一笑，收劍退立，原來他衣內胸口藏著一面護心鐵鏡，劍尖雖是刺中，卻是絲毫無傷。那錦衣劍士喉頭鮮血激噴，身子在地下不住扭曲。當下便有從者過來抬開屍首，抹去地下血迹。

青衣劍士還劍入鞘，跨前兩步，躬身向北首高坐於錦披大椅中的一位王者行禮。

那王者身披紫袍，形貌拙異，頭頸甚長，嘴尖如鳥，微微一笑，嘶聲道：「壯士劍法精妙，賜金十斤。」青衣劍士右膝跪下，躬身說道：「謝賞！」那王者左手一揮，他右首一名高高瘦瘦、四十來歲的官員喝道：「吳越劍士，二次比試！」

東首錦衫劍士隊中走出一條身材魁梧的漢子，手提大劍。這劍長逾五尺，劍身極厚，顯然份量甚重。西首走出一名青衣劍士，中等身材，臉上盡是劍疤，東一道、西一道，少說也有十二三道，一張臉已無復人形，足見身經百戰，不知已和人比過多少次劍了。二人先向王者屈膝致敬，然後轉過身來，相向而立，躬身行禮。

青衣劍士站直身子，臉露獰笑。他一張臉本已十分醜陋，這麼一笑，更顯得說不出的難看。錦衫劍士見了他如鬼似魅的模樣，不由得機伶伶打個冷戰，波的一聲，吐了口長氣，慢慢伸過左手，搭住劍柄。

青衣劍士突然一聲狂叫，聲如狼嗥，挺劍向對手急刺過去。錦衫劍士也是縱聲大喝，提起大劍，對着他當頭劈落。青衣劍士斜身閃開，長劍自左而右橫削過去。那錦衫劍士雙手使劍，一柄大劍舞得呼呼作響。這大劍少說也有五十來斤重，但他招數仍是迅捷之極。

兩人一搭上手，頃刻間拆了三十來招，青衣劍士被他沉重的劍力壓得不住倒退。站在大殿西首的五十餘名錦衫劍士人人臉有喜色，眼見這場比試是贏定了。

只聽得錦衫劍士一聲大喝，聲若雷震，大劍橫掃過去。青衣劍士避無可避，提長劍奮力擋格。噹的一聲響，雙劍相交，半截大劍飛了出去，原來青衣劍士手中長劍鋒利無比，竟將大劍斬為兩截，那利劍跟著直劃而下，將錦衫劍士自咽喉而至小腹，劃了一道兩尺來長的口子。錦衫劍士連聲狂吼，撲倒在地。青衣劍士向地下魁梧的身形凝視片刻，這才還劍入鞘，屈膝向王者行禮，臉上掩不住得意之色。

王者身旁一位官員道：「壯士劍利術精，大王賜金十斤。」青衣劍士稱謝退開。

西首一列排着八名青衣劍士，與對面五十餘名錦衫劍士相比，衆寡之數甚是懸殊。

那官員緩緩說道：「吳越劍士，三次比劍！」兩隊劍士隊中各走出一人，向王者行禮後相向而立。突然間青光耀眼，衆人均覺寒氣襲體。但見那青衣劍士手中一柄三尺長劍不住顫動，便如一根閃閃發出絲光的緞帶。那官員讚道：「好劍！」青衣劍士微微躬身為禮，謝他稱讚。那官員道：「單打獨鬥已看了兩場，這次兩個對兩個！」

錦衫劍士隊中一人應聲而出，拔劍出鞘。那劍明亮如秋水，也是一口利器。青衣劍士隊中又出來一人。四人向王者行過禮後，相互行禮，跟著劍光閃爍，鬥了起來。這二對二的比劍，同伙劍士互相照應配合。數合之後，嗤的一聲，一名錦衫劍士手中長劍竟被敵手削斷。這人極是悍勇，提著半截斷劍，飛身向敵人撲去。那青衣劍士長劍閃處，嗤的一聲響，將他右臂齊肩削落，跟著補上一劍，刺中他的心窩。

另外二人兀自纏鬥不休，得勝的青衣劍士窺伺在旁，突然間長劍遞出，嗤的一聲，又將錦衫劍士手中長劍削斷。另一人長劍中宮直進，自敵手胸膛貫入，背心穿出。

那王者呵呵大笑，拍手說道：「好劍，好劍法！賞酒，賞金！咱們再來瞧一場四個對四個的比試。」

兩邊隊中各出四人，行過禮後，出劍相鬥。錦衫劍士連輸三場，死了四人，這時下場的四人狠命相撲，說甚麼也要贏一場。只見兩名青衣劍士分從左右夾擊一名錦衫劍士。餘下三名錦衫劍士上前邀戰，卻給兩名青衣劍士挺劍擋住。這兩名青衣劍士取的純是守勢，招數嚴密，竟一招也不還擊，卻令三名錦衫劍士無法過去相援同伴，餘下兩名青衣劍士以二對一，十餘招間便將對手殺死，跟着便攻向另一名錦衫劍士。先前兩名青衣劍士仍使舊法，只守不攻，擋住兩名錦衫劍士，讓同伴以二對一，殺死敵手。

旁觀的錦衫劍士眼見同伴只賸下二人，勝負之數已定，都大聲鼓噪起來，紛紛拔劍，便欲一擁而上，將八名青衣劍士亂劍分屍。

那官員朗聲道：「學劍之士，當守劍道！」他神色語氣之中有一股凜然之威，一衆錦衫劍士立時都靜了下來。

這時衆人都已看得分明，四名青衣劍士的劍法截然不同，二人的守招嚴密無比，另二人的攻招卻是凌厲狠辣，分頭合擊，守者纏住敵手，只賸下一人，讓攻者以衆凌寡，逐一蠶食殺戮。以此法迎敵，縱然對方武功較高，青衣劍士一方也必操勝算。別說四人對四人，即使是四人對六人甚或八人，也能取勝。那二名守者的劍招施展開來，便如是一道劍網，純取守勢，要擋住五六人實是綽綽有餘。

這時場中兩名青衣劍士仍以守勢纏住了一名錦衫劍士，另外兩名青衣劍士快劍攻擊，殺死第三名錦衫劍士後，轉而向第四名敵手相攻。取守勢的兩名青衣劍士向左右分開，在旁掠陣。餘下一名錦衫劍士雖見敗局已成，卻不肯棄劍投降，仍是奮力應戰。突然間四名青衣劍士齊聲大喝，四劍並出，分從前後左右，一齊刺在錦衫劍士的身上。

錦衫劍士身中四劍，立時斃命，只見他雙目圓睜，嘴巴也是張得大大的。四名青衣劍士同時拔劍，四人抬起左脚，將長劍劍刃在鞋底一拖，抹去了劍上的血漬，刷的一聲，還劍入鞘。這幾下動作乾淨利落，固不待言，最難得的是齊整之極，同時抬脚，同時拖劍，回劍入鞘卻只發出一下聲響。

那王者呵呵大笑，鼓掌道：「好劍法，好劍法！上國劍士名揚天下，可教我們今日大開眼界了。四位劍士各賜金十斤。」四名青衣劍士一齊躬身謝賞。四人這麼一彎腰，四個腦袋擺成一道直綫，不見有絲毫高低，實不知花了多少功夫才練得如此劃一。

一名青衣劍士轉過身去，捧起一隻金漆長匣，走上幾步，說道：「敝國君王多謝大王厚禮，命臣奉上寶劍一口還答。此劍乃敝國新鑄，謹供大王玩賞。」

那王者笑道：「多謝了。范大夫，接過來看看。」

那王者是越王勾踐。那官員是越國大夫范蠡。錦衫劍士是越王宮中的衞士，八名青衣劍士則是吳王夫差派來送禮的使者。越王昔日為夫差所敗，臥薪嘗膽，欲報此仇，面子上對吳王十分恭順，暗中卻日夜不停的訓練士卒，俟機攻吳。他為了試探吳國軍力，連出衞士中的高手和吳國劍士比劍，不料一戰之下，八名越國好手盡數被殲。勾踐又驚又怒，臉上卻不動聲色，顯得對吳國劍士的劍法歡喜讚嘆，衷心欽服。

范蠡走上幾步，接過了金漆長匣，只覺輕飄飄地，匣中有如無物，當下打開了匣蓋。旁邊衆人沒見到匣中裝有何物，卻見范蠡的臉上陡然間罩上了一層青色薄霧，都是「哦」的一聲，甚感驚訝。當眞是劍氣映面，髮眉俱碧。

范蠡托着漆匣，走到越王身前，躬身道：「大王請看！」勾踐見匣中鋪以錦緞，放着一柄三尺長劍，劍身極薄，刃上寶光流動，變幻不定，不由得讚道：「好劍！」握住劍柄，提了起來，只見劍刃不住顫動，似乎只須輕輕一抖，便能折斷，心想：「此劍如此單薄，只堪觀賞，並無實用。」

那為首的青衣劍士從懷中取出一塊輕紗，向上拋起，說道：「請大王平伸劍刃，劍鋒向上，待紗落在劍上，便見此劍與衆不同。」眼見一塊輕紗從半空中飄飄揚揚的落將下來，越王平劍伸出，輕紗落在劍上，不料下落之勢並不止歇，輕紗竟已分成兩塊，緩緩落地。原來這劍已將輕紗劃而為二，劍刃之利，實是匪夷所思。殿上殿下，采聲雷動。

青衣劍士說道：「此劍雖薄，但與沉重兵器相碰，亦不折斷。」

勾踐道：「范大夫，拿去試來。」范蠡道：「是！」雙手托上劍匣，讓勾踐將劍放入匣中，倒退數步，轉身走到一名錦衫劍士面前，取劍出匣，說道：「拔劍！咱們試試！」

那錦衫劍士躬身行禮，拔出佩劍，擧在空中，不敢下擊。范蠡叫道：「劈下！」錦衫劍士道：「是！」揮劍劈下，落劍處卻在范蠡身前一尺。范蠡提劍向上一撩，嗤的一聲輕響，錦衫劍士手中的長劍已斷爲兩截。半截斷劍落下，眼見便要碰到范蠡身上，范蠡輕輕一躍避開。衆人又是一聲采，卻不知是稱讚劍利，還是讚范大夫身手敏捷。

范蠡將劍放回匣中，躬身放在越王脚邊。

勾踐說道：「上國劍士，請赴別座飲宴領賞。」八名青衣劍士行禮下殿。勾踐手一揮，錦衫劍士和殿上侍從也均退下，只除下范蠡一人。

勾踐瞧瞧脚邊長劍，又瞧瞧滿地鮮血，只是出神，過了半晌，道：「怎樣？」

范蠡道：「吳國武士劍術，未必盡如這八人之精，吳國武士所用兵刃，未必盡如此劍之利。但觀此一端，足見其餘。最令人心憂的是，吳國武士羣戰之術，妙用孫武子兵法，臣以爲當今之世，實乃無敵於天下。」勾踐沉吟道：「夫差派這八人來送寶劍，大夫你看是何用意？」范蠡道：「那是要咱們知難而退，不可起侵吳報仇之心。」

勾踐大怒，一彎身，從匣中抓起寶劍，回手一揮，察的一聲響，將坐椅平平整整的切去了一截，大聲道：「便有千難萬難，勾踐也決不知難而退。終有一日，我要擒住夫差，便用此劍將他腦袋砍了下來！」說着又是一劍，將一張檀木椅子一劈爲二。

范蠡躬身道：「恭喜大王，賀喜大王！」勾踐愕然道：「眼見吳國劍士如此了得，又有甚麼喜可賀？」范蠡道：「大王說道便有千難萬難，也決不知難而退。大王既有此決心，大事必成。眼前這難事，還須請文大夫共同商議。」勾踐道：「好，你去傳文大夫來。」

范蠡走下殿去，命宮監去傳大夫文種，自行站在宮門之側相候。過不多時，文種飛馬趕到，與范蠡並肩入宮。

范蠡本是楚國宛人，爲人倜儻，不拘小節，所作所爲，往往出人意表，當地人士都叫他「范瘋子」。文種來到宛地做縣令，聽到范蠡的名字，便派部屬去拜訪。那部屬見了范蠡，回來說道：「這人是本地出名的瘋子，行事亂七八糟。」文種笑道：「一個人有與衆不同的行爲，凡人必笑他胡鬧；他有高明獨特的見解，庸人自必罵他胡塗。你們又怎能明白范先生呢？」便親自前去拜訪。范蠡避而不見，但料到他必定去而復來，向兄長借了衣冠，穿戴整齊。果然過了幾個時辰，文種又再到來。兩人相見之後，長談王霸之道，投機之極，當眞是相見恨晚。

兩人都覺中原諸國暮氣沉沉，楚國邦大而亂，眼前霸兆是在東南。於是文種辭去官位，與范蠡同往吳國。其時吳王正重用伍子胥，言聽計從，國勢好生興旺。文種和范蠡在吳國京城姑蘇住了數月，眼見伍子胥的種種興革措施確是才識卓越，自己未必能勝得他過。兩人一商量，以越國和吳國鄰近，風俗相似，雖然地域較小，卻也大可一顯身手，於是來到越國。勾踐接見之下，於二人議論才具頗爲賞識，均拜爲大夫之職。

後來勾踐不聽文種、范蠡勸諫，興兵和吳國交戰，以石買爲將，在錢塘江邊一戰大敗，勾踐在會稽山被圍，幾乎亡國殞身。勾踐在危急之中用文種、范蠡之計，買通了吳王身邊的奸臣太宰伯嚭，替越王陳說。吳王夫差不聽伍子胥的忠諫，答允與越國講和，將勾踐帶到吳國，後來又放他歸國。其後勾踐臥薪嘗膽，決定復仇，採用了文種的滅吳九術。

那九術第一是尊天地，事鬼神，令越王有必勝之心。第二是贈送吳王大量財幣，既使他習於奢侈，又去其防越之意。第三是先向吳國借糧，再以蒸過的大穀歸還，吳王見穀大，發給農民當穀種，結果稻不生長，吳國大饑。第四是贈送美女西施和鄭旦，使吳王迷戀美色，不理政事。第五是贈送巧匠，引誘吳王大起宮室高台，耗其財力民力。第六是賄賂吳王左右的奸臣，使之敗壞朝政，第七是離間吳王的忠臣，終於迫得伍子胥自殺。第八是積蓄糧草，充實國家財力。第九是鑄造武器，訓練士卒，待機攻吳。

八術都已成功，最後的第九術卻在這時遇上了重大困難。眼見吳王派來劍士八人，所顯示的兵刃之利、劍術之精，實非越國武士所能匹敵。

范蠡將適才比劍的情形告知了文種。文種皺眉道：「范賢弟，吳國劍士劍利術精，固是大患，而他們在羣鬥之時，善用孫武子遺法，更是難破難當。」范蠡道：「正是，當年孫武子輔佐吳王，統兵破楚，攻入郢都，用兵如神，天下無敵。雖齊晉大國，亦畏其鋒。他兵法有言道：『我專爲一，敵分爲十，是以十攻其一也，則我衆而敵寡。能以衆擊寡者，則吾之所與戰者，約矣。』吳士四人與我越士四人相鬥，吳士以二人專攻一人，以衆擊寡，戰無不勝。」

言談之間，二人到了越王面前，只見勾踐手中提着那柄其薄如紙的利劍，兀自出神。

過了良久，勾踐抬起頭來，說道：「文大夫，當年吳國有干將莫邪夫婦，善於鑄劍。我越國有良工歐冶子，鑄劍之術，亦不下於彼。此時干將、莫邪、歐冶子均已不在人世。吳國有這等鑄劍高手，難道我越國自歐冶子一死，就此後繼無人嗎？」文種道：「臣聞歐冶子傳有弟子二人，一名風胡子，一名薛燭。風胡子在楚，薛燭尚在越國。」勾踐大喜，道：「大夫速召薛燭前來，再遣人入楚，以重金聘請風胡子來越。」文種遵命而退。

次日清晨，文種回報已遣人赴楚，薛燭則已宣到。

勾踐召見薛燭，說道：「你師父歐冶子曾奉先王之命，鑄劍五口。這五口寶劍的優劣，你倒說來聽聽。」薛燭磕頭道：「小人曾聽先師言道，先師爲先王鑄劍五口，大劍三、小劍二，一曰湛盧，二曰純鈞，三曰勝邪，四曰魚腸，五曰巨闕。至今湛盧在楚，勝邪、魚腸在吳，純鈞、巨闕二劍則在大王宮中。」勾踐道：「正是。」

原來當年勾踐之父越王允常鑄成五劍後，吳王得訊，便來相求。允常畏吳之強，只得以湛盧、勝邪、魚腸三劍相獻。後來吳王闔廬以魚腸劍遣專諸刺殺王僚。湛盧劍落入水中，後爲楚王所得，秦王聞之，求而不得，興師擊楚，楚王始終不與。

薛燭稟道：「先師曾言，五劍之中，勝邪最上，純鈞、湛盧二劍其次，魚腸又次之，巨闕居末。鑄巨闕之時，金錫和銅而離，因此此劍只是利劍，而非寶劍。」勾踐道：「然則我純鈞、巨闕二劍，不敵吳王之勝邪、魚腸二劍了？」薛燭道：「小人死罪，恕小人直言。」勾踐抬頭不語，從薛燭這句話中，已知越國二劍自非吳國二劍之敵。

范蠡說道：「你既得傳尊師之術，可即開爐鑄劍。鑄將幾口寶劍出來，未必便及不上吳國的寶劍。」薛燭道：「回稟大夫：小人已不能鑄劍了。」范蠡道：「卻是為何？」薛燭伸出手來，只見他雙手的拇指食指俱已不見，只剩下六根手指。薛燭黯然道：「鑄劍之勁，全仗拇指食指。小人苟延殘喘，早已成為廢人。」

勾踐奇道：「你這四根手指，是給仇家割去的麼？」薛燭道：「不是仇家，是給小人的師兄割去的。」勾踐更加奇怪，道：「你的師兄，那不是風胡子麼？他為甚麼要割你手指？啊，一定是你鑄劍之術勝過師兄，他心懷妒忌，斷你手指，教你再也不能鑄劍。」勾踐自加推測，薛燭不便說他猜錯，只有默然不語。

勾踐道：「寡人本要派人到楚國去召風胡子來。他怕你報仇，或許不敢回來。」薛燭道：「大王明鑒，風師兄目下是在吳國，不在楚國。」勾踐微微一驚，說道：「他……他在吳國，在吳國幹甚麼？」

薛燭道：「三年之前，風師兄來到小人家中，取出寶劍一口，給小人觀看。小人一見之下，登時大驚，原來這口寶劍，乃先師歐冶子為楚國所鑄，名曰工布，劍身上文如流水，自柄至尖，連綿不斷。小人曾聽先師說過，一見便知。當年先師為楚王鑄劍三口，一曰龍淵、二曰泰阿、三曰工布。楚王寶愛異常，豈知竟為師哥所得。」

勾踐道：「想必是楚王賜給你師兄了。」

薛燭道：「若說是楚王所賜，原也不錯，只不過是轉了兩次手。風師兄言道，吳師破楚之後，伍子胥發楚平王之棺，鞭其遺屍，在楚王墓中得此寶劍。後來回吳之後，聽到風師兄的名字，便叫人將劍送去楚國給他，說道此是先師遺澤，該由風師兄承受。」

勾踐又是一驚，沉吟道：「伍子胥居然捨得此劍，此人眞乃英雄，眞乃英雄也！」突然間哈哈大笑，說道：「幸好夫差中我之計，已逼得此人自殺，哈哈，哈哈！」

勾踐長笑之時，誰都不敢作聲。他笑了好一會，才問：「伍子胥將工布寶劍贈你師兄，要辦甚麼事？」薛燭道：「風師兄言道，當時伍子胥只說仰慕先師，別無所求。風師兄得到此劍後，心下感激，尋思伍將軍是吳國上卿，贈我希世之珍，豈可不去當面叩謝？於是便去到吳國，向伍將軍致謝。伍將軍待以上賓之禮，替風師兄置下房舍，招待得極是客氣。」勾踐道：「伍子胥叫人爲他賣命，用的總是這套手段，當年叫專諸刺王僚，便是如此。」

薛燭道：「大王料事如神。但風師兄不懂得伍子胥的陰謀，受他如此厚待，心下過意不去，一再請問，有何用己之處。伍子胥總說：『閣下枉駕過吳，乃是吳國嘉賓，豈敢勞動尊駕？』」勾踐罵道：「老奸巨猾，以退爲進！」薛燭道：「大王明見萬里。風師兄終於對伍子胥說，他別無所長，只會鑄劍，承蒙如此厚待，當鑄造幾口希世的寶劍相贈。」

勾踐伸手在大腿上一拍，道：「着了道兒啦！」薛燭道：「那伍子胥卻說，吳國寶劍已多，也不必再鑄了。而且鑄劍極耗心力，當年干將莫邪鑄劍不成，莫邪自身投入劍爐，寶劍方成。這種慘事，萬萬不可再行。」勾踐奇道：「他當眞不要風胡子鑄劍？那可奇了。」薛燭道：「當時風師兄也覺奇怪。一日伍子胥又到賓館來和風師兄閒談，說起吳國與北方齊晉兩國爭霸，吳士勇悍，時佔上風，便是車戰之術有所不及，若與之以徒兵步戰，所用劍戟卻又不夠鋒銳。風師兄便與之談論鑄造劍戟之法。原來伍子胥所要鑄的，不是一口兩口寶劍，而是千口萬口利劍。」

勾踐登時省悟，忍不住「啊喲」一聲，轉眼向文種、范蠡二人瞧去。祇見文種滿臉焦慮之色，范蠡卻是呆呆出神，問道：「范大夫，你以爲如何？」范蠡道：「伍子胥雖然詭計多端，別說此人已死，就算仍在世上，也終究逃不脫大王的掌心。」

勾踐笑道：「嘿嘿，只怕寡人不是伍子胥的對手。」范蠡道：「伍子胥已被大王巧計除去，難道他還能奈何我越國嗎？」勾踐呵呵大笑，道：「這話倒也不錯。薛燭，你師兄聽了伍子胥之言，便助他鑄造利劍了？」薛燭道：「正是。風師哥當下便隨着伍子胥，來到莫干山上的鑄劍房，只見有一千餘名劍匠正在鑄劍，只是其法未見盡善，於是風師兄逐一點撥，此後吳劍鋒利，諸國莫及。」勾踐點頭道：「原來如此。」

薛燭道：「鑄得一年，風師哥勞瘁過度，精力不支，便向伍子胥說起小人名字，伍子胥備下禮物，要風師哥來召小人前往吳國，相助風師哥鑄劍。小人心想吳越世仇，吳國鑄了利劍，固能殺齊人晉人，也能殺我越人，便勸風師哥休得再回吳國。」勾踐道：「是啊，你這人甚有見識。」

薛燭磕頭道：「多謝人王獎勉。可是風師哥不聽小人之勸，當晚他睡在小人家中，半夜之中，他突然以利劍架在小人頸中，再砍去了小人四根手指，好教小人從此成爲廢人。」

勾踐大怒，厲聲說道：「下次捉到風胡子，定將他斬成肉醫。」

文種道：「薛先生，你自己雖不能鑄劍，但指點劍匠，咱們也能鑄成千口萬口利劍。」

薛燭道：「回稟文大夫：鑄劍之鐵，吳越均有，唯精銅在越，良錫在吳。」

范蠡道：「伍子胥早已派兵守住錫山，不許百姓採錫，是不是？」薛燭臉現驚異之色，道：「范大夫，原來你早知道了。」范蠡微笑道：「我只是猜測而已。現下伍子胥已死，他的遺命吳人未必遵守。高價收購，要得良錫也是不難。」

勾踐道：「然而遠水救不着近火，待得採銅、鍊錫、造爐、鑄劍，鑄得不好又要從頭來起，少說也是兩三年的事。如果夫差活不到這麼久，豈不成終生之恨？」

文種、范蠡同時躬身道：「是。臣等當再思良策。」

范蠡退出宮來，尋思：「大王等不得兩三年，我是連多等一日一夜，也是……」想到這裏，胸口一陣隱隱發痛，腦海中立刻出現了那個驚世絕艷的麗影。

那是浣紗溪畔的西施。是自己親去訪尋來的天下無雙美女夷光，將越國山水靈氣集於一身的嬌娃夷光，自己卻親身將她送入了吳宮。

從會稽到姑蘇的路程很短，只不過是幾天的水程，但便在這短短的幾天之中，兩人情根深種，再也難分難捨。西施皓潔的臉龐上，垂著兩顆珍珠一般的淚珠，聲音像若耶溪中溫柔的流水：「少伯，你答應我，一定要接我回來，越快越好，我日日夜夜的在等着你。你再說一遍，你永遠永遠不會忘了我。」

越國的仇非報不可，那是可以等的。但夷光在夫差的懷抱之中，妒忌和苦惱在咬嚙着他的心。必須儘快大批鑄造利劍，比吳國劍士所用利劍更加鋒銳……

他在街上漫步，十八名衛士遠遠在後面跟着。

突然間長街西首傳來一陣吳歌合唱：「我劍利兮敵喪膽，我劍捷兮敵無首……」八名身穿青衣的漢子，手臂挽著手臂，放喉高歌，旁若無人的大踏步過來。行人都避在一旁。那正是昨日在越宮中大獲全勝的吳國劍士，顯然是喝了酒，在長街上橫衝直撞。范蠡皺起了眉頭，憤怒迅速在胸口升起。

八名吳國劍士走到了范蠡身前。爲首一人醉眼惺忪，斜睨著他，說道：「你……你是范大夫……哈哈，哈哈，哈哈！」范蠡的兩名衞士搶了上來，擋在范蠡身前，喝道：「不得無禮，閃開了！」八名劍士縱聲大笑，學着他們的音調，笑道：「不得無禮，閃開了！」兩名衞士抽出長劍，喝道：「大王有命，衝撞大夫者斬！」

爲首的吳國劍士身子搖搖幌幌，說道：「斬你，還是斬我？」

范蠡心想：「這是吳國使臣，雖然無禮，不能跟他們動手。」正要說：「讓他過去！」突然間白光閃動，兩名衞士齊聲慘呼，跟着噹噹兩聲響，兩人右手手掌隨着所握長劍都已掉在地下。那爲首的吳國劍士緩緩還劍入鞘，滿臉傲色。

范蠡手下的十六名衞士一齊拔劍出鞘，團團將八名吳國劍士圍住。

爲首的吳士仰天大笑，說道：「我們從姑蘇來到會稽，原是不想再活着回去，且看你越國要動用多少軍馬，來殺我吳國八名劍士。」說到最後一個「士」字時，一聲長嘯，八人同時執劍在手，背靠背的站在一起。

范蠡心想：「小不忍則亂大謀，眼下我國準備未周，不能殺了這八名吳士，致與夫差起釁。」喝道：「這八位是上國使者，大家不得無禮，退開了！」說着讓在道旁。他手下衞士都是怒氣塡膺，眼中如要噴出火來，只是大夫有令，不敢違抗，當即也都讓在街邊。

八名吳士哈哈大笑，齊聲高歌：「我劍利兮敵喪膽，我劍捷兮敵無首！」

忽聽得咩咩羊叫，一個身穿淺綠衫子的少女趕着十幾頭山羊，從長街東端走來。這羣山羊來到吳士之前，便從他們身邊繞過。

一名吳士興猶未盡，長劍一揮，將一頭山羊從頭至臀，剖爲兩半，便如是劃定了綫仔細切開一般，連鼻子也是一分爲二，兩爿羊身分倒左右，劍術之精，實是駭人聽聞。七名吳士大聲喝采。范蠡心中也忍不住叫一聲：「好劍法！」

那少女手中竹棒連揮，將餘下的十幾頭山羊趕到身後，說道：「你爲甚麼殺我山羊？」聲音又嬌嫩，又清脆，也含有幾分憤怒。

那殺羊吳士將濺着羊血的長劍在空中連連虛劈，笑道：「小姑娘，我要將你也這樣劈爲兩半！」

范蠡叫道：「姑娘，你快過來，他們喝醉了酒。」

那少女道：「就算喝醉了酒，也不能隨便欺侮人。」

那吳國劍士舉劍在她頭頂繞了幾個圈子，笑道：「我本想將你這小腦袋瓜兒割了下來，只是瞧你這麼漂亮，可當眞捨不得。」七名吳士一齊哈哈大笑。

范蠡見這少女一張瓜子臉，睫長眼大，皮膚白晰，容貌甚是秀麗，身材苗條，弱質纖纖，心下不忍，又叫：「姑娘，快過來！」那少女轉頭應聲道：「是了！」

那吳國劍士長劍探出，去割她腰帶，笑道：「那也……」只說得兩個字，那少女手中竹棒一抖，戳在他手腕之上。那劍士只覺腕上一陣劇痛，嗆啷一聲，長劍落地。那少女竹棒挑起，碧影微閃，已刺入了他左眼之中。那劍士大叫一聲，雙手捧住了眼睛，連聲狂吼。

這少女這兩下輕輕巧巧的刺出，戳腕傷目，行若無事，不知如何，那吳國劍士竟是避讓不過。餘下七名吳士大吃一驚，一名身材魁梧的吳士提起長劍，劍尖也往少女左眼刺去。劍招嗤嗤有聲，足見這一劍勁力十足。

那少女更不避讓，竹棒刺出，後發先至，噗的一聲，刺中了那吳士的右肩。那吳士這一劍之勁立時卸了。那少女竹棒挺出，已刺入他右眼之中。那人殺豬般的大嗥，雙拳亂揮亂打，眼中鮮血涔涔而下，神情甚是可怖。

這少女以四招戳瞎兩名吳國劍士的眼睛，人人眼見她只是隨手揮刺，對手便即受傷，無不聳然動容。六名吳國劍士又驚又怒，各舉長劍，將那少女圍在垓心。

范蠡署通劍術，眼見這少女不過十六七歲年紀，只用一根竹棒便戳瞎了兩名吳國高手的眼睛，手法如何雖然看不清楚，但顯是極上乘的劍法，不由得又驚又喜，待見六名劍士各挺兵刃圍住了她，心想她劍術再精，一個少女終是難敵六名高手，當即朗聲說道：「吳國衆位劍士，六個打一個，不怕壞了吳國的名聲？倘若以多爲勝，嘿嘿！」雙手一拍，十六名越國衛士立即挺劍散開，圍住了吳國劍士。

那少女冷笑道：「六個打一個，也未必會贏！」左手微舉，右手中的竹棒已向一名吳士眼中戳去。那人舉劍擋格，那少女早已兜轉竹棒，戳向另一名吳士胸口。便在此時，三名吳士的長劍齊向那少女身上刺到。那少女身法靈巧之極，一轉一側，將來劍盡數避開，噗的一聲，挺棒戳中左首一名吳士的手腕。那人五指不由自主的鬆了，長劍落地。

十六名越國衞士本欲上前自外夾擊，但其時吳國劍士長劍使開，已然幻成一道劍網，青光閃爍，那些越國衞士如何欺得近身？

卻見那少女在劍網之中飄忽來去，淺綠色布衫的衣袖和帶子飛揚開來，好看已極，但聽得「啊喲」、嗆啷之聲不斷，吳國衆劍士長劍一柄柄落地，一個個的退開，有的舉手按眼，有的蹲在地下，每一人都被刺瞎了一隻眼睛，或傷左目，或損右目。

那少女收棒而立，嬌聲道：「你們殺了我羊兒，賠是不賠？」

八名吳國劍士又是驚駭，又是憤怒，有的大聲咆哮，有的全身發抖。這八人原是極爲勇悍的武士，即使給人砍去了雙手雙足，也不會害怕示弱，但此刻突然之間爲一個牧羊少女所敗，實在摸不着半點頭腦，震駭之下，心中都是一團混亂。

那少女道：「你們不賠我羊兒，我連你們另一隻眼睛也戳瞎了。」八劍士一聽，不約而同的都退了一步。

范蠡叫道：「這位姑娘，我賠你一百隻羊，這八個人便放他們去罷！」那少女向他微微一笑，道：「你這人很好，我也不要一百隻羊，只要一隻就夠了。」

范蠡向衞士道：「護送上國使者回賓館休息，請醫生醫治傷目。」衆衞士答應了，派出八人，挺劍押送。八名吳士手無兵刃，便如打敗了的公鷄，垂頭喪氣的走開。

范蠡走上幾步，問道：「姑娘尊姓？」那少女道：「你說甚麼？」范蠡道：「姑娘姓甚麼？」那少女道：「我叫阿青，你叫甚麼？」

范蠡微微一笑，心想：「鄉下姑娘，不懂禮法，只不知她如何學會了這一身出神入化的劍術。只須問到她的師父是誰，再請她師父來教練越士，何愁吳國不破？」想到和西施重逢的時刻指日可期，不由得心口登時感到一陣熱烘烘的暖意，說道：「我叫范蠡。姑娘，請你到我家吃飯去。」阿青道：「我不去，我要趕羊去吃草。」范蠡道：「我家裏有大好的草地，你趕羊去吃，我再賠你十頭肥羊。」

阿青拍手笑道：「你家裏有大草地嗎？那好極了。不過我不要你賠羊，我這羊兒又不是你殺的。」她蹲下地來，撫摸被割成了兩爿的羊身，淒然道：「好老白，乖老白，人家殺死了你，我……我可救你不活了。」

范蠡吩咐衞士道：「把老白的兩爿身子縫了起來，去埋在姑娘屋子的旁邊。」

阿青站起身來，面頰上有兩滴淚珠，眼中卻透出喜悅的光芒，說道：「范蠡，你……你不許他們把老白吃了？」范蠡道：「自然不許。那是你的好老白，乖老白，誰都不許吃。」阿青嘆了口氣，道：「你眞好。我最恨人家拿我的羊兒去宰來吃了，不過媽說，羊兒不賣給人家，我們就沒錢買米。」范蠡道：「打從今兒起，我時時叫人送米送布給你媽，你養的羊兒，一隻也不用賣。」阿青大喜，一把抱住范蠡，叫道：「你眞是個好人。」

衆衞士見她天眞爛漫，既直呼范蠡之名，又當街抱住了他，無不好笑，都轉過了頭，不敢笑出聲來。

范蠡挽住了她的手，似乎生怕這是個天上下凡的仙女，一轉身便不見了，在十幾頭山羊的咩咩聲中，和她並肩緩步，同回府中。

阿青趕着羊走進范蠡的大夫第，驚道：「你這屋子眞大，一個人住得了嗎？」范蠡微微一笑，說道：「我正嫌屋子太大，回頭請你媽和你一起來住好不好？你家裏還有甚麼人？」阿青道：「就是我媽和我兩個人，不知道我媽肯不肯來。我媽叫我別跟男人多說話。不過你是好人，不會害我們的。」

范蠡要阿青將羊羣趕入花園之中，命婢僕取出糕餅點心，在花園的涼亭中殷勤欵待。衆僕役見羊羣將花園中的牡丹、芍藥、芝蘭、玫瑰種種名花異卉大口咬嚼，而范蠡卻笑吟吟的瞧着，無不駭異。

阿青喝茶吃餅，很是高興。范蠡跟她閒談半天，覺她言語幼稚，於世務全然不懂，終於問道：「阿青姑娘，教你劍術的那位師父是誰？」

阿青睜著一雙明澈的大眼，道：「甚麼劍術？我沒有師父啊。」范蠡道：「你用一根竹棒戳瞎了八個壞人的眼睛，這本事就是劍術了，那是誰教你的？」阿青搖頭道：「沒有人教我，我自己會的。」范蠡見她神情坦率，實無絲毫作僞之態，心下暗異：「難道當眞是天降異人？」說道：「你從小就會玩這竹棒？」

阿青道：「本來是不會的，我十三歲那年，白公公來騎羊兒玩，我不許他騎，用竹棒趕他。他也拿了根竹棒來打我，我就和他對打。起初他總是打到我，我打不着他。我們天天這樣打着玩，近來我總是打到他，戳得他很痛，他可戳我不到。他也不大來跟我玩了。」

范蠡又驚又喜，道：「白公公住在那裏？你帶我去找他好不好？」阿青道：「他住在山裏，找他不到的。只有他來找我，我從來沒去找過他。」范蠡道：「我想見見他，有沒有法子？」阿青沉吟道：「嗯，你跟我一起去牧羊，咱們到山邊等他。就是不知道他甚麼時候會來。」嘆了口氣道：「近來好久沒見到他啦！」

范蠡心想：「爲了越國和夷光，跟她去牧羊卻又怎地？」便道：「好啊，我就陪你去牧羊，等那位白公公。」尋思：「這阿青姑娘的劍術，自然是那位山中老人白公公所教的了。料想白公公見她年幼天真，便裝作用竹棒跟她鬧着玩。他能令一個鄉下姑娘學到如此神妙的劍術，請他去教練越國武士，破吳必矣！」

請阿青在府中吃了飯後，便跟隨她同到郊外的山裏去牧羊。他手下部屬不明其理，均感駭怪。一連數日，范蠡手執竹棒，和阿青在山野間牧羊唱歌，等候白公公到來。

第五日上，文種來到范府拜訪，見范府椽吏面有憂色，問道：「范大夫多日不見，大王頗爲掛念，命我前來探望，莫非范大夫身子不適麼？」那椽吏道：「回稟文大夫：范大夫身子並無不適，只是……只是……」文種道：「只是怎樣？」那椽吏道：「文大夫是范大夫的好友，我們下吏不敢說的話，文大夫不妨去勸勸他。」文種更是奇怪，問道：「范大夫有甚麼事？」那椽吏道：「范大夫迷上了那個……那個會使竹棒的鄉下姑娘，每天一早便陪着她去牧羊，不許衞士們跟隨保護，直到天黑才回來。小吏有公務請示，也不敢前去打擾。」

文種哈哈大笑，心想：「范賢弟在楚國之時，楚人都叫他范瘋子。他行事與衆不同，原非俗人所能明白。」

這時范蠡正坐在山坡草地上，講述楚國湘妃和山鬼的故事。阿青坐在他身畔凝神傾聽，一雙明亮的眼睛，目不轉瞬的瞧着他，忽然問道：「那湘妃眞是這樣好看麼？」范蠡輕輕說道：「她的眼睛比這溪水還要明亮，還要清澈……」阿青道：「她眼睛裏有魚游麼？」范蠡道：「她的皮膚比天上的白雲還要柔和，還要溫軟……」阿青道：「難道也有小鳥在雲裏飛嗎？」范蠡道：「她的嘴唇比這朵小紅花的花瓣還要嬌嫩，還要鮮艷，她的嘴唇濕濕的，比這花瓣上的露水還要晶瑩。湘妃站在水邊，倒影映在清澈的湘江裏，江邊的鮮花羞慚得都枯萎了，魚兒不敢在江裏游，生怕弄亂了她美麗的倒影。她白雪一般的手伸到湘江裏，柔和得好像要溶在水裏一樣……」

阿青道：「范蠡，你見過她的是不是？爲甚麼說得這樣仔細？」

范蠡輕輕嘆了口氣，說道：「我見過她的，我瞧得非常非常仔細。」

他說的是西施，不是湘妃。

他抬頭向着北方，眼光飄過了一條波浪滔滔的大江，這美麗的女郎是在姑蘇城中吳王宮裏，她這時候在做甚麼？是在陪伴吳王麼？是在想着我麼？

阿青道：「范蠡！你的鬍子很奇怪，給我摸一摸行不行？」

范蠡想：她是在哭泣呢，還是在笑？

阿青說：「范蠡，你的鬍子中有兩根是白色的，眞有趣，像是我羊兒的毛一樣。」

范蠡想：分手的那天，她伏在我肩上哭泣，淚水濕透了我半邊衣衫，這件衫子我永遠不洗，她的淚痕之中，又加上了我的眼淚。

阿青說：「范蠡，我想拔你一根鬍子來玩，好不好？我輕輕的拔，不會弄痛你的。」

范蠡想：她說最愛坐了船在江裏湖裏慢慢的順水漂流，等我將她奪回來之後，我大夫也不做了，便是整天和她坐了船，在江裏湖裏漂游，這麼漂游一輩子。

突然之間，頦下微微一痛，阿青已拔下了他一根鬍子，只聽得她在格格嬌笑，驀地裏笑聲中斷，聽得她喝道：「你又來了！」

綠影閃動，阿青已激射而出，只見一團綠影、一團白影已迅捷無倫的纏鬥在一起。

范蠡大喜：「白公公到了！」眼見兩人鬥得一會，身法漸漸緩了下來，他忍不住「啊」的一聲叫了出來。和阿青相鬥的竟然不是人，而是一頭白猿。

這白猿也拿着一根竹棒，和阿青手中竹棒縱橫揮舞的對打。這白猿出棒招數巧妙，勁道凌厲，竹棒刺出時帶着呼呼風聲，但每一棒刺來，總是給阿青拆解開去，隨即以巧妙之極的招數還擊過去。

數日前阿青與吳國劍士在長街相鬥，一棒便戳瞎一名吳國劍士的眼睛，每次出棒都一式一樣，直到此刻，范蠡方見到阿青劍術之精。他於劍術雖然所學不多，但常去臨觀越國劍士練劍，劍法優劣一眼便能分別。當日吳越劍士相鬥，他已看得撟舌不下，此時見到阿青和白猿鬥劍，手中所持雖然均是竹棒，但招法之精奇，吳越劍士相形之下，直如兒戲一般。

白猿的竹棒越使越快，阿青卻時時凝立不動，偶爾一棒刺出，便如電光急閃，逼得白猿接連倒退。

阿青將白猿逼退三步，隨即收棒而立。那白猿雙手持棒，身子飛起，挾着一股勁風，向阿青疾刺過來。范蠡見到這般猛惡的情勢，不由得大驚，叫道：「小心！」卻見阿青橫棒揮出，拍拍兩聲輕響，白猿的竹棒已掉在地下。

白猿一聲長嘯，躍上樹梢，接連幾個縱躍，已竄出數十丈外，但聽得嘯聲淒厲，漸漸遠去。山谷間猿嘯回聲，良久不絕。

阿青回過身來，嘆了口氣，道：「白公公斷了兩條手臂，再也不肯來跟我玩了。」范蠡道：「你打斷了牠兩條手臂？」阿青點頭道：「今天白公公兇得很，一連三次，要撲過來刺死你。」范蠡驚道：「牠……牠要刺死我？爲甚麼？」阿青搖了搖頭，道：「我不知道。」范蠡暗暗心驚：「若不是阿青擋住了牠，這白猿要刺死我當眞是不費吹灰之力。」

第二天早晨，在越王的劍室之中，阿青手持一根竹棒，面對着越國二十名第一流劍手。范蠡知道阿青不會教人如何使劍，只有讓越國劍士模倣她的劍法。

但沒一個越國劍士能擋到她的三招。

阿青竹棒一動，對手若不是手腕被戳，長劍脫手，便是要害中棒，委頓在地。

第二天，三十名劍士敗在她的棒下。第三天，又是三十名劍士在她一根短竹棒下腕折臂斷，狼狽敗退。

到第四天上，范蠡再要找她去會鬥越國劍士時，阿青已失了蹤影，尋到她的家裏，只餘下一間空屋，十幾頭山羊。范蠡派遣數百名部屬在會稽城內城外、荒山野嶺中去找尋，再也覓不到這個小姑娘的蹤迹。

八十名越國劍士沒學到阿青的一招劍法，但他們已親眼見到了神劍的影子。每個人都知道了，世間確有這樣神奇的劍法。八十人將一絲一忽勉強捉摸到的劍法影子傳授給了旁人，單是這一絲一忽的神劍影子，越國武士的劍法便已無敵於天下。

范蠡命薛燭督率良工，鑄成了千千萬萬口利劍。

三年之後，勾踐興兵伐吳，戰於五湖之畔。越軍五千人持長劍而前，吳兵逆擊。兩軍交鋒，越兵長劍閃爍，吳兵當者披靡，吳師大敗。

吳王夫差退到餘杭山。越兵追擊，二次大戰，吳兵始終擋不住越兵的快劍。夫差兵敗自殺。越軍攻入吳國的都城姑蘇。

范蠡親領長劍手一千，直衝到吳王的館娃宮。那是西施所住的地方。他帶了幾名衞士，奔進宮去，叫道：「夷光，夷光！」

他奔過一道長廊，脚步聲發出清朗的回聲，長廊下面是空的。西施脚步輕盈，每一步都像是彈琴鼓瑟那樣，有美妙的音樂節拍。夫差建了這道長廊，好聽她奏着音樂般的脚步聲。

在長廊彼端，音樂般的脚步聲響了起來，像歡樂的錦瑟，像清和的瑤琴，一個輕柔的聲音在說：「少伯，眞的是你麼？」

范蠡胸口熱血上湧，說道：「是我，是我！我來接你了。」他聽得自己的聲音嘶嗄，好像是別人在說話，好像是很遠很遠的聲音。他踉踉蹌蹌的奔過去。

長廊上樂聲繁音促節，一個柔軟的身子撲入了他懷裏。

春夜溶溶。花香從園中透過簾子，飄進館娃宮。范蠡和西施在傾訴着別來的相思。

忽然間寂靜之中傳來了幾聲咩咩的羊叫。

范蠡微笑道：「你還是忘不了故鄉的風光，在宮室之中也養了山羊嗎？」

西施笑着搖了搖頭，她有些奇怪，怎麼會有羊叫？然而在心愛之人的面前，除了溫柔的愛念，任何其他的念頭都不會在心中停留長久。她慢慢伸手出去，握住了范蠡的左手。熾熱的血同時在兩人脈管中迅速流動。

突然間，一個女子聲音在靜夜中響起：「范蠡！你叫你的西施出來，我要殺了她！」

范蠡陡地站起身來。西施感到他的手掌忽然間變得冰冷。范蠡認得這是阿青的聲音。她的呼聲越過館娃宮的高牆，飄了進來。

「范蠡，范蠡，我要殺你的西施，她逃不了的。我一定要殺你的西施。」

范蠡又是驚恐，又是迷惑：「她爲甚麼要殺夷光？夷光可從來沒得罪過她！」驀地裏心中一亮，霎時之間都明白了：「她並不眞是個不懂事的鄉下姑娘，她一直在喜歡我。」

迷惘已去，驚恐更甚。

范蠡一生臨大事，決大疑，不知經歷過多少風險，當年在會稽山被吳軍圍困，糧盡援絕之時，也不及此刻的懼怕。西施感到他手掌中濕膩膩的都是冷汗，覺到他的手掌在發抖。

如果阿青要殺的是他自己，范蠡不會害怕的，然而她要殺的是西施。

「范蠡，范蠡！我要殺了你的西施，她逃不了的！」

阿青的聲音忽東忽西，在宮牆外傳進來。

范蠡定了定神，說道：「我要去見見這人。」輕輕放脫了西施的手，快步向宮門走去。十八名衞士跟隨在他身後。阿青的呼聲人人都聽見了，耳聽得她在宮外直呼破吳英雄范大夫之名，大家都感到十分詫異。

范蠡走到宮門之外，月光鋪地，一眼望去，不見有人，朗聲說道：「阿青姑娘，請你過來，我有話說。」四下裏寂靜無聲。范蠡又道：「阿青姑娘，多時不見，你可好麼？」可是仍然不聞回答。范蠡等了良久，始終不見阿青現身。

他低聲囑咐衞士，立即調來一千名甲士、一千名劍士，在館娃宮前後守衞。

他回到西施面前，坐了下來，握住她的雙手，一句話也不說。從宮門外回到西施身畔，他心中已轉過了無數念頭：「令一個宮女假裝夷光，讓阿青殺了她？我和夷光化裝成爲越國甲士，逃出吳宮，從此隱姓埋名？阿青來時，我在她面前自殺，求她饒了夷光？調二千名弓箭手守住宮門，阿青若是硬闖，那便萬箭齊發，射死了她？」但每一個計策都有破綻。阿青於越國有大功，也不忍將她殺死。他怔怔的瞧著西施，心頭忽然感到一陣溫暖：「我二人就這樣一起死了，那也好得很。我二人在臨死之前，終於是聚在一起了。」

時光緩緩流過。西施覺到范蠡的手掌溫暖了。他不再害怕，臉上露出了笑容。

破曉的日光從窗中照射進來。

驀地裏宮門外響起了一陣吆喝聲，跟着嗆啷啷、嗆啷啷響聲不絕，那是兵刃落地之聲。這聲音從宮門外直響進來，便如一條極長的長蛇，飛快的遊來，長廊上也響起了兵刃落地的聲音。一千名甲士和一千名劍士阻擋不了阿青。

只聽得阿青叫道：「范蠡，你在那裏？」

范蠡向西施瞧了一眼，朗聲道：「阿青，我在這裏。」

「裏」字的聲音甫絕，嗤的一聲響，門帷從中裂開，一個綠衫人飛了進來，正是阿青。她右手竹棒的尖端指住了西施的心口。

她凝視着西施的容光，阿青臉上的殺氣漸漸消失，變成了失望和沮喪，再變成了驚奇、羨慕，變成了崇敬，喃喃的說：「天……天下竟有這……這樣的美女！范蠡，她……她比你說的還……還要美！」纖腰扭處，一聲清嘯，已然破窗而出。

清嘯迅捷之極的遠去，漸遠漸輕，餘音嫋嫋，良久不絕。

數十名衞士急步奔到門外。衞士長躬身道：「大夫無恙？」范蠡擺了擺手，衆衞士退了下去。范蠡握着西施的手，道：「咱們換上庶民的衣衫，我和你到太湖划船去，再也不回來了。」

西施眼中閃出無比快樂的光芒，忽然之間，微微蹙起了眉頭，伸手捧着心口。阿青這一棒雖然沒戳中她，但棒端發出的勁氣已刺傷了她心口。

兩千年來人們都知道，「西子捧心」是人間最美麗的形象。

卅三劍客圖

藍叔子屬任渭長畫蔡容莊雕財圭

咸豐丙辰夏

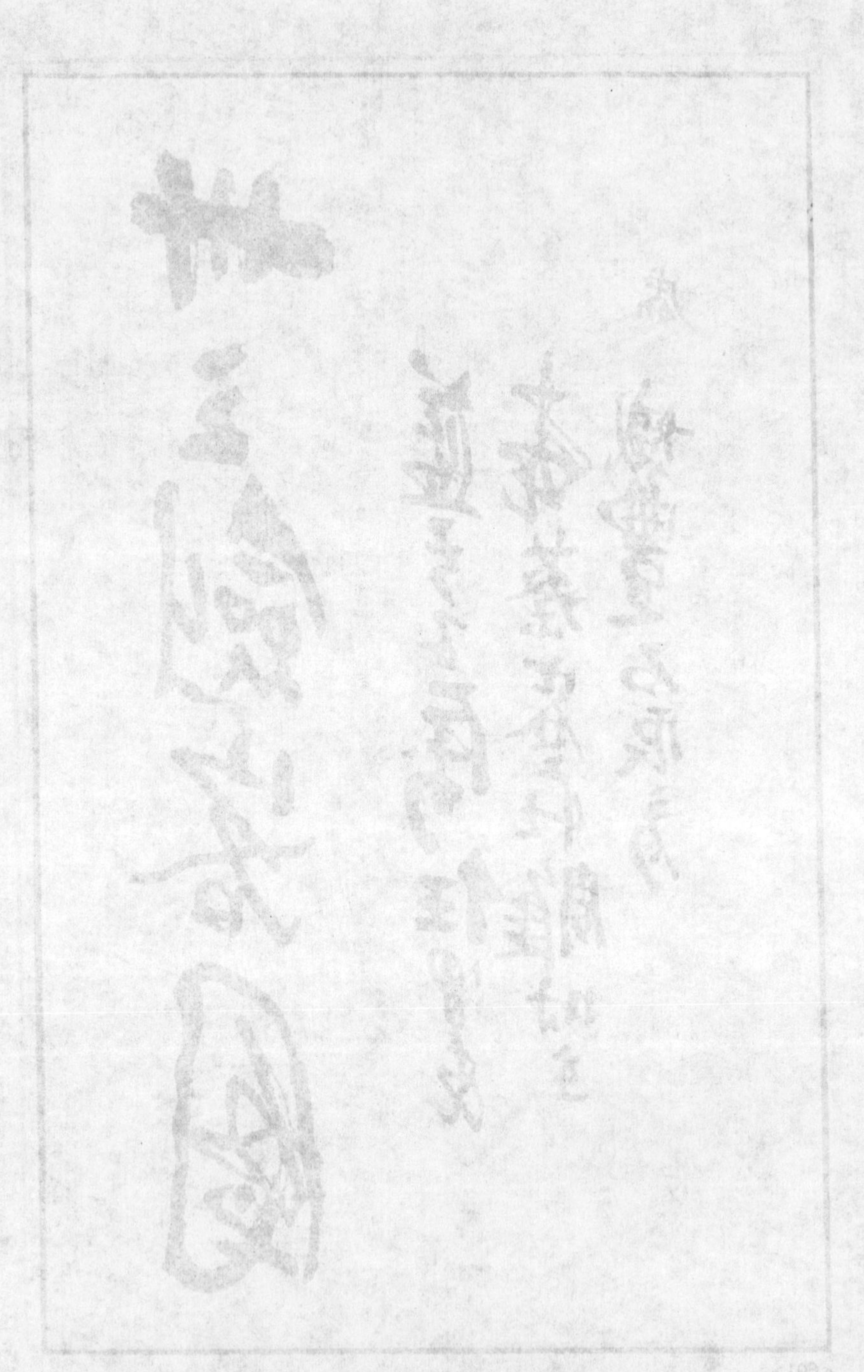

趙處女一

處女如公之狙

虬髯客二

負心可蹴非公世界

繩枝三

繩何来倩無臺

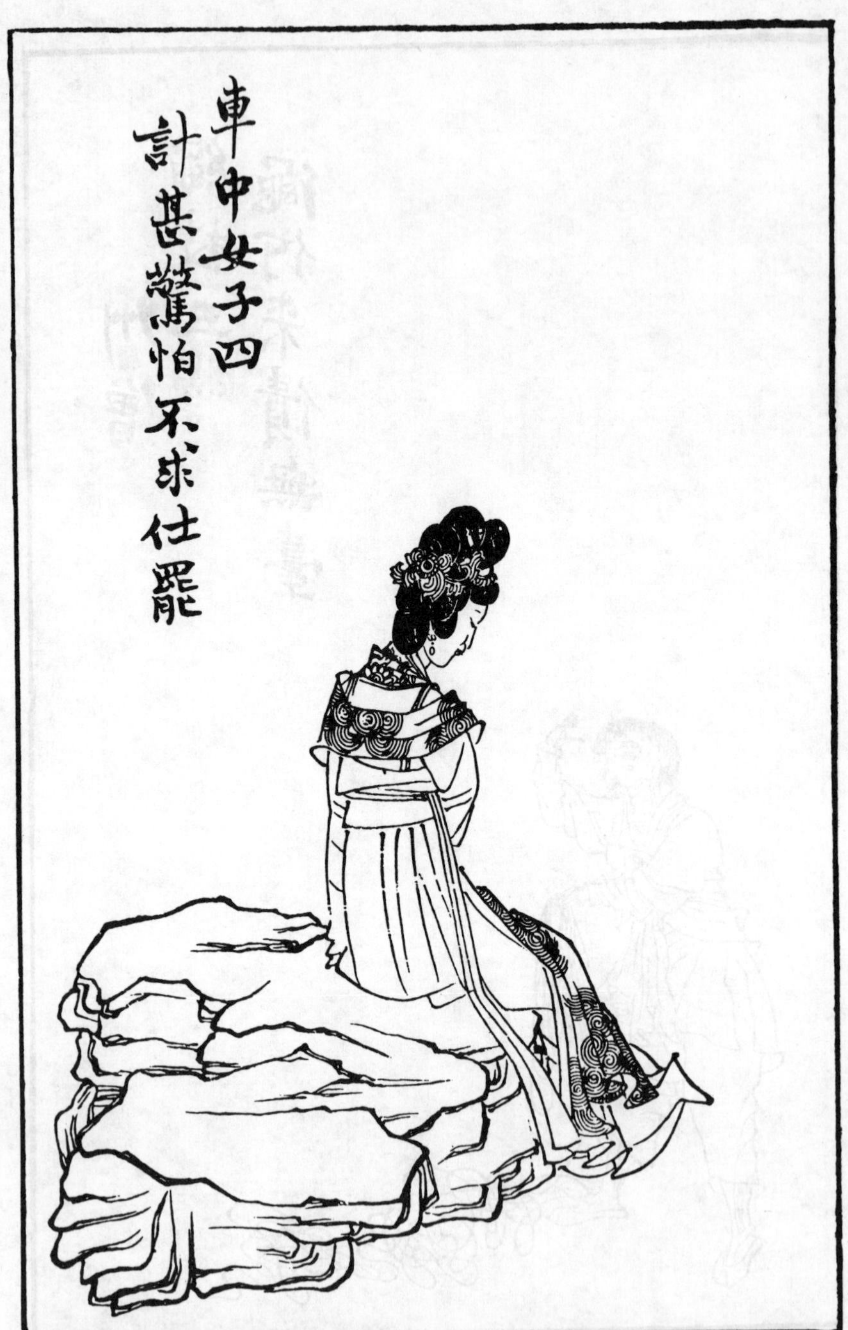
車中女子四
計甚驚怕不求仕罷

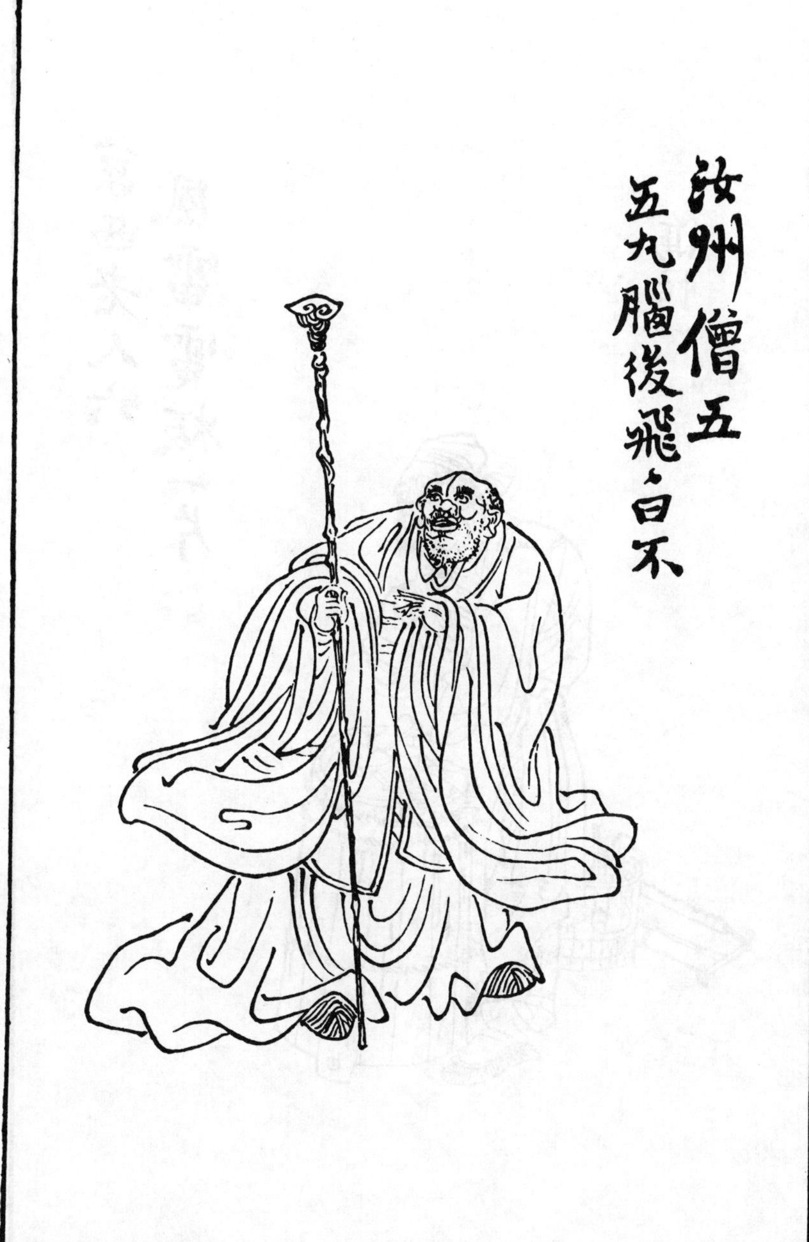
汝州僧五
五九腦後飛々白不

京西老人六
風雷電板一片

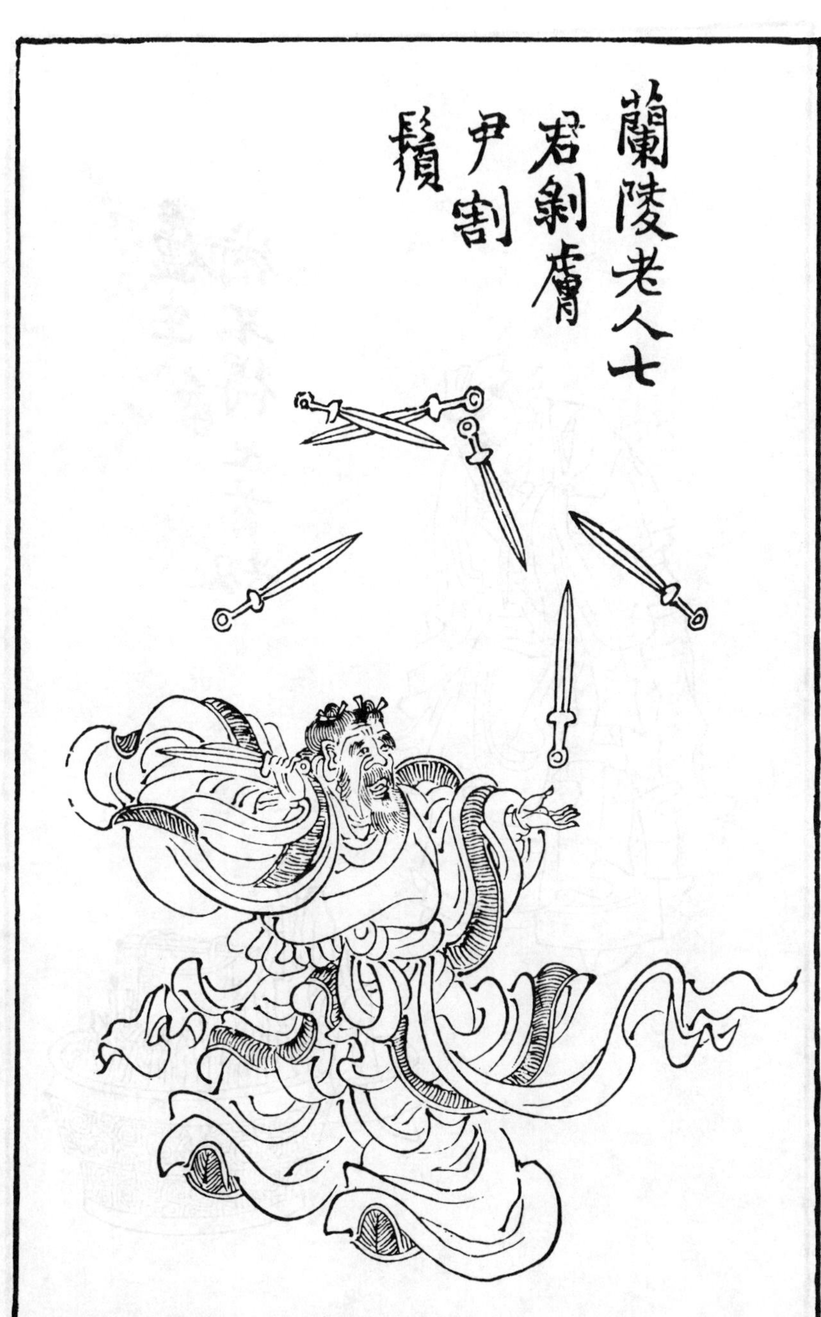
蘭陵老人七
君剝膚
尹割
鬚

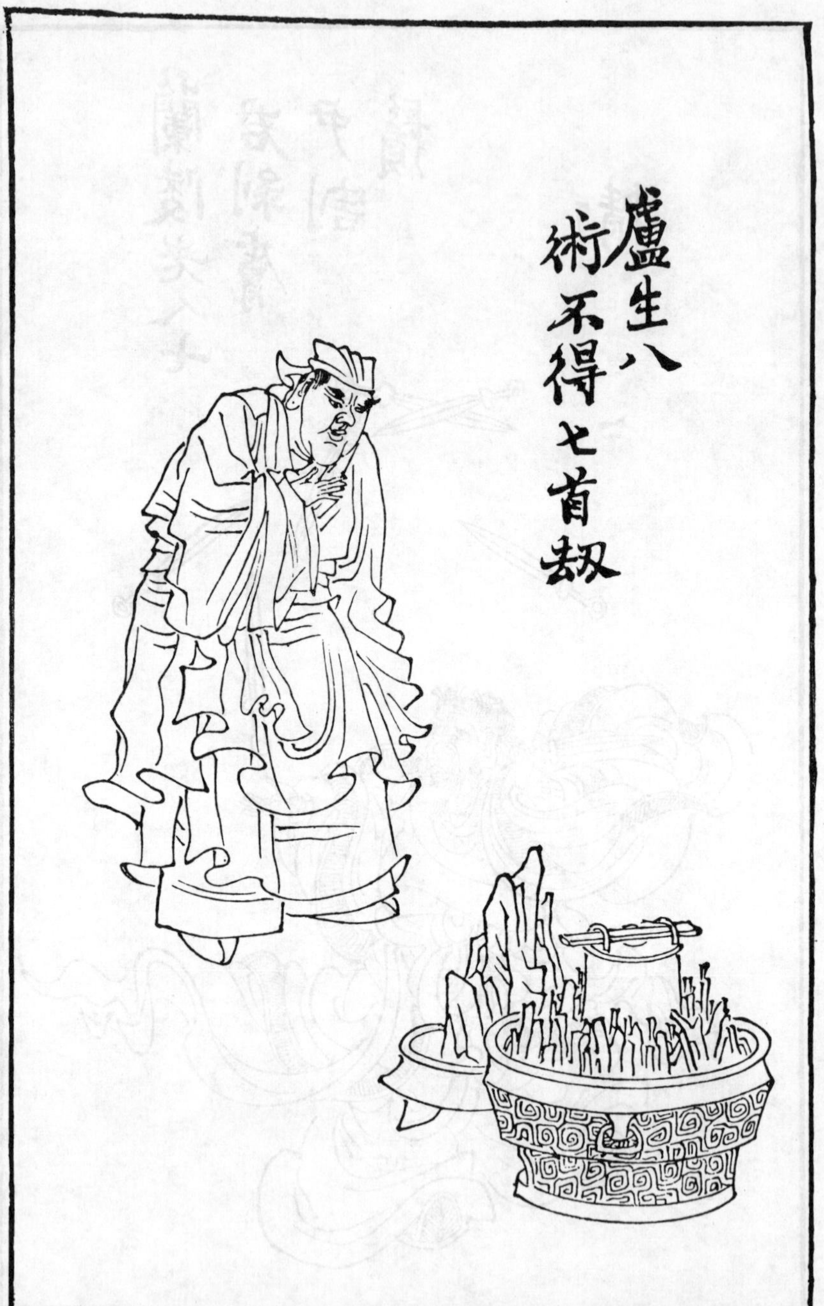
盧生八
術不得匕首刼

聶隱孃九
精、空、宜淬鏡終

荊十三孃十
墓中立藐諸葛

紅綫十一
牀頭金合懺除宿孽

正敬宏僕十二
琵琶繡囊一田彪郎

崑崙磨勒十三
崔家臣月下人

四明頭陀十四

道士不學頭陀無著

丁秀才

十五

雪晚来

飲一杯

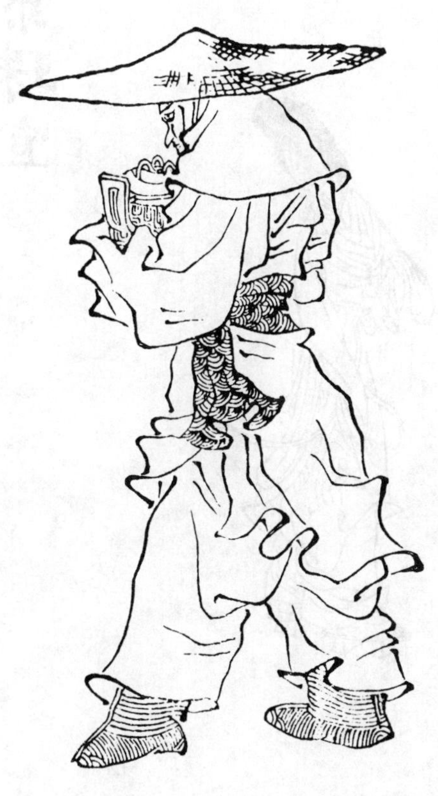

綴鍼女十六

懷橘奇求珠宜

宣慈寺門子十七

箠何必妙批頰

李龜壽十八

嚐刺客馬花鵲

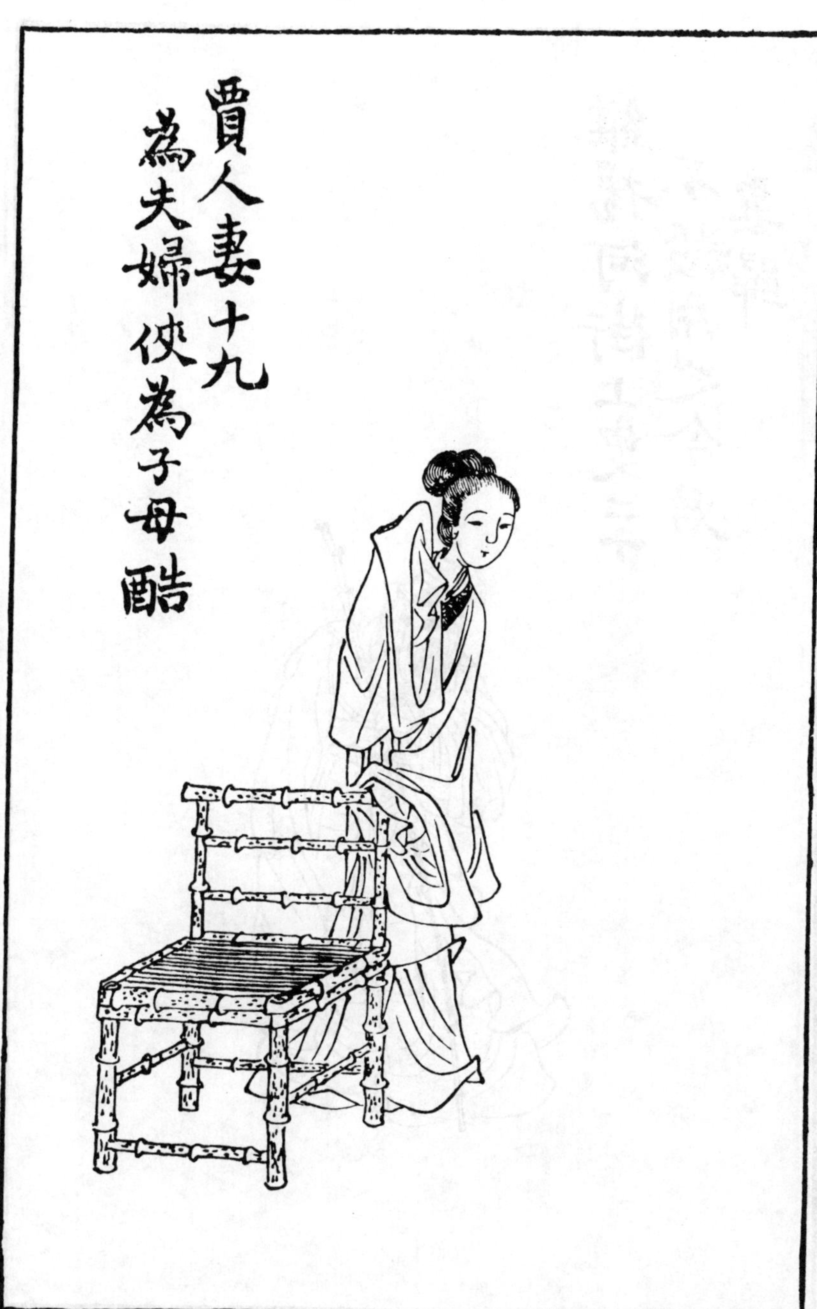
賈人妻十九
為夫婦俠為子母酷

維揚河街上叟二十
不殺用之令君
妻歸

寺行者二十一

休打鐘皮囊中

李勝二十二

殺亦不忍矧使知懼

張忠定二十三

此老不乖諸君自崖

秀州刺客二十四

未可留乃苗劉

張訓妻二十五

婢何卑外無謂

潘襃二十六

自稱野客依鄭匡國

洪州書生二十七

吾不能容書生心胸

義俠二十八

殺君負心為君報恩

青巾者二十九
公豪俊我知命

淄川道士三十

髑髏儘癡劍仙如斯

俠婦人三十一

黃金何勞不如衲袍

解洵婦 三十二

去何害妬可怪

角巾道人三十三
足一醉無罣礙

舊小說有揷圖和繡像，是我國向來的傳統。

我很喜歡讀舊小說，也喜歡小說中的揷圖。可惜一般揷圖的美術水準，與小說的文學水準差得實在太遠。這些揷圖都是木版畫，是雕刻在木版上再印出來的，往往畫得旣粗俗，刻得又簡陋，只有極少數的例外。

我國版畫有很悠久的歷史。最古的版畫作品，是漢代的肖形印，在印章上刻了龍虎禽鳥等等圖印，印在絹上紙上，成爲精美巧麗的圖形。版畫成長於隋唐時的佛畫，盛於宋元，到明末而登峯造極，最大的藝術家是陳洪綬(老蓮)。清代版畫普遍發展，年畫盛行於民間。咸豐年間的任渭長，一般認爲是我國傳統版畫最後的一位大師。以後的版畫受到西方美術的影響，和我國傳統的風格是頗爲不同了。

我手邊有一部任渭長畫的版畫集「卅三劍客圖」，共有三十三個劍客的圖形，人物的造型十分生動。偶有空閒，翻閱數頁，很觸發一些想像，常常引起一個念頭：「最好能給每一幅圖『揷』一篇短篇小說。」一慣例總是畫家替小說家繪揷圖，古今中外，似乎從未有一個寫小說的人替一系列的繪畫揷寫小說。

由於讀書不多，這三十三個劍客的故事我知道得不全。但反正是寫小說，不知道原來出典的，不妨任意創造一個故事。

可是連寫三十三個劍俠故事的心願，永遠也完成不了的。寫了第一篇「越女劍」後，第二篇「虬髯客」的小說就寫不下去了。寫敍述文比寫小說不費力得多，於是改用平鋪直敍的方式，介紹原來的故事。

其中「虬髯客」、「聶隱娘」、「紅綫」、「崑崙奴」四個故事衆所周知，不再詳細敍述，同時原文的文筆極好，我沒有能力譯成同樣簡潔明麗的語體文，所以附錄了原文。比較生僻的故事則將原文內容全部寫了出來。

這些短文寫於一九七〇年一月和二月，是爲「明報晚報」創刊最初兩個月所作。

一 趙處女

江蘇與浙江到宋朝時已漸漸成爲中國的經濟與文化中心，蘇州、杭州成爲出產文化和美女的地方。但在春秋戰國時期，吳人和越人卻是勇決剽悍的象徵。那樣的輕視生死，追求生命中最後一剎那的光采，和現代一般中國人的性格相去是這麼遙遠，和現代蘇浙人士的機智柔和更是兩個極端。在那時候，吳人越人血管中所流動的，是原始的、獷野的熱血。

吳越的文化是外來的。伍子胥、文種、范蠡都來自西方的楚國。勾踐的另一個重要謀士計然來自北方的晉國。只有西施本色的美麗，才原來就屬於浣紗溪那清澈的溪水。所以，教導越人劍法的那個處女，雖然住在紹興以南的南林，「劍俠傳」中卻說她來自趙國，稱她爲「趙處女」。

但一般書籍中都稱她爲「越女」。

「吳越春秋」中有這樣的記載：

「其時越王又問相國范蠡曰：『孤有報復之謀，水戰則乘舟，陸行則乘輿。輿舟之利，頓於兵弩。今子爲寡人謀事，莫不謬者乎？』范蠡對曰：『臣聞古之聖人，莫不習戰用兵。然行陣、隊伍、軍鼓之事，吉凶決在其工。今聞越有處女，出於南林，國人稱善。願王請之，立可見。』越王乃使使聘之，問以劍戟之術。

「處女將北見於王，道逢一翁，自稱曰『袁公』，問於處女曰：吾聞子善劍，願一見之。』女曰：『妾不敢多所隱，惟公試之。』於是袁公即杖箖箊（竹名）竹，竹枝上頡橋（向上勁挑），未墮地（『未』應作『末』，竹梢折而跌落），女即捷末（『捷』應作『接』，接住竹梢）。袁公則飛上樹，變爲白猿，遂別去。

「見越王。越王問曰：『夫劍之道如之何？』女曰：『妾生深林之中，長於無人之野，無道不習，不達諸侯，竊好擊劍之道，誦之不休。妾非受於人也，而忽自有之。』越王曰：『其道如何？』女曰：『其道甚微而易，其意甚幽而深。道有門戶，亦有陰陽。開門閉戶，陰衰陽興。凡手戰之道，內實精神，外示安儀。見之似好婦，奪之似懼虎（看上去好像溫柔的女子，一受攻擊，立刻便如受到威脅的猛虎那樣，作出迅速強烈的反應）。布形候氣，與神俱往。杳之若日，偏如騰兔，追形逐影，光若彷彿，呼吸往來，不及法禁，縱橫逆順，直復不聞。斯道者，一人當百，百人當萬。王欲試之，其驗即見。』越王即加女號，號曰『越女』。乃命五板之墮（『墮』應作『隊』）高（『高』是人名，高隊長）習之教軍士，當世莫勝越女之劍。」

「吳越春秋」的作者是東漢時的趙曄，他是紹興人，因此書中記載多抑吳而揚越。元朝的徐天祜爲此書作了考證和注解，他說趙曄「去古未甚遠，曄又山陰人，故綜述視他書紀二國事爲詳。」

書中所記敍越女綜論劍術的言語，的確是最上乘的武學，恐怕是全世界最古的「搏擊原理」，即使是今日的西洋劍術和拳擊，也未見得能超越她所說的根本原則：「內動外靜，後發先至；全神貫注，反應迅捷；變化多端，出敵不意。」

「藝文類聚」引述這段文字時畧有變化：「（袁）公即挽林內之竹似枯槁，末折墮地。女接取其末。袁公操其本而刺處女。處女應，即入之。三入，因舉杖擊袁公。袁公則飛上樹，化為白猿。」

敍述袁公手折生竹，如斷枯木。處女以竹枝的末梢和袁公的竹桿相鬥，守了三招之後還擊一招。袁公不敵，飛身上樹而遁。其中有了擊刺的過程。

「劍俠傳」則說：「袁公即挽林杪之竹似桔槔，末折地，女接其末。公操其本而刺女。女因舉杖擊之，公即上樹，化為白猿。」

「桔槔」是井上汲水的滑車，當是從「吳越春秋」中「頡橋」兩字化出來的，形容袁公使動竹枝時的靈動。

「東周列國志演義」第八十一回寫這故事，文字更加明白了些：

「老翁即挽林內之竹，如摘腐草，欲以刺處女。竹折，末墮於地。處女即接取竹末，還刺老翁。老翁忽飛上樹，化為白猿，長嘯一聲而去。使者異之。

「處女見越王。越王賜座，問以擊刺之道。處女曰：『內實精神，外示安佚。見之如婦，奪之似虎。布形候氣，與神俱往。捷若騰兔，追形還影，縱横往來，目不及瞬。得吾道者，一人當百，百人當萬。大王不信，願得試之。』越王命勇士百人，攢戟以刺處女。處女連接其戟而投之。越王乃服，使教習軍士。軍士受其教者三千人。歲餘，處女辭歸南林。越王再使人請之，已不在矣。」

這故事明明說白猿與處女比劍，但後人的詩文卻常說白猿學劍，或學劍於白猿。庾信的「宇文盛墓誌」中有兩句說：「授圖黃石，不無師表之心，學劍白猿，遂得風雲之志。」杜牧之有兩句詩說：「授圖黃石老，學劍白猿翁。」所以我在「越女劍」的小說中，也寫越女阿青的劍法最初從白猿處學來。

我在「越女劍」小說中，提到了薛燭和風胡子，這兩人在「越絕書」第十三卷「外傳．記寶劍」一篇中有載。

篇末記載：楚王問風胡子，寶劍的威力為甚麼這樣強大：「楚王於是大悅，曰：『此劍威耶？寡人力耶？』風胡子對曰：『劍之威也，因大王之神。』楚王曰：『夫劍，鐵耳，固能有精神若此乎？』風胡子對曰：『時各有使然。軒轅、神農、赫胥之時，以石為兵，斷樹木為宮室，死而龍臧，夫神聖主使然。至黃帝之時，以玉為兵，以伐樹木為宮室、鑿地。夫玉亦神物也，又遇聖主使然，死而龍臧。禹穴之時，以銅為兵，以鑿伊闕，通龍門，決江導河，東注於東海，天下通乎，治為宮室，豈非聖主之力哉？當此之時，作鐵兵，威服三軍，天下聞之，莫敢不服，此亦鐵兵之神，大王有聖德。』楚王曰：『寡人聞命矣！』」

「越絕書」作於漢代。這一段文字敍述兵器用具的演進，自舊石器、新石器、銅器而鐵器，與近代歷史家的考證相合，頗饒興味。風胡子將兵刃之所以具有無比威力，歸結到「大王有聖德」五字上，楚王自然要點頭稱善。拍馬屁的手法，古今同例，兩千餘年來似乎也沒有多少新的花樣變出來。

處女是最安靜斯文的人（當然不是現代着迷女裙、跳新潮舞的處女），而猿猴是最活躍的動物。「吳越春秋」這故事以處女和白猿作對比，而讓處女打敗了白猿，是一個很有意味的設想，也是我國哲學「以靜制動」觀念的表現。孫子兵法云：「是故始如處女，敵人開戶，後如脫兔，敵不及拒。」拿處女和奔躍的兔子相對比。或者說：開始故意示弱，令敵人鬆懈，不加防備，然後突然發動閃電攻擊。

白猿會使劍，在唐人傳奇「補江總白猿傳」中也有描寫，說大白猿「遍身長毛，長數寸。所居常讀木簡，字若符篆，了不可識；已，則置石磴下。晴晝或舞雙劍，環身電飛，光圓若月。」

舊小說「綠野仙踪」中，仙人冷于冰的大弟子是頭白猿，舞雙劍。還珠樓主的「蜀山劍俠傳」中，連續寫了好幾頭會武功的白猿，女主角李英瓊的大弟子就是一頭白猿。

二 虬髯客

「虬髯客傳」一文虎虎有生氣，或者可以說是我國武俠小說的鼻祖。我一直很喜愛這篇文章。高中一年級那年，在浙江麗水碧湖就讀，曾寫過一篇「虬髯客傳的考證和欣賞」，登在學校的壁報上。明報總經理沈寶新兄和我那時是同班同學，不知他還記得這篇舊文否？當時學校圖書館中書籍無多，自己又幼稚無識，所謂「考證」，只是胡說八道而已，主要考證該傳的作者是杜光庭還是張說，因爲典籍所傳，有此兩說，結論是杜光庭說證據較多。其時教高中三年級國文的老師錢南揚先生是研究元曲的名家，居然對此文頗加讚揚。小孩子學寫文章得老師讚好，自然深以爲喜。二十餘年來，每翻到「虬髯客傳」，往往又重讀一遍。

這篇傳奇爲現代的武俠小說開了許多道路。有歷史的背景而又不完全依照歷史；有男女青年的戀愛；男的是豪傑，而女的是美人（「乃十八九佳麗人也」）；有深夜的化裝逃亡；有權相的追捕；有小客棧的借宿和奇遇；有意氣相投的一見如故；有尋仇十年而終於食其心肝的虬髯漢子；有神秘而見識高超的道人；有酒樓上的約會和坊曲小宅中的密謀大事；有大量財富和慷慨的贈送；有神氣清朗、顧盼煒如的少年英雄；有帝王和公卿；有驢子、馬匹、匕首和人頭；有弈棋和盛筵；有海船千艘甲兵十萬的大戰；有兵法的傳授……所有這一切，在當代的武俠小說中，我們不是常常讀到嗎？這許多事情或實敍或虛寫，所用筆墨卻只不過兩千字。每一個人物，每一件事，都寫得生動有致。藝術手腕的精煉眞是驚人。當代武俠小說用到數十萬字，也未必能達到這樣的境界。

紅拂女張氏是位長頭髮姑娘，傳中說到和虬髯客邂逅的情形：「張氏以髮長委地，立梳牀前。公方刷馬。忽有一人，中形，赤髯而虬，乘蹇驢而來，投革囊於爐前，取枕欹臥，看張梳頭。公怒甚，未決，猶親刷馬。張熟視其面，一手握髮，一手映身搖示公，令勿怒，急急梳頭畢，斂袵前問其姓。」眞是雄奇瑰麗，不可方物。

虬髯客的革囊中有一個人頭，他說：「此人天下負心者，銜之十年，今始獲之，吾憾釋矣。」這個負心的人到底做了甚麼事而使虬髯客如此痛恨，似可鋪敍成爲一篇短篇小說。我又曾想，可以用一些心理學上的材料，描寫虬髯客對於長頭髮的美貌少女有特別偏愛。很明顯，虬髯客對李靖的眷顧，完全是起因於對紅拂女的喜愛，只是英雄豪傑義氣爲重，壓抑了心中的情意而已。由於愛屋及烏，於是盡量幫助李靖，其實眞正的出發點，還是在愛護紅拂女。我國傳統的觀念認爲，愛上別人的妻子是不應該的，正面人物決計不可有這種心理，然而寫現代小說，非但不必有這種顧忌，反應去努力發掘人物的內心世界。

但「虬髯客傳」實在寫得太好，不提負心的人如何負心，留下了豐富的想像餘地；虬髯客對紅拂女的情意表現得十分隱晦，也自有他可愛的地方。再加鋪敍，未免是蛇足了。

杜光庭是浙江縉雲人，是個道士，學道於五台山，在唐朝爲內供奉，後來入蜀，在王建朝中做金紫光祿大夫、諫議大夫的官。王建死後，在後主朝中被封爲傳眞天師、崇眞觀大學士，後來退休，隱居青城山，號東瀛子，到八十五歲才死，著作甚多。

據正史，李靖是隋朝大將韓擒虎的外甥，祖父和父親都是隋朝大官，和楊素向來熟識。楊素很重視他的才能，常指着自己的椅子說：「這張椅子將來總是你坐的。」「舊唐書」說他「姿貌瓌偉」，可見是個美少年。

「新唐書・李靖傳」中說：「世言靖精風角鳥占、雲侵孤虛之術，為善用兵。是不然。特以臨機果，料敵明，根於忠智而已。俗人傳著，怪詭禨祥，皆不足信。」李靖南平蕭銑、輔公祏，北破突厥，西定吐谷渾，於唐武功第一，在當時便有種種傳聞，說他精通異術。

唐人傳奇「李衛公別傳」中寫李靖代龍王施雨，褚人穫的「隋唐演義」中引用了這故事，「說唐」更把李靖寫成是個會騰雲駕霧的神仙。「風塵三俠」的故事，後世有不少人寫過，更是畫家所愛用的題材。根據這故事而作成戲曲的，明代張鳳翼和張太和都有「紅拂記」，凌濛初有「虬髯翁」。但後人的鋪演，都寫不出原作的神韻。

鄭振鐸在「中國文學史」中認為陳忱「後水滸傳」寫李俊等到海外為王，是受了「虬髯客傳」的影響，頗有見地。然而他說「虬髯客傳」「是一篇荒唐不經的道士氣息很重的傳奇文」，以「荒唐不經」四字來評論這「唐代第一篇短篇小說」（胡適的意見），讀文學而去注重故事的是否眞實，完全不珍視它的文學價値，也未免有些「荒唐不經」了。

歷史上的名將當然總是勝多敗少，但李靖一生似乎從未打過敗仗，那確是古今中外極罕有的事。可是他一生之中，也遇過三次大險。

第一次，他還在隋朝做小官，發覺李淵有造反的迹象，便要到江都去向隋煬帝告發，因道路不通而止。李淵取得長安後，捉住了李靖要斬。李靖大叫：「公起義兵，本爲天下除暴亂，不欲就大事而以私怨斬壯士乎？」李淵覺得他言詞很有氣概，李世民又代爲說項，於是饒了他。這是正史上所記載李靖結識、追隨李世民的開始。

李淵做皇帝後，派李靖攻蕭銑，因兵少而無進展。李淵還記着他當年要告發自己造反的舊怨，暗下命令，叫峽州都督許紹殺了他。許紹知道李靖有才能，極力代爲求情。不久，李靖以八百兵大破冉肇則，俘虜五千餘人。李淵大喜，對衆公卿說：「使功不如使過，這一次做對了。」一有功的人恃功而驕，往往誤事，而存心贖罪之人，小心謹愼，全力以赴，成功的機會反大，那便是所謂「使功不如使過」。李淵於是親筆寫了一封敕書給李靖，說：「既往不咎，舊事吾久忘之矣！」其實說「久忘之矣」，畢竟還是不忘，只不過鄭重聲明以後不再計較而已，所以在慰勞他的文書中說：「卿竭誠盡力，功効特彰，遠覽至誠，極以嘉賞。勿憂富貴也！」

但最危險的一次，還是在他大破突厥之後。突厥是唐朝的大敵，武力十分強盛。李淵初起兵時，不得不向之稱臣，唐朝君臣都引爲奇恥大辱。李世民削平羣雄，統一天下，突厥卻一再來犯，有一次一直攻到京城之外的渭水邊，李世民只得干冒大險，親自出馬與之結盟。李靖居然將之打得一蹶不振，全國上下的興奮可想而知。當時太宗大喜之下，大赦天下，下旨遍賜百姓酒肉，全國狂歡五日。（突厥人後來逐漸西遷，在西方建立了土耳其帝國。李靖這一個大勝仗，對於歐洲歷史都有極重大的影響。我在記土耳其之遊的「憂鬱的突厥武士們」一文中曾有提到。）

李靖立下這樣的大功，班師回朝，那知御史大夫立即就彈劾他，罪名是：「軍無綱紀，致令虜中奇寶，散於亂兵之手。」這實在是個莫名其妙的罪名。太宗卻對李靖大加責備。李靖很是聰明，知道自己立功太大，皇帝內心一定不喜歡，御史大夫的彈劾，不過是揣摩了皇帝的心理來跟自己過不去而已，當下並不聲辯，只是連連磕頭，狠狠的自我批評一番。唐太宗這才高興了，說：「隋將史萬歲破達頭可汗，有功不賞，反而因罪被殺。朕則不然，當致公之罪，錄公之勛。」於是加官頒賞。

後來李靖繼續立功，但明白「功高震主」的道理，從來不敢攬權。「舊唐書」說：「靖性沉厚，每與時宰參議，恂恂然似不能言。」又說他：「臨戎出師，凜然威斷，位重能避，功成益謙。」所以直到七十九歲老死，並沒被皇帝鬥倒鬥垮。「舊唐書」論二李（衛國公李靖、英國公李勣），贊曰：「功以懋賞，震主則危。辭祿避位，除猜破疑。功定華夷，志懷忠義。白首平戎，賢哉英衛。」

唐人韋端符「衛公故物記」一文，記載在李靖的後裔處見到李靖遺留的一些故物，有李世民的賜書二十通，其中有幾封詔書是李靖病重時的慰問信。一封中說：「有晝夜視公病大老嫗，令一人來，吾欲熟知起居狀。」（派一名日夜照料你病的老看護來，我要親自問她，好詳細知道你病勢如何）可見李世民直到李靖逝世，始終對他極好，詔書中稱之為「公」，甚有禮貌。

研究中國歷史上這些大人物的心理和個性，是一件很有趣味的事。千百年來物質生活雖然改變極大，但人的心理、對權力之爭奪和保持的種種方法，還是極少有甚麼改變。

附錄　虬髯客傳

隋煬帝之幸江都也。命司空楊素守西京。素驕貴，又以時亂，天下之權重望崇者，莫我若也，奢貴自奉，禮異人臣。每公卿入言，賓客上謁，未嘗不踞牀而見，令美人捧出，侍婢羅列，頗僭於上，末年愈甚，無復知所負荷、有扶危持顛之心。一日，衞公李靖以布衣上謁，獻奇策。素亦踞見。公前揖曰：「天下方亂，英雄競起。公爲帝室重臣，須以收羅豪傑爲心，不宜踞見賓客。」素斂容而起，謝公，與語，大悅，收其策而退。

當公之騁辯也，一妓有殊色，執紅拂，立於前，獨目公。公旣去，而執拂者臨軒，指吏曰：「問去者處士第幾？住何處？」公具以答。妓誦而去。

公歸逆旅。其夜五更初，忽聞叩門而聲低者，公起問焉。乃紫衣帶帽人，杖揭一囊。公問誰？曰：「妾，楊家之紅拂妓也。」公遽延入。脫衣去帽，乃十八九佳麗人也。素面華衣而拜。公驚答拜。曰：「妾侍楊司空久，閱天下之人多矣，無如公者。絲蘿非獨生，願託喬木，故來奔耳。」公曰：「楊司空權重京師，如何？」曰：「彼尸居餘氣，不足畏也。諸妓知其無成，去者衆矣。彼亦不甚逐也。計之詳矣。幸無疑焉。」問其姓，曰：「張。」問其伯仲之次。曰：「最長。」觀其肌膚儀狀、言詞氣性，眞天人也。公不自意獲之，愈喜愈懼，瞬息萬慮不安。而窺戶者無停屨。數日，亦聞追討之聲，意亦非峻。乃雄服乘馬，排闥而去。

將歸太原。行次靈石旅舍，既設牀，爐中烹肉且熟。張氏以髮長委地，立梳牀前。公方刷馬，忽有一人，中形，赤髯如虬，乘蹇驢而來。投革囊於爐前，取枕欹臥，看張梳頭。公怒甚，未決，猶親刷馬。張熟視其面，一手握髮，一手映身搖示公，令勿怒。急急梳頭畢。斂袂前問其姓。臥客答曰：「姓張。」對曰：「妾亦姓張。合是妹。」遽拜之。問第幾。曰：「第三。」問妹第幾。曰：「最長。」遂喜曰：「今夕幸逢一妹。」張氏遙呼：「李郎且來見三兄！」公驟禮之。遂環坐。曰：「煮者何肉？」曰：「羊肉，計已熟矣。」客曰：「饑。」公出市胡餅。客抽腰間匕首，切肉共食。食竟，餘肉亂切送驢前食之，甚速。

客曰：「觀李郎之行，貧士也。何以致斯異人？」曰：「靖雖貧，亦有心者焉。他人見問，故不言，兄之問，則不隱耳。」具言其由。曰：「然則將何之？」曰：「將避地太原。」曰：「然。吾故非君所致也。」曰：「有酒乎？」曰：「主人西，則酒肆也。」公取酒一斗。既巡，客曰：「吾有少下酒物，李郎能同之乎？」曰：「不敢。」於是開革囊，取一人頭並心肝。卻頭囊中，以匕首切心肝，共食之。曰：「此人天下負心者，銜之十年，今始獲之。吾憾釋矣。」又曰：「觀李郎儀形器宇，眞丈夫也。亦聞太原有異人乎？」曰：「嘗識一人，愚謂之眞人也。其餘，將帥而已。」曰：「何姓？」曰：「靖之同姓。」曰：「年幾？」曰：「僅二十。」曰：「今何爲？」曰：「州將之子。」曰：「似矣。亦須見之。李郎能致吾一見乎？」曰：「靖之友劉文靜者，與之狎。因文靜見之可也。然兄何爲？」曰：「望氣者言太原有奇氣，使吾訪之。李郎明發，何日到太原？」靖計之日。曰：「期達之明日，日方曙，候我於汾陽橋。」言訖，乘驢而去，其行若飛，迴顧已失。

公與張氏且驚且喜，久之，曰：「烈士不欺人。固無畏。」促鞭而行。

及期，入太原。果復相見。大喜，偕詣劉氏。詐謂文靜曰：「有善相者思見郎君，請迎之。」文靜素奇其人，一旦聞有客善相，遽致使迎之。使迴而至，不衫不履，裼裘而來，神氣揚揚，貌與常異。虬髯默然居末坐，見之心死，飲數杯，招靖曰：「眞天子也！」公以告劉，劉益喜，自負。既出，而虬髯曰：「吾得十八九矣。然須道兄見之。李郎宜與一妹復入京。某日午時，訪我於馬行東酒樓，樓下有此驢及瘦驢，即我與道兄俱在其上矣。到即登焉。」又別而去，公與張氏復應之。

及期訪焉，宛見二乘。攬衣登樓，虬髯與一道士方對飲，見公驚喜，召坐圍飲，十數巡，曰：「樓下櫃中，有錢十萬。擇一深隱處安一妹。某日復會於汾陽橋。」

如期至，即道士與虬髯已到矣。俱謁文靜。時方弈棋，揖而話心焉。文靜飛書迎文皇看棋。道士對弈，虬髯與公傍侍焉。俄而文皇到來，精采驚人，長揖而坐。神氣清朗，滿坐風生，顧盼煒如也。道士一見慘然，下棋子曰：「此局全輸矣！於此失卻局哉！救無路矣！復奚言！」罷弈而請去。既出，謂虬髯曰：「此世界非公世界。他方可也。勉之，勿以爲念。」因共入京。虬髯曰：「計李郎之程，某日方到。到之明日，可與一妹同詣某坊曲小宅相訪。李郎相從一妹，懸然如磬。欲令新婦祗謁，兼議從容，無前卻也。」言畢，吁噓而去。

公策馬而歸。即到京，遂與張氏同往。至一小板門，扣之，有應者，拜曰：「三郎令候李郎、一娘子久矣。」延入重門，門愈壯麗。婢四十人，羅列廷前。奴二十人，引公入東廳。廳之陳設，窮極珍異，巾箱、妝奩、冠鏡、首飾之盛，非人間之物。巾櫛粧飾畢，請更衣，衣又珍異。既畢，傳云：「三郎來！」乃虬髯紗帽褐裘而來，亦有龍虎之狀，歡然相見。催其妻出拜，蓋亦天人耳。遂延中堂，陳設盤筵之盛，雖王公家不侔也。

四人對饌訖，陳女樂二十人，列奏於前，若從天降，非人間之曲。食畢，行酒。家人自堂東舁出二十牀，各以錦繡帕覆之。既陳，盡去其帕，乃文簿鑰匙耳。虬髯曰：「此盡寶貨泉貝之數。吾之所有，悉以充贈。何者？欲以此世界求事，當或龍戰三二十載，建少功業。今既有主，住亦何爲？太原李氏，眞英主也。三五年內，即當太平。李郎以奇特之才，輔清平之主，竭心盡善，必極人臣。一妹以天人之姿，蘊不世之藝，從夫之貴，以盛軒裳。非一妹不能識李郎，非李郎不能榮一妹。起陸之漸，際會如期，虎嘯風生，龍騰雲萃，固非偶然也。持余之贈，以佐眞主，贊功業也，勉之哉！此後十年，當東南數千里外有異事，是吾得事之秋也。一妹與李郎可瀝酒東南相賀。」因命家童列拜，曰：「李郎一妹，是汝主也！」言訖，與其妻從一奴，乘馬而去。數步，遂不復見。

公據其宅，乃爲豪家，得以助文皇締構之資，遂匡天下。

貞觀十年，公以左僕射平章事。適東南蠻入奏曰：「有海船千艘，甲兵十萬，入扶餘國，殺其主自立。國已定矣。」公心知虬髯得事也。歸告張氏，具衣拜賀，瀝酒東南祝拜之。

乃知眞人之興也，非英雄所冀。況非英雄者乎？人臣之謬思亂者，乃螳臂之拒走輪耳。我皇家垂福萬葉，豈虛然哉。或曰：「衛公之兵法，半乃虬髯所傳耳。」

三　繩技

這部版畫集畫刻俱精，取材卻殊不可恭維。三十三個人物之中，有許多根本不是「劍客」，只不過是異人而已，例如本節玩繩技的男子。

「繩技」的故事出唐人皇甫氏所作「源化記」中的「嘉興繩技」。

唐朝開元年間，天下昇平，風流天子唐明皇常常下令賜百姓酒食，舉行嘉年華會（史書上稱為「酺」，習慣上常常是「大酺五日」）。這一年又舉行了，浙江嘉興的縣司和監司比賽節目的精采，雙方全力以赴。監司通令各屬，選拔良材。

各監獄官在獄中談論：「這次我們的節目若是輸給了縣司，監司一定要大發脾氣。但只要我們能策劃一個拿得出去的節目，就會得賞。」衆人到處設法，想找些特別節目。

獄中有一個囚犯笑道：「我倒有一樁本事，只可惜身在獄中，不能一獻身手。」獄吏驚問：「你有甚麼本事？」囚犯道：「我會玩繩技。」獄吏便向獄官報告。獄官查問此人犯了甚麼罪。獄吏道：「此人欠稅未納，別的也沒甚麼。」獄官親去查問，說：「玩繩技嘛，許多人都會的，又有甚麼了不起了？」囚犯道：「我所會的與旁人畧有不同。」獄官問：「怎樣？」囚犯道：「衆人玩的繩技，是將繩的兩頭繫了起來，然後在繩上行走迴旋。我卻用一條手指粗細的長繩，並不繫住，拋向空中，騰擲翻覆，有各種各樣的變化。」

獄官又驚又喜，次日命獄吏將囚犯領到戲場。各種節目表演完畢之後，命此人演出繩技。此人捧了一團長繩，放在地上，將一頭擲向空中，其勁如筆，初拋兩三丈，後來加到四五丈，一條長繩直向天升，就像半空中有人拉住一般。觀衆大為驚異。這條繩越拋越高，竟達二十餘丈，繩端沒入雲中。此人忽然向上攀援，身足離地，漸漸爬高，突然間長繩在空中盪出，此人便如一頭大鳥，從旁邊飛出，不知所蹤，竟在衆目睽睽之下逃走了。

這個嘉興男子以長繩逃稅，一定令全世界千千萬萬無計逃稅之人十分羨慕。

這種繩技據說在印度尚有人會，言者鑿鑿。但英國人統治印度期間，曾出重賞徵求，卻也無人應徵。

筆者曾向印度朋友 Sam Sekon 先生請教此事。他肯定的說：「印度有人會這技術。這是羣衆催眠術，是一門十分危險的魔術。如果觀衆之中有人精神力量極強，不受催眠，施術者自己往往會有生命危險。」

四　車中女子

唐朝開元年間，吳郡有一個舉人到京城去應考求仕。到了長安後，在街坊閒步，忽見兩個身穿麻布衣衫的少年迎面走來，向他恭恭敬敬的作揖行禮，但其實並非相識。舉人以爲他們認錯了人，也不以爲意。

過了幾天，又遇到了。二人道：「相公駕臨，我們未盡地主之誼，今日正要前來奉請，此刻相逢，那是再好也沒有了。」一面行禮，一面堅持相邀。舉人雖甚覺疑怪，但見對方意誠，便跟了去。過了幾條街，來到東市的一條胡同中，有臨路店數間，一同進去，見舍宇頗爲整齊。二人請他上坐，擺設酒席，甚是豐盛，席間相陪的尚有幾名少年，都是二十餘歲年紀，執禮甚恭，但時時出門觀望，似是在等候貴客。一直等到午後，衆人說道：「來了，來了！」

只聽得門外車聲響動，一輛華貴的鈿車直駛到堂前，車後有數少年跟隨。車帷捲起，一個女子從車中出來，約十七八歲，容貌艷麗，頭上簪花，戴滿珠寶，穿着素色綢衫。兩個少年拜伏在地，那女子不答。舉人亦拜，女子還禮，請客人進內。女子居中向外而坐，請二人及舉人入席。三人行禮後入座。又有十餘名少年，都是衣服輕新，列坐於客人下首。

僕役再送上菜餚，極為精潔。酒過數巡，女子舉杯向舉人道：「二君盛稱尊駕，今日相逢，大是欣慰。聽說尊駕身懷絕技，能讓我們一飽眼福嗎？」舉人卑遜謙讓，說道：「自幼至長，唯習儒經，絃管歌曲，從未學過。」女子道：「我所說的並非這些。相公請仔細想想有甚麼特別技能。」

舉人沉思良久，說道：「在下在學堂之時，少年頑皮，曾練習着了靴子上牆壁走路，可以走得數步。至於其餘的戲耍玩樂，卻實在都不會。」女子喜道：「原是要請你表演這項絕技。」

舉人於是出座，提氣疾奔，衝上牆壁，行走數步，這才躍下。女子道：「那也不容易得很了。」迴顧座中諸少年，令各人獻技。

諸少年俱向女子拜伏行禮，然後各獻妙技。有的縱身行於壁上，有的手撮椽子，行於半空，各有輕身功夫，狀如飛鳥。舉人見所未見，拱手驚懼，不知所措。過不多時，女子起身，辭別出門。舉人驚嘆，回到寓所後，心神恍惚，不知那女子和眾少年是何等樣人。

過了數日，途中又遇到二人。二人問道：「想借尊駕的坐騎一用，可以嗎？」舉人當即答允。

第二日，京城中傳出消息，說皇宮失竊。官府掩捕盜賊，搜查甚緊，但只查到一匹馱負贓物的馬匹，驗問馬主，終於將舉人扣了去，送入內侍省勘問。衙役將他驅入一扇小門，用力在他背上一推。舉人一個倒栽觔斗，跌入了一個數丈深的坑中，爬起身來，仰望屋頂，離坑約有七八丈，屋頂只開了一個尺許的小孔。

舉人心中惶急，等了良久，見小孔中用繩縋了一鉢飯菜下來。舉人正餓得狠了，急忙取食。吃完後，長繩又將食鉢吊了上去。

舉人夜深不眠，心中忿甚，尋思無辜爲人所害，此番只怕要畢命於此。正煩惱間，一抬頭，忽見一物有如飛鳥，從小孔中躍入坑中，卻是一人。這人以手拍拍他，說道：「計甚驚怕。然某在，無慮也（一定很受驚了罷？但有我呢，不用擔心）。」聽聲音原來便是那個車中女子。只聽她又道：「我救你出去。」取出一疋絹來，一端縛住了他胸膊，另一端縛在她自己身上。那女子聳身騰上，帶了那舉人飛出宮城，直飛出離宮門數十里，這才躍下，說：「相公且回故鄉去，求仕之計，將來再說罷。」

舉人徒步潛竄，乞食寄宿，終於回到吳地，但從此再也不敢到京城去求功名了。

這故事也出「源化記」，所描寫的這個盜黨，很有現代味道。首領是一個武功高強的美麗少女，下屬都是衣着華麗的少年。這情形一般武俠小說都沒寫過。盜黨居然大偷皇宮的財寶，可見厲害。盜黨爲甚麼要找上這個舉人，很引發人的想像。似乎這個蘇州舉人年少英俊，又有上壁行走的輕功，爲盜黨所知，女首領便想邀他入夥，但一試他的功夫，卻又平平無奇，於是打消了初意。向他借一匹馬，只不過是故意陷害，讓他先給官府捉去，再救他出來，他變成了越獄的犯人，就永遠無法向官府告密了。

五　汝州僧

唐朝建中年間，士人韋生搬家到汝州去住，途中遇到一僧，並騎共行，言談很是投機。傍晚時分，到了一條歧路口。僧人指着歧路道：「過去數里，便是貧僧的寺院，郎君能枉顧嗎？」韋生道：「甚好。」於是命夫人及家口先行。僧人即指揮從者，命他們趕赴寺中，準備飲食，招待貴客。

行了十餘里，還是沒有到。韋生問及，那僧人指着一處林煙道：「那裏就是了。」待得到達該處，僧人卻又領路前行。越走越遠，天已昏黑。韋生心下起疑，他素善彈弓暗器之術，於是暗暗伸手到靴子中取出彈弓，左手握了十餘枚銅丸，才責備僧人道：「弟子預定尅日趕到汝州，偶相邂逅，因圖領教上人清論，這才勉從相邀。現下已行了二十餘里，還是未到，不知何故？卻要請教。」

那僧人笑道：「不用心急，這就到了。」說着快步向前，行出百餘步。韋生知他是盜，當下提起彈弓，呼的一聲，射出一丸，正中僧人後腦。豈知僧人似乎並無知覺。韋生連珠彈發，五丸飛出，皆中其腦。僧人這才伸手摸了摸腦後中彈之處，緩緩的道：「郎君莫惡作劇。」

韋生知道奈何他不得，也就不再發彈，心下甚是驚懼。又行良久，來到一處大莊院前，數十人手執火炬，迎了出來，執禮甚恭。

僧人肅請韋生入廳就坐，笑道：「郎君勿憂。」轉頭問左右從人：「是否已好好招待夫人？」又向韋生道：「郎君請去見夫人罷，就在那一邊。」韋生隨着從人來到別廳，只見妻子和女兒都安然無恙，飲食供應極是豐富。三人知道身入險地，不由得相顧涕泣。韋生向妻子女兒安慰幾句，又回去見那僧人。

僧人上前執韋生之手，說道：「貧僧原是大盜，本來的確想打你的主意，卻不知郎君神彈，妙絕當世，若非貧僧，旁人亦難支持。現下別無他意，請勿見疑。適才所中郎君彈丸，幸未失卻。」伸手一摸後腦，五顆彈丸都落了下來。

韋生見這僧人具此武功，心下更是慄然。不一會陳設酒筵，一張大桌上放了一頭蒸熟的小牛，牛身上插了十餘把明晃晃的鋒利刀子，刀旁圍了許多麵餅。

僧人揖韋生就座，道：「貧僧有義弟數人，欲令謁見。」說着便有五六條大漢出來，列於階下，都是身穿紅衣，腰束巨帶。僧人喝道：「拜郎君！」衆大漢一齊行禮。韋生拱手還禮。僧人道：「郎君武功卓絕，世所罕有。你們若是遇到郎君，和他動手，立即便粉身碎骨了。」

食畢，僧人道：「貧僧爲盜已久，現下年紀大了，決意洗手不幹，可是不幸有一犬子，武藝勝過老僧，請郎君爲老僧作個了斷。」於是高聲叫道：「飛飛出來，參見郎君！」後堂轉出一名少年，碧衣長袖，身形極是瘦削，皮肉如臘，又黃又乾。僧人道：「到後堂去侍奉郎君。」飛飛走後，僧人取出一柄長劍交給韋生，又將那五顆彈丸還給他，說道：「請郎君出全力殺了這孩子，免他爲老僧之累。」言辭極爲誠懇。當下引韋生走進一堂，那僧人退出門去，將門反鎖了。

堂中四角都點了燈火。飛飛執一短鞭，當堂而立。韋生一彈發出，料想必中，豈知拍的一聲，竟爲飛飛短鞭擊落，餘勁不衰，嵌入樑中。飛飛展開輕功，登壁遊走，捷若猿猴。韋生四彈續發，一一爲飛飛擊開，於是挺劍追刺。飛飛倏往倏來，奔行如電，有時欺到韋生身旁，相距不及一尺。韋生以長劍連斷其鞭數節，始終傷不了他。

過了良久，僧人開門，問韋生道：「郎君爲老僧除了害嗎？」韋生具以告知。老僧悵然，長嘆一聲，向飛飛凝視半晌，道：「你決意要做大盜，連郎君也奈何你不得。唉，將來不知如何了局？」

當晚僧人和韋生暢論劍法暗器之學，直至天明。僧人送韋生直至路口，贈絹百疋，流淚而別。

這故事「太平廣記」稱出於「唐語林」，但段成式的「酉陽雜俎」有載，編於「盜俠」類，文中唯數字不同。

大盜老僧想洗手不幹，卻奈何不了自己兒子，想假手旁人殺了他，亦難如願。這十六七歲的瘦削少年名字叫做飛飛，眞是今日阿飛的老前輩了。

六　京西店老人

唐朝有個名叫韋行規的人，曾對人敍述他少年時所遇到的一件異事：

他年輕時有一次往京西遊覽，傍晚時分到了一所客店，眼見天色不早，但貪趕路程，還想繼續前進。店前有個老人正在箍桶，對他說：「客官不可趕夜路，這一帶盜賊很多。」韋行規拍一拍腰間的弓箭，笑道：「在下會彎弓射箭，小小毛賊，倒也不在我的心上。」那老人道：「原來客官是位英雄，倒是老漢多言了。」

韋行規乘馬馳了數十里，天已黑了，忽覺身後草中有人躍了出來，跟在馬後。韋行規喝問：「甚麼人？」對方不應，當即彎弓搭箭，連射數箭，此人卻不退去。韋行規連珠箭發，始終傷他不得，一摸箭袋中箭已射盡，不禁大懼，馳馬急奔。

片刻間風雷大作，韋行規縱身下馬，倚大樹而立，見空中電光閃閃，有白光數道，相互盤旋追逐，漸近樹梢，忽覺半空中有物紛紛墮下，一看之下，卻是一根根斷截的樹枝。斷枝越墮越多，漸漸堆積齊膝。這般斬將下來，終於連腦袋也會給削去了，韋行規大驚戰慄，拋下手中長弓，仰頭向空中哀求乞命，跟着跪下拜倒。拜了幾十拜後，電光漸高而滅，風雷亦息。

韋行規看那大樹，只見枝幹已被削盡，成爲半截禿樹，不禁駭然。再去牽坐騎時，卻見馬背鞍子行李都已失卻，不敢再向前行，只得折回客店。見那老人仍在箍桶，韋行規知道遇到了異人，當即拜伏。

老人笑道：「客官勿恃弓箭，須知劍術。」於是引到後院，見馬鞍行李，都在一旁。老人笑道：「你都取回罷，剛才不過試試你而已。」取出桶板一片，但見昨夜所射的羽箭，一一都插在板上。

韋行規大是敬服，請老人收他爲徒，老人不許，但指點了一些擊劍的要道，韋行規也學得了十之一二。

這故事出「酉陽雜俎」。

七　蘭陵老人

唐時黎幹做京兆尹（京城長安的市長），碰到大旱，設祭求雨，觀者數千人。他帶了衙役衞士到達時，衆人紛紛讓路，獨有一名老人站在街頭不避。黎幹大怒，叫人捉了他來，當街杖背二十下。杖擊其背時，聲拍拍然，好像打在牛皮鼓上一般。那老人也不呼痛，杖畢，漫不在乎的揚長而去。

黎幹心下驚異，命一名年老坊卒悄悄跟蹤。一直跟他到了蘭陵里之內，見他走進一道小門，只聽他大聲道：「今天可給人欺侮得夠了，快燒湯罷！」坊卒急忙奔回稟報。

黎幹越想越怕，於是取過一件舊衣，罩在公服之上，和坊卒同到那老人的住處。

這時天已昏黑，坊卒先進去通報。黎幹跟着進門，拜伏於地，說道：「適才有眼不識泰山，得罪了丈人，該死之極。」老人驚起，問道：「是誰引你來的？」黎幹默察對方神色，知道能以理折服，緩緩的道：「在下做京兆尹的官，如果不得百姓尊重，不免壞了規矩。丈人隱身於衆人之中，非有慧眼，難識高明。倘若丈人爲了日間之事而怪罪，未免不大公道，非義士之心也。」老人笑道：「這倒是老夫的不是了。」於是拿了酒菜出來，擺在地下，席地而坐，和黎幹及坊卒同飲。

夜深，談到養身之術，言辭精奧。黎幹又敬又懼。老人道：「老夫有一小技，在大人面前獻醜。」走進內堂，過了良久出來，已換了裝束，身穿紫衣，髮結紅帶，手持長劍短劍七口，舞於庭中。七劍奔躍揮霍，有如電光，時而直進，時而圓轉，黎幹看得眼也花了。有一口二尺餘的短劍，劍鋒時時刺到黎幹的衣襟。黎不禁全身戰慄。老人舞了一頓飯時分，舉手一拋，七劍飛了起來，同時插入地下，成北斗之形，說道：「適才試一試黎君的膽氣。」

黎幹拜倒在地，道：「今後性命，皆丈人所賜，請准許隨侍左右。」老人道：「君骨相中無道氣，不能傳我之術，以後再說罷。」作了個揖，便即入內。

黎幹歸去，氣色如病，照鏡子時才發覺鬍鬚已被割落寸餘。明旣再去蘭陵里尋訪時，室中已無人了。（故事出「酉陽雜俎」）

八　盧生

如果你可以有兩個願望，那是甚麼？相信絕大多數人都會說：第一是長生不老，第二是用不完的錢。中國道家所修練的，主要就是這兩種法術，一是長生術，二是黃白術。黃是黃金，白是白銀。中國的方士們一向相信，可以將水銀加藥料燒鍊而成黃金。西方中世紀的術士們長期來也在進行着相同的鑽研，「煉金術」便是近代化學的祖先。煉金雖然沒有成功，但對物質和元素的性質與變化，卻是知識越來越豐富，終於累積發展而成為近代的化學。

中國道家講究金丹大道。上乘的修士認為那是一種修身養性的氣功。次一等人物希望煉成金丹之後點鐵成金，或燒汞成金，用以救貧濟世。下焉者則是希望大發橫財，金銀取用不絕。中國道家的影響所以始終不衰，自和長生術及黃金術這兩種方術的引人入勝有重大關係。如果再有第三個願望，多半和「性」有關了。所以落於下乘的道家也有「房中術」。

皇帝和大官對黃白術不感興趣，長生術卻是一等一的大事。毛澤東最近屢次指到「吐故納新」四字，這典故源出「莊子」，是後世道家長生術的基本觀念之一，認為吐納（呼吸）得法，可以壽同彭祖。

古代許多高明之士見解很卓越，但對金丹大道卻深信不疑，李白便是其中之一。他有許多詩篇都提到對燒丹修煉之術的嚮往。唐朝皇帝或崇佛教，或好道術，皇帝姓李，便和李耳拉上了關係，所以唐代道家特別盛行。

「酉陽雜俎」中記載了一個盧生的故事。

唐代元和年間，江淮有個姓唐的人，學問相當不錯而好道，到處遊覽名山，人家叫他唐山人。他自稱會「縮錫」之術。所謂縮錫，當是將錫變爲銀子。錫和銀的顏色相像，當時人們相信兩者的性質有類似之處，將價錢便宜的錫凝縮而變爲銀子，自是一個極大的財源。許多人大爲羡慕，要跟着他學。

唐山人出外遊歷，在楚州的客棧之中，遇到一位姓盧的書生，言談之下，甚是投機。盧生也談到爐火修煉的方術，又說他媽媽姓唐，於是便叫唐山人爲舅舅。兩人越談越是高興，當眞相見恨晚。唐山人要到南嶽山去，便邀盧生同行。盧生說有一名親戚在陽羡，正要去探親，和舅舅同行一程，路上有伴，那是再好不過了。

中途錯過了宿頭，在一座僧廟中借宿。兩人說起平生經歷，甚是歡暢，談到半夜，兀自未睡。盧生道：「聽說舅舅善於縮錫之術，可以將此術的要點賜告嗎？」唐山人笑道：「我數十年到處尋師訪道，只學得此術，豈能隨隨便便就傳給你？」盧生不斷的懇求。唐山人推託說，眞要傳授，也無不可，但須擇吉日拜師，同到南嶽拜師之後，便可傳你。

盧生突然臉上變色，厲聲道：「舅舅，非今晚傳授不可，否則的話，可莫怪我對你不起了。」唐山人也怒了，道：「閣下雖叫我舅舅，其實我二人風馬牛不相關，只不過路上偶然相逢，結爲遊伴而已。我敬重你是讀書人，大家客客氣氣，怎可對我耍這種無賴手段？」

盧生捲起衣袖，向他怒目而視，似乎就要跳起來殺人，這樣看了良久，說道：「你當我是甚麼人？我是個殺人不眨眼的刺客。你今晚若不將縮錫之術說了出來，那便死在這寺院之中。」說着從懷中取出一隻黑色皮囊，開囊取出一柄靑光閃閃的匕首，形如新月，左手拿起火堆前的一隻鐵熨斗，揮匕首削去，但聽得嗤嗤聲響，那鐵熨斗便如是土木所製，一片片的隨手而落。

唐山人大驚，只得將縮錫之術說了出來。

盧生這才笑道：「你倒不頑固，剛才險些誤殺了舅舅。」聽他說了良久，這才說道：「我師父是仙人，令我們師兄弟十人周遊天下查察，若見到有人妄自傳授黃白術的，便殺了他，有人傳授添金縮錫之術的也殺。我早通仙術，見你不肯隨便傳人，這才饒你。」說着行了一禮，出廟而去。

唐山人汗流浹背，以後遇到同道中人，常提到此事，鄭重告誡。（事見「酉陽雜俎」）

據我猜想，盧生早聞唐山人之名，想騙他傳授發財秘訣，所以「舅舅、舅舅」的叫得十分親熱，待唐山人堅執不肯，便出匕首威脅，「師父是仙人」云云，只是嚇嚇唐山人而已。又或許唐山人的名氣大了，大家追住了要他傳法，事實上他根本不會，只好造了個故事來推托。錫和銀都是金屬元素，根本不可能將錫變爲銀子。

九　聶隱娘

聶隱娘故事出於裴鉶所作的「傳奇」。裴鉶是唐末大將高駢的從事。高駢好妖術，行爲怪誕。裴鉶這篇傳奇小說中也有很豐富的想像。

尼姑教聶隱娘劍術的步驟，常爲後世武俠小說所模倣：「遂令二女教某攀緣，漸覺身輕如風。一年後，刺猿狖百無一失；後刺虎豹，皆決其首而歸。三年後，能使刺鷹隼無不中。劍之刃漸減五寸，飛禽遇之，不知其來也。」學會刺鳥之後，尼姑帶她到都市之中，指一人給她看，先一一數明此人的罪過，然後叫她割這人的首級來，用的是羊角匕首。

五年後，說某大官害人甚多，吩咐她夜中去行刺。那時候聶隱娘任意殺人，早已毫不困難，但這次遇到了另一種心理上的障碍。她見到那大官在玩弄孩兒，那孩子甚是可愛，一時不忍下手，直到天黑才殺了他的頭。尼姑大加叱責，教她：「以後遇到這種人，必須先殺了他所愛之人，再殺他自己。」可以說是一種「忍的教育」。

聶隱娘自己選擇丈夫，選的是一個以磨鏡子做職業的少年。在唐代，那是一種十分奇特的行爲，她父親是魏博鎮的大將聶鋒，卻不敢干涉，只好依從。

聶鋒死後，魏博節度使知道聶隱娘有異術，便派她丈夫做個小官。後來魏博節度使和陳許節度使劉悟有意見，派聶隱娘去行刺。

劉悟會神算，召了一名牙將來，將他說：「明天一早到城北，去等候一對夫妻，兩人一騎黑驢、一騎白驢。有一隻喜鵲鳴叫，男的用彈弓射之不中，女子奪過丈夫的彈弓，一丸即射死喜鵲，你就恭恭敬敬的上去行禮，說我邀請他們相見。」

第二天果然有這樣的事發生。聶隱娘大爲佩服，就做了劉悟的侍從。魏博節度使再派人去行刺，兩次都得聶隱娘相救。

故事中所說的那個陳許節度使劉悟能神算，豁達大度，魏博節度使遠爲不及。其實劉悟這人是個無賴。「唐書」說他少年時「從惡少年，殺人屠狗，豪橫犯法」。後來和主帥打馬球，劉悟將主帥撞下馬來。主帥要斬他，劉悟破口大罵，主帥佩服他的膽勇，反加重用。

劉悟做了大將後，戰陣之際倒戈反叛，殺了上司李師道而做節度使。他晚年時，有巫師妄語李師道的鬼魂領兵出現。「唐書」記載：「悟惶恐，命禱祭，具千人膳，自往求哀，將易衣，嘔血數斗卒。」可見他對殺害主帥一事心中自咎極深，是一個極佳的心理研究材料。和他同時的魏博節度使先是田弘正，後是李愬，兩人均是唐代名臣，人品都比劉悟高得多了。裴鉶故意大捧劉悟而抑魏帥，當另有政治目的。

唐人入京考進士，常攜了文章先去拜謁名流，希望得到吹噓。普通文章讀來枯燥無味，往往給人抛在一旁，若是瑰麗清靈的傳奇小說，便有機會得到青睞賞識。先有了名聲，考進士就容易中得多了。唐朝的考試制度還沒有後世嚴格，主考官閱卷時可以知道考生的名字。

除了在考進士之前作廣告宣傳、公共關係之外，唐人寫傳奇小說有時含有政治作用。例如「補江總白猿傳」的用意是攻擊政敵歐陽詢，說他是妖猿之子。牛李黨爭之際，李黨人士寫傳奇小說影射攻擊牛僧儒，說他和女鬼私通，而女鬼則是頗有忌諱的前朝后妃。

劉悟明明是個粗魯的武人。「資治通鑑」中說：「悟多力，好手搏，得鄆州三日，則教軍中壯士手搏，與魏博使者庭觀之，自搖肩攘臂，離座以助其勢。」這情形倒和今日的摔角觀衆十分相似。朝廷當時要調他的職，怕他兵權在手，不肯奉命。魏博節度使田弘正卻料他沒有甚麼能爲。果然「悟聞制下，手足失墜，明日，遂行。」（一接到朝廷的命令，不由得手足無措，第二日就乖乖的去了。）

裴鉶寫這篇傳奇，卻故意抬高劉悟的身分。據我猜想，裴鉶是以劉悟來影射他的上司高駢，是一種拍馬手法。劉悟和監軍劉承偕不睦，勢如水火。監軍是皇帝派在軍隊裏監視司令長官的親信太監，權力很大，相當於當代的黨代表或政委。劉承偕想將劉悟抓起來送到京城去，卻給劉悟先下手爲強，將劉承偕手下的衞兵都殺了，將他關了起來，一直不放。皇帝無法可施。有大臣獻計，不如公然宣布劉承偕的罪狀，命劉悟將他殺了。但劉承偕是皇太后的乾兒子，皇帝不肯殺他，後來宣布將劉承偕充軍，劉悟這才放了他。

高駢是唐僖宗派去對抗黃巢的大將，那時僖宗避黃巢之亂，逃到四川，朝政大權都在太監田令孜的手裏。高駢和田令孜鬥爭得很劇烈，不奉朝廷的命令。裴鉶大捧劉悟，主要的着眼點當在讚揚他以辣手對付皇帝的親信太監，令朝廷毫無辦法，只好屈服。

精精兒、空空兒去行刺劉悟一節，寫得生動之極，「妙手空空兒」一詞，已成爲我們日常語言的一部份。這段情節也有政治上的動機。

唐朝之亡，和高駢有很大關係。唐僖宗命他統率大軍，對抗黃巢，但他按兵不動，把局勢搞得糟不可言。此人本來很會打仗，到得晚年卻十分怕死，迷信神仙長生之說，任用妖人呂用之而疏遠舊將。

呂用之又薦了個同黨張守一，一同裝神弄鬼，迷惑高駢。當時朝中的宰相鄭畋和高駢的關係很不好，雙方不斷文書來往，辯駁攻忤。「資治通鑑」中載有一個十分有趣的故事：

僖宗中和二年，即公元八八二年，「駢和鄭畋有隙。用之謂駢曰：『宰相有遣刺客來刺公者，今夕至矣！』駢大懼，問計安出。用之曰：『張先生嘗學斯術，可以禦之。』駢請於守一，守一許諾。乃使駢衣婦人之服，潛於他室，而守一代居駢寢榻中，夜擲銅器於階，令鏗然有聲，又密以囊盛彘血，潛於庭宇，如格鬥之狀。及旦，笑謂駢曰：『幾落奴手！』駢泣謝曰：『先生於駢，乃更生之惠也！』厚酬以金寶。」

在庭宇間大擲銅器，大灑豬血，裝作與刺客格鬥，居然騙得高駢深信不疑。但高駢是聰明人，時間日久了，未必不會懷疑，然如讀了「聶隱娘」傳，那一定疑心大去了。

精精兒先來行刺劉悟，格鬥良久，爲聶隱娘所殺。後來妙手空空兒繼至，聶隱娘知道不是他敵手，要劉悟用玉器圍在頭頸周圍，到得半夜，「果聞項上鏗然聲甚厲」，「後視其玉，果有匕首劃處，痕逾數分。自此劉轉厚禮之。」行刺的情形，豈不與呂用之、張守一布置的騙局十分相像？現在我們讀這篇傳奇，當然知道其中所說的神怪之事都是無稽之談，但高駢深信神仙，一定會信以爲眞。

「通鑑」中記載：「用之每對駢呵叱風雨，仰揖空際，云有神仙過雲表，駢輒隨而拜之。

然後賂駢左右，使伺駢動靜，共爲欺罔，駢不之寤。左右小有異議者，輒爲用之陷死不旋踵。」如果呂用之要裴鉶寫這樣一篇文章，證明這種事以前也發生過，看來裴鉶也不敢不寫；也許，裴鉶是受了呂用之豐富的「稿費」。

這猜測只是我的一種推想，以前無人說過，也拿不出甚麼證據。

我覺這篇傳奇中寫得最好的人物是妙手空空兒，聶隱娘說「空空兒之神術，人莫能窺其用，鬼莫得躡其蹤」。他出手只是一招，一擊不中，便即飄然遠引，決不出第二招。自來武俠小說中，從未有過如此驕傲而飄逸的人物。

「太平廣記」第一百九十四卷「聶隱娘」條中，陳許節度使作劉昌裔，與史實較合。劉昌裔是策士、參謀一類人物，做過陳許節度使。劉悟則做的是義成節度使。兩人是同時代的人。

附錄　聶隱娘

聶隱娘者，貞元中魏博大將聶鋒之女也。年方十歲，有尼乞食於鋒舍，見隱娘，悅之，云：「問押衙乞取此女教。」鋒大怒，叱尼。尼曰：「任押衙鐵櫃中盛，亦須偷去矣。」及夜，果失隱娘所向。鋒大驚駭，令人搜尋，曾無影響。父母每思之，相對涕泣而已。

後五年，尼送隱娘歸，告鋒曰：「教已成矣，子卻領取。」尼欻亦不見。一家悲喜，問其所學。曰：「初但讀經念咒，餘無他也。」鋒不信，懇詰。隱娘曰：「眞說又恐不信，如何？」鋒曰：「但眞說之。」

曰：「隱娘初被尼挈，不知行幾里。及明，至大石穴中，嵌空數十步，寂無居人。猿狖極多，松蘿益邃。已有二女，亦十歲。皆聰明婉麗，不食，能於峭壁上飛走，若捷猱登木，無有蹶失。尼與我藥一粒，兼令長執寶劍一口，長二尺許，鋒利吹毛，令剸逐二女攀緣，漸覺身輕如風。一年後，刺猿狖百無一失。後刺虎豹，皆決其首而歸。三年後能飛，使刺鷹隼，無不中。劍之刃漸減五寸，飛禽遇之，不知其來也。至四年，留二女守穴。挈我於都市，不知何處也。指其人者，一一數其過，曰：『爲我刺其首來，無使知覺。定其膽，若飛鳥之容易也。』受以羊角匕，刀廣三寸，遂白日刺其人於都市，人莫能見。以首入囊，返主人舍，以藥化之爲水。五年，又曰：『某大僚有罪，無故害人若干，夜可入其室，決其首來。』又攜匕首入室，度其門隙無有障礙，伏之梁上。至瞑，持得其首而歸。尼大怒：『何太晚如是？』某云：『見前人戲弄一兒，可愛，未忍便下手。』尼叱曰：『已後遇此輩，先斷其所愛，然後決之。』某拜謝。尼曰：『吾爲汝開腦後，藏匕首而無所傷。用即抽之。』曰：『汝術已成，可歸家。』遂送還，云：『後二十年，方可一見。』」

鋒聞語甚懼。後遇夜即失蹤，及明而返。鋒已不敢詰之，因茲亦不甚憐愛。

忽值磨鏡少年及門，女曰：「此人可與我爲夫。」白父，父不敢不從，遂嫁之。其夫但能淬鏡，餘無他能。父乃給衣食甚豐。外室而居。數年後，父卒。魏帥稍知其異，遂以金帛署爲左右吏。

如此又數年，至元和間，魏帥與陳許節度使劉悟不協，使隱娘賊其首。隱娘辭帥之許。

劉能神算，已知其來。召衙將，令來日早至城北，候一丈夫一女子各跨白黑衞至門，遇有鵲前噪，丈夫以弓彈之不中。妻奪夫彈，一丸而斃鵲者，揖之云：吾欲相見，故遠相祗迎也。

衙將受約束，遇之。隱娘夫妻曰：「劉僕射果神人。不然者，何以洞吾也。願見劉公。」劉勞之。隱娘夫妻拜曰：「合負僕射萬死。」劉曰：「不然，各親其主，人之常事。魏今與許何異。願請留此，勿相疑也。」隱娘謝曰：「僕射左右無人，願舍彼而就此，服公神明也。」知魏帥不及劉。劉問其所須。曰：「每日只要錢二百文足矣。」乃依所請。忽不見二衞所之。劉使人尋之，不知所向。後潛於布囊中見二紙衞，一黑一白。

後月餘，白劉曰：「彼未知止，必使人繼至。今宵請剪髮繫之以紅綃，送于魏帥枕前，以表不迴。」劉聽之，至四更，卻返，曰：「送其信矣。後夜必使精精兒來殺某及賊僕射之首。此時亦萬計殺之。乞不憂耳。」

劉豁達大度，亦無畏色。是夜明燭，半宵之後，果有二幡子，一紅一白，飄飄然如相擊于牀四隅。良久，見一人望空而踣，身首異處。隱娘亦出曰：「精精兒已斃。」拽出于堂之下，以藥化爲水，毛髮不存矣。

隱娘曰：「後夜當使妙手空空兒繼至。空空兒之神術，人莫能窺其用，鬼莫得躡其蹤。能從空虛而入冥，善無形而滅影，隱娘之藝，故不能造其境。此即繫僕射之福耳。但以于闐玉周其頸，擁以衾，隱娘當化爲蠛蠓，潛入僕射腸中聽伺，其餘無逃避處。」劉如言。至三更，瞑目未熟。果聞項上鏗然，聲甚厲。隱娘自劉口中躍出，賀曰：「僕射無患矣。此人如俊鶻，一搏不中，即翩然遠逝，恥其不中，纔未逾一更，已千里矣。」後視其玉，果有匕首劃處，痕逾數分。

自此劉厚禮之。自元和八年，劉自許入覲，隱娘不願從焉。云：「自此尋山水，訪至人，但乞一虛給與其夫。」劉如約，後漸不知所之。及劉薨於統軍，隱娘亦鞭驢而一至京師柩前，慟哭而去。

開成年，昌裔（此處作劉「昌裔」而不作劉悟）子縱除陵州刺史，至蜀棧道，遇隱娘，貌若當時。甚喜相見，依前跨白衛如故。語縱曰：「郎君大災，不合適此。」出藥一粒，令縱吞之。云：「來年火急拋官歸洛，方脫此禍。吾藥力只保一年患耳。」縱亦不甚信。遺其繒綵，隱娘一無所受，但沉醉而去。後一年，縱不休官，果卒於陵州。自此無復有人見隱娘矣。

十 荆十三娘

唐末，浙江溫州有個進士，名叫趙中立，慷慨重義，性喜結交朋友。有一次到蘇州，在支山禪院借住。有一位很有錢的女商荆十三娘，正在廟裏為亡夫作法事，見到趙中立後，很愛慕他。兩個人就同居了，儼若夫婦，一起到揚州去。趙中立對待朋友十分豪爽，出手闊綽，花了荆十三娘不少資財。十三娘心愛郎君，也不以為意。

趙中立在揚州有個朋友李正郎。李有個弟弟，排行第三十九。李三十九郎在風月場中結識了個妓女，兩人互相愛戀。可是這妓女的父母貪慕權勢錢財，強將女兒拿去送給諸葛殷。

當時揚州歸大將高駢管轄。高駢迷信神仙，在他左右用事的方士，除了呂用之和張守一外，還有個諸葛殷。「資治通鑑」中描寫高駢和諸葛殷相處的情形，很是生動有趣：

「殷始自鄱陽來，用之先言於駢曰：『玉皇以公職事繁重，輟左右尊神一人，佐公為理，公善遇之；欲其久留，亦可縻以人間重職。』明日，殷謁見，詭辯風生，駢以為神，補鹽鐵劇職。駢嚴潔，甥姪輩未嘗得接坐。殷病風疽，搔捫不替手，膿血滿爪，駢獨與之同席促膝，傳杯器而食。左右以為言，駢曰：『神仙以此試人耳！』駢有畜犬，聞其腥穢，多來近之。駢怪之，殷笑曰：『殷嘗於玉皇前見之，別來數百年，猶相識。』」

這諸葛殷管揚州的鹽鐵稅務，自然權大錢多。李三十九郎無法與之相抗，極是悲哀，又怕諸葛殷加禍，只有暗自飲泣。有一次偶然和荆十三娘談起這件事。荆十三娘道：「這是小事一樁，不必難過，我來給你辦好了。你先過江去，六月六日正午，在潤州（鎮江）北固山等我便了。」

李三十九郎依時在北固山下相候，只見荆十三娘負了一個大布袋而來。打開布袋，李的愛妓跳了出來，還有兩個人頭，卻是那妓女的父母。

後來荆十三娘和趙中立同回浙江，後事如何，便不知道了。

這故事出「北夢瑣言」。打開布袋，跳出來的是自己心愛的靚女，倒像是外國雜誌中常見的漫畫題材：聖誕老人打開布袋，取出個美女來做聖誕禮物。

十一　紅綫

「紅綫傳」是唐末袁郊所作「甘澤謠」九則故事中最精采的一則。

袁郊在昭宗朝做翰林學士和虢州刺史，曾和溫庭筠唱和。「紅綫傳」在「唐代叢書」作楊巨源作。但「甘澤謠」中其他各則故事的文體及思想風格，和「紅綫傳」甚爲相似，相信此文當爲袁郊所作。當時安史大亂之餘，藩鎭間又攻伐不休，兵連禍結，民不聊生。鄭振鐸說此文作於咸通戊子（公元八六八年）。該年龐勛作亂，震動天下。袁郊此文當是反映了人民對和平的想望。

故事中的兩個節度使薛嵩和田承嗣，本來都是安祿山部下的大將，安祿山死後，屬史思明，後來投降唐室而得爲節度使，其實都是反覆無常的武人。

紅綫當時十九歲，不但身具異術，而且「善彈阮咸，又通經史」，是個文武全才的俠女，其他的劍俠故事中少有這樣的人物。「紅綫傳」所以流傳得這麼廣，或許是由於她用一種巧妙而神奇的行動來消弭了一場兵災，正合於一般中國人「大事化小事，小事化無事」的理想。

唐人一般傳奇都是用散文寫的，但「紅綫傳」中雜以若干晶瑩如珠玉的駢文，另有一股特殊的光彩。

文中描寫紅綫出發時的神態裝束很是細膩，在一件重大的行動之前，先將主角描述一番：「乃入闈房，飾其行具，梳烏蠻髻，貫金雀釵，衣紫繡短袍，繫青絲絢履，胸前佩龍文匕首，額上書太乙神名，再拜而行，倏忽不見。」

盜金合的經過，由她以第一人稱向薛嵩口述，也和一般傳奇中第三人稱的寫法不同。她敍述田承嗣寢帳內外的情形：「聞外宅兒止於房廊，睡聲雷動；見中軍卒步於庭下，傳叫風生……時則蠟炬煙微，爐香燼委。侍人四布，兵仗交羅。或頭觸屏風，鼾而嚲者，或手持巾拂，寢而伸者。」（與附錄中的文字微有不同，這一類傳奇小說多經傳鈔，並無定本）似乎是一連串動中有靜、靜中有動的電影鏡頭。她盜金合離開魏城後，將行二百里，「見銅台高揭，漳水東流。晨飇動野，斜月在林」，十七個字寫出了一幅壯麗的畫面。

紅綫敍述生前本爲男子，因醫死了一個孕婦而轉世爲女子，這一節是全文的敗筆。轉世投胎的觀念特別爲袁郊所喜，「甘澤謠」另一則故事「圓觀」也寫此事。那自然都是佛教的觀念。

結尾極是飄逸有致。紅綫告辭時，薛嵩「廣爲餞別，悉集賓僚，夜宴中堂。嵩以歌送紅綫酒，請座客吟朝陽爲詞，詞曰：『採菱歌怨木蘭舟，送客魂消百尺樓，還似洛妃乘霧去，碧天無際水空流。』歌竟，嵩不勝其悲。紅綫拜且泣，因僞醉離席，遂亡所在。」這段文字既豪邁而又纏綿，有英雄之氣，兒女之意，明滅隱約，餘韻不盡，是武俠小說的上乘片段。

附錄　紅綫

紅綫，潞州節度使薛嵩青衣，善彈阮，又通經文，嵩遣掌牋表，號曰內記室。時軍中大宴，紅綫謂嵩曰：「羯鼓之音調頗悲，其擊者必有事也。」嵩亦明曉音律，曰：「如汝所言。」乃召而問之，云：「某妻昨夜亡，不敢乞假。」嵩遽遣放歸。

時至德之後，兩河未寧，初置昭義軍，以釜陽爲鎭，命嵩固守，控壓山東。殺傷之餘，軍府草創。朝廷復遣嵩女嫁魏博節度使田承嗣男，嵩男娶滑州節度使令狐章女。三鎭互爲姻婭，人使日浹往來。而田承嗣常患熱毒風，遇夏增劇。每曰：「我若移鎭山東，納其涼冷，可緩數年之命。」乃募軍中武勇十倍者得三千人，號外宅男，而厚卹養之。常令三百人夜直州宅，卜選良日，將遷潞州。

嵩聞之，日夜憂悶，咄咄自語，計無所出。時夜漏將傳，轅門已閉，杖策庭除，唯紅綫從行。紅綫曰：「主自一月，不遑寢食。意有所屬，豈無鄰境乎？」嵩曰：「事繫安危，非汝能料。」紅綫曰：「某雖賤品，亦有解主憂者。」嵩乃具告其事，曰：「我承祖父遺業，受國家重恩，一旦失其疆土，即數百年勳業盡矣。」紅綫曰：「易爾。不足勞主憂。乞放某一到魏郡，看其形勢，覘其有無。今一更首途，三更可以復命。請先定一走馬兼具寒暄書，其他即俟某卻迴也。」嵩大驚曰：「不知汝是異人，我之暗也。然事若不濟，反速其禍，奈何？」紅綫曰：「某之行，無不濟者。」

乃入閨房，飾其行具。梳烏蠻髻，攢金鳳釵，衣紫繡短袍，繫青絲輕履。胸前佩龍文匕首，額上書太乙神名。再拜而倏忽不見。

嵩乃返身閉戶，背燭危坐。常時飲酒，不過數合，是夕舉觴十餘不醉。忽聞曉角吟風，一葉墜露，驚而試問，即紅綫迴矣。嵩喜而慰問曰：「事諧否？」曰：「不敢辱命。」又問曰：「無傷殺否？」曰：「不至是。但取牀頭金合爲信耳。」

紅綫曰：「某子夜前三刻，即到魏郡，凡歷數門，遂及寢所。聞外宅男止於房廊，睡聲雷動。見中軍卒步於庭廡，傳呼風生。乃發其左扉，抵其寢帳。見田親家翁止於帳內，鼓趺酣眠，頭枕文犀，髻包黃縠，枕前露一七星劍。劍前仰開一金合，合內書生身甲子與北斗神名。復有名香美珍，散覆其上。揚威玉帳，但期心豁於生前；同夢蘭堂，不覺命懸於手下。寧勞擒縱，只益傷嗟。時則蠟炬光凝，爐香燼煨，侍人四布，兵器森羅。或頭觸屏風，鼾而嚲者；或手持巾拂，寢而伸者。某拔其簪珥，縻其襦裳，如病如昏，皆不能寤；遂持金合以歸。既出魏城西門，將行二百里，見銅臺高揭，而漳水東注，晨飈動野，斜月在林。憂往喜還，頓忘於行役；感知酬德，聊副於心期。所以夜漏三時，往返七百里；入危邦，經五六城；冀減主憂，敢言其苦。」

嵩乃發使遺承嗣書曰：「昨夜有客從魏中來，云：自元帥牀頭獲一金合，不敢留駐，謹卻封納。」專使星馳，夜半方到。見搜捕金合，一軍憂疑。使者以馬撾扣門，非時請見。承嗣遽出，以金合授之。捧承之時，驚怛絕倒。遂駐使者止於宅中，狎以宴私，多其賜賚。明日遣使齎繒帛三萬疋，名馬二百匹，他物稱是，以獻於嵩曰：「某之首領，繫在恩私。便宜知過自新，不復更貽伊戚。專膺指使，敢議姻親。役當奉轂後車，來則揮鞭前馬。所置紀綱僕號爲外宅男者，本防他盜，亦非異圖。今並脫其甲裳，放歸田畝矣。」

由是一兩月內，河北河南，人使交至。而紅綫辭去。嵩曰：「汝生我家，而今欲安往？又方賴汝，豈可議行？」

紅綫曰：「某前世本男子，歷江湖間，讀神農藥書，救世人災患。時里有孕婦，忽患蠱癥，某以芫花酒下之。婦人與腹中二子俱斃。是某一舉殺三人。陰司見誅，降爲女子。使身居賤隸，而氣稟賊星，所幸生於公家，今十九年矣。身厭羅綺，口窮甘鮮，寵待有加，榮亦至矣。況國家建極，慶且無疆。此輩背違天理，當盡弭患。昨往魏都，以示報恩。兩地保其城池，萬人全其性命，使亂臣知懼，烈士安謀。某一婦人，功亦不小。固可贖其前罪，還其本身。便當遁迹塵中，棲心物外，澄清一氣，生死長存。」嵩曰：「不然，遺爾千金爲居山之所給。」紅綫曰：「事關來世，安可預謀。」

嵩知不可駐，乃廣爲餞別，悉集賓客，夜宴中堂。嵩以歌送紅綫，請座客吟朝陽爲詞曰：「採菱歌怨木蘭舟，送別魂消百尺樓。還似洛妃乘霧去，碧天無際水長流。」歌畢，嵩不勝悲。紅綫拜且泣，因僞醉離席，遂亡其所在。

十二 王敬宏僕

唐文宗皇帝很喜愛一個白玉彫成的枕頭，那是德宗朝于闐國所進貢的，彫琢奇巧，眞是希世之寶，平日放在寢殿的帳中，有一天忽然不見了。皇帝寢殿守衛十分嚴密，若不是得寵的嬪妃，無人能夠進入。寢殿中另外許多珍寶古玩卻又一件沒有失去。

文宗驚駭良久，下詔搜捕偷玉枕的大盜，對近衛大臣和統領禁軍的兩個中尉說：「這不是外來的盜賊，偷枕之人一定在禁宮附近。倘若拿他不到，只怕尚有其他變故。一個枕頭給盜去了，也沒甚麼可惜，但你們負責守衛皇宮，非捉到這大盜不可。否則此人在我寢宮中要來便來，要去便去，要這許多侍衛何用？」

衆官員惶慄謝罪，請皇帝寬限數日，自當全力緝拿。於是懸下重賞，但一直找不到半點綫索。聖旨嚴切，凡是稍有嫌疑的，一個個都捉去查問，坊曲閭里之間，到處都查到了，卻如石沉大海，衆官無不發愁。

龍武二蕃將王敬宏身邊有一名小僕，年甫十八九歲，神彩俊利，差他去辦甚麼事，無不妥善。有一日，王敬宏和同僚在威遠軍會宴，他有一侍兒善彈琵琶，衆賓客酒酣，請她彈奏，但該處的樂器不合用，那侍兒不肯彈。時已夜深，軍門已閉，無法去取她用慣的琵琶，衆人都覺失望。小僕道：「要琵琶，我即刻去取來便是。」王敬宏道：「禁鼓一響，軍門便鎖上了，平時難道你不見嗎？怎地胡說八道？」小僕也不多說，退了出去。衆將再飲數巡，小僕捧了一隻繡囊到來，打開繡囊，便是那個琵琶。座客大喜，侍兒盡心彈奏數曲，清音朗朗，合座盡歡。

從南軍到左廣來回三十餘里，而且入夜之後，嚴禁通行，這小僕居然倏忽往來。其時搜捕盜玉枕賊甚嚴，王敬宏心下驚疑不定，生怕皇帝的玉枕便是他偷的。宴罷，第二天早晨回到府中，對小僕道：「你跟我已一年多了，卻不知你身手如此矯捷。我聽說世上有俠士，難道你就是麼？」小僕道：「不是的，只不過我走路特別快些罷了。」

那小僕又道：「小人父母都在四川，年前偶然來到京師，現下想回故鄉。蒙將軍收養厚待，有一事欲報將軍之恩。偷枕者是誰，小人已知，三數日內，當令其伏罪。」

王敬宏道：「這件事非同小可，如果拿不到賊人，不知將累死多少無辜之人。這賊人在那裏？能稟報官府、派人去捉拿麼？」

小僕道：「那玉枕是田膨郎偷的。他有時在市井之中，有時混入軍營，行止無定。此人勇力過人，奔走如風，若不是將他的脚折斷了，那麼便是千軍萬騎前去捉拿，也會給他逃走了。再過兩晚後，我到望仙門相候，乘機擒拿，當可得手。請將軍和小人同去觀看。但必須嚴守秘密，防他得訊後高飛遠走。」

其時天旱已久，早晨塵埃極大，車馬來往，數步外就見不到人。田膨郎和同伴少年數人，臂挽臂的走入城門。小僕手執擊馬球的球杖，從門內一杖橫掃出來，拍的一聲響，打斷了田膨郎的左足。

田膨郎摔倒在地，見到小僕，嘆道：「我偷了玉枕，甚麼人都不怕，就只忌你一人。既在這裏撞到了，還有甚麼可說的。」

將他抬到神策軍左軍和右軍之中，田膨郎毫不隱瞞，全部招認。

文宗得報偷枕賊已獲，又知是禁軍拿獲的，當下命將田膨郎提來御前，親自詰問。田膨郎具直奏陳。文宗道：「這是任俠之流，並非尋常盜賊。」本來拘禁的數百名嫌疑犯，當即都釋放了。

那小僕一捉到田膨郎，便拜別了王敬宏回歸四川。朝廷找他不到，只好重賞王敬宏。（故事出康駢「劇談錄」，篇名「田膨郎」。）

文宗便是「甘露之禍」的主角。當時禁軍神策軍的統領叫做中尉，左軍右軍的中尉都由宦官出任。憲宗（文宗的祖父）、敬宗（文宗之兄）均為宦官所殺，穆宗（文宗的父親）、文宗則為宦官所立。由於「槍桿子裏面出政權」，皇帝為宦官所制，文宗想殺宦官，未能成功，終於鬱鬱而終。

王敬宏是龍武軍的將軍，龍武軍屬北軍，也是禁軍的一個兵種，他是受宦官指揮的。

十三　崑崙磨勒

「崑崙奴」也是裴鉶所作。裴鉶作「傳奇」三卷，原書久佚，「太平廣記」錄有四則，得以流傳至今。「聶隱娘」和「崑崙奴」是其中特別出名的。「崑崙奴」一文亦有記其作者為南唐大詞人馮延巳的，似無甚根據。本文在「劍俠傳」一書中也有收錄。「劍俠傳」託言唐代段成式作，其實是明人所輯，其中「京西店老人」等各則，確是段成式所作，收入段氏所著的「酉陽雜俎」。

故事中所說唐大歷年間「蓋天之勛臣一品」，當是指郭子儀而言。這位一品大官的艷姬為崔生所盜，發覺後並不追究，也和郭子儀豁達大度的性格相符。

關於崑崙奴的種族，近人大都認為他是非洲黑人。鄭振鐸「中國文學史」中說：「『崑崙奴』一作，也甚可注意。所謂『崑崙奴』，據我們的推測，或當是非洲的尼格羅人，以其來自極西，故以『崑崙奴』名之。唐代敍『崑崙奴』之事的，於裴氏外，他文裏尚有之，皆可證明其實為非洲黑種人。這可見唐系國內，所含納的人種是極為複雜的，又其和世界各地的交通，也是極為通暢廣大的。」

但我忽發奇想，這崑崙奴名叫磨勒，說不定是印度人。磨勒就是摩囉。香港人不是叫印度人為摩囉差嗎？唐代和印度有交通，玄奘就曾到印度留學取經，來幾個摩囉人也不希奇。印度人來中國，須越崑崙山，稱為崑崙奴，很說得通。如果是非洲黑人，相隔未免太遠了。武俠小說談到武術，總是推崇少林。少林寺的祖師達摩老祖是印度人，一般武俠小說認為他是中國武術的創始人之一（但歷史上無根據）。磨勒後來在洛陽市上賣藥。賣藥的生活方式，也似乎更和印度人相近，非洲黑人恐怕不懂藥性。「舊唐書・南蠻傳」云：「自林邑以南，皆拳髮黑身，通號為崑崙」，有些學者則認為是指馬來人而言。

唐人傳奇中有三個美麗女子都以紅字為名。以人品作為而論，紅綫最高，紅拂其次，紅綃最差。紅綃向崔生作手勢打啞謎，很是莫名其妙，若無磨勒，崔生怎能逾高牆十餘重而入歌妓第三院？她私奔之時，磨勒為她負出「囊橐妝奩」，一連來回三次，簡直是大規模的捲逃。崔生被一品召問時，把罰責都推在磨勒身上，任由一品發兵捉他，一點也不加迴護，不是個有義氣之人，只不過是個「容貌如玉」而為紅綃看中的小白臉而已。崔生當時做「千牛」，那是御前帶刀侍衛，「千牛」本是刀名，後來引伸為侍衛官。

附錄　崑崙奴

大曆中有崔生者，其父為顯僚，與蓋代之勳臣一品者熟。生是時為千牛，其父使往省一品疾。生少年容貌如玉，性稟孤介，舉止安詳，發言清雅。一品命妓軸簾召生入室，生拜傳父命，一品忻然愛慕，命坐與語。時三妓人，艷皆絕代，居前以金甌貯含桃而擘之，沃以甘酪而進。一品遂命衣紅綃妓者，擎一甌與生食。生少年赧妓輩，終不食。一品命紅綃妓以匙而進之，生不得已而食，妓哂之。遂告辭而去。一品曰：「郎君閒暇，必須一相訪，無間老夫也。」命紅綃送出院。

時生回顧，妓立三指，又反三掌者，然後指胸前小鏡子，云：「記取。」餘更無言。

生歸達一品意，返學院，神迷意奪，語減容沮，怳然凝思，日不暇食。但吟詩曰：「誤到蓬山頂上遊，明璫玉女動星眸。朱扉半掩深宮月，應照璚芝雪艷愁。」左右莫能究其意。

時家中有崑崙奴磨勒，顧瞻郎君曰：「心中有何事，如此抱恨不已？何不報老奴？」生曰：「汝輩何知，而問我襟懷間事？」磨勒曰：「但言，當爲郎君解釋。遠近必能成之。」生駭其言異，遂具告知。磨勒曰：「此小事耳，何不早言之，而自苦耶？」生又白其隱語。勒曰：「有何難會。立三指者，一品中有十院歌姬，此乃第三院耳。返掌三者，數十五指，以應十五日之數。胸前小鏡子，十五夜月圓如鏡，令郎來耶？」生大喜，不自勝，謂磨勒曰：「何計而能導達我鬱結？」磨勒笑曰：「後夜乃十五夜，請深青絹兩疋，爲郎君製束身之衣，一品宅有猛犬守歌妓院門，非常人不得輒入，入必噬殺之。其警如神，其猛如虎。即曹州孟海之犬也。世間非老奴不能斃此犬耳。今夕當爲郎君撾殺之。」遂宴犒以酒肉，至三更，携鍊椎而往，食頃而回曰：「犬已斃訖，固無障塞耳。」是夜三更，與生衣青衣，遂負而踰十重垣，乃入歌妓院內，止第三門。繡戶不扃，金釭微明，惟聞妓長嘆而坐，若有所俟。翠環初墜，紅臉纔舒，玉恨無妍，珠愁轉瑩。但吟詩曰：「深洞鶯啼恨阮郎，偷來花下解珠璫。碧雲飄斷音書絕，空倚玉簫愁鳳凰。」侍衛皆寢，鄰近闃然。

生遂緩搴簾而入。良久，驗是生。姬躍下榻執生手曰：「知郎君穎悟，必能默識，所以手語耳。又不知郎君有何神術，而能至此？」生具告磨勒之謀，負荷而至。姬曰：「磨勒何在？」曰：「簾外耳。」遂召入，以金甌酌酒而飲之。姬白生曰：「某家本富，居在朔方。主人擁旄，逼為姬僕。不能自死，尚且偷生，臉雖鉛華，心頗鬱結。縱玉筯舉饌，金鑪泛香，雲屏而每進綺羅，繡被而常眠珠翠，皆非所願，如在桎梏。賢爪牙既有神術，何妨為脫狴牢。所願既申，雖死不悔。論為僕隸，願侍光容。又不知郎君高意如何？」生愀然不語。磨勒曰：「娘子既堅確如是，此亦小事而。」姬甚喜。磨勒請先為姬負其囊橐粧奩，如此三復焉。然後曰：「恐遲明。」遂負生與姬而飛出峻垣十餘重。一品家之守禦，無有警者。遂歸學院而匿之。

及旦，一品家方覺。又見犬已斃，一品大駭曰：「我家門垣，從來邃密，扃鎖甚嚴，勢似飛騰，寂無行迹，此必俠士而挈之，無更聲聞，徒為患禍耳。」

姬隱崔生家二載，因花時駕小車而遊曲江，為一品家人潛誌認。遂白一品。一品異之。召崔生而詰之。事懼而不敢隱，遂細言端由，皆因奴磨勒負荷而去。一品曰：「是姬大罪過。但郎君驅使踰年，即不能問是非。某須為天下人除害。」命甲士五十人，嚴持兵仗，圍崔生院，使擒磨勒。磨勒遂持匕首飛出高垣，瞥若翅翎，疾同鷹隼，攢矢如雨，莫能中之。頃刻之間，不知所向，然崔家大驚愕。

後一品悔懼，每夕多以家童持劍戟自衛，如此周歲方止。後十餘年，崔家有人見磨勒賣藥於洛陽市，容貌如舊耳。

十四　四明頭陀

四川人許寂，少年時在浙江四明山向晉徽君學易經。有一日，有一對夫婦帶了一壺酒，到山上來借宿。許寂問他們從那裏來，答稱今日離剡縣而來。許寂說：「道路甚遠，那裏一日能到？」夫婦二人不答，許寂心下甚是奇怪，但見夫婦二人年紀甚輕，女的十分美貌，但神態嚴肅，很少說話。

當天晚上，二人拿了那壺酒出來，請許寂同飲。那男子取出一塊拍板，板上釘滿了銅釘，打起拍板，吭聲高歌，歌詞中講的都是劍術之道。唱了一會，從衣袖中取出兩物，一拉開，口中吆喝，只見兩口明晃晃的利劍躍將起來，在許寂頭頂盤旋交擊，光閃如電，雙劍相擊，聲鏗鏗不絕。許寂甚是驚駭，不敢稍動。過了一會，那男子收劍入匣，飲畢就寢。次日早晨去看二人時，室內只餘空榻，兩夫婦早已走了。

到午間，有一個頭陀來尋這對夫婦。許寂將經過情形向他說了。頭陀道：「我也是同道中人，道士願學劍術麼？」那時許寂穿的是道服，所以頭陀稱他為道士。許寂推辭道：「我從小研修玄學，不願學劍。」頭陀傲然而笑，向許寂要了些淨水來抹抹脚，徘徊間便失卻了影蹤。後來許寂又在華陰遇到他，才知道他是劍俠一流人物。

杜光庭（即「虬髯客傳」的作者）從京城長安到四川，宿於梓潼廳。到達不久，又有一僧到來。縣宰周某與這僧人本來相識。僧人對他說：「今日自興元來。」兩地相隔甚遠，一日而至，杜光庭甚爲詫異。明日一早僧人就走了。縣宰對杜光庭說：「此僧人會『鹿盧蹻』的輕身功夫，是劍俠中人。」唐時的方術中，有所謂龍蹻、虎蹻、鹿盧蹻，都是輕身飛行之術。

詩僧齊己，曾在潙山松下見到一僧，於指甲下抽出兩口劍，稍加舞動，跳躍淩空而去。

這則故事原名「許寂」，出孫光憲的「北夢瑣言」，其實包含了三個故事，三個故事都沒有甚麼精采，只是那對少年夫婦携酒壺上山，信宿而去，有些飄逸之意，歌聲中述劍術之道，也有意境。那頭陀趕上山來，不知是他們的朋友還是仇人。

孫光憲是五代「花間派」詞人，名氣很大。我覺得他的詞並無多大新意。「花間集」選他的詞共六十首，其中三首「浣溪沙」比較寫得生動活潑：

「半踏長裾宛約行，晚簾疎處見分明。此時堪恨昧平生。　早是消魂殘燭影，更愁聞着品絃聲。杳無消息若爲情？」

「烏帽斜欹倒佩魚，靜街偷步訪仙居，隔牆應認打門初。　將見客時微掩斂，得人憐處且生疏，低頭羞問壁間書。」

「風遞殘香山繡簾，團窠金鳳舞襜襜。落花微雨恨相兼。　何處去來狂太甚，空推宿酒睡無厭，爭教人不別猜嫌？」

十五　丁秀才

朗州道士羅少微，在茅山紫陽觀寄住。有一個丁秀才也住在觀裏。這秀才的擧動談吐，與平常人也沒有甚麼不同，只不過對於應擧求官並不怎麼熱心。他在觀中一住數年，觀主一直對他很客氣。一晚隆冬大雪，幾個道士和丁秀才圍爐閒談，大家說天氣這樣冷，這時若有肥羊美酒，那眞是快活不過了，說來不禁饞涎欲滴。丁秀才道：「那也沒甚麼難處。」紫陽觀在山上，大雪封山，深夜之中那裏去找羊酒？衆道士以爲他是說笑，那知丁秀才說罷，開了觀門便大踏步出去。到得半夜回來，身上頭上都積滿了雪，手中提了一隻銀酒罎，裝滿了酒，又有一隻熟羊，說是從浙江大帥厨中取來的。衆道士又驚又喜，拍手歡笑。但見丁秀才取出長劍，擲於空中而舞，騰躍而去，就此不知所終，那隻銀酒罎卻仍是留在桌上。觀主怕官府追究，將這件事向縣官稟報。

這則短故事也是孫光憲記於「北夢瑣言」之中。他在文末說：詩僧貫休「俠客」詩中有句云：「黃昏風雨黑如磐，別我不知何處去。」這位詩僧莫非是在江淮之間聽到了這件異事，因而啓發了詩的靈感嗎？

孫光憲當五代時在荊南做大官。自高從誨、高保融、高保勗而至高繼冲，祖孫三代四人都重用他。

五代十國之中，荆南兵弱國小，作風最不成話。開國之主高季興本是一個商人的僕人，跟着朱全忠立功而做到荆南節度史。後唐莊宗李存勗滅梁，高季興去朝見，李存勗很是高興，拍拍他的背脊，表示讚許。高季興覺得這是「最大的光榮，最大的幸福」，在這件衣服背上御手所拍之處，叫繡工繡上皇帝的手掌。但他回荆南後，對部屬們談話，卻料到李存勗不成大事。他說：「新主對勛臣豎手指云：『我於指頭上得天下。』如此則功在一人，臣佐何有？吾高枕無憂矣。」後來李存勗果為部下兵將所殺。即使是高季興這種人，也知道功勞歸於「偉大的領袖」一人，將所有幹部都不瞧在眼內的態度是必定會壞事的。

高季興死後，長子從誨繼位。從誨死後子保融繼位。保融死後弟保勗繼位。高保勗從小有個外號叫作「萬事休」，因爲他父親最寵愛他，大發脾氣之際，一見到愛子，甚麼事都算了。保勗有個怪脾氣，喜歡看別人做愛。「宋史・四八三卷」：「保勗幼多病，體貌臞瘠，淫佚無度，日召娼妓集府署，擇士卒壯健者令姿調謔，保勗與姬妾垂簾共觀，以為娛樂。又好營造台榭，窮極土木之工。軍民咸怨，政事不治。從事孫光憲切諫不聽。」

保勗死後，保融之子繼冲接位。孫光憲眼見形勢不利，勸得他投降了宋朝。宋太祖待高氏一家很好，高氏子孫在宋朝做官，都得善終。這一家姓高的人品格都很差。荆南是交通要道，諸國使者進貢送禮，常要經過其境，高氏往往發兵奪其財物。別國寫信來罵，高氏置之不理，若是派兵來打，高氏就交還財物，道歉了事，絲毫不以爲恥。當時天下稱之爲「高賴子」。這些無賴之徒在宋朝居然得享富貴，那是孫光憲的功勞了。

十六　紉鍼女

唐時京城長安有位豪士潘將軍，住在光德坊，忘了他本名是甚麼，外號叫做「潘鶻硉」（「潘胡塗」的意思）。他本來住在湖北襄陽、漢口一帶，原是乘船販貨做生意的。有一次船隻停泊在江邊，有個僧人到船邊乞食。潘對他很是器重，留他在船上款待了整天，盡力布施。僧人離去時說：「看你的形相器度，和一般商賈很是不同。你妻子兒女的相貌也都是享厚福之人。」取了一串玉念珠出來送給他，說：「你好好珍藏。這串玉念珠不但進財，還可使你做官。」

潘做了幾年生意，十分發達，後來在禁軍的左軍中做到將軍，在京師造了府第。他深信自己的富貴都是玉念珠帶來的，所以對之看得極重，用繡囊盛了，放在一隻玉盒之中，供奉在神壇內。每月初一，便取出來對之跪拜。有一天打開玉盒繡囊，這串念珠竟然不見了。但繡囊和玉盒卻都並無移動開啓的痕迹，其他物件也一件不失。他嚇得魂飛天外，以爲這是破家失官、大禍臨頭的朕兆，嚴加訪查追尋，毫無影蹤。

潘家的主管和京兆府一個年近八十的老公人王超向來熟識，悄悄向他說起此事，請他設法追查。王超道：「這事可奇怪了。這決不是尋常的盜賊所偷。我想法子替你找找看，是不是能找到就難說了。」

王超有一日經過勝業坊北街，其時春雨初晴，見到一個十七八歲少女，頭上梳了三鬟，衣衫襤褸，脚穿木屐，在路旁槐樹之下，和軍中的少年士兵踢球爲戲。士兵們將球踢來，她一脚踢回去，總是將球踢得直飛上天，高達數丈，脚法神妙，甚爲罕見。閒人紛紛聚觀，采聲雷動。

王超心下甚感詫異，從這少女踢球的脚法勁力看來，必是身負武功，便站在一旁觀看。衆人踢了良久，興盡而散。那少女獨自一人回去。王超悄悄跟在後面，見她回到勝業坊北門一條短巷的家中。王超向街坊一打聽，知她與母親同居，以做針綫過日子。

王超於是找個藉口，設法和她相識，盡力和她結納。聽她說她母親也姓王，就認那少女作甥女，那少女便叫他舅舅。

那少女家裏很窮，與母親同臥一張土榻，常常沒錢買米，一整天也不煮飯，王超時時周濟她們。但那少女有時卻又突然取出些來自遠方的珍異果食送給王超。蘇州進貢新產的洞庭橘，除了宰相大臣得皇帝恩賜幾隻之外，京城中根本見不到。那少女有一次卻拿了一隻洞庭橘給他，說是有人從皇宮中帶出來的。這少女性子十分剛強，說甚麼就是甚麼。王超心下很是懷疑，但一直不動聲色。

這樣來往了一年。有一天王超携了酒食，請她母女，閒談之際說道：「舅舅有件心事想和甥女談談，不知可以嗎？」那少女道：「深感舅舅的照顧，常恨難以報答。只要甥女力量及得到的，赴湯蹈火，在所不辭。」王超單刀直入，便道：「潘將軍失了一串玉念珠，不知甥女有否聽到甚麼訊息？」那少女微笑道：「我怎麼會知道？」

王超聽她語氣有些鬆動，又道：「甥女若能想法子覓到，當以財帛重重酬謝。」那少女道：「這事舅舅不可跟別人說起。甥女曾和朋友們打賭鬧着玩，將這串念珠取了來，那又不是眞的要了他，終於會去歸還的，只不過一直沒空罷了。明天清早，舅舅到慈恩寺的塔院去等我，我知道有人把念珠寄放在那裏。」

王超如期而往，那少女不久便到了。那時寺門剛開，寶塔門卻還鎖着。那少女道：「等一會你瞧着寶塔罷！」說罷縱身躍起，便如飛鳥般上了寶塔，飛騰直上，越躍越高。她鑽入塔中，頃刻間站在寶塔外的相輪之上，手中提着一串念珠，向王超揚了揚，縱身躍下，將念珠交給王超，笑道：「請舅舅拿去還他，財帛甚麼的，不必提了。」

王超將玉念珠拿去交給潘將軍，說起經過。潘將軍大喜，備了金玉財帛厚禮，請王超悄悄去送給那少女。可是第二日送禮去時，人去室空，那少女和她母親早已不在了。

馮緘做給事的官時，曾聽人說京師多俠客一流的人物，待他做了京兆尹，向部屬打聽，王超便說起此事。潘將軍對人所說的，也和王超的話相符。（見「劇談錄」）

這個俠女雖然具此身手，卻甘於貧窮，並不貪財，以做針綫自食其力，盜玉念珠放於塔頂，在皇宮裏取幾隻橘子，衣衫襤褸，足穿木屐而和軍中少年們踢球，一派天眞爛漫，活潑可喜。

慈恩寺是長安著名大寺，唐高宗爲太子時，爲紀念母親文德皇后而建，所以稱爲慈恩。慈恩寺曾爲玄奘所住持，所以玄奘所傳的一宗唯識法相宗又稱「慈恩宗」。寺中寶塔七級，高三百尺，永徽三年玄奘所建。

十七　宣慈寺門子

唐乾符二年，韋昭範應宏詞科考試及第，中了進士。他是當時度支使(財政部長)楊嚴的至親。唐代的習慣，中進士後那一場喜慶宴會非常重要，必須盡力鋪張，因為此後一生的前途和這次宴會有很大關係。韋昭範為了使得宴會場面豪華，向度支使庫借來了不少帳幕器皿。楊嚴(他的哥哥楊收曾做宰相)還怕不夠熱鬧，又派使庫的下屬送來許多用具。所以這年三月間在曲江亭子開宴時，排場之隆重闊綽，世所少見。這一天另外還有進士也在大排筵席，除了賓客雲集之外，長安城中還有不少閒人趕來看熱鬧。

賓主飲興方酣，忽然有一少年騎驢而至，神態傲慢，旁若無人，騎着驢子直走到筵席之旁，俯視衆人。衆賓主既驚且怒，都不知這惡客是何等樣人。那少年提起馬鞭，一鞭往侍酒之人頭上打去，哈哈大笑，口出汚言穢語，粗俗不堪。席上賓主都是文士，眼見這惡客舉止粗暴，一時盡皆手足無措。

正尷尬間，旁觀的閒人之中忽有一人奮身而出，拍的一聲，打了那惡少一記耳光。這一記打得極重，那惡少應聲跌下驢子。那人拳打足踢，再奪過他手中的馬鞭，鞭如雨下，打了他百餘下。衆人歡呼喝采，都來打落水狗，瓦礫亂投，眼見便要將那惡少打死。

正在這時，忽然軋軋聲響，紫雲樓門打開，幾名身穿紫衣的從人奔了出來，大呼：「別打，別打！」又有一名品級甚高的太監帶了許多隨從，騎馬來救。

那人揮動鞭子，來一個打一個，鞭上勁力非凡，中者無不立時摔倒。那宦官身上也中了一鞭，吃痛不過，撥轉馬頭便逃，隨從左右也都跟着進門。紫雲樓門隨即關上，再也無人敢出來相救。

衆賓客大聲喝采，但不知這惡少是甚麼來頭，那時候宦官的權勢極盛，這人既是宦官一黨，再打下去必有大禍，於是便放了那惡少。

大家問那仗義助拳之人：「尊駕是誰？和座中那一位郎君相識，竟肯如此出力相助？」那人道：「小人是宣慈寺的看門人，跟諸位郎君都不相識，只是見這傢伙無禮，忍不住便出手了。」衆人大爲讚嘆，紛紛送他錢帛。大家說：「那宦官日後定要報復，須得急速逃走才是。」

後來座中賓客有許多人經過宣慈寺門，那看門人都認得他們，見到了總是恭恭敬敬的行禮。奇怪的是，居然此後一直沒聽到有人去捉拿追問。（見王定保「唐摭言」）

這故事所寫的俠客是一個極平凡的看門人，路見不平，拔拳相助之後，也還是做他的看門人。故事的結尾在平淡之中顯得韻味無窮。

十八　李龜壽

唐宰相王鐸外放當節度使，於僖宗即位後回朝又當宰相。他爲官正直，各處藩鎮的請求若是不合理的，必定堅執不予批准，因此得罪了許多節度使。他有讀書癖，雖然公事繁冗，每天總是要抽暇讀書，在永寧里的府第之中，另外設一間書齋，退朝之後，每在書齋中獨處讀書，引以爲樂。

有一天又到書齋去，只有一頭矮脚狗叫做花鵲的跟在身後。他一推開書房門，花鵲就不住吠叫，咬住他袍角向後拉扯。王鐸叱開了花鵲，走進書房。花鵲仰視大吠，越叫越響。他起了疑心，拔出劍來，放在膝上，向天說道：「若有妖魔鬼怪，儘可出來相見。我堂堂大丈夫，難道怕了你鼠輩不成？」剛說完，只見樑間忽有一物墜地，乃是一人。此人頭上結了紅色帶子，身穿短衫，容貌黝黑，身材瘦削，不住向王鐸磕頭，自稱罪該萬死。

王鐸命他起身，問他姓名，又問爲何而來。

那人說道：「小人名叫李龜壽，盧龍人氏。有人給了小人很多財物，要小人來對相公不利。小人對相公的盛德很是感動，又爲花鵲所驚，難以隱藏，相公若能赦小人之罪，有生之年，當爲相公效犬馬之勞。」王鐸道：「我不殺你便了。」於是命親信都押衙傅存初錄用他。

次日清晨，有一個婦人來到相府門外。這婦人衣衫不整，拖着鞋子，懷中抱了個嬰兒，向守門人道：「請你叫李龜壽出來。」李龜壽出來相見，原來是他的妻子。婦人道：「我等你不見回來，昨晚半夜裏從薊州趕來相尋。」於是和李龜壽同在相府居住。薊州和長安相隔千里，這婦人懷抱嬰兒，半夜而至，自是奇怪得很了。

王鐸死後，李龜壽全家悄然離去，不知所終。（見皇甫枚「三水小牘」）

唐代藩鎮跋扈，派遣刺客去行刺宰相的事常常發生。憲宗時宰相武元衡就是被藩鎮所派的刺客刺死，裴度也曾遇刺而受重傷。

黃巢造反時，王鐸奉命爲諸道都統（剿匪總司令），用了個說話漂亮而不會打仗的人做將軍，結果大敗。朝廷改派高駢做都統，高駢毫無鬥志。王鐸痛哭流涕，堅決要求再幹，於是皇帝又派他當都統。這一次很有成效，四方圍堵黃巢，使黃巢不得不退出長安。朝中當權的宦官田令孜怕他功大，罷了他的都統之職，又要他去做節度使。

王鐸是世家子弟，生活奢華，又是書獃子脾氣，去上任時「侍妾成列，服御鮮華，如承平之態」（「通鑑」）。魏博節度使的兒子樂從訓貪他的財寶美女，伏兵相刦，將王鐸及他家屬從人三百餘人盡數殺死，向朝廷呈報說是盜賊幹的。朝廷微弱，明知其中緣故，卻是無可奈何。

十九　賈人妻

唐時餘干縣的縣尉王立任期已滿，要另調職司，於是到京城長安去等候調派，在長安城大寧里租了一所屋子住。那知道他送上去的文書寫錯了。給主管長官駁斥下來，不派新職。他着急得很，花錢運動，求人說情，帶來的錢盡數使完了，還是猶如石沉大海，沒有下文。他越等越心焦，到後來僕人走了，坐騎賣了，一日三餐也難以周全，淪落異鄉，窮愁不堪，每天只好到各處佛寺去乞些殘羹冷飯，以資果腹。

有一天乞食歸來，路上遇到一個美貌婦人，和他走的是同一方向，有時前，有時後，有時並肩而行，便和她閒談起來。王立神態莊重，兩人談得頗爲投機。王立便邀她到寓所去坐坐，那美婦人也不推辭，就跟他一起去。兩人情感愈來愈親密，當晚那婦人就和他住在一起。

第二天，那婦人道：「官人的生活怎麼如此窮困？我住在崇仁里，家裏還過得去，你跟我一起去住好麼？」王立既愛她美貌溫柔，又想跟她同居可以衣食無憂，便道：「我運氣不好，狼狽萬狀。你待我如此厚意，那眞令我喜出望外了。卻不知你何以爲生？」那婦人道：「我丈夫是做生意的，已故世十年了，在長安市上還有一家店鋪。我每天早上到店裏去做生意，傍晚回家來服侍你。只要我店裏每天能賺到三百錢，家用就可夠了。官人派差使的文書還沒頒發下來，要去和朋友交遊活動，也沒使費，只要你不嫌棄我，不妨就住在這裏，等到冬天部裏選官調差，官人再去上任也還不遲。」

王立甚是感激，心下暗自慶幸，於是兩人就同居在那婦人家裏。那婦人治家井井有條，做生意十分能幹，對王立更是敬愛有加，家裏箱籠門戶的鑰匙，都交了給他。

那婦人早晨去店鋪之前，必先將一天的飲食飯菜安排妥貼，傍晚回家，又必帶了米肉金錢交給王立，天天如此，從來不缺。王立見她這樣辛苦，勸她買個奴僕作幫手，那婦人說用不着，王立也就不加勉強。

兩人的日子過得很快樂，過了一年，生了個兒子，那婦人每天中午便回家一次餵奶。這樣同居了兩年。有一天，那婦人傍晚回家時神色慘然，向王立道：「我有個大仇人，怨恨徹骨，時日已久，一直要找此人復仇，今日方才得償所願，便須即刻離京。官人自請保重。這座住宅是用五百貫錢自置的，屋契藏在屏風之中，房屋和屋內的一切用具資財，盡數都贈給官人。嬰兒我無法抱去，他是官人的親生骨肉，請你日後多多照看。」一面說，一面哭，和他作別。王立竭力挽留，卻那裏留得住？

一瞥眼間，見那婦人手裏提着一個皮囊，囊中所盛，赫然是一個人頭。王立大驚失色。那婦人微笑道：「不用害怕，這件事與官人無關，不會累到你的。」說着提起皮囊，躍牆而出，體態輕盈，有若飛鳥。王立忙開門追出相送，早已人影不見了。

他惆悵愁悶，獨在庭中徘徊，忽聽到門外那婦人的聲音，又回了轉來。王立大喜，忙搶出去相迎。那婦人道：「眞捨不得那孩子，要再餵他吃一次奶。」抱起孩子讓他吃奶，憐惜之情，難以自已，撫愛久之，終於放下孩子別去。王立送了出去，回進房來，舉燈揭帳看兒子時，只見滿床鮮血，那孩子竟已身首異處。

王立惶駭莫名，通宵不寐，埋葬了孩子後，不敢再在屋中居住，取了財帛，又買了個僕人，出長安城避在附近小縣之中，觀看動靜。

過了許久，竟沒聽到命案的風聲。當年王立終於派到官職，於是將那座住宅變賣了，去上任做官，以後也始終沒再聽到那婦人的音訊。（出薛用弱「集異記」）

這個女俠的個性奇特非凡，平時做生意，管家務，完全是個勤勞溫柔的賢妻良母，兩年之中，身分絲毫不露。一旦得報大仇，立時決絕而去。別後重回餵奶，已是一轉，餵乳後竟殺了兒子，更是驚心動魄的大變。所以要殺嬰兒，當是一刀兩斷，割捨心中的眷戀之情。雖然是俠女斬情絲的手段，但心狠手辣，實非常人所能想像。

二十　維揚河街上叟

呂用之在維揚渤海王高駢手下弄權，擅政害人，所用的主要是特務手段。

唐羅隱所撰「廣陵妖亂志」中說：「上不相蒙，大逞妖妄，仙書神符，無日無之，更迭唱和，罔知愧恥。自是賄賂公行，條章日紊。煩刑重賦，率意而爲。道路怨嗟，各懷亂計。用之懼其竊發之變，因請置巡察使，探聽府城密事。渤海遂承制授御史大夫，充諸軍都巡察使。於是召募府縣先負罪停廢胥吏陰狡兇狠者，得百許人，厚其官傭，以備指使，各有十餘丁，縱橫閭巷間，謂之『察子』。至於士庶之家，呵妻怒子，密言隱語，莫不知之。自是道路以目。有異己者，縱謹靜端默，亦不免其禍，破滅者數百家。將校之中，累足屏氣焉。」

用特務人員來偵察軍官和百姓，以至人家家裏責罵妻子兒子的小事，呂用之也都知道。即使是小心謹慎，生怕禍從口出之人，只要是得罪了他，也難免大禍臨頭。可見當權者使用特務手段，歷代都有，只不過名目不同而已。在唐末的揚州，特務頭子的官名叫做「諸軍都巡察使」。特務人員都是陰狡兇狠之徒，從犯法革職的低級公務人員中挑選出來。每個特務手下，又各有十幾名調查員，薪津待遇很高，叫做「察子」。「察子」的名稱倒很不錯，比之甚麼「調查統計員」、「保安科科員」等等要簡單明瞭得多。

中和四年秋天，有個商人劉損，攜同家眷，帶了金銀貨物，從江夏來到。他抵達揚州不久，就有「察子」向呂用之報告，說劉損的妻子裴氏美貌非凡，世所罕有。呂用之便捏造了一個罪名，把劉損投入獄中，將他的財物和裴氏都霸佔了去。劉損設法賄賂，方才得釋，但妻子爲人所奪，自是憤恨無比。這個商人會做詩，寫了三首詩：

寶釵分股合無緣，魚在深淵鶴在天。得意紫鸞休舞鏡，斷蹤青鳥罷啣箋。金盆已覆難收水，玉軫長拋不續絃。若向蘼蕪山下過，遙將紅淚洒窮泉。

鸞飛遠樹棲何處？鳳得新巢已稱心。紅粉尚存香幕幕，白雲初散信沉沉。情知點汚投泥玉，猶自經營買笑金。從此山頭人似石，丈夫形狀淚痕深。

舊嘗遊處偏尋看，雖是生離死一般。買笑樓前花已謝，畫眉山下月猶殘。雲歸巫峽音容斷，路隔星橋過往難。莫怪詩成無淚滴，盡傾東海也須乾。

詩很差，意境頗低，但也適合他身分。

劉損寫了這三首詩後，常常自吟自嘆，傷心難已。有一天晚間在船中憑水窗眺望，只見河街上有一虬髯老叟，行步迅速，神情昂藏，雙目炯炯如電。劉損見他神態有異，不免多看了幾眼。那老叟跳上船來，作揖爲禮，說道：「閣下心中有甚麼不平之事？爲何神情如此憤激鬱塞？」劉損一五一十的將一切都對他說了。那老叟道：「我去設法將你夫人和貨物都取回來。只是夫人和貨物一到，必須立即開船，離開這是非之地，不可停留。」

劉損料想他是身負奇技的俠士，當即拜倒，說道：「長者能報人間不平之事，何不斬草除根，卻容奸黨如此無法無天？」老叟道：「呂用之殘害百姓，奪君妻室，若要一刀將他殺卻，原也不難。只是他罪惡實在太大，神人共怒，就此這樣殺了，反倒便宜了他。他罪惡越積越多，將來禍報必定極慘，不但他自身遭殃，身首異處，還會連累全家和祖宗。現下只是幫你去將妻室取回來，至於他日後報應，自有神明降災，老夫卻也不敢妄自代為下手。」

那老叟潛入呂用之家中，躍上屋頂斗拱，朗聲喝道：「呂用之，你背違君親，大行妖孽，奸淫擄掠，苛虐百姓。為非作歹，罪惡滔天。陰曹地府冥官已一一記下你的過惡，上天指日便要行刑。你性命已在呼吸之間，卻還修仙煉丹，想求甚麼長生不老？吾特奉命前來，觀察你的所作所為，回去稟報玉皇大帝。你種種罪過，一樁樁都要清理。今日先問第一件大罪：你為何強佔劉損的妻室和財物？快快送去還他。倘若執迷不悟，仍然好色貪財，立即教你頭隨刀落！」

說罷，飛身而出，不見影蹤。

呂用之聽得聲自半空而發，始終不見有人，只道真是天神示警，大為驚懼，急忙點起香燭，向天禮拜，磕頭無算。當夜便派遣下屬，將裴氏及財物送還到劉損船上。劉損大喜，不等天明，便催促舟子連夜開船，逃出揚州。那虬髯老叟此後也不再現身。（見「劍俠傳」）

「卅三劍客圖」中所繪的三十三位劍客，有許多人品很差，行為甚怪，這虬髯老叟卻是一位真正的俠客，扶危濟困，急人之難。呂用之裝神扮仙，愚弄高駢，他修的是神仙之術，自己總不免也有些相信。那老叟即以其人之道，還治其人之身，也假裝神仙，嚇他一嚇，果然立刻見效。但料得呂用之細思之下，必起疑心，所以要劉損逃走。

揚州明明是處於特務統治的恐怖局面之下，劉損卻帶了嬌妻財物自投羅網，想必揚州是般富之地，只要有生意可做，有大錢可賺，雖然危險，也要去交易一番了。

在「劍俠傳」中，故事的主角叫做劉損，是個商人。但「詩餘廣選」一書中載稱：「賈人女裴玉娥善箏，與黃損有婚姻之約，贈詞云云。後爲呂用之刦歸第，賴胡僧神術復歸。」那麼故事的主角是姓黃而不姓劉了。這位裴家小姐給呂用之搶去時，似乎還未和黃損成婚，而救她脫得魔掌的，也不是虬髯叟而是一個胡僧。

劉損不知何許人，黃損則在歷史上眞有其人。黃損，字益之，連州人，後來在南漢做到尙書左僕射的大官，因直言進諫而觸犯了皇帝，退居永州。當時也有人傳說他成了仙的，著作有「三要書」、「桂香集」、「射法」。他贈給未婚妻裴小姐的詞是一首很香豔的「憶江南」，流傳後世，詞曰：

「平生願，願作樂中箏。得近玉人纖手子，砑羅裙上放嬌聲。便死也爲榮。」

希望成爲意中人某種使用的衣物，得以親近的想法，古今中外的詩篇中很多。連不願爲五斗米折腰的陶潛如此正人君子也有一篇「閒情賦」，其中說「願在衣而爲領，承華首之餘芳」；「願在裳而爲帶，束窈窕之纖身」；「願在眉而爲黛，隨瞻視以閑揚」；「願在莞而爲席，安弱體於三秋」；「願在絲而爲履，附素足以周旋」等等，想做意中人身上的衣領、腰帶、畫眉黛、席子、鞋子。

比陶潛更早的，張衡「同聲歌」中有云：「願思爲莞席，在下蔽匡床。願爲羅衾幬，在上衛風霜。」張衡之願，見義勇爲，似乎是一片衛護佳人之心，但想做佳人的席子帳子，畢竟還是念念不念於那張床，反不及陶潛的坦白可愛。

廿多年前，我初入新聞界，在杭州東南日報做記者，曾寫過一篇六七千字的長文，發表在該報的副刊「筆壘」上，題目叫做「願」，就是寫中外文學作品中關於這一類的情詩，曾提到英國雪萊、濟慈、洛塞蒂等人類似的詩句。少年時的文字早已散佚，但此時憶及，心中仍有西子湖畔春風駘蕩、醉人如酒之樂。

黃損「憶江南」詞中那兩句「得近玉人纖手子，砑羅裙上放嬌聲」，「詩餘廣選」說本為唐人崔懷寶的詩句。大概那位裴家小姐善於彈箏，所以黃損借用了那句詩，用在自己的詞中，箏的形狀似瑟、十三絃，常常是放在膝上彈的。陶潛的「閒情賦」中，尚有「願在晝而為影，常依形而西東」；「願在夜而為燭，照玉容於兩楹」；「願在竹而為扇，含淒飇於柔握」；「願在木而為桐，作膝上之鳴琴」等種種想法。崔懷寶的詩句未必一定從陶潛的賦中得到靈感，對意中人思之不已，發為痴想，原是很自然之事。

「損」是一個不好的字眼，古人用「損」字做名字，現代人一定覺得奇怪。其實，「易經」中有「損」卦，是謙抑節約的意思，「易經」認為是「有孚，元吉，无咎，可貞，利有攸往」，越是謙退，越有好處，大吉大利，那是中國人傳統的處世哲學。「後漢書．蔡邕傳」：「人自損抑，以塞咎戒」，「後漢書．光武紀」：「情存損挹，推而不居」，將功勞和榮譽讓給別人而不驕傲自大，結果最有益處，所以黃損字益之。

呂用之這壞蛋在高駢手下做了官後，自己取了個字，叫做「無可」。「廣陵妖亂志」說：「因字之曰『無可』，言無可無不可也。」簡直是無所不為，無惡不作。呂用之後來為楊行密腰斬，怨家將他屍身斬成肉醬。

高駢本來文武雙全，有詩集一卷傳世。「唐書・高駢傳」載：「有二鵰並飛，駢曰：『我且貴，當中之。』一發貫二鵰焉。衆大驚，稱『落鵰侍御』。」此人不但是射鵰英雄，而且是射雙鵰英雄。高駢用兵多奇計，所向克捷，曾征服安南。他統治越南時，曾疏濬自越南到廣州的江河，便利航運，可見辦事也極有才能。但晚年大富大貴之後怕死之極，只想長生不老，乃求神仙之術，終於禍國殃民，爲部下叛軍所殺。

二十一 寺行者

這故事不知出於何書，翻查了數十部唐宋五代的筆記雜錄，無法找到來源。

二十二　李勝

李勝的故事也不知出於何典。圖讚說：「殺亦不武，矧知使懼。」當是警告壞人，使他知道畏懼，不敢再爲非作歹，也就是了。

這部「卅三劍客圖」中的主角，都是唐宋人物。唐宋五代並無叫作李勝的名人。東漢時有一個李勝，是個不怎麼重要的文人。三國時魏國也有個李勝，凡是讀過「三國演義」的，都會知道此人。「三國演義」第一百零六回寫「司馬懿詐病賺曹爽」，司馬懿假裝病重，曹爽以爲司馬懿病得快死了，對他就不加防備。這個故事歷史上眞有其事，「資治通鑑」中的描寫，和「三國演義」很是接近：

「冬，河南尹李勝出爲荆州刺史，過辭太傅懿。懿令兩婢侍。持衣，衣落；指口言渴，婢進粥，懿不持杯而飲，粥皆流出霑胸。勝曰：『衆情謂明公舊風發動，何意尊體乃爾！』懿使聲氣纔屬，說：『年老枕疾，死在旦夕。君當屈幷州，幷州近胡，好爲之備。恐不復相見，以子師、昭兄弟爲託。』勝曰：『當還忝本州，非幷州。』懿乃錯亂其辭曰：『君方到幷州？』勝復曰：『當忝荆州。』懿曰：『年老意荒，不解君言。今還爲本州，盛德壯烈，好建功勛！』勝退，告爽曰：『司馬公尸居餘氣，形神已離，不足慮矣。』他日，又向爽等垂泣曰：『太傅病不可復濟，令人愴然。』故爽等不復設備。」（通鑑，魏記。邵陵厲公正始九年。）

李勝去做荊州刺史（他是南陽人，南陽屬荊州，所以稱爲本州），「三國演義」的作者不知爲了甚麼緣故，將他改爲青州刺史。歷史上說李勝有文才，但性格浮華。曹爽失敗後，李勝也爲司馬懿所殺。曹爽手下謀士如何晏之徒，都是虛浮漂亮的淸談家，自然不是老奸巨猾的司馬懿的對手。

魏國這個李勝自然和圖中的劍客毫不相干，不過因爲同名同姓，拉來談談。

司馬懿的作風，就是越女所說的「見之似好婦，奪之似懼虎」，「孫子兵法」中「始如處女，敵人開戶，後如脫兎，敵不及拒」原則。在當代政治的權力鬥爭中，也有人應用這原則而得到很大成功的。

二十三　張忠定

張詠，自號乖崖，山東鄄城人，是北宋太宗、眞宗兩朝的名臣，死後諡忠定，所以稱爲張忠定。宋人筆記小說中有不少關於他的軼事。

張詠未中舉時，有一次經過湯陰縣，縣令和他相談投機，送了他一萬文錢。張詠便將錢放在驢背上，和一名小童趕驢回家。有人對他說：「前面這一帶道路非常荒涼，地勢險峻，時有歹人出沒，還是等到有其他客商後結伴同行，較爲穩便。」張詠道：「天氣冷了，父母年紀已大，未有寒衣，我怎麼能等？」只備了一柄短劍便即啓程。

走了三十餘里，天已晚了，道旁有間孤零零的小客棧，張詠便去投宿。客棧主人是個老頭，有兩個兒子，見張詠帶了不少錢，很是歡喜，悄悄的道：「今夜有大生意了！」張詠暗中聽見了，知道客棧主人不懷好意，於是出去折了許多柳枝，放在房中。店翁問他：「那有甚麼用？」張詠道：「明朝天沒亮就要趕路，好點了當火把。」他說要早行，預料店主人便會提早發動，免得自己睡着了遭到了毒手。

果然剛到半夜，店翁就命長子來叫他：「鷄叫了，秀才可以動身了。」張詠不答，那人便來推門。張詠早已有備，先已用牀抵住了左邊一扇門，雙手撑住右邊那扇門。那人出力推門，張詠突然鬆手退開，那人出其不意，跌撞而入。張詠回手一劍，將他殺了，隨即將門關上。過不多時，次子又至，張詠仍以此法將他殺死，持劍去尋店翁，只見他正在烤火，伸手在背上搔癢，甚是舒服，當即一劍將他腦袋割了下來。黑店中尚有老幼數人，張詠斬草除根，殺得一個不留，呼童牽驢出門，縱火焚店，行了二十里天才亮。後來有行人過來，說道來路上有一家客棧失火。（出宋人劉斧「青瑣高議」：「湯陰縣，未第時膽勇殺賊」。）

「宋史‧張詠傳」說他「少負氣，不拘小節，雖貧賤客遊，未嘗下人。」又說他「少學擊劍，慷慨好大言，樂當奇節。」宋史中記載了他的兩件事，可以見到他個性。有一次有個小吏冒犯了他，張詠罰他帶枷示衆。那小吏大怒，叫道：「你若是不殺我頭，我這枷就戴一輩子，永遠不除下來。」張詠也大怒，即刻便斬了他頭。這件事未免做得過份，其實不妨讓他戴着枷，且看他除不除下來。

另一件事說有個士人在外地做小官，受到悍僕挾制，那惡僕還要娶他女兒爲妻，士人無法與抗，甚是苦惱。張詠在客店中和他相遇，得知了此事，當下不動聲色，向士人借此僕一用，騎了馬和他同到郊外去。到得樹林中無人之處，揮劍便將惡僕殺了，得意洋洋的回來。他曾對朋友說：「張詠幸好生在太平盛世，讀書自律，若是生在亂世，那眞不堪設想了。」

筆記「聞見近錄」中，也記載了張詠殺惡僕的故事，敍述比較詳細。那小官虧空公欵，受到惡僕挾制，若不將長女相嫁，便要去出首告發。合家無計可施，深夜聚哭。張詠聽到了哭聲，拍門相詢，那小官只說無事，問之再三，方以實情相告。張詠次日便將那惡僕誘到山谷中殺了，告知小官，說僕人不再回來，並告誡他以後千萬不可貪汚犯法。

張詠生平事業，最重要的是做益州知州（四川的行政官）。

宋太宗淳化年間，四川地方官壓迫剝削百姓，貧民起而作亂，首領叫做王小波，將彭山縣知縣齊元振殺了。這齊元振平時誅求無厭，剝削到的金錢極多。造反的百姓將他肚子剖了開來，塞滿銅錢，人心大快。後來王小波爲官兵所殺，餘衆推李順爲首領，攻掠州縣，聲勢大盛。太宗派太監王繼恩統率大軍，擊破李順，攻克成都。

據陸游「老學庵筆記」記載，李順逃走的方法甚妙：官兵大軍圍城，成都旦夕可破，李順突然大做法事，施捨僧衆。成都各處廟宇中的數千名和尚都去領取財物。李順部下數千人同時剔度爲僧，改穿僧服。到得傍晚，東門西門兩處城門大開，萬餘名和尚一齊散出。李順早已變服爲僧，混雜其中，就此不知去向，官兵再也捉他不到。官軍後來捉到一個和李順相貌很像的長鬚大漢，將他斬了，說已殺了李順，呈報朝廷冒功。

李順雖然平了，但太監王繼恩統軍無方，擾亂民間，於是太宗派張詠去治蜀。王繼恩捉了許多亂黨來交給張詠辦罪，張詠盡數將他們放了。王繼恩大怒。張詠道：「前日李順脅民爲賊，今日詠與公化賊爲民，有何不可哉？」王繼恩部下士卒不守紀律，掠奪民財，張詠派人捉到，也不向王繼恩說，逕自將這些士兵綁了，投入井中淹死。王繼恩也不敢向他責問，雙方都假裝不知。士兵見張詠手段厲害，就規矩得多了。

太宗深知這次四川百姓造反，是地方官逼出來的，於是下罪己詔布告天下，深自引咎，詔中說：「朕委任非當，燭理不明，致彼親民之官，不以惠和爲政，筦榷之吏，惟用刻削爲功，撓我蒸民，起爲狂寇。念茲失德，是務責躬。改而更張，永鑒前弊，而今而後，庶或警予！」他認爲百姓所以造反，都因自己委任官吏不當，處理政務不明而造成，實在是自己的「失德」。後世的大領袖卻認爲自己總是永遠正確的，一切錯誤過失全是百姓不好，比之宋太宗趙光義的風度和品格來，那可差得遠了。

張詠很明白官逼民反的道理，治蜀時很爲百姓着想，所以四川很快就太平無事。

他在亂事平定後安撫四川，深知百姓受到壓迫太甚時便會鋌而走險的道理。後來他做杭州知州，正逢饑荒，百姓有很多人去販賣私鹽渡日，官兵捕拿了數百人，張詠隨便教訓了幾句，便都釋放了。部屬們說：「私鹽販子不加重罰，恐怕難以禁止。」張詠道：「錢塘十萬家，饑者十之八九，若不販鹽求生，一旦作亂爲盜，就成大患了。待秋收之後，百姓有了糧食，再以舊法禁販私鹽。」「宋史」記載了這一件事，當是讚美他的通情達理。中國儒家的政治哲學，以寬厚愛民爲美德，不若法家的苛察嚴峻。

王小波在四川起事時，以「均貧富」爲口號，他對衆貧民說：「吾疾貧富不均，今爲汝均之。」（「續資治通鑑」宋太宗淳化四年）。沈括在「夢溪筆談」中記稱：「蜀中劇賊李順，陷劍南、兩川，關右震動，朝廷以爲憂。後王師破賊，梟李順，收復兩川，書功行賞，了無間言。至景祐中，有人告李順尙在廣州。巡檢使臣陳文璉捕得之，乃眞李順也，年已七十餘，推驗明白，囚赴闕，覆按皆實。朝廷以平蜀將士功賞已行，不欲暴其事，但斬順，賞文璉二官，仍閤門祗候。文璉，泉州人，康定中老歸泉州，予尙識之。文璉家有『李順案欵』，本末甚詳。順本味江王小博（按：應爲王小波，音近）之妻弟。始王小博反於蜀中，不能撫其徒衆，乃共推順爲主。順初起，悉召鄉里富人大姓，令具其家所有財粟，據其生齒足用之外，一切調發，大賑貧乏。錄用材能，存撫良善，號令嚴明，所至一無所犯。時兩蜀大饑，旬日之間，歸之者數萬人。所向州縣，開門延納，傳檄所至，無復完壘。及敗，人尙懷之，故順得脫去三十餘年乃始就戮。」

沈括雖稱李順爲「賊」，但文字中顯然對他十分同情。李順的作風也很有人情味，並不屠殺富人大姓，只是將他們的財物糧食拿出來賑濟貧民，同時根據富戶家中人丁數目，留下各人足用的糧食。

「青瑣高議」中，又記載李順亂蜀之後，凡是到四川去做官的，都不許攜帶家眷。張詠做益州知州，單騎赴任。部屬怕他執法嚴厲，都不敢娶妾侍、買婢女。張詠很體貼下屬的性苦悶，於是先買了幾名侍姬，其餘下屬也就敢置侍姬了。張詠在蜀四年，被召還京，離京時將侍姬的父母叫來，自己出錢爲衆侍姬擇配嫁人。後來這些侍姬的丈夫都大爲感激，因爲所娶到的都是處女。「青瑣高議」這一節的題目是「張乖崖，出嫁侍姬皆處女。」

蘇轍的「龍川別志」中，記載張詠少年時喜飲酒，在京城常和一道人共飲，言談投機，分別時又大飲至醉，說道：「和道長如此投緣，只是一直未曾請教道號，異日何以認識。」道人說道：「我是隱者，何用姓名？」張詠一定要請教。道人說道：「貧道是神和子，將來會和閣下在成都相會。」日後張詠在成都做官，想起少年時這道人的說話，心下詫異，但四下打聽，始終找他不到。後來重修天慶觀，從一條小徑走進一間小院，見堂中四壁多古人畫像，塵封已久，掃壁而視，見畫像中有一道者，旁題「神和子」三字，相貌和從前共飲的道人一模一樣。原來神和子姓屈突，名無爲，字無不爲，五代時人，有著作，便以「神和子」

三字署名。（故事很怪。「屈突無不爲」的名字也怪，蘇子由居然會相信這種神怪故事而記載了下來！）

在沈括的「夢溪筆談」中，同樣有個先知預見的記載：張詠少年時，到華山拜見陳摶，想在華山隱居。陳摶說：「如果你眞要在華山隱居，我便將華山分一半給你（據說宋太祖和陳摶下棋輸了，將華山輸了給他）。但你將來要做大官，不能做隱士。好比失火的人家正急於等你去救火，怎能袖手不理？」於是送了一首詩給他，詩云：「征吳入蜀是尋常，歌舞筵中救火忙，乞得金陵養閒散，也須多謝鬢邊瘡。」當時張詠不明詩意，其後他知益州、知杭州，又知益州，頭上生惡瘡，久治不愈，改知金陵，均如詩言。

世傳陳摶是仙人，稱爲陳摶老祖。這首詩未必可信，很可能是後人在張詠死後好事揑造的。

沈括是十一世紀時我國淵博無比的天才學者，文武全才，文官做到龍圖閣直學士，曾統兵和西夏大戰，破西夏兵七萬。他的「夢溪筆談」中有許多科學上的創見。英人李約瑟在「中國科學文明史」第一卷中，曾將該書內容作一分析，詳列書中涉及算學、天文曆法、氣象學、地質、地理、物理、化學、工程、冶金、水利、建築、生物、農藝、醫學、藥學、人類學、考古、語言學、音樂、軍事、文學、美術等等學問，而且各有獨到的見地，眞是不世出的大天才。「夢溪筆談」中另外還記錄了張詠的一則軼事：

蘇明允（蘇東坡的父親）常向人說起一件舊事：張詠做成都知府時，依照慣例，京中派到成都的京官均須向知府參拜。有一個小京官，已忘了他的姓名，偏偏不肯參拜。張詠怒道：「你除非辭職，否則非參拜不可。」那小京官很是倔強，說道：「辭職就辭職。」便去寫了一封辭職書，附詩一首，呈上張詠，站在庭中等他批准。張詠看了他的辭呈，再讀他的詩，看到其中兩句：「秋光都似宦情薄，山色不如歸意濃。」不禁大爲稱賞，忙走到階下，握住他手，說道：「我們這裏有一位詩人，張詠居然不知道，對你無禮，眞是罪大惡極。」和他携手上廳，陳設酒筵，歡語終日，將辭職書退回給他，以後便以上賓之禮相待。

張詠性子很古怪，所以自號「乖崖」，乖是乖張怪僻，崖是崖岸自高。宋史則說：「乖則違衆，崖不利物。」他生平不喜歡賓客向他跪拜，有客人來時，總是叫人先行通知免拜。如果客人禮貌周到，仍是向他跪拜，張詠便大發脾氣，或者向客人跪拜不止，連磕幾十個頭，令客人狼狽不堪，又或是破口大罵。他性子急躁得很，在四川時，有一次吃餛飩（現在四川人稱爲「炒手」，當時不知叫作甚麼？），頭巾上的帶子掉到了碗裏，他把帶子甩上去，一低頭又掉了下來。帶子幾次三番的掉入碗裏，張詠大怒，把頭巾抛入餛飩碗裏，喝道：「你自己請吃個夠罷！」站起身來，怒氣沖沖的走開了。（見「玉壺清話」）

他有時也很幽默。在澶淵之盟中大出風頭的寇準做宰相，張詠批評他說：「寇公奇材，惜學術不足爾。」後來兩人遇到了，寇準大設酒筵請他，分別時一路送他到郊外，向他請教：「何以教準？」張詠想了一想，道：「『霍光傳』不可不讀。」寇準不明白他的用意，回去忙取「霍光傳」來看，讀到「不學無術」四字時，恍然大悟，哈哈大笑，說：「張公原來說我不學無術。」

他治理地方，很愛百姓，特別善於審案子，當時人們曾將他審案的判詞刊行。他做杭州知州時，有個青年和姊夫打官司爭產業。那姊夫呈上岳父的遺囑，說：「岳父逝世時，我小舅子還只三歲。岳父命我管理財產，遺囑上寫明，等小舅子成人後分家產，我得七成，小舅子得三成。遺囑上寫得明明白白，又寫明小舅子將來如果不服，可呈官公斷。」說着呈上岳父的遺囑。張詠看後大為驚嘆，叫人取酒澆在地下祭他岳父，連讚：「聰明，聰明！」向那人道：「你岳父眞是明智。他死時兒子只有三歲，託你照料，如果遺囑不寫明分產辦法，又或者寫明將來你得三成，他得七成，這小孩子只怕早給你害死了，那裏還能長成？」當下判斷家產七成歸子，三成歸壻。當時人人都服他明斷。

中國向來傳統，家產傳子不傳女。張詠這樣判斷，乃是根據人情和傳統，體會立遺囑者的深意，自和現代法律的觀念不同。這立遺囑者確是智人，即使日後他兒子遇不着張詠這樣的智官，只照着遺囑而得三成家產，那也勝於被姊夫害死了。

「青瑣高議」中還有一則記張詠在杭州判斷兄弟分家產的故事：張詠做杭州知府時，有一個名叫沈章的人，告他哥哥沈彥分家產不公平。張詠問明事由，說道：「你兩兄弟分家，已分了三年，為甚麼不在前任長官那裏告狀？」沈章道：「已經告過了，非但不准，反而受罰。」張詠道：「既是這樣，顯然是你的不是。」將他輕責數板，所告不准。

半年後，張詠到廟裏燒香，經過街巷時記起沈章所說的巷名，便問左右道：「以前有個叫沈章的人告他哥哥，住在那裏？」左右答道：「便在這巷裏，和他哥哥對門而居。」張詠下馬，叫沈彥和沈章兩家家人全部出來，相對而立，問沈彥道：「你弟弟曾向我投告，說你們父親逝世之後，一直由你掌管家財。他年紀幼小，不知父親傳下來的家財到底有多少，說你分得不公平，虧待了他。到底是分得公平呢，還是不公平？」沈彥道：「分得很公平。兩家財產完全一樣多少。」又問沈章，沈章仍舊說：「不公平，哥哥家裏多，我家裏少。」沈彥道：「一樣的，完全沒有多寡之分。」

張詠道：「你們爭執數年，沈章始終不服，到底誰多誰少，難道叫我來給你們兩家一一查點？現在我下命令，哥哥的一家人，全部到弟弟家裏去住；弟弟的一家人，全部到哥哥家裏去住。立即對換。從此時起，哥哥的財產全部是弟弟的，弟弟的財產全部是哥哥的。雙方家人誰也不許到對家去。哥哥既說兩家財產完全相等，那麼對換並不吃虧。弟弟說本來分得不公平，這樣總公平了罷？」

張詠做法官，很有些異想天開。當時一般人卻都十分欣賞他這種別出心裁的作風，稱之爲「明斷」。

張詠爲人嚴峻剛直，但偶爾也寫一兩首香艷詩詞。宋人吳處厚「青箱雜記」中云：「文章純古，不害其爲邪。文章艷麗，亦不害其爲正。然世或見人文章鋪陳仁義道德，便謂之正人君子，及花草月露，便謂之邪人，茲亦不盡也。」文中舉了許多正人君子寫香艷詩詞的例子，其中之一是張詠在酒席上所作贈妓女小英的一首歌：「天教摶百花，作小英明如花。住近桃花坊北面，門庭掩映如仙家。美人宜稱言不得，龍腦薰衣香入骨。維揚軟縠如雲英，亳郡輕紗似蟬翼。我疑天上婺女星之精，偷入筵中名小英；又疑王母侍女初失意，謫向人間爲飲妓。不然何得膚如紅玉初碾成，眼似秋波雙臉橫？舞態因風欲飛去，歌聲遏雲長且清。有時歌罷下香砌，幾人魂魄遙相驚。人看小英心已足，我見小英心未足。爲我高歌送一杯，我今贈汝新翻曲。」這首歌頗爲平平，張乖崖豪傑之士，詩歌究非其長。他算是西崑派詩人，所作詩錄入「西崑酬唱集」，但好詩甚少。

張詠發明了一種東西，全世界的成年人天天都要使用：鈔票。他治理四川時，覺得金銀銅錢攜帶不便，於是創立「交子」制度，一張鈔票作一千文銅錢。這是中國最早的紙幣，也是全世界最早的紙幣。世界上很多人知道電燈、電話、盤尼西林等等是誰發明的，但人人都喜歡的鈔票，卻很少人知道發明者是張詠。

二十四 秀州刺客

宋靖康年間金人南侵，擄徽宗、欽宗北去，高宗在南方即位。其後金人數次南侵，高宗倉皇奔逃，自揚州逃到杭州，命禮部侍郎張浚在蘇州督師守禦。高宗到了杭州後，任命王淵爲代理樞密使（副總理兼國防部部長）。扈從統制（首都衞戍司令）苗傅和另一統兵官劉正彥不服，又因高宗親信太監康履等擅作威福，苗劉二人便發動兵變，將王淵殺了，又逼迫高宗交出康履殺死。那時諸將統兵在外抵禦金兵，杭州的衞戍部隊均由苗劉二人指揮，槍桿子裏面出政權，高宗惶惑無計。苗劉二人跟着逼高宗退位，禪位給他年方三歲的兒子，由太后垂簾聽政，「建炎三年」的年號也改爲「明受元年」。

苗劉二人專制朝政，用太后和小皇帝的名義發出詔書。張浚在蘇州得到消息，料知京城必定發生了兵變，便約同在江寧（南京）督師的呂頤浩，以及大將張俊、韓世忠、劉光世等統兵勤王。只是高宗在叛兵手裏，若是急速進兵，恐怕危及皇帝，又怕叛軍挾了皇帝百官逃入海中，於是一面不斷書信來往，和苗劉敷衍，一面派兵守住入海的通道。

苗劉二人是粗人，並無確定的計劃，起初升張浚爲禮部尚書，想拉攏他，後來得知他決心進討，於是下詔將他革職。張浚恐怕將士得知自己被革職後人心渙散，將僞詔藏起，取出一封舊詔書來隨口讀了幾句，表示杭州來的詔書內容無關緊要，便即繼續南進，司令部駐在秀州（嘉興）。

一晚張浚在司令部中籌劃軍事，戒備甚嚴，突然有一人出現在他身前，從懷中取出一張紙來，說道：「這是苗傅和劉正彥的賞格，取公首級，即有重賞。」張浚很是鎮定，問道：「你想怎樣？」那人道：「我是河北人，讀過一些書，還明白逆順是非的道理，豈能為賊所用？苗劉二兇派我來行刺侍郎。小人來到營中，見公戒備不嚴，特地前來告知。只怕小人不去回報，二兇還會繼續遣人前來。」張浚離座而起，握手問他姓名。那人不答，逕自離去，倏來倏往，視衆衞士有如無物。

張浚次日引出一名已判了死罪的犯人，斬首示衆，聲稱這便是苗劉二兇的刺客。那眞刺客的相貌形狀，他已熟記於心，後來遣人暗中尋訪，想要報答他，可是始終無法找到。（見「宋史·張浚傳」）

張浚率兵南下勤王，韓世忠為先鋒。韓世忠的妻子梁紅玉那時留在杭州，給苗劉二人扣留了。宰相朱勝非騙苗劉說，不如請太后命梁氏去招撫韓世忠。苗劉不知是計，接受他的意見。太后召梁紅玉入宮，封她為安國夫人，命她快去通知韓世忠，即刻趕來救駕。梁紅玉騎馬急馳，從杭州一日一夜之間趕到了秀州。

張浚和韓世忠部隊開到臨平，和苗劉部下軍隊交鋒。江南道路泥濘，馬不能行，韓世忠下馬執矛，親身衝鋒。苗劉軍大敗。當晚苗劉二人逃出臨安。韓世忠領兵追討，分別成擒，送到南京斬首。高宗重賞韓世忠，加封梁紅玉為護國夫人。世人都知梁紅玉金山擊鼓大戰金兀朮，其實在此之前便已立過大功。

張浚也因勤王之功而大為高宗所親信，被任為樞密使。史稱：「浚時年三十三，國朝執政，自寇準以後，未有如浚之年少者。」他後來還立了不少大功，統率吳玠、吳璘兄弟在和尚原大破金兵，保全四川，是最著名的一役。

岳飛破洞庭湖湖匪楊么，張浚是這一役的總司令。

張浚對韓世忠和岳飛二人特別重用。史稱：「時銳意大舉，都督張浚於諸將中每稱世忠之忠勇，飛之沉鷙，可以倚辦大事，故並用之。」在秦檜當國期間，張浚被迫長期退休。岳飛被害之時，張浚正在被排斥期間，倘若他在朝廷，必定力爭，或許同時會被秦檜害死，或許岳飛可以免死。但同時被害的可能性大得多。

他一生主戰，向來和秦檜意見不和。宋史載：「浚去國幾二十載，天下士無賢不肖，莫不傾心慕之。武夫健將，言浚者莫不咨嗟太息，至兒童婦女，亦知有張都督也。金人憚浚，每使至，必問浚安在，惟恐其復用。當是時秦檜怙寵固位，懼浚為正論以害己，令台臣有所彈劾，論必及浚反，謂浚為『國賊』，必欲殺之。」終於周密布置，命人揑造口供，誣他造反，幸虧秦檜適於此時病死，張浚才得免禍。

高宗死後，孝宗對他十分重用，對金人戰守大計，均由他主持，後來做到宰相兼樞密使都督（總理兼國防部長兼三軍總司令），封魏國公。

岳飛被害，千古大獄，歷來都歸罪於秦檜。但後人論史也偶有指出，倘若不是宋高宗同意，秦檜無法害死岳飛。文徵明「滿江紅」有句云：「笑區區一檜亦何能？逢其欲！」說明秦檜只不過迎合高宗的心意而已。不過論者認爲高宗所以要殺岳飛，是怕岳飛北伐成功，迎回欽宗（高宗的哥哥，其時徽宗已死），高宗的皇位便受到威脅。我想這雖是理由之一，但決不會是很重要的原因。高宗做皇帝已久，文臣武將都是他所用的人。欽宗即使回來，也決計做不成皇帝。高宗要殺岳飛，相信和苗傅、劉正彥這一次叛變有很大關係。

苗劉之叛，高宗受到極大屈辱，被迫讓位給自己的三歲兒子。這一次政變，一定從此使他對手握兵權的武將具有莫大戒心。當時大將之中，韓世忠、張浚、劉光世三人曾參與平苗劉的勤王之役，岳飛卻是後進，那時還沒有露頭角。偏偏岳飛不懂高宗的心理，做了一件頗不聰明之事。

紹興七年，岳飛朝見高宗，內殿單獨密談。岳飛提出請正式立建國公爲皇太子。高宗沒有答允，說道：「卿言雖忠，然握重兵於外，此事非卿所當預也。」意思說，這種事情你是不應當管的。岳飛退下後，參謀官薛弼接着朝見，高宗將這事對他說了，又說：「飛意似不悅，卿自以意開諭之。」那時岳飛手握重兵，高宗很擔心他不高興，所以叫參謀官特別去勸他，要他不必介意。

疑忌武將是宋朝的傳統。宋太祖以手握兵權而黃袍加身，後世子孫都怕大將學樣。秦檜誣陷岳飛造反，正好迎合了高宗的心意。要知高宗趙構是個極聰明之人，如果他不是自己想殺岳飛，秦檜的誣陷一定不會生效。

紹興七年，張浚進呈一批馬匹，高宗和他討論馬匹的優劣和產地，談得很是投機。張浚道：「臣聽說，陛下只要聽到馬的蹄聲，便知馬好壞，那是眞的嗎？」高宗道：「不錯。我隔牆聽馬蹄之聲，便能分別好馬和劣馬。只要明白了要點的所在，那也不是難事。」張浚道：「要分辨畜生的優劣，或許不很難，只有知人爲難。」高宗點頭道：「知人的確很難。」張浚道：「一個人是否有才能，那是不易知道的。但議論剛正，態度嚴肅之人，一定不肯做壞事；一味歌功頌德，大叫萬壽無疆，陛下不論說甚麼，總是歡呼喝采之人，必不可用。」高宗認爲此言不錯。

「宋史・岳飛傳」中記載了一件岳飛和高宗論馬的事。高宗問岳飛：「卿有良馬否？」岳飛道：「臣本來有兩匹馬，每日吃豆數斗，飲泉水一斛，倘若食物不清潔，便不肯吃。奔馳時起初也不很快，馳到一百里後，這才越奔越快，從中午到傍晚，還可行二百里，卸下鞍子後，不噴氣，不出汗，若無其事。那是受大而不苟取，力裕而不求逞，致遠之材也。不幸這兩匹馬已相繼死了。現在所乘的那一匹，每天不過吃數升豆，甚麼糧食都吃，甚麼髒水都飲，一騎上去便發力快跑，可是只跑得百里，便呼呼噴氣，大汗淋漓，便像要倒斃一般。這是寡取易盈，好逞易窮，駑鈍之材也。」高宗大爲讚嘆，說他的議論極有道理。岳飛論的是馬，眞意當然是借此比喻人的品格。

去年初夏，我到加拿大去，途經美國洛杉磯，在「國賓酒店」住了兩晚，那正是羅拔・堅尼廸半年前被刺的所在。那兩晚正逢加州全州選美在該酒店舉行，電梯中、走廊上都是美女，目不暇給，很少有人談羅拔・堅尼廸。我忽然想：中國歷史上也有很多刺客，但刺客往往在事到臨頭之際，忽然同情指定被刺之人，因而下不了手，甚至於反過來相助對方。這種情形，外國刺客卻是極少有的。

聶隱娘是虛構的人物，那不算。刺王鐸的李龜壽是一個。本書第二十八圖「義俠」又是一個。最著名的，當是春秋時晉靈公派去刺趙盾的鉏麑。他潛入趙盾家中，見趙盾穿好了朝服準備上朝，天色尚早，便坐着閉目養神。鉏麑嘆曰：「不忘恭敬，民之主也。賊民之主，不忠；棄君之命，不信，有一於此，不如死也。」於是觸槐而死。（見「左傳」）「公羊傳」的說法畧有不同，沒有記載刺客的名字。晉靈公派一名勇士去行刺趙盾。這勇士走進大門，不見有人把守；走進後院，不見有人把守；走進內堂，仍是不見有人把守。他躍在牆上窺探，見趙盾正在吃飯，吃的只有一味魚。勇士曰：「嘻，子誠仁人也。吾入子之大門，則無人焉；入子之閨，則無人也；上子之堂，則無人焉；是子之易也。子爲晉國重卿，而食魚飧，是子之儉也。君將使吾殺子，吾不忍殺子也。雖然，吾亦不可復見吾君矣！」於是刎頸而死。

東漢時隗囂命刺客殺杜林，刺客見杜林親自以木車推了弟弟的棺木回鄉，嘆曰：「當今之世，誰能行義？我雖小人，何忍殺義士？」自行逃去。（見「後漢書．杜林傳」）

東漢梁冀令刺客殺崔琦。刺客見崔琦手中拿了一卷書在耕田，耕一會田，便翻書閱讀，不忍相害，告知眞相，說道：「將軍令吾要子，今見君賢者，情懷忍忍，可亟自逃。吾亦於此亡矣！」可惜梁冀後來還是派了別的刺客殺了崔琦。（見「後漢書．崔琦傳」）

劉備做平原相時，當地有個名叫劉平的人，素來瞧不起劉備，恥於受他治理，便派人行刺。刺客不忍下手，語之而去。（見「三國志蜀志．先主傳」）

東晉時劉裕篡位自立，派沐謙混到司馬楚之手下，設法相刺。司馬楚之待他很好。有一晚沐謙假裝生病，料知司馬楚之必來探問，準備就此加害。楚之果然親自拿了湯藥去探病，情意甚殷。沐謙大爲感動，從席底取其匕首，將劉裕派他來行刺的事說了，並勸他以後要多加保重，不可太過相信別人，免遭凶險。司馬楚之嘆道：「我若嚴加戒備，雖有所防，恐有所失。」意思說安全是安全了，只怕是失了人才。沐謙以後便竭誠爲他盡力。（見「魏書·司馬楚之傳」）

這一類的事例甚多。漢陽琳刺客不殺蔡中郎、唐承乾太子刺客不殺于志寧、淮南張顯刺客不殺嚴可求、西夏刺客不殺劉錡等等皆是，事迹內容也都大同小異。

二十五 張訓妻

張訓是五代時吳國太祖楊行密部下的大將，嘴巴很大，外號叫作「張大口」。

楊行密在宣州時，分鎧甲給衆將，張訓所得的很破舊，極是惱怒。他妻子道：「那又何必放在心上？只不過司徒不知道罷了，又不是故意的。如果他知道的話，一定不會分舊甲給你。」第二天，楊行密問張訓道：「你分到的鎧甲如何？」張訓說了，楊行密便換了一批精良的鎧甲給他。後來楊行密駐軍廣陵，分賜諸將馬匹。張訓所得大部份是劣馬，他又很不滿意。他妻子仍是這樣安慰他。第二天楊行密問起，張訓照實說了。

楊行密問道：「你家裏供神麼？」張訓道：「沒有。」楊行密道：「先前我在宣州時，分鎧甲給諸將。當晚做了個夢，夢到一個婦人，穿眞珠衣，對我說：『楊公贈給張訓的鎧甲很是破舊，請你掉換一下。』第二天我問你，果然不錯，就給你換了。昨天賜諸將馬，又夢到那個穿眞珠衣的婦人，對我說：『張訓所得的馬不好。』那是甚麼道理？」張訓也大感奇怪，不明原因。

張訓的妻子有一口衣箱，箱裏放的是甚麼東西，從來不給他看到。有一天他妻子有事外出，張訓偷着打開箱子，見箱中有一襲眞珠衣，不由得暗自納罕。他妻子歸來後，問道：「你開過我的衣箱，是不是？」

他妻子向來總是等他回家後一起吃飯，但有一天張訓回來時，妻子已先吃過了，對他說：「今天的食物有些特別，因此沒有等你，我先吃了。」張訓到厨房中去，見鑊裏蒸着一個人頭，不禁大爲驚怒，知道妻子是個異人，決意要殺她。他妻子道：「你想負我麼？只是你將做數郡刺史，我不能殺你。」指着一名婢女道：「你若要殺我，必須先殺此婢，否則你就難以活命。」張訓就將妻子和婢女一起殺了。後來他果然做到刺史。（出吳淑「江淮異人錄」）

這個女人算不得是劍客，只能說是「妖人」。不過她對張訓一直很好，雖然蒸人頭吃，似乎並無加害丈夫之意。那婢女當是她的心腹，她要丈夫一併殺了，以免受到婢女的報復，對丈夫倒是一片眞心。任渭長在圖中題字說：「婢無罪，死無謂」，沒有明白張訓之妻的用意。

（「辠」是「罪」的本字，秦始皇做了皇帝，臣子覺得這「辠」字太像「皇」字了，於是改爲「罪」字，見「說文」。拍皇帝馬屁而創造新字，很像是李斯的手法。）

張訓在歷史上眞有其人，是安徽清流人。楊行密起於安徽，部下大將大部份是合肥、六合、宿州一帶人氏。世傳楊行密以三十六英雄在廬州發迹。我不知三十六英雄是那些人，相信「張大口」張訓必是其中之一。楊行密部下著名的大將有田頵、李神福、陶雅、李德誠、劉威、徐溫、臺濛、朱延壽等人。

歐陽修的「五代史」中說楊行密力氣很大。舊五代史中則說他跑路很快（會輕功？），每天能行三百里，最初做「步奏使」的小官，用以傳遞軍訊。「資治通鑑」則說：「行密馳射武技，皆非所長，而寬簡有智畧，善撫御將士，與同甘苦，推心待物，無所猜忌。」從歷史上的記載看來，楊行密所以成功，第一是愛護百姓，第二是善於撫御將士，第三是性格堅毅，屢敗屢戰。他用兵並無特別才能，但不折不撓，拖垮了敵人。

楊行密本是高駢部下的廬州刺史，這刺史之位也是他殺了都將自行奪來的。高駢統治揚州，政事給呂用之弄得一團糟，部下將官畢師鐸、秦彥、張神劍（此人本名張雄，因善於使劍，人稱張神劍）作亂，殺了高駢。呂用之逃到廬州。楊行密發兵爲高駢報仇，佔領揚州，由此而逐步擴大勢力。（後來呂用之在楊行密軍中又想搗鬼，爲楊所殺。）

當時楊行密的大敵是流寇孫儒。此人十分殘暴，將百姓的屍體用鹽醃了，載在車上隨軍而行，作爲糧食。孫儒的部隊比楊行密多了十倍，進攻揚州時楊行密抵擋不住，只好退出。孫儒入城後縱火屠殺，大肆奸淫擄掠，隨即退兵。楊行密派張訓趕入城中救火，搶救了數萬斛糧食，賑濟百姓。

楊行密和孫儒纏戰數年，互有勝敗，最後一場大會戰在皖浙邊區進行。張訓部隊堅守浙江安吉，斷了孫儒軍隊的糧道。孫軍食盡，軍中瘧疾流行，孫儒自己也染上了，楊行密由此而破其軍，斬孫儒，奏凱重回揚州。「十國紀年」載：「行密過常州，謂左右曰：『常州，大城也，張訓以一劍下之，不亦壯哉！』」那麼張訓的劍法似乎也很好。

楊行密到揚州後，財政極是困難，想專賣茶葉和鹽，他部下的有識之士勸他不可和民爭利，說道：「兵火之餘，十室九空，又漁利以困之，將復離叛。不若悉我所有，易鄰道所無，足以給軍。選賢守令勸課農桑，數年之間，倉庫自實。」楊行密接受了這個意見，並不搜括搾取百姓，而以與外地貿易的辦法來籌募軍費。

「通鑑」稱：「淮南被兵六年，士民轉徙幾盡。行密初至，賜與將吏，帛不過數尺，錢不過數百；而能以勤儉足用，非公宴，未嘗擧樂。招撫流散，輕傜薄斂，未及數年，公私富庶，幾復承平之舊。」可見政府要富足，向百姓搜括並不是好辦法。稅輕，徵發少，對百姓仁厚，經濟上的控制越寬，公和私都越富庶。單是公富而私不富，公家之富也很有限。

五代十國時天下大亂，楊行密所建的吳國卻安定富庶，便是輕傜薄斂之故。楊行密軍力不強，部下亦沒有甚麼了不起的將才和智士，但愛民愛士。朱全忠數度遣大軍相攻，始終無法取勝。

昭宗天復三年，朱全忠又和楊行密交戰。張訓和王茂章等攻克密州（山東諸城），張訓作刺史。朱全忠大怒，親率大軍二十萬趕來反攻。張訓眼見衆寡不敵，與諸將商議。諸將都說，反正密州不是我們的地方，主張焚城大掠而去。張訓說：「不可。」將金銀財寶都留在城裏不取，在城頭密插旗幟，命老弱先退，自以精兵殿後，緩緩退卻。朱全忠的部將率領大軍到來，見城頭旗幟高張，而城中一無動靜，疑有埋伏，不敢進攻，等了數日才敢入城，見倉庫房舍完好，財物又多，將士急於擄掠享受，誰也不想追趕。張訓得以全軍而還。

楊行密晚年，大將田頵、安仁義、朱延壽等先後叛變。五代十國之時，大將殺元帥而自立之事累見不鮮，田頵這些人擁兵自雄，不免有自立爲王之意，但一一爲楊行密所平定。

安仁義是沙陀人，神箭無雙。歐陽修「五代史」中載稱：「吳之軍中，推朱瑾善槊，志誠（米志誠）善射，皆爲第一，而仁義常以射自負，曰：『志誠之弓，十不當瑾槊之一；瑾槊之十，不當仁義弓之一。』」（恰似後人說：「天下文章在紹興，紹興文章以我哥哥爲第一，我哥哥的文章常請我修改修改！」）每與茂章（王茂章）等戰，必命中而後發，以此吳軍畏之，不敢行近。行密亦欲招降之，仁義猶豫未決。茂章乘其怠，穴地道而入，執仁義，斬於廣陵。」

朱延壽是楊行密的小舅子，擁兵於外，將叛。楊行密假裝目疾，接見朱延壽的使者時，常常東指西指，故意說錯。有一日在房中行走，突然在柱子上一撞，昏倒於地，表示眼病重極。朱夫人扶他起身，楊行密良久方醒，流淚道：「吾業成而喪其目，是天廢我也。吾兒子皆不足以任事，得延壽付之，吾無恨矣！」宣稱朱延壽是他最最親密的戰友，決心指定他爲接班人。朱夫人大喜，忙派人去召朱延壽來，準備接班。朱延壽不再懷疑，興高采烈的來見姊夫。楊行密在寢室中接見，便在房門口殺了他，跟着將朱夫人也嫁給了別人。

殺朱延壽這計策，頗有司馬懿裝病以欺曹爽的意味，這巧計是大將徐溫手下謀士嚴可求所提出的，因此徐溫得到楊行密的信任重用。楊行密病死後，長子楊渥繼位，爲徐溫所殺，立楊行密次子隆演，吳國大權入於徐溫之手。徐溫的幾個親生兒子都沒有甚麼才能，徐溫死後，大權落入他養子李昪（音卞，日光、光明、明白之意）手中。李昪奪楊氏之位自立，改國號爲唐，史稱南唐。大名鼎鼎的李後主，便是李昪的孫子。

楊行密少年時爲盜。歐陽修對他的總評說：「嗚呼，盜亦有道，信哉！行密之書，稱行密爲人寬仁雅信，能得士心。其將蔡儔叛於廬州，悉毀行密墳墓（掘了他的祖墳），及儔敗，而諸將皆請毀其墓以報之。行密嘆曰：『儔以此爲惡，吾豈復爲耶？』嘗使從者張洪負劍而侍，洪拔劍擊行密，不中，洪死，復用洪所善陳紹負劍不疑。又嘗罵其將劉信，信忿，奔孫儒。行密戒左右勿追，曰：『信豈負我者耶？其醉而去，醒必復來。』明日果來。行密起於盜賊，其下皆驍武雄暴，而樂爲之用者，以此也。」

徐溫是私鹽販子出身，對待部下就不像楊行密這樣豁達大度。他派劉信出戰，一直擔心他反叛。劉信知道了，心中很是生氣，打了勝仗回來，徐溫設宴慰勞，喝完酒後大家擲骰子賭博。歐史載稱：「信斂骰子，厲聲祝曰：『劉信欲背吳，骰爲惡彩，苟無二心，當成渾花。』溫遽止之。一擲，六子皆赤。溫慚，自以巵酒飲信，然終疑之。」劉信擲骰子大概會作弊，將這種反不反叛的大事，也用擲骰子來證明，而一把擲下去，六粒骰子居然擲了個滿堂紅，未免運氣太好了。

「江淮異人錄」的作者吳淑是江蘇南部丹陽人，屬吳國轄地，所以對當地的異人奇行記載特詳，他曾參加「太平御覽」、「太平廣記」等書的編纂。

二十八 潘扆

據「南唐書」載，潘扆（音衣，室中門與窗之間的地方，稱為扆）常在江淮之間往還，自稱「野客」，曾投靠海州刺史鄭匡國。鄭匡國對他不大重視，讓他住在馬廄旁的一間小屋子裏。有一天，潘扆跟了鄭匡國到郊外去打獵。鄭匡國的妻子到馬廄中看馬，順便到潘扆的房中瞧瞧，見房中四壁蕭然，床上只有一張草席，床邊有一個竹箱，此外便一無所有。鄭妻打開竹箱，見有兩枚錫丸，也不知有甚麼用處，頗覺奇怪，便蓋上箱子而去。潘扆歸來，大驚，罵道：「這女人是甚麼東西！竟敢來亂動我的劍，幸虧我已收了劍光，否則她早已身首異處了。」

有人將這話去傳給鄭匡國。鄭匡國驚道：「恐怕他是劍客罷！」求他傳授劍術。潘扆道：「姑且試試。」和他同到靜院之中，從懷中摸出那兩枚錫丸來，放在掌中，過得不久，手指尖上射出兩道光芒，有如白虹，在鄭匡國的頭頸邊盤旋環繞，錚錚有聲不絕。鄭匡國汗下如雨，顫聲道：「先生的劍術神奇極了！在下今日大開眼界，嘆觀止矣。」潘扆哈哈一笑，引手以收劍光，復成錫丸。

鄭匡國上表奏聞南唐國主李昇。李昇召見潘扆，命他住在紫極宮中。潘扆過了數年，死在宮中。

吳淑的「江淮異人錄」中，也記有潘扆的故事。

潘扆是大理評事潘鵬的兒子，年輕時住在和州，常到山中打柴販賣，奉養父母。有一次過江到金陵，船停在秦淮口，有一老人求他同載過江。潘扆見他年老，便答應了。其時大雪紛紛，天寒地凍。潘扆買了酒和老人同飲。船到長江中流，酒已喝完了，潘扆道：「可惜酒買得少了，未能和老丈盡興。」老人道：「我也有酒。」解開頭巾，從髮髻中取出一個極小的葫蘆來，側過小葫蘆，便有酒流出。葫蘆雖小，但倒了一杯又一杯，兩人喝了幾十杯，小葫蘆中的酒始終不竭。潘扆又驚又喜，知道這位老丈是異人，對他更加恭敬了。到了對岸，老人對他說：「你奉養父母，身上又有道氣，孺子可教。」於是授以道術。潘扆此後的行逕便甚詭異，世人稱他爲「潘仙人」。

有一次他到人家家中，見池塘水面浮滿了落葉，忽然興到，對主人道：「我玩個把戲給你瞧瞧。」叫人將落葉撈了起來，放在地下，霎時之間，樹葉都變成了魚，大葉子成大魚，小葉子成小魚，滿地跳躍，把魚投入池塘，又都成爲落葉。

他抓一把水銀，在手掌之中揑得幾揑，攤開手掌，便已變成銀子。

有一個名蒯亮的人，有一次到親戚家作客，和幾個親友一起同坐聚談。潘扆經過門外，主人識得他，便邀他進來，問道：「想煩勞先生作些法術以娛賓，可以嗎？」潘扆道：「可以！」遊目四顧，見門外鐵匠鋪中有一鐵砧，對主人道：「用這鐵砧可以變些把戲。」主人便去借了來。潘扆從懷中取出一把小刀子，將鐵砧切成一片一片，便如是切豆腐一般，頃刻間將一個打鐵用的大鐵砧切成了無數碎片。座客盡皆驚愕。潘扆道：「這是借人家的，不可弄壞了他。」將許多碎片拼在一起，又變成一個完整無缺的大鐵砧。賓主齊聲喝采。

他又從衣袖中取出一塊舊的手巾來，說道：「你們別瞧不起這塊舊手巾。若不是真有急事，求我相借，我才不借呢。」拿起手巾來遮在自己臉上，退了幾步，突然間無影無蹤，就此不見了。

一本書他從未看過的，卻能背誦。又或是旁人作的文稿，包封好了放在他面前，只要讀出文稿的第一個字，他便能一直讀下去，文稿中間有甚麼地方塗改增刪，他也一一照樣讀出來。諸如此類的行逕甚多，後來卻也因病而死。

二十七　洪州書生

成幼文做洪州(即今江西南昌)錄事參軍的官，住家靠近大街。有一天坐在窗下，臨街而觀，其時雨後初晴，道路泥濘，見有一小孩在街上賣鞋，衣衫甚是襤褸。忽有一惡少快步行過，在小孩身上一撞，將他手中所提的新鞋都撞在泥濘之中。小孩哭了起來，要他賠錢。惡少大怒，破口而罵，那裏肯賠？小孩道：「我家全家今天一天沒吃過飯，等我賣得幾雙鞋子，回家買米煮飯。現今新布鞋給你撞在泥裏，怎麼還賣得出去？」那惡少聲勢洶洶，連聲喝罵。

這時有一書生經過，見那小孩可憐，問明鞋價，便賠了給他。那惡少認爲掃他面子，怒道：「他媽的，這小孩向我討錢，關你屁事，要你多管閒事幹麼？」汚言穢語，罵之不休。那書生怒形於色，隱忍未發。

成幼文覺這書生義行可嘉，請他進屋來坐，言談之下，更是佩服，當即請他吃飯，留他在家中住宿。晚上一起談論，甚爲投機。成幼文暫時走進內房去了一下，出來時那書生已不見了。大門卻仍是關得好好的，到處尋他，始終不見，不禁大爲驚訝。

過不多時，那書生又走了進來，說道：「日間那壞蛋太也可惡，我不能容他，已殺了他的頭！」一揮手，將那惡少的腦袋擲在地下。

成幼文大驚，道：「這人的確得罪了君子。但殺人之頭，流血在地豈不惹出禍來？」書生道：「不用擔心。」從懷中取出一些藥末，放在人頭之上，拉住人頭的頭髮搓了幾搓，過了片刻，人頭連髮都化爲水，對成幼文道：「無以奉報，願以此術授君。」成幼文道：「在下非方外之士，不敢受教。」書生於是長揖而去。一道道門戶鎖不開、門不啓，書生已失所蹤。（出吳淑「江淮異人錄」）

殺人容易，滅屍爲難，因之新聞中有灶底藏屍、箱中藏屍、蔴包藏屍等等手法。中國筆記小說中記載有一婦人，殺人後將屍體切碎煮熟，餵豬吃光，不露絲毫痕迹，恰好有一小偷躲在床底瞧見，否則永遠不會敗露。英國電影導演希治閣（編按：即希區考克）所選謀殺短篇小說中，有一篇寫兇手將屍體切碎餵鷄，想法和中國古時那婦人暗合。王爾德名著「道靈格雷的畫像」中，兇手殺人後，脅迫化學師用化學物品毀滅屍體，手續旣繁，又有惡臭，遠不及我國武俠小說中以藥末化屍爲水的傳統方法簡單明瞭。章回小說「七劍十三俠」中的一枝梅，殺人後也以藥末化屍爲水。至於近代武俠小說和武俠電影，殺人盈野，行若無事，誰去管他屍體如何。

二十八　義俠

有一個仕人在衙門中做「賊曹」的官（專司捕拿盜賊，畧如警察局長）。有一次捉到一名大盜，上了銬鐐，仕人獨自坐在廳上審問。犯人道：「小人不是盜賊，也不是尋常之輩，長官若能脫我之罪，他日必當重報。」仕人見犯人相貌軒昂，言辭爽拔，心中已答允了，但假裝不理會。當天晚上，悄悄命獄吏放了他，又叫獄吏自行逃走。第二天發覺獄中少了一名囚犯，獄吏又逃了，自然是獄吏私放犯人，畏罪潛逃，上司畧加申斥，便即了案。

那仕人任滿之後，一連數年到處遊覽。一日來到一縣，忽聽人說起縣令的姓名，恰和當年所釋的囚犯相同，便去拜謁，報上自己姓名，縣令一驚，忙出來迎拜，正是那個犯人。縣令感恩念舊，殷勤相待，留他在縣衙中住宿，與他對榻而眠，隆重欵待了十日，一直沒有回家。

那一日縣令終於回家去了。那仕人去廁所，廁所和縣令的住宅只隔一牆，只聽得縣令的妻子問道：「夫君到底招待甚麼客人，竟如此殷勤，接連十天不回家來？」縣令道：「這是大恩人到了。當年我性命全靠這位恩公相救，眞不知如何報答才是。」他妻子道：「夫君豈不聞大恩不報？何不見機而作？」縣令不語久之，才道：「娘子說得是。」

那仕人一聽，大驚失色，立即奔回廳中，跟僕人說快走，乘馬便行，衣服物品也不及攜帶，盡數棄在縣衙之中。到得夜晚，一口氣行了五六十里，已出縣界，驚魂略定，才在一家村店中借宿。僕從們一直很奇怪，不知爲何走得如此匆忙。那仕人歇定，才詳述此賊負心的情由，說罷長嘆，奴僕們都哭了起來。

突然之間，床底躍出一人，手持匕首。仕人大驚。那人道：「縣令派我來取君頭，適才聽到閣下述說，方知這縣令如此負心，險些枉殺了賢士。在下是鐵錚錚的漢子，決不放過這負心賊。公且勿睡，在下去取這負心賊的頭來，爲公雪冤。」仕人驚懼交集，唯唯道謝。此客持劍出門，如飛而去。

二更時分，刺客奔了回來，大叫：「賊首來了！」取火觀看，正是縣令的首級。刺客辭別，不知所往。（出「源化記」）

在唐「國史補」中，說這是汧國公李勉的事。李勉做開封尹時，獄囚中有一意氣豪邁之人，向他求生，李勉就放了他。數年後李勉任滿，客遊河北，碰到了囚犯。故囚大喜迎歸，厚加款待，對妻子道：「恩公救我性命，該如何報德？」妻曰：「酬以一千疋絹夠了麼？」曰：「不夠。」妻曰：「二千疋夠了麼？」曰：「仍是不夠。」妻曰：「既是如此，不如殺了罷。」故囚心動，決定動手，他家裏的一名僮僕心中不忍，告訴了李勉。李勉外衣也來不及穿，立即乘馬逃走。馳到半夜，已行了百餘里，來到渡口的宿店。店主人道：「此間多猛獸，客官何敢夜行？」李勉便將情由告知，還沒說完，樑上忽然有人俯視，大聲道：「我幾誤殺長者。」隨即消失不見。天未明，那樑上人攜了故囚夫妻的首級來給李勉看。

這故事後人加以敷衍鋪敍，成爲評話小說，「今古奇觀」中「李汧公窮途遇俠客」寫的就是這故事。

李勉是唐代宗、德宗年間的宗室賢相，淸廉而有風骨。代宗朝，他代黎幹（即前「蘭陵老人」故事中的主角）爲京兆尹（首都市長），其時宦官魚朝恩把持朝政，任觀軍容使（皇帝派在軍隊中的總代表、總政治部主任），即使是大元帥郭子儀也對他十分忌憚。這魚朝恩又兼管國子監（國立大學、高級幹部學校校長）。黎幹做京兆尹時，出力巴結他，每逢魚朝恩到國子監去巡視訓話，黎幹總是預備了數百人的酒飯點心去小心侍候。李勉即任時，魚朝恩又要去國子監了，命人通知他準備。李勉答道：「國子監是軍容使管的。如果李勉到國子監來，軍容使是主人，應當招待我。李勉忝爲京兆尹，軍容使若是大駕光臨京兆衙門，李勉豈敢不敬奉酒饌？」魚朝恩聽到這話後，心中十分生氣，可又無法駁他，從此就不去國子監了。但李勉這京兆尹的官畢竟也做不長。

後來他做廣州刺史。在過去，外國到廣州來貿易的海船每年不過四五艘，由於官吏貪汚勒索，外國商船都不敢來。「舊唐書・李勉傳」說：「勉性廉潔，舶來都不檢閱，故末年至者四千餘。」促進國際貿易，大有貢獻。他在廣州做官，甚麼物品都不買，任滿後北歸，舟至石門，派吏卒搜索他家人部屬的行李，凡是在廣州所買或是受人贈送的象牙、犀角等類廣東物品，一概投入江中。

德宗做皇帝，十分寵幸奸臣盧杞。有一天，皇帝問李勉道：「衆人皆言盧杞奸邪，朕何不知？卿知其狀乎？」對曰：「天下皆知其奸邪，獨陛下不知，所以爲奸邪也！」這是一句極佳的對答，流傳天下，人都佩服他的正直。任何大奸臣，人人都知其奸，皇帝卻總以爲他是大忠臣。這可以說是分辨忠奸的簡單標準。（另有一說，這句話是李泌對德宗說的。）

二十九　青巾者

任愿，字謹叔，京師人，年輕時侍奉父親在江淮地方做官。他讀過一些書，性情淳雅寬厚，繼承了遺產，家道小康，平安度日，也沒有甚麼大志，不汲汲於名利。

熙寧二年，正月十五元宵佳節，任愿出去遊街。但見人山人海，車騎滿街，擁擠不堪。他酒飲得多了，給閒人一擠，立足不定，倒在一個婦人身上。那婦人的丈夫大怒，以爲他有意輕薄，調戲自己妻子，拔拳便打。任愿難以辯白，也不還手招架，只好以衣袖掩面挨打。那人越打越兇，無數途人都圍了看熱鬧。

旁觀者中有一頭戴青巾之人，眼見不平，出聲喝止，毆人者毫不理睬。青巾者大怒，一拳將毆人者擊倒，扶着任愿走開。衆閒人一鬨而散。任愿謝道：「與閣下素不相識，多蒙援手。」青巾者不顧而去。

數日後，任愿在街上又遇到了那青巾者，便邀他去酒店喝酒。坐定後，見青巾者目光如電，毅然可畏。飲了良久，任愿又謝道：「前日見辱於市井庸人，若不是閣下豪傑之士，誰肯仗義相助？」青巾者道：「小事一樁，何足言謝？後日請仁兄再到此一敍，由兄弟作個小東，務請勿卻。」當下相揖而別。

屆時任愿去那酒店，見青巾者已先到了，兩人揀了清靜的雅座坐定，對飲了十幾杯。青巾者道：「我乃刺客，有一大仇人，已尋了他數年，今日怨氣方伸。」於腰間取出一隻黑色皮囊，從囊中取出一個首級，用刀子將腦袋上的肉片片削下，一半放在任愿面前的盤中，笑道：「請用，不要客氣。」任愿驚恐無已，不知所措。青巾者將死人肉吃得乾乾淨淨，連聲勸客，任愿辭不能食。青巾者大笑，伸手到任愿盤中，將人肉抓過來又吃。食畢，用短刀將腦骨削成碎片，如切朽木，把碎骨棄在地下，再無人認得出這是死人的頭骨。

青巾者道：「我有術相授，你能學麼？」任愿道：「不知何術？」青巾者道：「我能以藥點鐵成金，點銅成銀。」任愿道：「在下在市上有一間先父留下來的小店，每日可賺一貫錢。我數口之家，冬天穿棉，夏天穿葛，酒肉無憂，自覺生活如此舒適，已然過份，常恐遇禍，怎敢再學先生的奇術？還望見諒。」青巾者嘆服，說道：「像這樣安份知命，毫不貪得之人，眞是少有。你應當長壽才是。」取出一粒藥，道：「服此藥後，身強體壯，百鬼不近。」任愿和酒服了。兩人直飲到深夜方散，以後便沒再見他。（出「青瑣高議」）

三十　淄川道士

有一個名叫姜廉夫的人，一晚剛就枕安睡，聽得喝道之聲，一輛轎子忽然在堂前出現。轎中走出一名絕色女子，上堂向姜廉夫的母親盈盈下拜，說道：「妾和郎君有姻緣之份，願請一見。」姜廉夫聽到了，欣然起身相見。他妻子見場面尷尬，便要避開。那女子道：「不要因我之故而令你們夫妻疏遠，請姊姊不可見怪。」姜妻見她溫柔可親，心中很有好感。兩人情如姊妹，相親相愛。姜廉夫大享齊人之福。那女子對姜母服侍得尤其恭敬周到，全家上下，個個都喜歡她。

到了端午節的前夕，那女子在一晚之間，做了一百個綵絲繡花荷包，繡功十分精緻，人物、花草、題字，都繡了出來，便如是名家的書畫一般，分送給親戚。得到的人無不讚嘆，大家都稱她爲「仙姑」。

過了不久，那女子忽向姜母道：「婆婆，媳婦面臨大難，要到別地一避。」拜了幾拜，出門而去。姜家全家都很驚惶，爲她擔憂，不知她有何災難，是否能夠避過。

便在此時，有一名道人來到姜家，問姜廉夫道：「你滿面都是晦氣之色，奇禍將至，那是甚麼緣故？」姜廉夫將經過情形都對他說了。道士命他在淨室中預備一張榻。第二天道士又來，叫姜廉夫在榻上安臥，不可起身，又叮囑家人上午千萬不可開門，到正午才開。

過了良久，姜廉夫忽覺寒氣逼人，只聽得刀劍相交之聲錚錚不絕。他心中大懼，蒙被而睡，猛聽得砰的一聲，有物墜入榻底，他也不敢去看。到得正午，姜家開門，道士來到，姜廉夫出門相迎。道士笑道：「危險過去了！」同去看榻下所墜之物，卻是一個髑髏（骷髏頭，髑音獨），有五斗的米斛那麼大，道士從藥箱中取出藥末，撒在髑髏上，髑髏便即化而為水。

姜廉夫問：「那是甚麼怪物？」道士道：「我和那美貌女子都是劍仙。這女子先和一人相好，忽然拋棄了他，來跟你相好。那人大是憤怒，要來殺你二人。我和那女子一向很有交情，因此出力救你。總算僥倖成功，我去也！」

道士剛去，女子便即回來，與姜廉夫同居如初。（出「誠齋雜記」）

女劍仙水性楊花，男劍仙爭風吃醋，都不成話。所以任渭長的評話說：「髑髏儘痴，劍仙如斯！」

三十一 俠婦人

董國慶，字元卿，饒州德興（在今江西省）人，宋徽宗宣和六年進士及第，被任為萊州膠水縣（在今山東省）主簿。其時金兵南下，北方交兵，董國慶獨自一人在山東做官，家眷留在江西。中原陷落後，無法回鄉，棄官在鄉村避難，與寓所的房東交情很好。房東憐其孤獨，替他買了一妾。

這妾侍不知是那裏人，聰明美貌，見董國慶貧困，便籌劃賺錢養家，盡家中所有資財買了七八頭驢子、數十斛小麥，以驢牽磨磨粉，然後騎驢入城出售麵粉，晚上帶錢回家。每隔數日到城中一次。這樣過了三年，賺了不少錢，買了田地住宅。

董與母親妻子相隔甚久，音訊不通，常致思念，日常鬱鬱寡歡。妾侍好幾次問起原因。董這時和她情愛甚篤，也就不再隱瞞，說道：「我本是南朝官吏，一家都留在故鄉，只有我孤身漂泊，茫無歸期。每一念及，不禁傷心欲絕。」妾道：「為何不早說？我有一個哥哥，一向喜歡幫人家忙，不久便來。到那時可請他為夫君設法。」

過了十來天，果然有個長身虬髯的人到來，騎了一匹高頭大馬，帶着十餘輛車子。妾道：「哥哥到了！」出門迎拜，使董與之相見，互敍親戚之誼，設筵相請。飲到深夜，妾才吐露董日前所說之事，請哥哥代籌善策。

當時金人有令，宋官逃匿在金國境內的必須自行出首，坦白從寬，否則被人檢舉出來便要處死。董已洩漏了自己身分，疑心二人要去向官府告發，既悔且懼，抵賴道：「沒有這會事，全是瞎說！」

虬髯人大怒，便欲發作，隨即笑道：「我妹子和你做了好幾年夫妻，我當你是自己骨肉一般，這才決心干冒禁令，送你南歸。你卻如此見疑，要是有甚麼變化，豈不是受你牽累？快拿你做官的委任狀出來，當作抵押，否則的話，天一亮我就縛了你送官。」董更加害怕，料想此番必死無疑，無法反抗，只好將委任狀取出交付。虬髯人取之而去。董終夜涕泣，不知所措。

第二天一早，虬髯人牽了一匹馬來，道：「走罷！」董國慶又驚又喜，入房等妾同行。妾道：「我眼前有事，還不能走，明年當來尋你。我親手縫了一件衲袍（用布片補綴縫拼而成的袍子）相贈。你好好穿着，跟了我哥哥去。到南方後，我哥哥或許會送你數十萬錢，你千萬不可接受，倘若非要你收不可，便可舉起衲袍相示。我曾於他有恩，他這次送你南歸，尚不足以報答，還須護送我南來和你相會。萬一你受了財物，那麼他認爲已足夠報答，兩無虧欠，不會再理我了。你小心帶着這件袍子，不可失去。」

董愕然，覺得她的話很是古怪，生怕鄰人知覺報官，便揮淚與妾分別。上馬疾馳，來到海邊，見有一艘大船，正解纜欲駛。虬髯客命他即刻上船，一揖而別。大船便即南航。董囊中空空，心下甚窘，但舟中人恭謹相待，敬具飲食，對他的行蹤去向卻一句也不問。

舟行數日，到了宋境，船剛靠岸，虬髯人早已在水濱相候，邀入酒店洗塵接風，取出二十兩黃金，道：「這是在下贈給太夫人的一點小意思。」董記起妾侍臨別時的言語，堅拒不受。虬髯人道：「你兩手空空的回家，難道想和妻兒一起餓死麼？」強行留下黃金而去。董追了出去，向他舉起衲袍。虬髯人駭詫而笑，說道：「我果然不及她聰明。唉，事情還沒了結，明年護送美人兒來給你罷。」說着揚長而去。

董國慶回到家中，見母親、妻子、和兩個兒子都安好無恙，一家團圓，歡喜無限，互道別來情由。他妻子拿起衲袍來細看，發覺布塊的補綴之處隱隱透出黃光，拆開來一看，原來每一塊縫補的布塊中都藏着一片金葉子。

董國慶料理了家事後，到京城向朝廷報到，被升為宜興尉。第二年，虬髯人果然送了他愛妾南來相聚。

丞相秦檜以前也曾陷身北方，與董國慶可說是難友，所以特別照顧，將董國慶失陷在金國的那段時期都算作是當差的年資，不久便調他赴京升官，辦理軍隊糧餉的事務，數月後便死了。他母親汪氏向朝廷呈報，得自宣教郎追封為朝奉郎，並任命他兒子董仲堪為官，那是紹興十年三月間之事。（出洪邁「夷堅志」）

故事中提到了秦檜。乘這機會談談這個歷史上有名的奸相。

秦檜，字會之，建康（今南京）人。在靖康年間，他是有名的主戰派。皇帝派他隨同張邦昌去和金人講和，秦檜道：「是行專為割地，與臣初議矛盾，失臣本心。」堅決不去。後來金人要求割地，皇帝召開廷議，重臣大官中七十人主張割地，三十六人反對，秦檜是這三十六人的首領。

後來金兵南下，汴京失守，徽欽二帝被擄，金人命百官推張邦昌爲帝。「百官軍民皆失色不敢答」。秦檜大膽上書，誓死反對，其中說道：「檜荷國厚恩，甚愧無報，今金人擁重兵，臨已拔之城，操生殺之柄，必欲易姓，檜盡死以辨。」書中大罵張邦昌：「張邦昌在上皇時，附會權倖，共爲蠹國之政。社稷傾危，生民塗炭，固非一人所致，亦邦昌爲之也。天下方疾之如仇讎。若付之土地，使主人民，四方豪傑必共起而誅之。」書中又稱：「必立邦昌，則京師之民可服，天下之民不可服；京師之宗子可滅，天下之宗子不可滅。檜不顧斧鉞之誅，言兩朝之利害，願復嗣君位，以安四方。」在那樣的局面之下，敢於發如此大膽的議論，確是極有風骨，天下聞之，無不佩服。

後來金人終於立張邦昌爲帝，擄了秦檜北去。

秦檜被俘虜這段期間，到底遭遇如何，史無可考，但相信一定是大受虐待，終於抵抗不了威脅，屈膝投降。一般認爲，他所以得能全家南歸，是金人暗中和他有了密約，放他回來做奸細的。金人當然掌握了他投降的證據和把柄，使他無法反悔，從此終身成爲金國的大間諜。由於他以前所表現的氣節，所以一到朝廷，高宗就任他爲禮部尚書。

秦檜當權時力主和議，但眞正決定和議大計的，其實還是高宗自己。當時文臣武將，大都反對與金人講和。「宋史・秦檜傳」有這樣一段記載：紹興八年「十月，宰執入見，檜獨身留言：『臣僚畏首尾，多持兩端，此不足與斷大事。若陛下決欲講和，乞專與臣議，勿許羣臣預。』帝曰：『朕獨委卿。』檜曰：『臣亦恐未便，望陛下更思三日，容臣別奏。』又三日，檜復留身奏事。帝意欲和甚堅，檜猶以爲未也，曰：『臣恐別有未便，欲望陛下更思三日，容臣別奏。』帝曰『然。』又三日，檜復留身奏事如初，知上意確不移，乃出文字，乞決和議，勿許羣臣預。」

這段文字記得清清楚楚，說明了誰是和議的眞正主持人。一般所謂奸臣，是皇帝胡塗，奸臣弄權。但高宗一點也不胡塗，秦檜只是迎合上意，乘機攬權，至於殺岳飛等等，都不過是執行高宗的決策，而這樣做，也正配合了他作爲金國大間諜的任務。

周密的「齊東野語」中，記述了兩個大官拍秦檜馬屁的手法，可看到當時官場的風氣：方德帶兵駐在廣東，特製了一批蠟燭，燭裏藏以名貴香料，派人送給秦檜，厚賄相府管家，請他設法讓秦檜親自見到。管家叫使者在京等候機會。有一日，秦檜宴客，大張筵席之際，管家稟告：「府中蠟燭點完了，恰好廣東經略送了一盒蠟燭來，還未敢開。」秦檜吩咐開了來點，蠟燭一燃，異香滿堂，衆賓大悅。秦檜見此燭貴重，一點其數，共是四十九枝，心下奇怪爲何不是整數，叫送禮的使者來問。使者道：「經略專門造了這批蠟燭獻給相爺，香料難得，共只造了五十枝，製成後恐怕不佳，點了一枝試驗，所以只賸了四十九枝。數目零碎，但不敢用別的蠟燭充數。」秦檜大喜，認爲方德奉己甚專，又不敢相欺，不久便升他的官。

另有一個鄭仲，在四川做宣撫使。秦檜大起府第，高宗親題「一德格天」四字，作爲樓閣的匾額。格天閣剛剛完工，鄭仲的書信恰好到來，呈上地毯一條，極盡華貴之能事。秦檜命將地毯鋪在格天閣中，不料大小尺寸竟絲毫不錯，剛好鋪滿。秦檜默然不語，心下大爲不滿，過不多時，便借故將鄭仲撤職查辦。鄭仲造這條地毯，當然是事先暗中查明了格天閣地板的大小尺寸。秦檜自己是大特務頭子，對於鄭仲這種調查窺察他私事的特務手段，自是十分憎惡。

秦檜一直到死，始終得高宗的信任寵愛，自然是深通做官之道。「鶴林玉露」中記載有一個小故事：秦檜夫人到宮內朝見，皇太后說起近來很少吃到大的子魚（不知是甚麼魚，一定是當時杭州最名貴的魚。）秦夫人說：「臣妾家裏倒有，明天呈奉一百條來給太后。」回家後告知了丈夫。秦檜大急，知道這一下可糟了，皇太后吃不到好魚，自己家裏卻隨隨便便就拿出一百條來，豈不是顯得自己的享受比皇帝、皇太后還好得多？秦檜的妻子王氏生性陰險，傳說她參與殺岳飛之謀，以「捉虎易，放虎難」六字，促使秦檜下定決心，終於害死岳飛，然而講到做官的法門，究竟不及老奸巨猾的丈夫了。秦檜和門客商議一番之後，終於想出了一條妙計，第二天送了一百條青魚進宮去。青魚是普通的賤魚。皇太后哈哈大笑，說道：「我早說這秦老太婆是鄉下人，沒見過世面，果然不錯。青魚和子魚形狀有些相似，味道可大不相同，只不過魚身大而已。」這件趣事自必傳入皇帝耳中，母子兩人取笑秦檜是鄉下人之餘，覺得他忠厚老實，生活樸素，對他自又多了幾分好感。倘若送進宮去的眞是一百條子魚，秦檜的相位不免有些危險了。

秦檜當國凡十九年，他任內自然是壞事做盡。據「宋史・秦檜傳」記載，有不少作爲是很具典型性的。「宋史」是元朝右丞相脫脫等所修，以異族人的觀點寫史，不至於故意揑造事實來毀謗秦檜。下面是「秦檜傳」中所記錄的一些事例。

高宗和金人媾和，割地稱臣，民間多大憤。太學生張伯麟在壁上題詞：「夫差，爾忘越王殺爾父乎？」有人告發，被捉去打板子，面上刺字，發配充軍。夫差之父與越王戰，受傷而死，夫差爲了報仇，派人日夜向他說這句話，以提高復仇的決心。張伯麟在壁上題這句話，當然是借古諷今，譏刺高宗忘了父親徽宗被金人所擄而死的奇恥大辱。

秦檜下令禁止士人撰作史書，於是無恥文人紛紛迎合。司馬光的不肖曾孫司馬伋上書，宣稱「涑水紀聞」一書，不是他曾祖的著作。吏部尚書李光的子孫，將李光的藏書萬卷都燒了，以免惹禍。可是有一個名叫曹泳的人，還是告發李光的兒子李孟堅，說他讀過父親所作的私史，卻不自首坦白。於是李孟堅被充軍，朝中大官有八人受到牽累。曹泳卻升了官。「察事之卒，布滿京城，小涉譏議，即捕治，中以深文。」所謂「中以深文」，即以胡亂羅織的罪名，加在亂說亂講之人的身上。

有一個名叫何溥的人，迎合秦檜，上書，說程頤、張載這些大理學家的著作是「專門曲學」，須「力加禁絕」，「人無敢以爲非」。

許多文人學士紛紛撰文作詩，歌頌秦檜的功德，稱爲「聖相」。若是拿他來和前朝賢相相比，便認爲不夠，必須稱之爲「元聖」。秦檜「晚年殘忍尤甚，數興大獄，而又喜諛佞，不避形迹。」不論讚他如何如何偉大英明，他都毫不怕醜，坦然而受，視爲當然。「凡一時獻言者，非誦檜功德，則訐人語言，以中傷善類。欲有言者，恐觸忌諱，畏言國事。」

「一時忠臣良將，誅鋤畧盡。其頑鈍無恥者率爲檜用，爭以誣陷善類爲功。其矯誣也，無罪可狀，不過曰『謗訕』、曰『指斥』、曰『立黨沽名』、甚則曰『有無君心』。」說人內心不尊敬皇帝，也算是罪狀。

「續資治通鑑」中說秦檜「初見財用不足，密諭江浙監司暗增民稅七八，故民力重困，饑死者衆。又命察事卒數百游市間，聞言其姦惡者，即捕送大理獄殺之；上書言朝政者，例貶萬里外。日使士人歌誦太平中興之美。士人稍有政聲名譽者，必斥逐之。」

善政有「道統」，惡政也有「道統」。

三十二　解洵婦

解洵前半段的遭遇，和「俠婦人」中的董國慶很相似。他也是宋朝的官吏，北方土地淪陷後，陷在金人佔領區中，無法歸鄉，很是痛苦，後來得人介紹，娶了一妾。那妾帶來了不少錢，解洵才有好日子過。有一年重陽日，他思念前妻，落下淚來。那妾很是同情，便替他籌劃川資，一同南歸。那妾很是能幹，一路上關卡盤查，水陸風波，都由她設法應付過去。

回到家後，解洵的哥哥解潛已因軍功而做了將軍。兄弟相見，十分歡喜。解潛送了四個婢女給弟弟。解洵喜新厭舊，寵愛四婢，疏遠冷落了那妾。有一天，解洵和妾飲酒，兩人都有了醉意，言語衝突起來。那妾道：「當年你流落在北方，有一餐沒一餐的，倘若沒有我，只怕這時候早餓死了。今日一旦得志，便忘了從前的恩義，那可不是大丈夫之所爲。」解洵大怒，三言兩語，便出拳打去。那妾只是冷笑，也不還手。解洵仍是不住亂打亂罵。

那妾站起身來，突然之間，燈燭齊熄，寒氣逼人，四名婢女都嚇得摔倒在地。過了良久，點起燈燭看時，見解洵死在地下，腦袋已被割去。那妾卻不知去向。解潛得報大驚，派了了三千名官兵到處搜捕，始終不見下落。

解濳是南宋初年的好官，紹興年間做荆南鎭撫使，募人開墾荒田，成績極好，增加了大量糧食生產，是南宋墾荒屯田政策的創導者。他病重時，張九成去探望。解濳流淚說：「我生平立誓要和金賊戰死於疆場之上，那知不能如願。」說罷就死了。

張九成是南宋的忠義之臣，爲人正直，畢生和秦檜作對。秦檜當權時，張九成被貶在南安，到秦檜死後才出來做官，後來追贈太師。他旣和解濳交好，可見解濳也是忠義之士。

張九成是杭州人，紹興壬子年狀元。對策時論到劉豫（金人設立的傀儡皇帝）說：「臣觀金人有必亡之勢，中國有必興之理。夫好戰必亡，失其故俗必亡，人心不服必亡，金皆有焉。劉豫背叛君親，委身夷狄，黠雛經營，有同兒戲，何足慮哉？」這篇策論傳到了汴梁，劉豫見了大恨，派刺客來行刺，但張九成不以爲意，時人都佩服他的膽識。

這篇策論卻也引起了一個可笑謠言。有一天高宗向羣臣說：「有人從汴梁逃回來，說張九成在劉豫那裏做官，眞是奇怪。」一個臣子奏稱：「張九成在鹽官縣（今浙江海寧）做官，離杭州不到一百里，兩天前還剛有文書來。」原來張九成那篇策論痛罵劉豫，在汴梁傳誦很廣，有人一知半解，把劉豫和張九成兩個名字拉在一起，以爲張九成在劉豫手下做官。

張九成狀元及第後，第二年娶馬氏爲繼室。馬氏是寡婦，本有個兒子，再嫁後孩子由婆婆龔氏撫養。馬氏嫁給張九成後過得兩年逝世。張九成去會見龔氏，照料妻子和前夫所生的兒子。龔氏老太太逝世後，張九成替她作墓志，詳細敍述馬氏再嫁的事實，並不諱言。時人都佩服他的坦白和厚道（見「畫影」）。他的作風和解洵剛好是兩個極端。

三十三　角巾道人

浙江衢州人徐逢原，住在衢州峽山，少年時喜和方外人結交。有一個道士，名叫張淡道人，在他家中住，巾服蕭然，只戴一頂青色角巾，穿一件夾道袍，並無內衣，雖在隆冬，也不加衣。每逢明月之夜，攜鐵笛至山間而吹，至天曉方止。

徐逢原學易經，有一次閉門推演大衍數，不得其法。張淡道人在隔室叫道：「秀才，這個你是不懂的，明天我教你罷。」第二天便教他軌析算步之術，凡是人的生死時日，以及用具、草木、禽獸的成壞壽夭，都能立刻推算出來，和後來的結果相對照，絲毫不差。

這道人最喜飲酒，時時入市竟日，必大醉方歸，囊中所帶的錢，剛好足夠買醉，日子過得無掛無礙。人家都說他有燒銅成銀之術。徐逢原要試他酒量到底如何，請了四個酒量極好之人來和他同飲，自早飲到晚，四人都醉倒了，張淡還是泰然自若，回到室中。有人好奇去偷看，只見他用脚勾住牆頭，頭上足下的倒掛在牆上，頭髮散在一隻瓦盆之中，酒水從髮尾滴瀝而出，流入瓦盆。

道人有一幅牛圖，將圖掛在牆上，割了青草放在圖下，過了半天去看時，青草往往已被牛吃完了，或者是吃了一大半，而圖下有許多牛糞。

道人有一徒弟，是個頭陀。有一次張淡道人將那幅牛圖送了給他，又命他買火麻四十九斤，絞成大索，囑咐道：「我將死了，死後勿用棺材殮葬，只用火麻繩將我屍身從頭至脚的密密纏住，在羅漢寺寺後空地掘一個洞埋葬。每過七天，便掘開來瞧瞧。」頭陀答應了。果然道人不久便死，頭陀依照指示辦事，過了七日，掘開來看，見道人的屍體面色紅潤。如此每過七日，就發掘一次，到四十九日後第七次掘開來時，穴中只餘麻繩和一雙破鞋，屍身已不見了。

徐逢原曾贈他一首詩，曰：「鐵笛愛吹風月夜，來衣能禦雪霜天。伊予試問行年看，笑指松筠未是堅。」張淡道人用一匹絹來寫了這首詩，筆力甚偉。（出洪邁「夷堅志」）

這張淡道人只不過是方士之類的人物，並不是甚麼劍客。

俠客行=Ode to the gallantry
／金庸著. -- 三版. -- 台北市：遠流，
1996 [民 85]
冊； 公分.--(金庸作品集；26-27)
ISBN 957-32-2938-2(一套：平裝)

857.9 85008897